경찰 살해자

경찰 살해자

마이 셰발, 페르 발뢰 지음 | 김명남 옮김

Martin Beck

엘릭시르

차례

서문

사방은 어둡고, 지붕에서는 눈송이가 빙그르르 떨어진다. 모든 것이 완벽하다. 숲과 대지에 두껍게 쌓인 깨끗한 눈처럼 새하얗다.

스웨덴의 눈 덮인 풍경은 멋진 광경이다. 하지만 우리 스웨덴 사람들은 늘 호기심 많고 이상하게 의심 많은 사람들이다. 우리는 눈 밑에 숨은 것을 알고 싶어 한다. 사회의 깨끗한 표면 밑에 무엇이 있는지 알고 싶어 한다.

아마도 그 관심에서 스웨덴 범죄소설의 전통이 시작되었으리라. 건강한 불신에서 시작된 것이다. 스웨덴 사람들은 밝은 여름 뒤에 겨울이 따른다는 것, 빛 뒤에 끔찍한 어둠이 따른다는 것을 안다. 무엇도 보이는 그대로가 아니라는 사실도 안다.

호수의 얼음은 유혹적이지만 위험할 수 있다.

마이 셰발과 페르 발뢰는 마르크스주의자였다. 그들이 범죄소설을 쓴 것은 사회를 조사하고 사회에 영향을 미치고 싶은 마음 때문이었다. 그들이 1965년에 『로재나』로 데뷔했을 때 스웨덴 범죄소설의 위상은, 이를테면 만화보다도 높지 않았다.

그때까지의 스웨덴 범죄소설은 기발했고, 약간 학술적이었으며, 대부분 철저하게 건조했다. 영국 탐정소설과 귀족적 주인공, 즉 냉철한 논리로 수수께끼를 푸는 신사들의 영향을 크게 받은 형태였다.

셰발과 발뢰는 창문을 가리고 있던 오래된 커튼을 찢고 더러운 현재를 끌어들였다. 미국의 범죄소설 전통과 더 비슷한 스타일에 이 사회의 위험한 보수주의, 정치적 부패, 인간의 탐욕에 대한 경고를 집어넣었다. 그리하여 평범한 대중과 연대했다.

그들의 프로젝트에서 가장 탁월한 점은 그들이 사회의 위선과 부정을 폭로하기 위해서 상업적 장르를 활용했다는 점이다. 그전에는 그런 일을 시도한 작가가 아무도 없었을 뿐 아니라, 그들의 글에는 독자의 숨을 턱 막히게 하는 노골적인 현재성이 있었다.

셰발과 발뢰는 범죄소설을 스웨덴인들의 일상에서 빠지지 않는 한 요소로 만들어냈다. 그것은 뛰어날뿐더러 꼭 필요한 변

경찰 살해자

화였고, 그들의 소설은 하나의 운동이 되었다.

굳이 따지자면, 그들은 사회를 바꾸는 것보다는 스웨덴 범죄소설의 전통을 바꾸는 데 더 성공했다. 지금도 스웨덴의 모든 범죄소설가는 셰발과 발뢰를 거쳐야 한다. 그들은 이 장르를 지키는 두 보초와 같다.

하지만 새로운 전통과 함께 새로운 규칙과 제약도 나타났고, 범죄소설은 곧 다시 형식화했다. 셰발과 발뢰의 시절 이래 수십 년 동안 수많은 모방작이 그 한계에 갇혔다. 전복적 사회 비판은 점점 더 기계적인 분위기를 띠었고, 일종의 알리바이처럼 바뀌었다. 범죄소설은 갑자기 그 장르가 지닌 오락적 측면에 대해 양해를 구해야 하는 입장에 놓이고 말았다.

우리는 셰발과 발뢰와 함께 자랐다. 그들은 강력한 부모였다. 하지만 라르스 셰플레르는 부모를 거스르는 아이다. 우리는 부모에게 반항해야 했다. 큰형이라고 할 수 있는 스티그 라르손과 함께, 한계를 깨고 나와야 했다.

셰발과 발뢰는 자신들의 작품에 미안해하지 않았고, 우리도 그렇다. 우리는 흥미진진한 스릴러를 정말로 사랑한다. 오랜 전통을 영화적 속도와 결합하고 싶다. 우리에게 이 장르는 우리 안의 두려움을 직면하여 살펴본 뒤 그것을 멋진 이야기에 엮어 넣을 기회다.

우리가 실제로 글을 쓰는 과정은 정확히 설명하기 어렵다. 셰발과 발뢰는 번갈아 한 챕터씩 썼다고 알려져 있다. 그들에게는 그 방식이 가장 창조적이고 추진력을 확보하는 방법이었을 것이다. 반면 우리는 전혀 다르다. 우리는 한 대의 피아노로 연탄곡을 연주하는 두 사람처럼 쓴다. 문장을 번갈아 쓰지도 않는다. 마치 한 사람이 쓰는 것처럼 모든 것을 함께 쓴다.

글쓰기는 인간의 부족함과 내면의 영웅적 면모를 이야기하는 한 방법이다. 그리고 우리에게 범죄소설은 낙관적인 장르다. 겨우 몇 시간뿐이라고 해도, 우리는 오직 범죄소설 안에서만 폭력을 종료시키고 범죄자를 저지함으로써 세상을 바람직한 상태로 만들 수 있다.

셰발과 발뢰의 책들은 우리의 어린 시절 여름마다 함께했다. 우리는 둘 다 도서관으로 뛰어가서 그들의 책을 빌려 와서는 길고 환한 여름밤에 읽었다. 그들은 전혀 새로운 세계로의 도약이었다. 그들의 책을 통해 우리는 동화로부터 생생하고 현실적인 소설의 전통으로 넘어갔다.

그들의 이야기가 주로 여름을 배경으로 하는 것은 우연이 아니다. 여름은 스웨덴 사회처럼 밝고 아름답지만, 우리는 무거운 어둠이 무시무시한 속도로 다가오고 있다는 것을 안다. 멋진 표면 밑에 폭력이 숨어 있다는 사실을 모두가 아는 것처럼.

경찰 살해자

그들의 책을 처음 읽은 때로부터 긴 세월이 흘렀지만, 지금도 이 책들을 읽는 것은 즐겁다. 스토리텔링은 효과적이고, 늘 서스펜스가 있다. 물론 나이를 먹은 듯한 대목도 보인다. 지나치게 단순한 수사나 여성에 대한 문제적 묘사를 완전히 무시할 수는 없다. 그래도 전체적으로 두 사람은 유일무이한 작가였다.

『경찰 살해자』의 모티프는 시대를 초월하여 친숙한 것, 즉 '죽음'과 '여성'이다. 이 책은 버스를 기다리고 있던 여성이 자신에게 다가와서 태워주겠다고 제안한 차에 올라타는 것으로 시작한다. 독자는 그가 차에 타지 말아야 한다는 것을 안다. 이것은 셰발과 발뢰의 책이기 때문에, 그는 젊지도 천진하지도 않고 성생활을 즐긴다. 그의 살해 사건과 함께 펼쳐지는 것은 엉뚱한 차를 훔친 청년에 대한 경찰의 추적이다. 셰발과 발뢰는 이번에도 멋지게 해낸다. 사람들이 그들의 이름을 발음하는 법을 배우는 것보다 더 빠르게 세상을 깜짝 놀라게 만든다.

알렉산데르 안도릴과 알렉산드라 코엘호 안도릴,
필명 라르스 셰플레르*

---

* 스웨덴의 국민 작가로 불리는 알렉산데르 안도릴과, 그의 아내이자 소설가인 알렉산드라 코엘호 안도릴의 필명. 대표작은 스웨덴 국립범죄수사국 형사가 주인공인 '요나 린나' 시리즈로, 전 세계에서 500만 부 이상 판매되었다.

코펜하겐

스코네 주 남부

쿨렌 곶

쿨라스테라르 쿨라

묄레

말뫼

헬싱보리

스베달라

란스크루나

스투루프 공항

스뫼게훅크

트렐레보리

위스타드

코펜하겐
말뫼

오스뷔 호수
백셰

섀테른리에

스톡홀름

1.

  여자는 버스가 오기 한참 전에 정류장에 도착했다. 버스는 삼십 분은 더 기다려야 올 터였다. 한 사람의 인생에서 삼십 분은 그다지 긴 시간이 아니다. 게다가 여자는 기다리는 데 익숙했고, 늘 일찍일찍 다녔다. 여자는 저녁으로 뭘 먹을지 생각했고, 지금 자신의 모습이 어떨지도 생각했다. 항상 하는 생각이었다.

  버스가 도착할 무렵, 여자는 더는 아무 생각도 하지 않을 터였다. 여자에게는 살 시간이 이십칠 분밖에 남아 있지 않았다.

  맑고 바람 부는 날이었다. 바람에서 초가을의 쌀쌀함이 느껴졌지만, 헤어스프레이로 단단히 고정된 여자의 머리카락은 날씨의 영향을 받지 않았다.

여자는 어떤 모습이었을까?

길가에 서 있는 여자는 사십 대로 보였다. 키가 큰 편이고 튼튼해 보였다. 쭉 뻗은 다리, 넓은 엉덩이, 남에게 들키고 싶지 않은 약간의 지방을 숨긴 몸이었다. 그는 종종 편안함을 희생하고서라도 유행에 맞게 옷을 입었다. 오늘처럼 바람이 세찬 가을날에도 1930년대 스타일의 밝은 초록색 코트, 나일론 스타킹, 통굽이 달린 갈색의 얇은 에나멜가죽 부츠 차림이었다. 큼직한 놋쇠 버클이 달린 갈색의 작은 사각형 핸드백을 왼쪽 어깨에 멨고, 역시 갈색의 나파 가죽 장갑을 꼈다. 금빛 머리카락은 헤어스프레이로 고정되어 있고, 얼굴에는 꼼꼼하게 화장을 했다.

여자는 남자가 앞에 멈춰 서고서야 그를 알아차렸다. 남자가 조수석 쪽으로 몸을 기울여서 문을 열었다.

"태워줄까요?" 남자가 말했다.

"네." 여자는 약간 얼떨떨한 듯했다. "물론이죠. 생각도 못 했는데……."

"뭘 생각도 못 했는데요."

"당신이 태워줄 거라고 말이에요. 버스를 탈 생각이었죠."

"여기 있을 줄 알았어요." 남자가 말했다. "그리고 마침 가는 길이니까. 타요, 얼른."

얼른. 여자가 차에 타서 운전자 옆에 앉는 데 몇 초나 걸렸을까? 얼른. 남자는 빠르게 달렸고, 차는 곧 시내를 벗어났다.

여자는 핸드백을 무릎에 얹고 앉아 있었다. 살짝 긴장했고, 얼떨떨했다. 적어도 좀 놀랐다. 기분 좋게 놀란 것인지 아닌지는 알 수 없었다. 자신도 몰랐다.

여자는 남자의 옆모습을 보았다. 남자는 운전에만 집중하고 있었다.

남자는 우회전하여 간선도로를 벗어난 뒤 곧 다시 한번 방향을 꺾었다. 남자가 같은 과정을 반복하자 갈수록 길이 나빠졌다. 이제는 그들이 달리는 곳을 길이라고 불러도 될지 의심스러운 지경이었다.

"뭐 하려고 그래요?" 여자가 놀라서 키득거리면서 물었다.

"볼일이 있어서."

"어디서?"

"여기." 남자는 이렇게 말하면서 차를 세웠다.

앞을 내다보니 이끼 낀 지면 위에 자신의 차의 바큇자국이 남아 있었다. 생긴 지 몇 시간이 되지 않은 자국이었다.

"저기." 남자가 턱짓하며 말했다. "장작더미 뒤에. 거기가 좋아요."

"지금 장난해요?"

"이런 일로는 절대 장난하지 않아요."

남자는 여자의 물음에 속이 상한 듯했다.

"하지만 내 코트가……." 여자가 말했다.

"차에 둬요."

"하지만……."

"저기 담요가 있어요."

남자가 차에서 내려 조수석으로 돌아가서 여자를 위해 문을 열어주었다.

여자는 남자의 도움을 받아들여 코트를 벗었다. 단정하게 갠 코트는 좌석에 놓인 핸드백 옆에 두었다.

"자."

남자는 차분하고 침착했지만 여자의 손을 잡아주지는 않았다. 그는 혼자 장작더미 쪽으로 천천히 걸어갔다. 여자는 뒤를 따랐다.

장작더미 너머는 햇살이 비추어 따듯했고, 바람도 가려졌다. 윙윙 벌레 소리와 신선한 수풀 내음이 공기에 가득했다. 아직 여름이나 마찬가지였는데 더구나 지난여름은 기상청 관측 사상 가장 더웠다.

가까이 보니 나뭇더미는 그냥 장작더미가 아니라 채벌한 너도밤나무 목재를 약 이 미터 높이로 쌓은 것이었다.

"블라우스 벗어요."

경찰 살해자

"네." 여자는 수줍게 말했다.

남자는 여자가 단추를 다 끄를 때까지 참을성 있게 기다렸다.

그다음 여자가 블라우스를 벗는 것을 도왔는데, 몸은 건드리지 않도록 신중하게 손을 놀렸다.

여자는 옷을 손에 든 채 어찌할 바를 모르고 서 있었다.

남자는 여자에게서 옷을 받아 들어 나뭇더미에 조심스레 걸쳤다. 집게벌레 한 마리가 옷에 기어올랐다.

여자는 아직 치마를 입고 있었다. 살색 브래지어 속 가슴이 묵직해 보였다. 여자의 시선은 땅에 고정되어 있었다. 표면이 판판한 목재 더미에 등을 기대고 선 채였다.

때가 되었다. 남자가 어찌나 잽싸고 갑작스럽게 움직였는지, 원래도 반응이 빠르지 않은 여자는 무슨 일인지 알아차릴 겨를도 없었다.

남자는 여자의 허리 밴드를 배꼽 근처에서 두 손으로 잡은 뒤 팔에 힘을 주어 치마와 스타킹을 동시에 확 찢었다. 남자는 힘이 셌다. 천은 낡은 차양이 찢어질 때처럼 거슬리는 마찰음을 내며 단숨에 갈라졌다. 치마가 여자의 종아리로 떨어졌다. 남자는 스타킹과 팬티도 무릎까지 확 끌어 내렸고, 브래지어의 왼쪽 컵을 밀어 올렸다. 여자의 맨가슴이 드러나 늘어졌다.

그제야 여자는 고개를 들어 남자의 눈을 보았다. 그 눈에는 혐오감, 미움, 그리고 야만적인 욕정이 떠올라 있었다.

여자에게는 비명을 질러야겠다는 생각이 떠오를 틈도 없었다. 하기야 질러도 소용없었을 것이다. 그곳은 남자가 신중하게 고른 장소였다.

남자는 두 팔을 앞으로 뻗어, 햇볕에 그은 강한 손가락으로 여자의 목을 움키고 조르기 시작했다.

여자의 뒤통수가 나뭇더미에 세차게 눌렸다. 여자는 생각했다. 내 머리카락 어쩌지.

그것이 여자의 마지막 생각이었다.

남자는 여자의 목을 움켜쥔 손을 필요 이상으로 오래 누르고 있었다.

이윽고 오른손을 풀더니 왼손으로 여자의 몸을 받친 채, 오른 주먹으로 여자의 사타구니를 최대한 세게 때렸다.

여자는 땅에 쓰러졌다. 여기저기 자란 선갈퀴와 지난해의 낙엽 사이에 누운 시신은 맨몸이나 다름없었다.

여자의 목구멍에서 꾸르륵거리는 소리가 났다. 남자는 그것이 자연스러운 현상이고 여자는 이미 죽었다는 것을 알았다.

죽음은 결코 아름답지 않다. 여자는 살았을 때도 썩 아름답진 않았다. 젊을 때도 마찬가지였다.

풀숲에 누운 여자는 그저 측은해 보일 뿐이었다.

남자는 가쁜 숨이 정상으로 돌아오고 두근대는 심장이 가라앉을 때까지 일 분쯤 기다렸다.

　　그후에는 여느 때처럼 다시 차분하고 이성적인 그가 되었다.

　　목재 더미 너머에는 1968년 가을의 대폭풍 때 꺾여서 떨어진 나뭇가지들이 엉망으로 뒤엉켜 있었고, 그 너머에는 성인 남성의 키만큼 자란 가문비나무들이 빽빽하게 심어져 있었다.

　　남자는 여자의 겨드랑이를 잡고 시신을 들어 올렸다. 오톨도톨한 겨드랑이 털이 손바닥에 척척지근하게 닿는 느낌이 역겨웠다.

　　제멋대로 자리 잡은 나무둥치와 땅에 드러난 뿌리 때문에 거의 지나갈 수 없을 지경인 수풀을 뚫고 시신을 끌고 가려니 시간이 걸렸지만, 서두를 필요가 없었다. 가문비나무 수풀을 몇 미터만 헤치고 들어가면 누런 진흙물이 고인 습지가 있었다. 남자는 여자를 그 속에 밀어 넣고 축 늘어진 몸뚱이를 밟아서 구렁에 빠뜨렸다. 그전에 잠시 여자를 보았다. 화창했던 여름에 태운 여자의 피부는 아직 가무잡잡했지만, 드러난 왼쪽 가슴은 창백했고 그 위에 연갈색 주근깨가 흩뿌려져 있었다. 죽음처럼 창백했다.

　　남자는 차로 돌아가서 초록색 코트를 집었다. 핸드백은 어떻게 할까 잠시 망설였다. 그러다가 목재 더미에 걸쳐두었던 블라우스를 들어 그것으로 핸드백을 친친 감은 뒤 전부 다 진흙 구렁으로 가져갔다. 코트 색깔이 눈에 확 띄었기에, 적당한 가지를 주워 코트와 블라우스와 핸드백을 진흙탕에 가능한 한 깊숙이 쑤셔 넣었다.

그다음 십오 분 동안 남자는 가문비나무 가지들과 이끼 덩어리를 모아 진흙 구렁을 덮었다. 그냥 지나가는 사람은 그곳에 구렁이 있다는 사실도 모를 만큼 철저히 가렸다.

결과물을 살펴보며 몇 가지 수정을 가하느라 몇 분 더 쓴 후에야 그는 만족했다.

남자는 어깨를 으쓱한 뒤 차를 대어둔 곳으로 돌아갔다. 트렁크에서 깨끗한 면직 걸레를 꺼내어 고무장화를 닦았다. 다 쓴 걸레는 땅에 버렸다. 축축한 진흙투성이 걸레는 눈에 띄었지만 상관없었다. 사방에 널린 게 걸레였다. 그것은 아무 증거가 되지 못하고, 특정인에게 결부될 리도 없었다.

남자는 차를 돌려 그곳을 떠났다.

운전하는 동안, 모든 일이 잘 끝났다는 생각이 들었다. 여자가 받아 마땅한 결말을 맞았다는 생각도.

2.

　차는 솔나의 로순다베겐 거리에 있는 어느 아파트 앞에 서 있었다. 검은색 몸체에 흰 흙받이, 모든 문짝과 보닛과 트렁크 위에 크고 흰 글씨로 "경찰"이라고 적힌 크라이슬러였다. 그리고 아마 차 주인의 정체를 더 확실히 알리고 싶었던 누군가의 소행인 듯, 번호판에 있는 글자 "BIG" 중 "B"의 아래쪽 곡선 부분만 흰 테이프로 가려져 "PIG"로 보였다.*

　전조등과 내부등은 꺼져 있었다. 하지만 거리의 은은한 불빛을 받아, 앞좌석에 앉은 두 사람의 정복에 달린 단추와 흰 어깨띠가 희미하게 빛났다.

---

* 돼지(pig)는 경찰관을 비하하는 모욕적인 표현이다.

별이 총총하고 아름답고 그다지 쌀쌀하지 않은 시월 저녁이고 시각도 겨우 8시 반이었으나, 긴 거리는 가끔 오가는 사람이 없이 텅 비어버리는 때가 있었다. 길 양쪽에 늘어선 아파트 창들에는 불이 켜져 있었다. 몇몇 창에서 TV 화면의 차가운 푸른 빛이 비쳤다.

이따금 경찰차에 호기심 어린 눈길을 던지는 행인들도 그 안에서 움직임이 없는 걸 알고는 관심을 거두었다. 그들에게 보이는 것은 차 안에 게으르게 앉아 있는 평범한 두 경찰관뿐이었다.

차 안의 두 남자도 약간의 움직임이라면 마다하고 싶지 않았다. 그들은 한 시간 넘게 그곳에 앉아 있었고, 내내 길 건너편 아파트 출입구와 출입구 바로 오른편 1층의 환한 창문에 눈길을 고정하고 있었다. 하지만 그들은 기다릴 줄 알았다. 그들은 경험이 많았다.

혹시 더 자세히 들여다본 사람이 있다면, 두 남자가 실은 평범한 순경 같지 않다는 사실을 알아차렸을 수도 있다. 정복은 문제가 없었다. 규정에 따라 어깨띠와 경찰봉, 총집에 넣은 권총까지 갖춘 복장이었다. 이상한 것은 쾌활한 표정, 기민한 시선, 뚱뚱한 체구의 운전자와 그보다 마르고 약간 구부정하게 차창에 어깨를 기댄 조수석 동료가 둘 다 쉰 살은 되어 보인다는 점이었다. 순찰차에 배치되는 것은 대체로 신체 조건이 좋은 젊은이였고, 예외적인 경우에도 나이 든 경찰관에게 젊은 동료가 붙는 것이 보통이었다.

두 사람의 나이를 합했을 때 백 살이 넘는 순찰조란 특이한 경우였다. 하지만 여기에는 이유가 있었다.

흑백 크라이슬러에 탄 남자들은 순경으로 가장한 것뿐이었다. 영리한 가장 뒤에 숨은 것은 국가범죄수사국 살인수사과의 책임자 마르틴 베크와 그의 오른팔인 렌나르트 콜베리였다.

이 위장은 콜베리의 아이디어로, 그들이 붙잡으려는 상대를 잘 알기에 떠올린 발상이었다. 상대는 보통 림판이라는 별명으로 불리는 린드베리라는 이름의 도둑이었다. 림판의 주특기는 절도였다. 하지만 가끔 무장 강도 짓도 벌였고, 결과는 신통치 않았지만 사기에 손댄 적도 있었다. 그는 인생의 적잖은 기간을 교도소에서 보냈으나 지금은 막 형을 마치고 출소한 자유의 몸이었다. 물론 마르틴 베크와 콜베리가 작전에 성공한다면 짧게 끝나고 말 자유였다.

삼 주 전, 림판은 웁살라 도심의 보석상에 들어가 주인에게 리볼버를 겨누며 총 이십만 크로나에 상당하는 보석, 시계, 현금을 강탈했다. 이 대목까지는 일이 순조로웠기에 림판은 포획물을 챙겨서 유유히 사라질 수 있을 듯했다. 그러나 갑자기 가게 안쪽에서 여성 판매원이 나타나는 바람에 당황한 림판은 총을 쏘았고, 이마에 총알을 맞은 판매원은 즉사했다. 림판은 도망치는 데 성공했다. 그리고 두 시간 뒤에 스톡홀름 경찰이 미솜마르크란센에 있는 그의 여자 친구 집으로 그를 찾으러 갔을 때 림판은 침대에 누워 있었다. 여자 친구는 그가 감기에 걸려서 하루 종일 집에 있었다고 주장했다. 경찰이 집을 수색했지만 반지나 보석이나 시계나 돈은 나오지 않았다. 경찰은 림판을 취조하고 보석상 주인과 대면시켰는데, 주인은 강도가 마스크를 쓰고 있었기 때문에 잘 모르겠다며 그를 범인으로 지목하기를 주저했다. 그러나 경찰은 주저하지 않았다. 우선 림판이 오래 복역한 터라 땡전 한 푼 없으리라 예상했고, 한 정보원으로부터 림판이 "다른 도시"에서 작업을 계획하는 중이라고 말했다는 얘기를 들었으며, 림판이 범행 이틀 전에 아마도 정찰 차원에서 보석상이 있는 거리를 어슬렁거리는 모습을 본 목격자가 있었다. 그래도 림판은 웁살라에 갔다는 사실조차 부정했다. 경찰은 증거 부족으로 그를 풀어줘야 했다.

그로부터 삼 주간, 경찰은 조만간 림판이 포획물을 숨긴 곳을 찾아가리라 믿고 그를 계속 감시했다. 하지만 림판은 미행당한다는 사실을 아는 듯했다. 두어 번 자신을 감시하는 사복 경관들에게 손을 흔들기도 했다. 그의 유일한 목적은 경찰을 바쁘게 만드는 것뿐인 듯했다. 그는 돈도 없어 보였다. 최소한 쓰지

경찰 살해자

는 않았다. 직업을 가진 여자 친구가 그에게 집도 밥도 다 제공했고, 그 밖의 생활비는 매주 사회보장국을 찾아가서 받는 수당으로 충당했다.

그래서 결국 마르틴 베크가 직접 나서기로 했고, 콜베리가 두 사람이 순경으로 가장한다는 훌륭한 아이디어를 내놓은 것이다. 림판이 사복 경관을 멀리서도 알아보는 한편 정복 경관에게는 가소로운 듯 무시하는 태도를 취하니 이 경우에는 정복이 최고의 가장이라는 것이 콜베리의 논리였고, 마르틴 베크는 의구심이 들기는 해도 동의했다.

둘 다 새 전략이 즉각 소득을 가져오리라고는 기대하지 않았다. 그래서 감시자가 없어졌다고 여긴 림판이 곧장 택시를 불러서 로순다베겐으로 오는 것을 보고는 기분 좋게 놀랐다. 림판이 택시를 탔다는 사실은 뭔가 꿍꿍이가 있다는 뜻인 듯했기에, 그들은 이제 무슨 일이든 벌어지리라고 믿었다. 만약 그가 장물을 갖고 있을 때 붙잡는다면, 더 낙관적으로는 살인 무기를 갖고 있을 때 붙잡는다면, 그것은 그를 범행에 연결 짓는 결정적 증거가 될 테고 그걸로 사건 종결이었다.

림판이 저 집에 들어간 지 한 시간 반째였다. 그가 한 시간 전에 출입구 오른쪽 창에서 언뜻 모습을 드러낸 후로는 아무 일 없었다.

콜베리는 슬슬 배가 고팠다. 콜베리는 자주 배가 고팠고, 살을 빼야 한다는 말도 자주 했다. 이따금 무슨 새로운 다이어트를 시도하곤 했지만 금세 포기했다. 그는 최소 이십 킬로그램쯤 과체중이었다. 그래도 규칙적으로 운동했고, 건강했다. 필요한 상황에서는 쉰 살을 앞둔 나이와 체격에 어울리지 않게 놀랍도록 잽싸고 유연하게 움직일 수 있었다.

"아무것도 못 먹은 지 너무 오래됐어." 콜베리가 말했다.

마르틴 베크는 대꾸하지 않았다. 마르틴 베크는 배고프지 않았고, 갑자기 담배가 당겼다. 이 년 전에 가슴에 심각한 총상을 입은 후로 거의 끊은 담배였다.

"내 덩치에는 하루에 삶은 달걀 하나만 먹고 살 순 없다고." 콜베리가 덧붙였다.

그렇게 많이 먹지 않는다면 그 덩치가 아닐 테고 그러면 그렇게 많이 먹을 필요가 없을 텐데, 마르틴 베크는 이렇게 생각했지만 말하진 않았다. 콜베리는 그의 제일 좋은 친구였고, 이것은 민감한 문제였다. 그는 콜베리의 기분을 상하게 하고 싶지 않았다. 콜베리가 배고플 때 기분이 저조하다는 것도 익히 알았다. 콜베리가 아내를 졸라서 체중 감량식을 내놓게 하고 있는데 그 식단이 삶은 달걀로만 구성되었다는 것도 알았다. 이 식단은 성과가 없었다. 콜베리가 집에서 먹는 밥이 아침뿐이라서였다.

나머지는 밖에서 사 먹거나 경찰서 구내식당에서 먹었는데, 그 내용물은 결코 삶은 달걀만이 아니었다. 이것은 마르틴 베크가 보증하는 사실이었다.

콜베리가 이십 미터 떨어진 곳에서 환히 불을 밝히고 있는 페이스트리 가게 쪽으로 고갯짓했다.

"자네 혹시······."

마르틴 베크는 인도 쪽 차 문을 열고 한 발을 밖으로 내렸다.

"알았어. 뭘 사 올까? 페이스트리?"

"응, 마자랭 케이크도." 콜베리가 말했다.

마르틴 베크는 페이스트리가 잔뜩 든 봉지를 안고 돌아왔다. 두 사람은 다시 묵묵히 앉아서 림판이 있는 건물을 지켜보았다. 콜베리는 정복에 온통 부스러기를 흘리면서 빵을 먹었고, 다 먹고 나서는 의자를 약간 더 뒤로 물리고 허리띠를 약간 더 느슨하게 풀었다.

"총집에 뭐 들었어?" 마르틴 베크가 물었다.

콜베리는 총집을 풀고 안에 든 무기를 건넸다. 이탈리아제 장난감 권총이었다. 썩 잘 만들어진데다가 마르틴 베크의 발터 권총만큼 무거웠지만 고작 종이 화약이나 쏠 수 있는 물건이었다.

"멋지네. 나도 어릴 때 이런 게 있었으면 좋았을걸." 마르틴 베크가 말했다.

렌나르트 콜베리가 무기 소지를 거부한다는 것은 온 경찰이 아는 사실이었다. 대다수는 그가 모종의 평화주의 원칙에 의거하여 총기 소지를 거부한다고 생각했다. 경찰이 평범한 상황에서는 일절 무장하지 말아야 한다는 주장을 가장 열렬히 지지하는 사람인 만큼 스스로 모범이 되기 위해 그런다고 여긴 것이다.

다 사실이었지만, 절반의 사실이었다. 마르틴 베크는 콜베리가 무장하지 않는 가장 큰 이유가 무엇인지를 아는 소수의 사람 중 하나였다.

렌나르트 콜베리는 사람을 쏴서 죽인 적이 있었다. 이십 년도 더 된 일이었지만 그 일을 잊지 못했고, 이제는 무기를 지니지 않은 지 오래되었다. 중요하고 위험한 임무에서도 마찬가지였다.

1952년 8월의 일이었다. 당시 콜베리는 스톡홀름 남부 제2경비대 소속이었다. 어느 늦은 밤, 롱홀멘 교도소에서 경보가 울렸다. 무장한 남자 세 명이 한 죄수를 탈출시키려고 시도하다가 총을 발사하여 교도관에게 부상을 입힌 것이다. 콜베리의 비상출동대가 교도소에 도착한 시점에는 남자들이 차로 도망치다가 베스테르브론 다리 난간을 들이박은 덕에 그중 한 명을 붙잡은 뒤였다. 나머지 두 명은 용케 달아나서 교각 건너편 롱홀름스파르켄 공원으로 도망쳤다. 둘 다 무기를 갖고 있으리라 예상되었

경찰 살해자

고, 사격 실력이 좋은 편이었던 콜베리는 공원으로 들어가서 남자들을 포위하는 수색대에 배치되었다.

콜베리는 손에 총을 쥐고 물가로 내려갔다. 어둠 속을 주시하고 귀를 기울인 채 다리 불빛으로부터 멀어지는 방향으로 물가를 걸었다. 그러다가 물 위로 튀어나온 매끄러운 화강암 바위를 만나서, 잠시 허리를 숙여 물에 손을 담갔다. 물은 따뜻하고 부드러웠다. 그가 다시 몸을 세운 때였다. 총성이 울렸다. 총알이 그의 소매를 스치더니 몇 미터 뒤 수면에 떨어졌다. 총을 쏜 사람은 비탈 위의 컴컴한 덤불 속에 있었다. 콜베리는 재깍 엎드려서 물가 수풀에 몸을 숨겼다. 그러고는 총이 발사된 지점으로 짐작되는 위쪽 큰 바위를 향해 기어갔다. 바위에 다다랐더니 짐작대로 환하고 탁 트인 물가를 배경으로 웬 남자의 실루엣이 보였다. 남자는 콜베리 쪽으로 반쯤 몸을 튼 자세였고, 총을 든 손을 올린 채 천천히 고개를 돌려 이쪽저쪽 살피고 있었다. 남자의 옆에는 리다르피에르덴 만으로 이어진 가파른 비탈이 있었다.

콜베리는 남자의 오른손을 신중하게 겨냥했다. 그리고 손가락을 굽혀서 총알을 발사한 순간, 표적 뒤에서 누가 불쑥 나타나 남자의 팔과 콜베리의 총알을 향해 몸을 날렸다가 순식간에 다시 비탈 밑으로 사라졌다.

콜베리는 무슨 일인지 이해가 되지 않았다. 남자가 달리기 시작했다. 콜베리는 다시 총을 쏘았고, 이번에는 남자의 무릎을 맞혔다. 콜베리는 그쪽으로 걸어가서 비탈 밑을 보았다.

물가에 콜베리가 죽인 사람이 쓰러져 있었다. 콜베리와 같은 구역에 소속된 젊은 경찰관이었다. 두 사람은 종종 함께 근무를 섰고, 죽이 잘 맞았다.

이 사건은 조용히 덮였다. 콜베리의 이름은 전혀 언급되지 않았다. 공식적으로 젊은 경찰관은 위험한 범죄자를 쫓던 중 난데없이 날아든 총탄에 맞아서 사고로 죽은 것이었다. 상관은 콜베리에게 이 일을 곱씹거나 자책하지 말라고 경고하는 짧은 연설을 늘어놓으며, 칼 12세도 부주의와 실수로 자신의 수석 마부이자 친구였던 사람을 쏴 죽인 적이 있다면서 이런 사고는 훌륭한 사람들에게도 벌어질 수 있는 법이라는 말까지 덧붙였다. 하지만 콜베리는 충격에서 완전히 벗어나지 못했다. 그래서 오랜 시간이 흐른 지금도 무장한 것처럼 보여야 할 일이 있다면 장난감 권총을 찼다.

순찰차에 앉아서 림판이 모습을 드러내기를 기다리는 순간, 콜베리도 마르틴 베크도 사실 이런 생각은 하지 않았다.

콜베리는 하품하며 몸을 꼬았다. 운전석에 앉아 있으니 불편했고, 입고 있는 정복이 너무 작았다. 정복을 마지막으로 입었던 것이 언제인지 기억나지 않지만 하여간 오래전이었다. 지금 입은 옷은 빌린 것이었는데, 집 벽장에 걸려 있는 자신의 오래된 정복은 이보다 훨씬 더 낄 게 분명했다.

콜베리는 마르틴 베크를 흘긋 보았다. 마르틴 베크는 좌석에 몸을 깊숙이 묻고 하염없이 앞만 보고 있었다.

둘 다 말이 없었다. 둘은 오래된 사이였다. 오랫동안 일할 때도 쉴 때도 함께했기에 쓸데없는 말은 필요하지 않았다. 둘이 이렇게 어두운 거리에서 차에 앉아 무슨 일이 벌어지기를 기다리며 밤을 보낸 날이 셀 수 없이 많았다.

마르틴 베크는 국가범죄수사국 살인수사과 책임자인 터라 미행이나 감시를 직접 할 필요가 없었다. 그런 일을 대신 해줄 부하들이 있었다. 그래도 그는 대체로 무진장 지루할 뿐인 이런 일에 종종 자원했다. 책임자가 되면서 갈수록 비대해지는 관료주의의 성가신 요구에 응대하는 데 시간을 더 많이 쓰게 되었다지만, 현장에 대한 감을 잃고 싶진 않았다. 아쉽게도 둘 중 하나를 한다고 해서 다른 하나가 면제되는 것은 아니었지만, 좌우간 그는 국가경찰청장과의 회의에 앉아서 하품하지 않으려고 애쓰는 것보다 콜베리와 순찰차에 앉아서 하품하는 편이 더 좋았다.

마르틴 베크는 관료주의도 회의도 싫었고, 청장도 싫었다. 반면에 콜베리는 그가 무척 좋아하는 사람이었다. 콜베리 없이 이 일을 한다는 것은 상상하기 어려웠다. 예전부터 콜베리는 경찰을 떠나고 싶다는 바람을 간간이 내비쳤고, 최근에는 그 충동을 실행에 옮길 결심이 점점 더 굳어지는 듯했다. 마르틴 베크는 콜베리를 응원하기도 말리기도 싫었다. 경찰에 대한 콜베리의 결속감이 바닥났다는 것을 알았고, 콜베리가 양심의 가책을 점점 더 많이 느낀다는 것도 알았다. 한편 콜베리가 이만한 대우에 만족스러운 직업을 새로 구하기가 몹시 어려우리라는 것도 알았다. 젊은이들에게 특히 해당되는 이야기지만 대학 졸업자에 경력까지 있는 전문가들조차 일자리를 구하지 못하는 고실업 시대에 쉰 살 전직 경찰관의 전망은 밝지 않았다. 이기적인 관점에서만 보자면 콜베리가 남기를 바랐으나, 마르틴 베크는 별로 이기적인 사람이 아니었다. 콜베리의 결정에 영향을 미쳐야겠다는 생각은 애당초 들지도 않았다.

콜베리가 또 하품을 했다.

"산소 부족이야." 콜베리가 창문을 내리며 말했다. "우리는 경찰이 사람들을 걷어차는 데에만 발을 쓰는 게 아니라 걷는 데에도 사용했던 시절에 순경 생활을 했으니 운이 좋아. 이렇게 차에 앉아만 있다간 폐소공포증에 걸릴걸."

마르틴 베크는 끄덕였다. 그도 갇힌 기분을 좋아하지 않았다.

마르틴 베크도 콜베리도 1940년대 중순 스톡홀름에서 경찰관 일을 시작했다. 마르틴 베크는 노르말름의 거리를 발이 닳도록 걸었고 콜베리는 감라스탄의 좁은 골목을 걸었다. 그때는 서로 모르는 사이였지만 그 시절에 대한 둘의 기억은 대체로 비슷했다.

밤 9시 반이 되었다. 페이스트리 가게가 문을 닫았고, 불이 켜지는 창이 많아졌다. 림판이 들어간 집에도 여전히 불이 켜져 있었다.

갑자기 건물 출입문이 열리면서 림판이 인도로 나왔다. 그는 두 손을 코트 주머니에 넣고 입꼬리에 담배를 물고 있었다.

콜베리가 운전대에 손을 얹었고 마르틴 베크는 허리를 세웠다.

림판은 문 앞에 가만히 서서 태평하게 담배를 피웠다.

"가방 같은 건 안 갖고 있네." 콜베리가 말했다.

"주머니에 넣었을지도 몰라." 마르틴 베크가 말했다. "아니면 팔았거나. 저 집을 확인해보면 알겠지."

몇 분이 흘렀다. 아무 일 없었다. 림판은 별이 총총한 하늘을 올려다보면서 밤공기를 만끽하는 듯했다.

"택시를 기다리는 거야." 마르틴 베크가 말했다.

"그런 것치고는 너무 오래 기다리는데." 콜베리가 말했다.

림판이 담배를 마지막으로 한 모금 빤 뒤 꽁초를 길에 버렸다. 코트 깃을 세우고, 손을 다시 주머니에 넣고, 길을 건너서 순찰차 쪽으로 걸어왔다.

"이리로 오는데." 마르틴 베크였다. "젠장. 어쩌지? 잡아들일까?"

"응." 콜베리의 대답이었다.

림판은 느긋하게 다가와서 허리를 숙이고 창문으로 콜베리를 들여다보았다. 그리고 깔깔 웃었다. 그러고는 트렁크 뒤를 돌아와서 인도에 올라서서는 마르틴 베크가 앉은 조수석 문을 열고 허리를 숙이더니 다시 크게 웃었다.

마르틴 베크와 콜베리는 림판이 웃게 내버려두고 묵묵히 앉아 있었다. 달리 어쩌면 좋을지 알 수 없었다.

림판이 발작적인 웃음을 겨우 다스리고 말했다.

"마침내 강등되셨습니까? 아니면 무슨 가장 파티예요?"

마르틴 베크는 한숨을 쉬고 차에서 내려 뒷좌석 문을 열었다.

"타지, 린드베리. 베스트베리아로 가야겠어."

"좋아요. 그게 집에 더 가까우니까." 림판이 선선히 말했다.

베스트베리아의 남부 경찰서로 가는 길에 림판은 로순다에서 방문한 집이 남동생 집이라고 알려주었다. 그들이 보낸 순찰차가 이미 확인한 사실이었다. 그 집에는 무기도 돈도 장물도 없었다. 림판의 수중에는 27크로나가 있었다.

11시 45분에 그들은 림판을 풀어주었다. 마르틴 베크와 콜베리도 그만 퇴근할 생각이었다.

"당신들에게 그런 유머 감각이 있는 줄은 꿈에도 몰랐어요." 림판이 떠나기 전에 한 말이었다. "일단 그 복장부터가 진짜 웃겼어요. 하지만 제일 웃겼던 건 차 뒤에 'PIG'라고 적혀 있던 거예요. 나라도 그 생각은 못 했을 것 같은데."

두 사람은 별로 재미있지 않았지만, 림판의 웃음소리는 그가 계단을 한참 내려간 뒤에도 계속 들려왔다. 꼭 〈웃는 경관〉*의 웃음소리 같았다.

대수로운 일은 아니었다. 그들은 조만간 그를 붙잡을 것이다. 림판은 늘 붙잡히고 마는 타입이었다.

그리고 그들에게도 조만간 달리 고민할 문제가 생길 것이다.

---

* 찰스 펜로즈가 부른 뮤직홀 음악. 노래 한 절이 끝날 때마다 길고 우스꽝스러운 웃음소리가 터져나온다. '마르틴 베크' 시리즈 4권 『웃는 경관』에서 마르틴 베크가 딸에게 이 곡이 담긴 EP판을 선물받는다.

3.

그 공항은 국가의 수치였고, 그 명성에 부끄럽지 않은 모양새였다. 스톡홀름 알란다 공항에서 이곳까지 실제 비행시간은 겨우 오십 분이었지만 비행기는 지금 스웨덴 최남단의 상공을 한 시간 반째 맴돌고 있었다.

"안개가 심합니다." 간결한 설명이었다.

사전에 충분히 예상할 수 있었던 상황이었다. 비행장은 스웨덴에서 안개가 제일 많이 끼는 지역에 본래 거주하던 주민들을 쫓아내고 지어졌다. 그곳은 잘 알려진 철새 이주 경로의 한중간이었고, 도심으로부터도 멀어서 불편했다.

게다가 비행장은 법으로 보호되는 자연경관을 망쳤다. 광범위하고 회복 불가능한 파괴는 생태학적으로 극악한 행위였다.

경찰 살해자

정부가 '더 인간적인 사회'라고 자칭하는 이 나라가 갈수록 반인도주의 사회가 되고 있음을 보여주는 한 사례였다. 사실 '더 인간적인 사회'라는 모토 자체가 워낙 냉소적인 것이어서 보통 사람들은 받아들이기 어려웠다.

결국 하늘을 맴도는 데 지친 조종사는 안개가 심하든 말든 비행기를 착륙시켰다. 한 줌의 승객들이 창백한 얼굴로 식은땀을 흘리면서 드문드문 줄지어 터미널 건물로 들어갔다.

터미널 건물 내부를 장식한 회색과 진노란색의 색채 조합은 무능과 부패의 냄새를 더 짙게 만드는 듯했다.

물론 이 덕분에 누군가는 자신의 스위스 은행 계좌에 수백만 달러를 입금할 수 있었을 것이다. 그런 사람이 이 나라의 가짜 민주주의와 임박한 파산에 작게나마 공식적으로 기여하고 있다는 사실을 전 국민이 부끄러워해야 마땅한 어느 고위 관료가.

마르틴 베크는 지난 몇 시간이 참으로 불쾌했다. 그는 비행이 싫었다. 더글러스 DC-9라는 새 기종도 도움이 되지 않았다. 비행기는 땅에 매인 인간은 헤아릴 수 없을 만큼 높은 고도로 가파르게 상승한 뒤 짐작도 못 할 속도로 육지 위를 날아왔는데, 그러고서는 한다는 일이 공중에서 뱅글뱅글 돌기였다. 종이컵에 담겨 제공된 음료는 커피라더니 입을 대자 구역질만 났다. 기내 공기는 습하고 나빴다. 몇 안 되는 다른 승객들은 바쁜 기술 관료나 사업가인지 수시로 손목시계를 보며 서류 가방 속 문서를 초조하게 뒤적였다.

도착장은 불쾌하다는 말로도 부족했다. 이 끔찍한 디자인 참 사에 비하면 어느 시골구석의 먼지투성이 버스 터미널은 활기 차고 명랑해 보일 것 같았다. 맛도 영양가도 없어서 음식의 패 러디라고나 불러야 할 핫도그를 파는 매점과, 콘돔과 야한 잡지 가 진열된 신문 판매소가 있었다. 빈 수화물 컨베이어 벨트와, 종교재판의 전성기에 설계된 듯한 의자들도 있었다. 그리고 하 품하는 경찰관들과 따분해하는 세관원들이 십여 명 있었는데, 다들 타의로 거기 있는 게 분명했다. 택시도 한 대 있었다. 기사 는 최신판 포르노 잡지를 운전대에 펼쳐두고 잠들어 있었다.

마르틴 베크는 작은 여행 가방이 컨베이어 벨트에 나타날 때 까지 지나치게 오래 기다린 뒤에 그것을 집어 들고 터미널 밖 가을 안개 속으로 나섰다.

한 승객이 택시에 탔고, 택시는 곧 떠났다.

도착장 안에서 마르틴 베크를 알아본 사람은 아무도 없는 것 같았다. 사람들은 다들 말하는 능력을 잃은 것처럼, 혹은 그 능 력을 쓰는 데 흥미가 없는 것처럼 심드렁했다.

국가범죄수사국 살인수사과 책임자가 이곳에 나타났건만 그 중요성을 알아차린 사람이 없었다. 굳이 여기까지 나와서 카드

놀이와 지나치게 익은 핫도그와 석유화학물질 같은 탄산음료로 시간을 때우는 초짜 기자들도 없었다. 이른바 높은 분들도 나오지 않은 것 같았다.

터미널 앞에 오렌지색 버스가 두 대 서 있었다. 플라스틱 표지판에 목적지가 룬드와 말뫼라고 적혀 있었다. 기사들은 묵묵히 담배를 피우고 있었다.

밤은 온화하고, 공기는 습했다. 전구 불빛을 둘러싸고 안개가 동그란 후광을 이뤘다.

버스들이 떠났다. 한 대는 빈 채로 가고 다른 한 대는 승객을 한 명 태우고 갔다. 다른 여행자들은 장기 주차장 쪽으로 총총 걸어갔다.

마르틴 베크는 여태 손바닥이 축축했다. 그는 안으로 들어가서 화장실을 찾았다. 물 내리는 장치가 고장 나 있었다. 소변기에 먹다 만 핫도그와 빈 보드카병이 버려져 있었다. 세면기에 동그랗게 기름때가 낀데다 머리카락이 붙어 있었다. 종이 타월 보관함은 비어 있었다.

이것이 말뫼 스투루프 공항이었다. 얼마나 따끈따끈한 최신 건물인지 아직 완공되지도 않았다.

마르틴 베크는 굳이 완공할 필요도 없겠다고 생각했다. 대실패의 전형이라는 점에서 이곳은 이미 완벽했다.

그는 손수건으로 손을 닦고 다시 밖으로 나가서 한동안 외롭게 어둠 속에 서 있었다.

그도 도착장에 경찰 악대가 대기하고 있으리라 기대한 건 아니었다. 지역 경찰서장이 말을 타고 나와 맞이하리라고 기대한 것도 아니었다.

그래도 이렇게 아무것도 없을 줄은 몰랐다.

그는 주머니에 손을 넣어 동전을 찾으면서, 전화선이 잘리거나 동전 투입구가 껌으로 막히지 않은 공중전화를 찾아봐야겠다고 생각했다.

그때 불빛이 안개를 갈랐다. 흑백 순찰차가 경사로를 천천히 올라와서 거대한 진노란색 출입구로 다가왔다.

천천히 다가온 순찰차는 한 명뿐인 여행자 앞에서 멈췄다. 차창이 내려갔다. 붉은 머리카락에 성긴 구레나룻을 기른 경찰관이 차가운 눈으로 마르틴 베크를 보았다.

마르틴 베크는 아무 말 하지 않았다.

일 분쯤 지났을까, 남자가 손을 들고 손가락을 까닥여서 그를 불렀다. 마르틴 베크는 차로 갔다.

"왜 거기서 어정거립니까?"

"차를 기다립니다."

"차를 기다린다고? 정말로?"

"아마 그쪽이 나를 도와줄 수 있을 겁니다."

순경은 어처구니없다는 얼굴이었다.

"당신을 도와요? 무슨 뜻입니까?"

"비행기가 연착했습니다. 그쪽의 무전을 좀 쓰면 좋겠는데요."

"댁이 뭐라고 생각하는 거요?"

남자는 마르틴 베크에게서 눈을 떼지 않은 채 어깨 너머로 말했다.

"들었어? 우리 무전을 쓰면 좋겠대. 우리를 무슨 포주로 아나. 들었어?"

"들었어." 다른 경찰관이 나른하게 대답했다.

"신분증 보여줄 수 있습니까?" 첫 번째 경찰관이 물었다.

마르틴 베크는 뒷주머니로 손을 가져갔지만 이내 마음을 바꾸어 팔을 떨어뜨렸다.

"네. 하지만 그러고 싶지 않군요."

그는 돌아서서 가방을 놓아둔 곳으로 돌아갔다.

"들었어?" 경찰관이 말했다. "그러고 싶지 않대. 자기가 뭐라도 되는 줄 아는 모양이야. 저치가 대단해 보여?"

말투에 담긴 빈정거림이 너무 무거워서 말이 벽돌처럼 땅에 떨어졌다.

"놔둬." 운전석의 경찰관이 말했다. "오늘 밤은 문제를 더 만들지 말자고. 알았어?"

빨강 머리는 마르틴 베크를 한참 노려보았다. 그러다가 웅얼웅얼 말소리가 들렸고, 차가 슬슬 굴러갔다. 차는 이십 미터 앞에서 다시 섰다. 백미러로 마르틴 베크를 지켜보기 위해서였다.

마르틴 베크는 다른 방향을 바라보면서 땅이 꺼져라 한숨을 쉬었다.

지금 여기 서 있는 그는 누가 봐도 평범한 사람이었다.

지난해에 그는 몸에 밴 경찰관의 태도를 조금 버리는 데 성공했다. 이제 자동적으로 뒷짐을 지진 않았고, 한곳에 서 있을 때 몸무게를 발 앞뒤로 번갈아 옮기는 행동도 잠시나마 참을 수 있었다.

근래에 살이 좀 붙었지만 그는 51세치고 탄탄한 몸에 키가 컸다. 다만 자세가 약간 구부정했다. 그는 또 예전에 비해 편한 복장이었다. 샌들, 청바지, 터틀넥 스웨터, 푸른색 합성섬유 재킷 차림이었다. 젊어 보이려고 애쓴 정도는 아니지만 경감의 복장으로는 파격적이라고 할 수도 있다.

순찰차 안의 두 경관은 이 상황을 그냥 넘기기가 어려운 모양이었다. 그들이 어쩔까 궁리하는 중에, 토마토 색깔의 오펠 아스코나 차량이 터미널 앞으로 휙 올라와서 끼익 섰다. 웬 남자가 차에서 내려 이쪽으로 돌아왔다.

"뇌이드?" 남자가 말했다.

"베크입니다."

"내가 이렇게 말하면 사람들이 보통 웃습니다."

"웃어요?"

"네, 웃기잖아요."

"그렇군요."

웃음은 마르틴 베크에게 쉽게 떠오르는 일이 아니었다.

"경찰관 이름으로 한심하잖습니까. 헤르고트 뇌이드. 그래서 나는 자기소개를 질문인 양 이렇게 합니다. 뇌이드? 그러면 사람들이 당황하죠."*

남자가 여행 가방을 트렁크에 실었다.

"내가 늦었죠." 남자가 말했다. "비행기가 어디 내릴지 아무도 모른다고 해서요. 평소처럼 코펜하겐에 내리겠지 싶어서 림함에 가 있었는데 여기 내렸다고 하더군요. 미안합니다."

남자는 높은 분이 언짢으신지 확인하려는 듯 미심쩍은 눈으로 마르틴 베크를 보았다.

---

* 스웨덴어 뇌이드(nöjd)는 '좋다', '기쁘다' 등의 뜻이라, "뇌이드?"라고 하면 "좋습니까?"라고 말하는 셈이다.

"괜찮습니다. 전혀 안 급한걸요." 마르틴 베크가 말했다.

뇌이드는 아까 그 자리에서 엔진을 공회전시키고 있는 순찰차를 흘긋 보았다.

"여기는 내 구역이 아닙니다." 뇌이드가 씩 웃으며 말했다. "저 친구들은 말뫼 소속이에요. 체포당하기 전에 가는 게 좋겠습니다."

뇌이드는 웃음이 헤픈 사람인 모양이었다. 그 웃음은 부드러운데다가 전염성이 있었다.

그래도 마르틴 베크는 웃지 않았다. 별로 웃기지 않기도 했고, 이 뇌이드라는 남자가 어떤 사람인지 파악하는 중이기도 했다. 말하자면 첫인상을 기억해두고 싶었다.

뇌이드는 경찰관치고는 키가 작았다. 그리고 안짱다리였다. 초록색 고무장화, 회갈색 능직 양복 차림에 뒤통수에는 빛바랜 사파리 모자를 얹어 농부처럼 보였다. 최소한 자기 땅을 가진 사람처럼 보였다. 얼굴은 거친데다가 햇볕에 탔고, 발랄한 갈색 눈의 눈꼬리에는 웃어서 생긴 주름이 있었다. 이런 모습이 실은 시골 경찰관의 한 전형이었다. 새로운 순응주의 문화에 잘 맞지 않는 타입, 그래서 점차 사라져가는 타입, 하지만 아직 멸종하진 않은 타입.

뇌이드는 아마 마르틴 베크보다 나이가 더 많겠지만, 더 조용하고 건강한 환경에서 근무한다는 이점이 있었다. 물론 그렇다고 해서 이곳 사람들이 다 조용하고 건강하다는 뜻은 아니었다.

"여기서 일한 지 이십오 년이 되어갑니다만, 이런 일은 처음입니다. 국가범죄수사국 살인수사과라뇨. 스톡홀름에서, 이런 사건으로."

뇌이드가 고개를 저었다.

"잘 해결될 겁니다." 마르틴 베크가 말했다. "아니면……."

그는 문장을 속으로만 맺었다. 아니면 아예 해결이 되지 않겠죠.

"맞아요." 뇌이드가 말했다. "당신들은 이런 사건을 잘 아니까요."

마르틴 베크는 뇌이드가 습관적으로 복수형을 썼는지 아니면 정말로 자신들 둘을 지칭하여 말했는지 궁금했다. 렌나르트 콜베리가 스톡홀름에서 차를 몰고 내려오고 있었다. 내일 도착할 예정이었다. 콜베리는 오랫동안 마르틴 베크의 오른팔이었다.

"곧 소문이 날 겁니다." 뇌이드가 말했다. "오늘 마을에서 못 보던 얼굴을 몇 명 봤거든요. 기자들 같아요."

뇌이드는 또 고개를 저었다.

"우리는 이런 일에 익숙하지 않습니다. 이런 관심에."

"사람이 실종된 것뿐입니다." 마르틴 베크가 말했다. "그 자체로는 특이할 게 없는 일입니다."

"그렇죠. 하지만 그게 핵심이 아니라서요. 전혀요. 지금 설명을 해드릴까요?"

"고맙지만 지금은 됐습니다. 기분 나쁘지 않으시다면."

"전혀 기분 나쁘지 않습니다. 난 그런 스타일이 아니에요."

뇌이드가 또 웃었지만, 이내 자제하고 엄숙하게 덧붙였다.

"하지만 수사 책임자는 내가 아니죠."

"어쩌면 실종자가 다시 나타날 겁니다. 보통 그러니까요."

뇌이드가 세 번째로 고개를 저었다.

"아닐 것 같습니다." 뇌이드의 말이었다. "내 의견이 의미가 있는지 모르겠지만. 아무튼 간단히 해결될 사건이라고 하니까요. 다들 그렇게 말합니다. 그 말이 옳을 수도 있죠. 이 헛짓거리는…… 미안합니다. 살인수사과에 요청하고 이런 건 다 이 사건이 비정상적인 상황이라서랍니다."

"누가 그러던가요?"

"국장이요, 보스가."

"트렐레보리 경찰국장?"

"그죠. 하지만 당신 말이 옳아요, 지금은 그 이야기를 하지 맙시다. 우리가 지금 달리는 길은 새로 놓인 공항 도로입니다. 이제 말뫼와 위스타드 간 고속도로로 들어갑니다. 이것도 새 길이죠. 오른편 불빛 보입니까?"

"네."

"저게 스베달라예요. 여기는 아직 말뫼 관할이죠. 크기로만 따지면 어마어마한 구역이에요."

차가 안개 지대를 벗어났다. 안개는 공항 인근에만 끼는 모양이다. 하늘에 별이 한가득이었다. 마르틴 베크는 창을 내리고 바깥 냄새를 마셨다. 휘발유와 디젤유 냄새와 더불어 부엽토와 거름의 기름진 냄새가 났다. 공기에 냄새가 포화해 있었다. 비옥한 냄새였다. 뇌이드는 고속도로를 몇백 미터 달리다 말고 오른쪽으로 꺾었다. 시골 냄새가 한층 짙어졌다.

그 속에 한 가지 특이한 냄새가 있었다.

"사탕무 줄기와 펄프 냄새입니다." 뇌이드가 알려주었다. "이 냄새를 맡으면 어릴 때 생각이 나죠."

고속도로에는 승용차도 있었고 대형 컨테이너 트럭도 끊임없이 달렸지만 이 길에는 그들이 탄 차뿐인 듯했다. 완만하게 굴곡진 들판 위로 밤이 까만 벨벳처럼 내려앉았다.

뇌이드는 이 길을 무수히 달려봤고 그래서 굽이굽이를 제 손바닥처럼 아는 듯했다. 그는 일정 속도로 달렸는데 길을 주시할 필요도 없어 보였다.

그가 담뱃불을 붙이고 마르틴 베크에게도 권했다.

"고맙지만 됐습니다."

마르틴 베크는 지난 이 년간 담배를 다섯 개비도 피우지 않았다.

"내가 제대로 들은 거라면, 여관에서 묵고 싶다고 하셨다고요." 뇌이드가 말했다.

"네, 그러면 됩니다."

"뭐, 일단 방을 잡아뒀습니다."

"좋습니다."

전방에 작은 시내의 불빛이 나타났다.

"자, 도착했습니다." 뇌이드가 말했다. "여기가 안데르슬뢰브입니다."

거리는 비었지만 환했다.

"여기는 밤놀이 같은 건 없어요. 조용하고 평화롭습니다. 좋은 동네예요. 여기서 평생을 살았는데, 불평할 일이 하나도 없었습니다. 지금까지는요."

마르틴 베크는 동네가 너무 죽은 것처럼 보인다고 생각했다. 하지만 그렇게 보이는 게 정상인지도 모를 일이었다.

뇌이드가 속도를 늦추며 낮은 노란색 벽돌 건물을 가리켰다.

"경찰섭니다. 물론 이 시각에는 닫혀 있죠. 원하신다면 열 수 있습니다."

"저 때문에 열 건 없습니다."

"여관은 저 모퉁이를 돌면 있습니다. 방금 지나온 정원이 여관에 딸린 정원이죠. 하지만 이 시각에는 여관 식당도 닫습니다. 괜찮다면 내 집으로 가서 샌드위치와 맥주를 드시죠."

마르틴 베크는 배고프지 않았다. 비행 때문에 있던 식욕마저 날아갔다. 그는 정중하게 거절하고 이렇게 말했다.

"해변까지 멉니까?"

상대는 이 질문에 놀라지 않은 듯했다. 뇌이드는 쉽게 놀라지 않는 사람 같았다.

"아니요. 멀다고 할 수 없죠."

"차로 얼마나 걸립니까?"

"대충 십오 분. 최대로 잡아도."

"가달라고 하면 실례일까요?"

"전혀요."

뇌이드는 차를 꺾어서 중심 도로로 보이는 곳으로 들어섰다.

"여기가 이 마을의 가장 큰 볼거립니다. 주도로죠. 다들 그냥 주도로라고 불러요. 예전에는 이 길이 말뫼에서 위스타드로 가는 간선도로였습니다. 여기서 우회전하면, 남쪽으로 내려가는 겁니다. 여기서부터가 진짜 스코네라고 할 수 있죠."

샛길은 구불구불했지만, 뇌이드는 여전히 자신 있고 수월하게 운전했다. 차는 농장과 흰 교회를 지나쳤다.

십 분 뒤, 바다 냄새가 났다. 그로부터 몇 분을 더 달리니 해변이었다.

"차 세울까요?"

"네, 부탁합니다."

"혹시 물장구를 치고 싶다면 트렁크에 여벌 장화가 있습니다." 뇌이드가 이렇게 말하고 키득거렸다.

"고맙습니다. 그러고 싶군요."

마르틴 베크는 장화를 신었다. 너무 꼭 끼었지만 오래 놀 생각은 아니라 괜찮았다.

"여기가 정확히 어딥니까?"

"뵈스테. 오른쪽 저 불빛이 트렐레보리입니다. 왼쪽 등대는 스뮈게후크. 그 너머에는 아무것도 없죠."

스뮈게후크는 스웨덴의 최남단 지점이었다.

불빛과 하늘에 반사된 빛으로 보아 트렐레보리는 큰 도시 같았다. 환하게 불을 밝힌 대형 여객선 한 채가 그곳 항구로 들어가고 있었다. 아마 동독 자스니츠에서 오는 열차 연락선일 것이다.

발트해가 나른하게 해변으로 밀려왔다. 밀려온 물은 부드럽게 쉬쉬 소리 내면서 고운 모래 속으로 사라졌다.

마르틴 베크는 출렁이는 해초 방벽을 밟고 넘어가서 물속으로 두어 걸음 들어갔다. 장화를 통해 느껴지는 물이 기분 좋게 차가웠다.

그는 허리를 숙이고 두 손을 모아서 물을 채웠다. 그 물로 얼굴을 씻고 코로도 차가운 물을 빨아들였다. 상쾌하고 짭조름했다.

공기는 축축했다. 해초, 생선, 타르 냄새가 났다.

몇 미터 밖에 널어둔 그물과 어선의 실루엣이 보였다.

콜베리가 늘 하는 말이 있는데 뭐였더라?

범죄수사국 소속이라서 제일 좋은 점은 가끔 도시를 벗어날 수 있는 거라고 했다.

마르틴 베크는 고개를 들고 귀를 기울였다. 바다의 소리뿐이었다.

한참 후에 그는 차로 돌아갔다. 뇌이드는 보닛에 기대서서 담배를 피우고 있었다. 마르틴 베크는 고개를 끄덕했다.

내일 아침에는 사건을 살펴볼 것이다.

그는 별 기대를 품고 있지 않았다. 이런 사건은 예사로운 일이었다. 늘 똑같이 반복되는 이야기, 보통 비극적이고 우울한 이야기였다.

바다에서 불어오는 바람이 부드럽고 시원했다.

캄캄한 수평선에 화물선이 지나가고 있었다. 서쪽으로. 우현에 켜둔 초록색 랜턴과 선체 중앙 불빛이 마르틴 베크에게도 보였다.

저 배에 타고 있으면 얼마나 좋을까 싶었다.

4.

마르틴 베크는 눈뜨자마자 잠에서 깼다. 방은 검소하지만 쾌적했다. 침대가 두 개, 북향 창이 있었다. 두 침대는 일 미터 간격으로 나란히 있었다. 한 침대 위에는 여행 가방이 있었고, 다른 침대에 그가 누워 있었다. 그가 그림 설명 두 편과 본문 반쪽을 읽다가 잠들었던 책이 바닥에 떨어져 있었다. '역사적인 유명 여객선들' 시리즈의 한 권으로 제목은 『프랑스의 사축 터보 발전 기선 노르망디』였다.

그는 시계를 보았다. 7시 반이었다. 밖에서 뜨문뜨문 차 소리며 사람 목소리가 들렸다. 건물 안 어디선가 변기 물 내리는 소리가 들렸다. 그런데 뭔가 평소와 달랐다. 그는 곧 뭔지 알아차렸다. 자신이 잠옷을 입고 있었다. 요즘은 여행할 때 외에는 잠옷을 입지 않았다.

그는 창가로 가서 밖을 보았다. 날씨가 좋아 보였다. 여관 뒤쪽 잔디밭에 해가 비치고 있었다.

그는 씻고 얼른 옷을 입고 아래층으로 내려갔다. 아침을 먹을까 잠시 고민했지만 먹지 않기로 했다. 그는 아침 먹는 것을 좋아한 적이 없었다. 특히 어릴 때 학교 가기 전 어머니의 성화에 못 이겨 코코아 한 잔과 샌드위치 세 조각을 삼켜야 했을 때는 정말 싫었다. 가끔은 등굣길에 토하기도 했다.

아침 대신 그는 바지 주머니에서 찾은 1크로나 동전을 현관 오른편 슬롯머신에 넣었다. 핸들을 당겼다. 체리 세 개가 나왔다. 그는 수확물을 주머니에 챙겼다. 여관을 나서서 자갈 깔린 광장을 대각선으로 가로지르고, 아직 열지 않은 주류 판매점을 지나서 모퉁이를 두 번 더 돌았다. 그랬더니 경찰서였다. 소방차가 경찰서 정면을 떡 막고 선 것으로 보아 옆 건물은 의용 소방대가 쓰는 모양이었다. 마르틴 베크는 소방차 사다리 밑으로 기다시피 지나갔다. 기름때 낀 오버올을 입은 남자가 소방차를 손보고 있었다.

"안녕하세요." 남자가 쾌활하게 인사했다.

마르틴 베크는 놀랐다. 여기는 모두가 서로를 데면데면하게 대하는 스웨덴의 여느 도시와는 다른 마을인 게 분명했다.

경찰 살해자

"안녕하세요." 마르틴 베크도 인사했다.

경찰서 문은 잠겨 있었고, 유리에 테이프로 붙인 마분지 조각에 볼펜으로 이렇게 적혀 있었다.

근무시간

주중 08:30~12:00

그리고 13:00~14:30

목요일은 추가로 18:00~19:00

토요일은 쉼

일요일은 언급이 없었다. 일요일에는 범죄가 일어나지 않는 것일까. 금지되어 있을지도 모른다.

마르틴 베크는 안내문을 한참 들여다보았다. 스톡홀름 사람에게는 경찰서를 이렇게 운영할 수 있다는 생각 자체가 이해하기 어려웠다.

어쩌면 싫어도 아침을 먹어야 하는지도 모르겠다.

"헤르고트는 곧 올 겁니다." 오버올을 입은 남자가 말했다. "십 분 전에 개를 데리고 나갔어요."

마르틴 베크는 끄덕였다.

"당신이 그 유명한 형사입니까?"

답하기 어려운 질문이라 마르틴 베크는 곧장 대꾸하지 못했다.

남자는 계속 소방차를 손보았다.

"기분 나쁘라고 한 말은 아닙니다." 남자가 고개를 돌리지도 않고 말했다. "여관에 유명한 경찰이 온다는 소문을 들어서요. 당신은 처음 보는 분이고 해서."

"네, 내가 아마 그 사람일 겁니다." 마르틴 베크는 자신 없게 대답했다.

"그렇다면 폴케가 감옥에 간다는 뜻이겠군요."

"왜 그렇게 생각합니까?"

"아, 다들 알아요."

"그래요?"

"안됐어요. 폴케의 훈제 청어는 기똥차게 맛있는데."

남자는 대화를 중단하고 소방차 밑으로 기어 들어가서 사라졌다.

만약 모든 사람이 이렇게 생각한다면, 뇌이드의 말이 과장이 아니었다.

마르틴 베크는 손가락으로 이마 가장자리를 꾹꾹 누르면서 생각에 잠긴 채 서 있었다.

일이 분쯤 지나자 헤르고트 뇌이드가 소방차 너머에 나타났다. 그는 어제와 같은 사파리 모자를 뒤통수에 쓰고 있었고, 체크무늬 플란넬 셔츠와 정복 바지, 옅은 색 스웨이드 구두 차림이었다. 손에 들린 목줄에 커다란 옘툰드*가 묶여 있었다. 그들도 소방차 사다리 밑을 살살 지나왔다. 개가 번쩍 일어서서 마르틴 베크의 가슴에 앞다리를 턱 얹고 얼굴을 핥기 시작했다.

"앉아, 팀뮈." 뇌이드가 말했다. "앉으라고. 이놈의 개가."

무거운 개라서 마르틴 베크는 뒤로 두 걸음 비틀비틀 밀려났다.

"앉아, 팀뮈." 뇌이드가 말했다.

개는 철퍼덕 내려가서 뱅글뱅글 세 바퀴를 돌더니 마지못해 앉고서는 주인을 보며 귀를 세웠다.

"세계 최악의 경찰견일 겁니다. 하지만 놈도 변명거리가 있죠. 훈련을 받길 했나, 복종 연습을 하길 했나. 그래도 내가 경찰관이니까 놈도 경찰견이죠. 말하자면."

뇌이드가 껄껄 웃었다. 마르틴 베크는 그가 왜 웃는지 알 수 없었다.

"호이에프가 왔을 때 경기에 데려갔었거든요."

"호이에프?"

"헬싱보리 IF요. 축구 안 보시나 봅니다."

---

* 스웨디시엘크하운드라고도 불리는 사냥개 품종.

"네."

"아무튼, 당연하게도 이놈이 달아나서 경기장에 난입했단 말입니다. 안데르슬뢰브 선수에게서 공을 빼앗았어요. 폭동이 일어날 뻔했죠. 나는 심판에게 호통을 들었고요. 그게 지난 몇 년 사이 이 동네에서 벌어진 가장 극적인 사건이었습니다. 이번 사건 전에는 말입니다. 내가 어떻게 해야 했을까요? 심판을 체포해야 했을까요? 축구 심판의 지위가 순전히 법적인 시각에서 어떤지 나는 모르겠네요."

뇌이드가 또 껄껄 웃었다.

"내가 경기장으로 들어가서 심판을 체포한단 말입니다. 내가 말하겠죠. '뇌이드? 경찰입니다. 함께 가시죠. 공무집행방해죄입니다.' 씨알도 안 먹혔을걸요. 그래서 그냥 멍청이처럼 가만있었죠."

뇌이드가 또 웃었다. 마르틴 베크는 이번에는 왜 웃는지 물을 수밖에 없었다.

"왜 웃습니까?"

"그게, 팀뤼가 골을 넣었다면 어땠을까 하는 생각이 나서요. 그럼 어땠을까요?"

마르틴 베크는 말문이 막혔다.

"오, 거기 안녕하쇼." 뇌이드가 말했다.

경찰 살해자

"좋은 아침, 헤르고트." 소방차 밑에서 낮은 목소리가 들려왔다.

"이봐, 옌스. 이놈의 차를 꼭 이렇게 경찰서 앞에 대야겠어?"

"아직 안 열었잖아." 옌스가 말했다. 웅얼거리는 목소리였다.

"지금 열 거라고."

뇌이드가 열쇠를 달그락거렸다. 개가 얼른 일어났다.

그는 문을 열고 마르틴 베크를 힐긋 보며 말했다.

"트렐레보리 지구 안데르슬뢰브 출장소에 오신 것을 환영합니다. 사실은 여기가 마을 회관입니다. 사회보장국 사무실 겸 경찰서 겸 도서관이죠. 나는 위층에 삽니다. 반짝반짝 새 건물이에요. 유치장이 끝내주죠. 올해 딱 두 번 썼습니다. 여기가 내 사무실입니다. 들어오세요."

책상 하나와 손님용 안락의자 두 개가 있는 사무실은 쾌적했다. 큰 창으로 파티오 같은 마당이 내다보였다. 개가 책상 밑에 엎드렸다.

책상 뒤에 육중한 책들이 가득 꽂힌 선반이 있었다. 대부분 스웨덴 법령집이었지만 다른 책도 많았다.

"트렐레보리에서 벌써 전화가 왔었습니다." 뇌이드가 말했다. "수사 책임자가요. 국장도 걸었고. 당신이 여기 머문다고 하니까 실망한 눈치더군요."

뇌이드는 책상에 앉아서 담배를 꺼냈다.

마르틴 베크는 안락의자에 앉았다.

뇌이드는 다리를 꼬고 쓰고 있던 모자를 콕 집어서 책상에 놓았다.

"그 사람들, 틀림없이 오늘 여기에 올 겁니다. 적어도 책임자는 올 거예요. 우리가 트렐레보리로 납시지 않는다면 말이죠."

"나는 여기 있는 편이 좋습니다."

"그러세요."

뇌이드가 책상에 놓인 서류를 뒤적였다.

"보고서예요. 보시겠습니까?"

마르틴 베크는 잠시 고민하다가 청했다.

"말로 설명해줄 수 있습니까?"

"기꺼이 그러죠."

마르틴 베크는 마음이 편했다. 그는 뇌이드가 좋았다. 일은 잘 해결될 것이다.

"여기는 인원이 몇 명 있습니까?"

"다섯이요. 비서가 한 명, 착한 아가씨예요. 그리고 순경이 셋. 결원이 없을 때는 그렇습니다. 순찰차 한 대. 참, 아침 먹었습니까?"

"아니요."

"드실래요?"

"네."

마르틴 베크는 정말로 약간 허기지기 시작했다.

"좋아요." 뇌이드가 말했다. "그럼 이렇게 하죠. 집으로 올라 갑시다. 8시 반에 브리타가 와서 문을 열 거예요. 무슨 일이 있으면 위층으로 전화해서 알려줄 겁니다. 집에 커피랑 차랑 빵이랑 버터랑 치즈랑 마멀레이드랑 계란이 있어요. 뭐가 더 있는지 잘은 모르지만. 커피 드십니까?"

"차가 더 좋긴 합니다."

"나도 차를 마십니다. 자, 그러면 보고서를 들고 올라갑시다. 됐나요?"

위층의 집은 쾌적하고 개성적이고 단정했지만, 가족이 사는 공간은 아니었다. 그곳에 사는 사람이 독신이라는 것, 독신자다운 생활 습관을 갖고 있다는 것, 오래, 아마도 평생 그렇게 살아왔다는 것을 한눈에 알 수 있었다. 벽에 사냥용 엽총 두 자루와 옛 경찰 기병도가 걸려 있었다. 뇌이드의 공무용 발터 7.65 권총은 식탁처럼 보이는 탁자에 깔린 유포 위에 해체되어 있었다.

총이 뇌이드의 취미인 게 분명했다.

"나는 사격을 좋아합니다." 뇌이드가 말했다.

그러고는 웃었다.

"하지만 사람에게 쏘진 않아요." 그가 덧붙였다. "사람에게는 한 번도 쏜 적 없습니다. 사실 겨냥해본 적도 없네요. 그건 그렇고, 차고 다니진 않습니다. 리볼버도 있어요. 시합용. 하지만 그건 아래층 금고에 넣고 잠가두었죠."

"잘 쏩니까?"

"글쎄요. 가끔 우승하는 정도죠. 드물게. 물론 배지는 있습니다."

배지란 금배지를 말하는 것이리라. 가장 뛰어난 사수들만이 딸 수 있는 배지였다.

마르틴 베크는 사격 실력이 형편없었다. 금배지는 어불성설이었다. 다른 배지라도 마찬가지였다. 한편 그는 사람에게 겨냥해본 적이 있었고, 쏴본 적도 있었다. 그래도 죽인 적은 없었다. 어떤 상황에도 다행스러운 점이 하나는 있는 법이다.

"원한다면 상을 치워드릴 수 있습니다." 뇌이드가 내키지 않는 듯 말했다. "나는 보통 부엌에서 먹지만요."

"나도 그렇습니다." 마르틴 베크가 말했다.

"그쪽도 독신인가요?"

"그런 셈입니다."

"그렇군요."

뇌이드는 더는 관심을 보이지 않았다.

마르틴 베크는 이혼했고, 다 큰 자식이 둘 있었다. 스물두 살 딸과 열여덟 살 아들이었다.

'그런 셈'이라고 말한 것은 지난 일 년간 그의 집에 자주 와 있는 여자가 있기 때문이었다. 레아 닐센이라는 이름의 여자를 마르틴 베크는 사랑하는 것 같았다. 레아가 오자 그의 집이 바뀌었다. 그가 보기에는 좋은 쪽으로 바뀌었다.

하지만 그 문제는 뇌이드의 관심사가 아니었다. 뇌이드는 국가범죄수사국 살인수사과 책임자의 사생활에 완벽하게 무관심한 듯했다.

현대적 설비가 갖춰진 부엌은 실용적이고 효율적이었다. 뇌이드는 화구에 물을 올리고, 냉장고에서 계란 네 알을 꺼내고, 커피포트로 차를 끓였다. 커피포트로 물을 끓여서 티백이 담긴 컵에 붓는 방식이었다. 미식가를 만족시킬 방법은 아니겠지만 효율적이었다.

자신도 도와야 한다는 기분이 들어서 마르틴 베크는 빵 두 조각을 꺼내어 전기 토스터에 넣었다.

"이 동네 빵은 진짜 맛있어요." 뇌이드가 말했다. "나는 그냥 생협에서 사지만요. 생협을 좋아하거든요."

마르틴 베크는 생활협동조합 가게를 좋아하지 않았지만, 굳이 말하진 않았다.

"가까워요." 뇌이드가 계속 말했다. "이 동네는 모든 게 가까이 있죠. 안데르슬뢰브가 스웨덴을 통틀어 상업 밀집도가 가장 높은 동네일 것 같습니다. 최고는 아니라도 대충 그럴 것 같아요."

두 사람은 식사를 하고 설거지를 했다. 거실로 자리를 옮겼다.

뇌이드가 뒷주머니에서 접힌 보고서를 꺼냈다.

"서류." 그가 말했다. "나는 서류에 진절머리가 납니다. 경찰은 서류를 다루는 직업이 되어버렸어요. 온종일 신청서니 등록증이니 사본이니 하는 것들을 다루죠. 예전에는 여기 경찰관이 위험한 직업이었어요. 일 년에 두 번 사탕무 시즌에는 별의별 어중이떠중이가 다 모였거든요. 어떤 인간들은 술을 마시고는, 내가 말씀드려도 그쪽은 믿지 않을 만큼 험악하게 싸우곤 했답니다. 가끔 그런 데 출동해서 싸움을 말려야 했죠. 그러니 내 얼굴을 온전히 지키려면 주먹이 빨라야 했고요. 거친 일이었지만 어떤 면에서는 재밌었어요. 요즘은 다르죠. 자동화에, 기계화에."

뇌이드가 잠시 말을 멈추었다.

"하지만 원래 하려던 이야기는 이게 아니고. 문제의 사건에 관해서라면, 보고서를 볼 필요도 없습니다. 내용이 무진장 간단하거든요. 실종자는 시그브리트 모르드라는 여잡니다. 서른여덟 살이고, 트렐레보리의 페이스트리 가게에서 일해요. 이혼했

고, 아이는 없고, 돔메라는 마을의 작은 집에서 혼자 삽니다. 말
뫼 쪽으로 가다 보면 있는 마을이에요."

뇌이드가 마르틴 베크를 보았다. 진지한 표정이어도 뇌이드
의 얼굴에는 유머가 있었다.

"말뫼 쪽으로." 뇌이드가 되풀이했다. "그러니까 여기서 101번
도로를 타고 서쪽으로."

"내 방향 감각을 믿지 않는군요." 마르틴 베크가 말했다.

"남부 평야에서 길을 잃는 사람이 그쪽이 처음은 아닐 테니
까요. 말이 나왔으니 말인데……."

"네?"

"내가 최근에 스톡홀름에 갔을 때 말입니다. 제발 그게 마지
막이면 좋겠구먼, 아무튼 그때 국가경찰위원회 건물을 찾다가
대신 《뉘 다그》 편집부 건물로 들어갔지 뭡니까. 계단에서 당
수*를 마주치고는 대체 이 양반이 국가경찰위원회에서 뭘 하는
건가 싶었죠. 하지만 좋은 사람이더라고요. 내가 가려는 곳까지
데려다줬습니다. 자기 자전거를 끌고서."

마르틴 베크가 웃었다.

뇌이드도 합세하여 웃었다.

---

* 《뉘 다그》는 공산당 기관지로, 당수는 1964~1975년 공산당 당수였던 C.H. 헤르만손을 말한다.

"이게 끝이 아니에요. 이튿날 그 동네 경찰국장에게 인사하러 가야겠다는 생각이 들었어요. 옛날 국장, 전에 여기 말뫼에 있었던 양반 말입니다. 새 국장은 몰라요. 다행이지. 아무튼 그래서 시청에 갔는데, 경비원 같은 친구들이 내게 블루홀* 견학을 시켜주려고 하는 게 아니겠어요. 간신히 그 친구들에게 원하는 걸 말했더니, 나를 셸레가탄으로 보내더라고요. 그래서 그만 법원에 들어갔죠. 법원 경비원이 내게 당신 재판은 몇 번 방에서 열리느냐, 무슨 일로 회부되었느냐 묻더라고요. 간신히 앙네가탄의 경찰 건물에 도착했을 때는 뤼닝이 벌써 퇴근하고 없었어요. 그래서 뭐 인사는 못 했죠. 나는 야간열차로 내려왔고요. 내려오는 내내 기분이 좋더라고요. 남쪽으로 육백 킬로미터, 얼마나 큰 차이인지."

뇌이드는 뭔가를 생각하는 듯했다.

"스톡홀름." 그가 다시 꺼낸 말이었다. "비참한 도시예요. 하지만 당신은 그곳을 좋아하겠죠."

"평생 거기서 살았으니까요." 마르틴 베크가 말했다.

"말뫼는 좀 낫습니다. 대단히 좋진 않지만. 나를 국장 같은 걸 시켜준다면 모를까, 그렇지 않고서야 말뫼에서 일하고 싶지

---

* 노벨상 수상 기념 만찬이 열리는 것으로 유명한 스톡홀름 시청 내부의 방.

경찰 살해자

는 않아요. 스톡홀름은 고려도 하지 않을 거고요."

뇌이드가 껄껄 웃었다.

"시그브리트 모르드." 마르틴 베크가 말했다.

"시그브리트는 그날 쉬는 날이었습니다. 차는 수리를 맡긴 터라서, 버스를 타고 안데르슬뢰브로 왔죠. 볼일을 보려고. 은행에도 가고 우체국에도 가고. 그러다가 사라졌답니다. 다시 버스를 타진 않았어요. 기사가 시그브리트를 아는데, 시그브리트가 타지 않았다고 하더군요. 그후로 시그브리트를 본 사람이 아무도 없습니다. 그게 10월 17일이었습니다. 시그브리트가 우체국을 나간 게 1시쯤이었고요. 시그브리트의 차는 폭스바겐인데, 아직 정비소에 있습니다. 차에 아무것도 없고요. 내가 직접 가서 봤습니다. 차에서 이런저런 샘플을 채취해서 헬싱보리의 실험실로 보냈죠. 다 꽝이었어요. 단서는 하나도 없었습니다."

"여자를 압니까? 개인적으로?"

"그럼요. 요즘처럼 자연으로 돌아가자 어쩌고 하는 유행이 일기 전만 해도, 나는 우리 구역 주민을 한 명도 빼놓지 않고 다 알았습니다. 요즘은 그게 쉽지 않아요. 버려진 낡은 집이나 쓰러져가는 헛간에서 사는 사람들이 있거든요. 그런 사람들은 주소지 등록을 하지 않아요. 기껏 차를 몰고 가보면, 벌써 다른 데로 이사 갔죠. 또 다른 사람이 들어와 살고 있는 거예요. 염소랑

매크로바이오틱* 텃밭만 남겨두고 말입니다."

"시그브리트 모르드는 다릅니까?"

"네. 시그브리트는 평범한 타입이에요. 여기서 산 지 이십 년이나 됐죠. 원래는 트렐레보리 출신이고. 안정적인 타입인 것 같습니다. 늘 직장을 갖고 있고 그런. 지극히 보통이죠. 좌절감을 좀 느끼는지는 모르겠지만."

뇌이드가 담배를 골똘히 보다가 불을 붙였다.

"하지만 그것도 이 지방에서는 보통이니까요." 뇌이드가 계속 말했다. "예를 들어, 나는 담배를 너무 많이 피웁니다. 이것도 좌절감 때문인지 몰라요."

"그러니까 그가 그냥 달아났을 수도 있겠군요?"

뇌이드가 허리를 숙여서 개의 귀 뒤를 긁었다.

"네." 뇌이드가 한참 뒤에 대답했다. "그것도 가능한 이야기죠. 하지만 나는 그럴 거라고 생각하지 않습니다. 여기는 사람이 아무도 모르게 뿅 하고 사라질 수 있는 동네가 아니에요. 그리고 떠나는 사람들은 집을 그렇게 말짱하게 남겨두지 않습니다. 내가 트렐레보리에서 나온 형사들하고 그 집에 갔었는데

---

* 동양의 자연 사상과 음양 원리에 뿌리를 두고 있는 식생활법. 자신이 거주하는 곳에서, 제철에 나는 음식을 먹으며, 작물의 뿌리부터 껍질까지 버리지 않고 전부 섭취하고, 육류보다는 곡류와 채식을 중심으로 한 식단을 권장한다.

경찰 살해자

요, 모든 게 다 그대로 있더군요. 서류도 소지품도. 보석이나 그런 것들도. 커피포트하고 컵은 식탁에 있었어요. 꼭 시그브리트가 금방 돌아올 생각으로 잠시 나간 것처럼 보이더군요."

"그러면 당신은 어떻게 생각합니까?"

이번에는 뇌이드의 대답이 더 늦게 나왔다. 뇌이드는 왼손으로 담배를 들고 오른손은 개가 장난 삼아 잘근거리도록 놔두고 있었다. 그의 얼굴에서 웃음기가 사라졌다.

"나는 시그브리트가 죽었다고 생각합니다."

이 말이 뇌이드가 이 주제에 관해서 한 말의 전부였다.

멀리서 육중한 차량이 덜커덩덜커덩 주도로를 지나가는 소리가 들렸다.

뇌이드가 고개를 들었다.

"대형 트럭들은 아직도 말뫼에서 위스타드로 갈 때 이 길을 탄답니다. 새로 생긴 11번 도로가 훨씬 더 빠른데도요. 트럭 기사들은 습관의 동물이에요."

"벵트손은 어떻게 된 겁니까?" 마르틴 베크가 물었다.

"그에 대해서는 나보다 당신이 더 잘 알 텐데요."

"어쩌면요. 아닐 수도 있고요. 우리가 그를 성범죄 살인으로 잡아들인 건 거의 십 년 전이었습니다. 구구한 문제가 많았죠. 그는 이상한 사람이었어요. 하지만 그후에 그가 어떻게 되었는지는 모릅니다."

"나는 압니다." 뇌이드가 말했다. "이 마을 사람들은 다 압니다. 그는 정신이 온전하다는 평가를 받았고, 감옥에서 칠 년 반을 살았습니다. 그후 이리로 내려와서 작은 집을 샀죠. 돈이 좀 있었던지, 배도 한 척 사고 낡은 왜건도 한 대 샀죠. 요즘은 생선 훈제로 먹고삽니다. 생선을 직접 잡기도 하고, 조합에 가입하지 않고 부업 차원에서 독자적으로 조업하는 어부들에게서 사기도 합니다. 직업 어부에게 흔한 방식은 아니지만 그렇다고 불법은 아니니까요. 내가 알기로는 그렇습니다. 그다음에 차로 돌아다니면서 훈제 청어랑 신선한 달걀을 팔아요. 주로 소수의 단골들에게. 여기 주민들은 폴케를 점잖은 사람이라고 받아들였습니다. 폴케는 아무에게도 해를 끼친 적 없어요. 말수가 적고 주로 혼자 지내죠. 은퇴자 타입이랄까. 내가 폴케를 마주칠 때마다 느끼는 건데, 폴케는 자신이 존재하는 것만으로도 미안하다는 듯한 태도예요. 하지만……."

"네?"

"폴케가 살인자였다는 건 모두가 압니다. 재판에서 유죄를 받았다는 걸. 게다가 상당히 추악한 살인이었던 모양이더군요. 무고한 외국인 여성을."

"로재나 맥그로라는 여성이었죠.* 매우 고약한 사건이었습니

경찰 살해자

다. 역겨웠죠. 하지만 그는 성적으로 도발을 당했어요. 최소한 그의 입장에서는 그랬습니다. 우리도 그를 다시 자극하고서야 겨우 붙잡을 수 있었죠. 개인적으로는 그가 어떻게 정신과 검사를 통과했는지 이해가 되지 않습니다."

"아이고." 이렇게 말하는 뇌이드의 눈가에 웃음 주름이 거미줄처럼 퍼졌다. "나도 스톡홀름에서 법정신의학 속성 과정을 들어봤단 말입니다. 전체 사건의 50퍼센트는 의사가 환자보다 더 미친 사람들이에요."

"내가 아는 한, 폴케 벵트손은 확실히 정신적으로 문제가 있었습니다. 가학성애, 청교도주의, 여성 혐오가 섞인. 그가 시그브리트 모르드를 압니까?"

"아느냐고요?" 뇌이드가 말했다. "폴케의 집에서 시그브리트의 집까지의 거리는 이백 미터도 안 됩니다. 서로 가장 가까운 이웃이죠. 시그브리트가 폴케의 단골손님이고요. 하지만 최악의 문제는 그게 아닙니다."

"그럼요?"

"핵심은 시그브리트가 우체국에 있었을 때 폴케도 거기 있었다는 점입니다. 둘이 말을 주고받는 걸 본 목격자들이 있어요.

---

* '마르틴 베크' 시리즈 1편 『로재나』가 이 사건을 다룬 이야기다.

폴케는 차를 광장에 세워뒀고요. 폴케가 우체국에서 시그브리트 바로 뒤에 줄을 섰고, 시그브리트가 나가고 나서 오 분 뒤에 우체국을 나갔죠."

잠시 침묵이 흘렀다.

"당신은 폴케 벵트손을 알지요." 뇌이드가 말했다.

"네."

"그러면 그가 그럴 수 있다고……."

"네." 마르틴 베크는 말했다.

5.

　"솔직하게 말하자면, 나는 늘 그럽니다만, 시그브리트는 죽었고 사태는 폴케에게 아주 나쁜 것 같습니다." 뇌이드가 말했다. "나는 우연의 일치를 믿지 않아요."

　"여자에게 남편이 있었다고 했지요?"

　"맞아요. 배의 선장인데, 술을 너무 마셔요. 육 년 전에 간 질환에 걸려서 에콰도르에서 집으로 보내졌죠. 회사에서 잘리진 않았지만, 의사들이 건강에 이상이 없다는 증명서를 떼어주지 않으니 다시 바다로 나갈 수 없었어요. 그래서 여기 와서 살았는데, 계속 술을 마셨고, 얼마 못 가 시그브리트와 헤어졌습니다. 지금은 말뫼에 삽니다."

　"그와 접촉한 적이 있나요?"

"네. 안타깝게도. 밀접한 육체적 접촉이라고 할 수 있겠죠. 좋게 표현해서 말입니다. 이혼을 요구한 건 시그브리트였어요. 그는 반대했죠. 죽도록 반대했죠. 하지만 시그브리트가 밀어붙였고요. 두 사람은 결혼 생활을 꽤 오래 했지만, 그동안 그는 주로 바다에 나가 있었습니다. 일 년에 한 번쯤 집에 왔고, 그게 둘에게 잘 맞는 방식이었던 것 같습니다. 그러다가 사시사철 함께 살려고 해봤더니 거의 재앙이었던 거죠."

"최근에는요?"

"최근엔 가끔 그가 곤드레만드레 취하면 여기 와서 대화를 시도하곤 했습니다. 하지만 대화고 자시고 할 게 없으니까, 보통 그가 시그브리트에게 난장을 치는 걸로 끝났죠."

"난장?"

뇌이드가 웃었다.

"스코네에서 하는 말입니다. 스톡홀름에서는 뭐라고 하죠? 두들겨 팬다? 경찰 용어로는 가정 내 분란이고요. 근데 참 거지 같은 말이에요, 가정 내 분란. 아무튼, 그래서 내가 그 집에 두 번 출동했습니다. 처음에는 말로 알아먹게 설득했어요. 하지만 두 번째에는 쉽지 않았죠. 놈을 때려서 우리 호화 유치장에 끌고 와야 했답니다. 그때 시그브리트는 진짜 비참해 보였어요. 눈퉁이가 시커멓고, 목에 흉한 자국이 있고."

경찰 살해자

뇌이드가 사파리 모자를 콕 찔렀다.

"나는 베르틸 모르드를 압니다. 그가 폭음을 하긴 하지만 겉보기처럼 나쁜 인간은 아니라고 생각해요. 그리고 나는 그가 시그브리트를 사랑한다고 생각합니다. 그래서 질투를 하죠. 질투할 까닭이 없는 것 같은데도. 시그브리트의 성생활에 관해서는 나도 모릅니다. 그런 게 있었다면 말입니다. 그리고 만약 그런 게 있었다면 틀림없이 내가 알았을 겁니다. 이런 동네에서는 사람들이 이웃집 숟가락 개수까지 다 알아요. 그중에서도 아마 내가 제일 많이 알 테고요."

"베르틸 모르드는 뭐라고 합니까?"

"말뫼 경찰이 신문했어요. 17일에 알리바이가 있다는 것 같습니다. 그날 코펜하겐에 있었다고 주장한다는군요. 열차 연락선 말뫼후스를 타고 갔다나, 하지만……."

"누가 신문했는지 압니까?"

"네. 몬손이라는 형사가."

마르틴 베크는 꽤 오래전부터 페르 몬손을 알았고, 그를 무척 신뢰했다. 마르틴 베크가 목청을 틔웠다.

"달리 말해, 모르드의 처지도 썩 좋아 보이지 않는군요."

뇌이드가 개를 한참 긁어주다가 대답했다.

"그렇죠. 하지만 폴케 벵트손에 비하면 어마어마하게 낫죠."

"실제로 무슨 일이 벌어졌다면 말입니다."

"시그브리트가 사라졌어요. 나는 그걸로 충분히 문제라고 봅니다. 시그브리트를 아는 사람이라면 합리적인 설명을 생각해낼 수가 없어요."

"참, 그분은 어떻게 생겼습니까?"

"지금 어떤 모습일지는 별로 상상하고 싶지 않군요." 뇌이드가 말했다.

"너무 비약적인 결론 아닐까요?"

"그야 그렇죠. 하지만 나는 진심만을 말하거든요. 시그브리트는 보통은 이렇게 생겼습니다."

뇌이드가 뒷주머니에 손을 넣어서 사진 두 장을 꺼냈다. 여권 사진 한 장과 컬러 사진을 확대하여 접은 것이었다.

뇌이드가 사진을 건네기 전에 흘긋 보았다.

"둘 다 잘 나왔네요." 뇌이드의 말이었다. "평범한 외모라고 봐야겠죠. 그냥 보통으로 생겼어요. 상당히 매력적이기는 합니다만."

마르틴 베크는 사진을 한참 들여다보았다. 그러면서 뇌이드도 지금 자신이 보는 시각으로 볼 수 있을까 궁금해졌는데, 물론 엄밀히 말해 불가능한 일이었다.

시그브리트 모르드는 상당히 매력적이지는 않았다. 오히려 평범하다 못해 볼품없는 외모였다. 하지만 본인은 외모를 개선하려고 최선을 다한 게 틀림없었는데, 그 결과가 종종 유감스러웠다. 좁고 날카로운 이목구비는 고르지 않았고, 얼굴에는 풍상으로 초췌해진 기색이 완연했다. 요즘 여권 사진과는 달리 이 사진은 폴라로이드나 자동 부스로 찍은 게 아니었다. 정식으로 사진관에서 찍은 사진이었다. 시그브리트는 화장과 헤어스타일에 공을 들였고, 사진사는 보나 마나 견본 인화를 한 페이지 가득히 해서 그중에서 고르게 했을 것이다. 다른 사진은 아마추어가 찍은 것이었다. 하지만 복사기로 복사한 것은 아니었다. 전문가가 확대하여 손질한 전신사진이었다. 시그브리트는 부두에 서 있었다. 배경에 굴뚝 두 개짜리 흰 여객선이 보였다. 시그브리트는 부자연스러운 자세로 태양을 응시하고 있었다. 자신이 잘 나온다고 생각하는 포즈를 취한 듯했다. 그는 얇은 초록색 민소매 블라우스와 파란색 주름치마를 입었다. 맨다리에, 오렌지색과 노란색이 섞인 큼직한 여름 가방을 오른쪽 어깨에 멨다. 발에는 통굽 샌들을 신었다. 오른발을 앞으로 살짝 내밀고 뒤꿈치를 뗀 자세였다.

"그게 최근 사진입니다." 뇌이드가 알려주었다. "올여름에 찍은 거예요."

"누가 찍었습니까?"

"여자 친구가요. 둘이 함께 놀러 갔을 때."

"뤼겐으로 갔었군요. 뒤에 있는 이 열차 연락선은 자스니츠 아닙니까?"

뇌이드는 깊은 인상을 받은 듯했다.

"아니, 어떻게 알았습니까? 나는 출입국 사무소에 일손이 부족할 때 가끔 가서 거드는데, 그래도 배들을 다 알아보진 못해요. 맞습니다, 자스니츠예요. 두 사람이 뤼겐으로 놀러 갔던 것도 맞고요. 거기 가면 백악 절벽이랑 공산주의자들 면상이랑 뭐 그런 걸 감상할 수 있죠. 지극히 평범한 얼굴들이지만. 그래서 실망하는 사람들이 많답니다. 일일 유람선 여행이 몇 크로나밖에 안 해요."

"이 사진은 어디서 얻었습니까?"

"시그브리트의 집에 갔을 때 가져왔어요. 벽에 붙여뒀더라고요. 잘 나왔다고 생각한 모양이에요."

뇌이드는 고개를 모로 꼬고 사진을 들여다보았다.

"아이구, 정말 잘 나왔네. 시그브리트는 딱 이렇게 생겼어요. 멋진 여자죠."

"당신은 결혼한 적 있습니까?" 마르틴 베크가 불쑥 물었다.

뇌이드는 즐거워했다. 그가 웃으면서 말했다.

"이제 나를 취조할 겁니까? 그야말로 철두철미한 수사네요."

"미안합니다." 마르틴 베크가 말했다. "멍청한 소리를 했습니다. 관계없는 질문이었습니다."

거짓말이었다. 관계있는 질문이었다.

"대답해드려도 상관없습니다. 예전에 아베카스 출신 아가씨랑 사귀었죠. 약혼도 했고요. 하지만 우라질, 그 여자는 식충식물 같은 타입이었어요. 석 달 뒤에 나는 볼 장 다 봤다고 생각했는데 그 여자는 여섯 달 뒤에도 아니더군요. 그 뒤로 나는 개랑만 삽니다. 경험자로서 말하는데, 남자에게는 아내가 필요하지 않아요. 일단 익숙해지면 어찌나 편한지 모릅니다. 매일 아침 일어날 때마다 느껴요. 그 여자는 남자 셋의 인생을 더 망쳤죠. 지금은 손주를 몇이나 둔 할머니가 됐지만."

뇌이드는 잠시 말이 없었다.

"자식이 없는 건 좀 슬픈 것 같습니다." 다시 그가 말했다. "가끔씩. 하지만 보통은 정반대 기분이에요. 여기는 상황이 좀 낫다고 해도, 여전히 이 사회에는 문제가 있거든요. 이런 데서 아이를 키우고 싶진 않았을 겁니다. 그게 가능한 일인지부터가 의문이죠."

마르틴 베크는 묵묵히 있었다. 마르틴 베크가 양육에 기여한 바는 입 다물고 있으려고 노력한 것, 아이들이 대체로 알아서 자라도록 놔둔 것뿐이었다. 그 결과는 절반의 성공이었다.

딸은 번듯하고 독립적인 성인이 되었고, 그를 좋아하는 것 같았다. 반면 아들은 이해할 수가 없었다. 솔직히 말해서, 그는 아들을 그다지 좋아하지 않았다. 한편 열여덟 살 아들이 그를 대하는 태도는 불신과 기만, 그리고 최근 들어서는 공공연한 경멸이었다.

아들의 이름은 롤프였다. 대화는 대개 아들의 이런 말로 끝났다. "에이씨, 아빠랑 얘기하는 건 헛수고예요. 내 말을 알아듣지도 못하잖아요." 혹은 "내가 나이가 쉰 살 더 많다면 모르겠지만, 지금이 19세기가 아니란 건 아빠도 알잖아요." 혹은 "아빠가, 씨발, 경찰관만 아니라도."

개랑 놀던 뇌이드가 고개를 들었다.

"내가 질문해도 됩니까?" 뇌이드가 미소를 띠고 물었다.

"그럼요."

"내가 결혼한 적 있는지 아닌지를 왜 알고 싶었습니까?"

"그냥 멍청한 질문이었습니다."

그들이 만난 뒤로 뇌이드가 완벽하게 진지한 표정을 지은 것은 이번이 두 번째였다. 약간 상처받은 얼굴 같기도 했다.

"사실이 아니잖아요. 사실이 아니란 걸 나도 압니다. 당신이 왜 물었는지도 알 것 같습니다."

"왜요?"

"왜냐하면 내가 여자를 이해하지 못한다고 생각해서죠."

마르틴 베크는 사진을 내려놓았다. 레아를 만난 뒤로 그는 솔직해지기가 예전보다 훨씬 덜 어려웠다.

"그래요. 당신 말이 맞습니다."

"좋아요." 뇌이드가 멍하니 새로 담뱃불을 붙이면서 말했다. "좋습니다. 고마워요. 아마 당신 생각이 맞을 겁니다. 나는 사생활에 여자가 없는 남자예요. 우리 어머니랑 아베카스 어부 처녀는 빼고요. 그리고 나는 여자를 나나 다른 남자들과 본질적으로 다르지 않은 그냥 인간으로 대합니다. 그러니까 만약에 미묘한 차이가 있다면, 내가 잘 알아차리지 못할 수도 있겠죠. 내가 그 주제에 무지하단 걸 나도 알기 때문에, 책도 읽고 기사도 읽고 여성 문제에 관한 자료도 많이 읽고 했습니다. 하지만 대부분 허튼소리더라고요. 허튼소리가 아닌 부분은 너무 당연해서 호텐토트*도 이해할 수 있는 내용이고요. 가령 동일 노동 동일 임금, 성차별 같은 내용 말입니다."

"왜 호텐토트죠?"

뇌이드가 하도 크게 웃어젖히는 바람에, 개가 벌떡 일어나서

---

* 남아프리카의 목축민족 중 하나인 코이코이인을 가리키는 말. 오늘날에는 인종차별적인 표현으로 여겨진다.

주인의 얼굴을 훑었다.

"여기 읍 의회의 어떤 남자가, 호텐토트는 이천 년을 살면서
도 바퀴를 발명하지 못한 유일한 문명이라고 주장한 적이 있거
든요. 당연히 헛소리죠. 그가 어느 정당 소속인지는 굳이 말하
지 않아도 아시겠죠."

마르틴 베크는 알고 싶지 않았다. 뇌이드의 정치 성향도 알
고 싶지 않았다. 사람들이 정치 이야기를 시작하면, 마르틴 베
크는 늘 조개처럼 입을 다물었다.

그래서 지금도 그가 조개처럼 입을 다물고 앉아 있는데, 삼
십 초 후에 전화가 울렸다.

뇌이드가 수화기를 들었다.

"뇌이드?"

누군지 몰라도 상대가 재밌다는 반응을 보인 모양이었다.

"네, 그게 납니다."

다음 대답은 뇌이드가 약간 머뭇거렸다.

"네, 옆에 있습니다."

마르틴 베크가 수화기를 받았다.

"베크입니다."

"안녕하세요, 랑나르손입니다. 댁을 찾으려고 전화를 백 통
쯤 돌렸어요. 무슨 일입니까?"

국가범죄수사국 살인수사과 책임자로 사는 것의 한 가지 단점은 대형 신문사들이 당신이 어디로 왜 갔는지 늘 지켜본다는 것이다. 신문사들은 그러기 위해서 경찰 내부 정보원에게 돈을 먹이는데, 짜증스러워도 어쩔 수 없는 일이었다. 국가경찰청장이 특히 짜증스러워했지만, 그는 또한 이 사실이 알려질까 봐 겁냈다. 아무것도 새어 나가서는 안 되었다.

 랑나르손은 기자치고는 점잖은 이였다. 그렇다고 해서 그의 신문이 점잖은 신문이라는 뜻은 아니었다.

 "여보세요?" 랑나르손이 말했다.

 "실종 사건이 발생했습니다." 마르틴 베크가 말했다.

 "실종? 실종이야 매일 벌어지지만 그때마다 당신이 호출되진 않잖아요. 게다가 콜베리도 내려가고 있다면서요. 수상하다고요."

 "어쩌면요. 어쩌면 아닐 수도 있고."

 "우리가 사람을 둘 보냅니다. 대비하고 계세요. 그걸 말해주려고 건 겁니다. 당신도 알지만 나는 등 뒤에서 몰래 움직이는 건 싫거든요. 믿어도 됩니다. 그럼 끊겠습니다."

 "그럼."

 마르틴 베크는 이마 가장자리를 문질렀다. 그는 랑나르손을 믿었지만, 랑나르손의 리포터들은 믿지 않았고 하물며 랑나르손의 신문은 더 믿지 않았다.

뇌이드가 곰곰이 생각하다가 물었다.

"기자?"

"네."

"스톡홀름의?"

"네."

"그러면 이제 소문이 다 나겠군요."

"확실히."

"여기도 통신원들이 있습니다. 그들도 사건을 알아요. 하지만 우리에게 협조해주고 있죠. 의리랄까.《트렐레보리 알레한다》는 괜찮은 신문입니다. 하지만 말뫼 신문들이 골치예요. 그중 최악은《크벨스포스텐》.《아프로블라데트》랑《엑스프레센》도 있고요."

"안타깝지만 어쩔 수 없죠."

"개좆같네."

'개좆같다'는 스코네에서 매일 쓰는 순한 표현이었다. 그보다 더 북쪽에서는 아주 나쁜 표현이었다. 뇌이드는 그 사실을 몰랐을 수도 있다. 아니면 알아도 신경 쓰지 않았을 수도 있다.

마르틴 베크는 뇌이드가 매우 좋았다.

자연스럽고 뚜렷한 우정 같은 감정이었다. 일은 잘 풀릴 것이다.

"이제 뭘 하죠?"

"당신이 하자는 대로. 당신이 전문가니까요." 마르틴 베크가
말했다.

"안데르슬뢰브에 대해서, 그건 맞죠. 이 구역을 쭉 한번 소개
해드릴까요? 차로요. 순찰차는 말고요. 내 차가 더 낫습니다."

"토마토 색깔 차?"

"네. 물론 모두가 내 차를 압니다. 하지만 내가 그게 더 편하
거든요. 갈까요?"

"좋으실 대로."

두 사람은 차에서 세 가지 이야기를 나눴다.

첫 번째는 뇌이드가 나름 이유가 있어서 지금까지 언급하지
않은 사실이었다.

"저기가 우체국입니다. 우리는 지금 버스 정류장으로 가고
있고요. 시그브리트가 마지막으로 목격된 게 여기 서 있던 모습
이었습니다."

뇌이드는 속도를 줄이고 차를 세웠다.

"그런데 또 다른 걸 본 목격자가 있습니다."

"뭐죠?"

"폴케 벵트손. 그가 왜건을 몰고 이쪽으로 오다가, 시그브리

트를 지나치면서 속도를 늦추고 잠시 차를 세웠답니다. 꽤 자연스러운 일 같습니다. 그는 차를 몰고 집으로 가던 중이었어요. 둘은 옆집에 살고 서로 잘 아는 사이죠. 시그브리트가 버스를 기다리는 걸 알고 그가 태워준대도 이상하지 않아요."

"목격자는 누구입니까?"

뢰이드가 손가락으로 운전대를 두드렸다.

"여기 사는 노부인이에요. 이름은 싱네 페르손. 시그브리트 실종 소식을 듣고 부인이 경찰서로 찾아와서 제보했습니다. 자기가 길 건너편을 걷다가 시그브리트를 봤는데, 때마침 벵트손이 반대쪽에서 차를 몰고 왔다는 겁니다. 그가 브레이크를 밟아 차를 세웠대요. 그런데 부인이 경찰서에 왔을 때 브리타 혼자 있었거든요. 그래서 다시 와서 나한테 말하라고 했죠. 이튿날 다시 왔더라고요. 내가 만났죠. 부인의 이야기는 거의 같았습니다. 시그브리트를 봤고, 폴케가 차를 세우는 걸 봤다. 그래서 내가 실제로 시그브리트가 차에 타는 걸 봤느냐고 물었습니다."

"뭐랍니까?"

"참견쟁이로 보이고 싶지 않아서 차마 계속 지켜볼 수가 없었다나요. 어이없는 소리죠. 싱네 페르손은 읍 전체에서 가장 심한 참견쟁이거든요. 아무튼 내가 살살 구슬렸더니 말하더군요. 자기가 잠시 후에 고개를 돌려서 봤다, 그런데 그때는 시그브리트도 차도 없었다. 그래서 한참 이것저것 물어봤더니 이제 또 확실하지가 않대요. 남들 등 뒤에서 수군거리기 싫다나. 그래놓고는 이튿날 생협에서 우리 순경 중 하나를 만나서는 자기가 벵트손이 차를 세우고 시그브리트가 올라타는 걸 똑똑히 봤다고 떠벌렸다지 뭡니까. 만약 싱네 페르손이 그 진술을 고수한다면, 폴케 벵트손은 실종에 확실히 연루되는 겁니다."

"벵트손은 뭐라나요?"

"몰라요. 아직 이야기를 나눠보지 않았습니다. 트렐레보리에서 형사가 둘 왔었는데 그때는 폴케가 집에 없었습니다. 그후에 그들이 당신에게 지원을 요청하기로 결정했고, 내게는 대충 아무 일도 하지 말라는 식으로 지시했습니다. 사건에 지레 손대지 말고 전문가가 올 때까지 기다리라고요. 나는 싱네 페르손과의 면담 보고서도 아직 안 썼습니다. 칠칠치 못한가요?"

마르틴 베크는 대답하지 않았다.

"나는 칠칠치 못하다고 생각합니다." 뇌이드가 가볍게 웃으며 말했다. "하지만 내게는 싱네 페르손을 약간 경계하는 마음이 있어요. 내가 맡았던 최악의 사건에 관련된 인물이거든요. 오 년 전이었을 겁니다. 싱네가 이웃 여자가 자기 고양이를 독살했다고 주장했어요. 정식 신고였기 때문에 우리가 조사해야 했죠. 그런데 그 이웃 여자도 싱네 페르손을 고발하지 뭡니까.

싱네네 고양이가 자기 앵무새를 죽였대요. 우리는 고양이 사체를 파내서 헬싱보리로 보냈죠. 독극물은 발견되지 않았어요. 그러자 싱네는 이웃 여자가 담배 가게에서 시가 두 대를 사 와서 그걸 끓였다고 주장했습니다. 잡지에서 읽었는데 시가를 오래 끓이면 니코틴 결정을 얻을 수 있고 그 결정은 흔적을 남기지 않는 독극물이라나요. 이웃 여자가 실제로 시가를 두 대 사기는 했지만, 본인 말로는 접대용이었고 자기 오빠가 와서 다 피웠대요. 나는 여자에게 싱네네 고양이가 앵무새를 어떻게 죽였느냐고 물었습니다. 앵무새는 늘 새장 안에 있었거든요. 여자 왈, 싱네가 고양이를 부추겨서 앵무새를 깜짝 놀라게 해서 죽였다는 겁니다. 말할 줄 아는 새였는데 몇 가지 끔찍한 진실도 입에 올릴 줄 알았거든요. 싱네는 앵무새가 자기한테 최소 다섯 차례 갈보라고 불렀던 건 사실이다 하고 말했죠. 그런데 마침 그때 이 동네에 출세하려고 단단히 작정한 경찰 간부 후보생이 있었단 말입니다. 그가 시가 가설을 조사했고, 결론인즉 이론적으로 가능하다, 게다가 만약 희생자가 골초였다면 독살 증거를 찾을 수 없다는 거였죠. 그래서 싱네 페르손이 열 번째인가 열두 번째인가 또 경찰서에 찾아왔을 때 내가 물었습니다. 고양이가 골초였느냐고. 싱네는 그후 몇 년 동안 내게 인사도 하지 않았어요. 우리는 사건을 종결했고, 간부 후보생은 집에서 줄기차게

경찰 살해자

시가를 끊이다가 결국 잘렸답니다. 그는 그후에 에슬뢰브에 정착해서 발명가가 됐어요."

"뭘 발명했는데요?"

"내가 들은 건 야광 좌석이 있는 아기 변기랑, 니코틴이 든 양배추 수프에 담그면 야옹 하고 알려주는 니코틴 감지기를 발명해서 특허를 신청했대요. 하지만 뜻대로 되지 않아서, 그걸 재구성해서 전지로 움직이는 기계 고양이를 만들려고 했다더군요."

뇌이드가 손목시계를 보았다.

"자, 이게 첫 번째 정보입니다. 버스 정류장. 덤으로 우리의 목격자 싱네 페르손과 시가 피우는 고양이 때문에 인생을 망친 사내 이야기. 솔직히 털어놓자면, 싱네가 주요 목격자로 관련된다고 생각하면 즐겁지가 않아요. 이제 움직여야겠습니다. 금방 버스가 올 거예요."

뇌이드는 기어를 넣고 백미러를 보았다.

"뒤에 누가 있어요." 뇌이드가 말했다. "남자 두 명이 탄 초록색 피아트. 우리가 여기 섰을 때부터 저기 있었습니다. 저 친구들에게도 관광을 시켜줄까요?"

"나는 괜찮습니다."

"미행을 당하다니. 새로운 경험이에요."

뇌이드는 시속 30킬로미터도 안 되게 서행했지만 뒤차는 추월을 시도하지 않았다.

"오른쪽에 있는 집들, 저기가 돔메입니다. 시그브리트 모르드와 폴케 벵트손이 사는 곳. 가볼까요?"

"지금은 됐습니다. 저기서 제대로 감식을 했나요?"

"시그브리트의 집에서요? 아뇨. 그랬다고 할 순 없죠. 우리는 그냥 들어가서 둘러보고 침대 위에 붙어 있던 사진을 떼어 오기만 했습니다. 우리가 여기저기 지문도 잔뜩 남겼을 거예요."

"만약 그가 죽었다면……."

마르틴 베크는 말을 멈췄다. 어리석은 질문이었다.

"그리고 만약 내가 시그브리트를 죽였다면, 시신을 어떻게 했겠느냐고요? 나도 그걸 생각해봤습니다. 하지만 가능성이 너무 많아요. 이회토 채굴장도 있고, 쓰러져가는 낡은 집도 많죠. 오두막도 헛간도. 발트해의 긴 해안선을 따라 지금은 빈 여름 별장들. 숲, 폭풍 잔해, 덤불, 도랑, 별의별 게 다 있습니다."

"숲이요?"

"네. 북쪽 뵈링에 호숫가에. 경찰이 동쪽 물가 공터에서 매년 권총 사격 시합을 열죠. 그런데 1968년 폭풍 후에 거기가 하도 엉망이 되어놔서, 탱크로도 들어갈 수 없을 겁니다. 잔해를 치우려면 백 년은 걸릴 거예요. 게다가…… 참, 글러브 박스에 지도가 있습니다."

경찰 살해자

마르틴 베크는 지도를 꺼내 펼쳤다.

"우리는 지금 알스타드에 있습니다. 101번 도로를 타고 말뫼로 향하고 있죠. 그걸 보면 방향을 알 수 있을 겁니다."

"계속 이렇게 천천히 달릴 생각입니까?"

"아뇨, 맙소사. 넋 놓고 있었네요. 뒤에 오는 손님들이 우리를 놓칠까 봐 그랬습니다."

뇌이드가 우회전했다. 초록색 피아트도 따라왔다.

"이제 안데르슬뢰브 경찰서 구역을 벗어났습니다. 하지만 곧 다시 들어갈 겁니다."

"좀 전에 뭐라고 했죠? 게다가?"

"아, 게다가 시그브리트 모르드가 누군가의 차를 탔다는 게 중론이란 말입니다. 그렇게 말하는 목격자도 있고요. 지도를 보면 알겠지만 이 구역을 통과하는 도로는 크게 세 개입니다. 우리가 방금 떠나온 오래된 주도로가 있고, 트렐레보리에서 위스타드까지 해안을 따라가서 저 멀리 심리스함까지 이어진 10번 도로도 있고, 새 유럽 14번 도로의 일부도 여기를 통과하는데, 폴란드에서 연락선으로 위스타드에 온 사람들이 그 도로로 말뫼까지 갔다가 그 너머 어디로든 퍼져 나갑니다. 여기 더해서 샛길도 거미줄처럼 있죠. 시골치고 여기만큼 도로망이 복잡한 곳도 또 없을 겁니다."

"그렇군요."

마르틴 베크는 그 말에 살짝 멀미가 나려고 했다.

그래도 지금 자신들이 달리는 풍경을 감상하지 못할 정도는
아니었다. 그는 초행자였고, 이 지역에 대해서 아는 바는 에드
바르드 페르손의 옛 영화에서 봤던 것뿐이었다. 스코네의 벌판
은 부드러운 곡선미가 있었다. 이곳은 그저 목가적인 전원만이
아니었다. 고유의 조화로움이 내재된 특별한 땅이었다.

문득 요즘 사람들이 나라의 현 상태에 불만을 토로할 때 쓰는
표현이 떠올랐다. '스웨덴은 썩은 나라이지만 아주 예쁘게 썩은
나라다.' 누가 말 혹은 글로 쓴 표현이었겠지만 누구였는지는
기억나지 않았다.

뇌이드가 이어 말했다.

"안데르슬뢰브는 좀 독특한 구역입니다. 우리는 서류 작업
을 하지 않을 때는 주로 통행 문제에 관심을 쏟습니다. 순찰차
가 연간 팔천 킬로미터를 주행할 정도이니까요. 시내 인구가
약 천 명이고, 구역 전체가 만 명쯤 됩니다. 하지만 해안선이 이
십오 킬로미터가 넘고, 여름에는 거주자가 삼만 명에 육박합니
다. 그러니까 이 시기에 빈집이 얼마나 많겠습니까. 내가 지금
까지 언급한 사람들은 우리가 아는 사람들이고, 어디 가면 만날
수 있는지 아는 사람들이죠. 하지만 우리가 확인하지 못한 사람

경찰 살해자

도 오천에서 육천 명은 될 겁니다. 낡은 집이나 이동식 주택에서 살다가 딴 사람에게 그곳을 넘기고 훌쩍 이사 가버리는 사람들이요."

마르틴 베크는 유난히 예쁜 흰 교회를 보고 고개가 돌아갔다. 뇌이드가 그의 시선을 좇았다.

"달셰핑에." 뇌이드가 말했다. "그림 같은 교회에 관심이 있다면, 못해도 서른 곳은 알려드릴 수 있습니다. 구역 전체에서요."

차는 해안 도로에 다다라 동쪽으로 꺾었다. 바다는 잔잔하고 회청색이었다. 수평선에 화물선들이 있었다.

"내 말은, 만약 시그브리트가 죽었다면 지금 시신이 있을 만한 장소가 수백 곳은 된다는 겁니다. 그리고 만약 폴케든 다른 누구든 시그브리트를 차에 태웠다면, 시그브리트가 아예 이 구역에 없을 가능성도 높습니다. 어느 쪽이든 가능성이 수천 가지는 됩니다."

뇌이드가 해안 풍경을 내다보며 말했다. "근사하죠?"

그는 자기 고향을 자랑스러워하는 사람임이 분명했다. 이유가 없지 않다고, 마르틴 베크는 생각했다.

그들은 스뮈게후크를 지났다.

초록색 피아트는 착실히 따라오고 있었다.

"스뮈게함." 뇌이드가 말했다. "내가 젊을 때는 이곳을 '동쪽 마을'이라고 불렀답니다."

마을들은 다닥다닥 붙어 있었다. 베딩에스트란드. 스카테홀름. 다들 어촌이었는데, 일부가 해변 리조트로 바뀐 곳도 있었지만 그래도 아직 예뻤다. 고층 건물이나 화려한 호텔은 없었다.

"스카테홀름. 여기가 내 구역 끝입니다. 이제 위스타드 지구로 넘어갑니다. 아베코스까지 보여드리죠. 여기는 뒤베크. 질척하고 끔찍하고, 해안 전체에서 제일 나쁜 동네입니다. 어쩌면 시그브리트는 저기 어디 진흙탕에 있을지도 모르죠. 자, 여기가 아베코스입니다."

뇌이드는 마을을 천천히 통과했다.

"네, 여기가 그 여자가 살았던 데죠. 내가 여자를 포기하도록 만든 여자 말입니다. 항구를 잠깐 구경하실래요?"

마르틴 베크는 굳이 대답할 필요가 없었다.

작은 항구에는 주민들이 시간을 때우는 벤치가 몇 개 있었고, 머린 캡을 쓴 노인이 몇 명 있었다. 고깃배가 세 척. 청어 상자가 쌓여 있었고, 말리려고 널어둔 그물이 있었다.

두 사람은 차에서 내려 각자 계선주에 앉았다. 방파제 위에서 갈매기들이 끼룩댔다.

초록색 피아트는 이십 미터 떨어진 곳에 섰다. 앞좌석의 두 남자는 그냥 차에 있었다.

"저들을 압니까?" 마르틴 베크가 물었다.

"아뇨." 뇌이드가 말했다. "그냥 꼬마들이네요. 우리에게 원하는 게 있으면 와서 말하면 될 텐데. 앉아서 쳐다만 보고 있으면 우라지게 따분할 거예요."

마르틴 베크는 아무 말 하지 않았다. 그는 점점 나이를 먹었지만 기자들은 점점 어려졌다. 그들의 관계는 해가 갈수록 나빠졌다. 그리고 기자들은 경찰관을 더는 좋아하지 않았다. 언제는 좋아한 적이 있었겠느냐만, 아무튼 그랬다. 개인적으로 마르틴 베크는 자기 직업을 부끄러워해야 한다고 느끼지 않았지만, 그렇게 느끼는 동료를 많이 알았고 정말로 좀 그렇게 느껴야 하는 인간은 더 많이 알았다.

"나와 여자에 관해서는 무슨 생각이었습니까?" 뇌이드가 물었다.

"우리가 시그브리트 모르드에 대해서 아는 바가 거의 없다는 생각이 들었습니다. 그가 어떻게 생겼고 어디서 일했는지는 알고, 말썽 피운 적이 없다는 것도 알죠. 이혼했고 아이가 없다는 것도 알고요. 그게 답니다. 그의 나이가 보통 여자들이 좌절감을 느끼는 나이, 특히 아이나 가족이나 다른 특별한 관심사가 없으면 더 그렇게 되기 쉬운 나이라는 걸 생각해봤습니까? 폐경기가 다가오고, 자신이 갑자기 늙은 것처럼 느껴지는 나이란 걸? 인생을 잘못 사는 게 아닌가 싶어지죠. 특히 성생활에 있어서 그렇고요. 그래서 종종 어리석은 짓을 저지르기도 합니다. 젊은 남자에게 끌리거나, 한심한 연애에 빠지거나. 금전적으로나 감정적으로 속아 넘어가는 경우도 있죠."

"강의 잘 들었습니다."

뇌이드가 땅에서 널빤지를 주워서 바다에 던졌다. 개가 즉시 그걸 가지러 뛰어들었다.

"끝내주네." 뇌이드가 말했다. "이제 녀석이 뒷좌석을 더 엉망으로 만들어놓겠군. 그래서 당신은 시그브리트가 은밀한 연애나 뭐 그런 걸 했을지도 모른다고 생각하는 거네요."

"가능성이 있다고 봅니다. 내 말은, 우리가 그의 사생활을 조사해봐야 한다는 겁니다. 최대한 자세히. 어쩌면, 정말 어쩌면, 그가 일고여덟 살 어린 남자랑 도망간 것일 수도 있습니다. 모든 걸 뒤로하고 잠시나마 행복해지기 위해서. 그게 고작 두 주 혹은 두 달뿐일지라도."

"섹스를 실컷 하고 말이죠." 뇌이드가 말했다.

"아니면 자신에게 공감해주는 듯한 사람과 대화할 기회를 잡는 거죠."

뇌이드가 고개를 기울이며 씩 웃었다.

"그것도 한 가지 가설이겠죠. 하지만 난 믿지 않습니다." 뇌이드의 말이었다.

"왜냐하면 이 상황에 잘 들어맞지 않으니까요."

"맞아요. 전혀 들어맞지 않습니다. 당신은 어떻게, 계획이 있습니까? 주제넘은 질문인가요?"

"콜베리가 올 때까지 기다리려고 합니다. 그리고 이제 폴케 벵트손과 베르틸 모르드와 비공식적으로 면담할 때가 된 것 같군요."

"나도 따라가면 좋겠는데요."

"네, 나도 그렇게 생각합니다."

뇌이드가 웃었다. 그러고는 일어나서, 초록색 차로 걸어가더니 차창을 똑똑 두드렸다. 붉은 턱수염을 기른 젊은 남자 운전사가 창을 내리고 무슨 일이냐는 얼굴로 뇌이드를 보았다.

"우리는 이제 안데르슬뢰브로 돌아갑니다." 뇌이드가 말했다. "나는 동생 집에서 달걀을 좀 받아 와야 해서 셸스토르프를 거쳐서 갈 겁니다. 하지만 당신들은 시바르프를 거쳐서 가면 신문사 돈을 아낄 수 있을 겁니다."

피아트는 그들을 따라와서 달걀 수령을 감시했다.

"경찰을 안 믿네요." 뇌이드가 말했다.

그 밖에는 종일 특별한 일이 없었다. 11월 2일 금요일이었다. 마르틴 베크는 의무 이행 차원에서 트렐레보리로 가서 그곳 경찰국장과 수사 책임자를 만났다. 항구를 조망하는 국장의 사무실이 부러웠다.

사건에 대해서는 아무도 할 말이 없었다.

시그브리트 모르드는 17일째 실종 상태였는데, 그들이 아는 정보는 안데르슬뢰브에 떠도는 소문뿐이었다.

하지만 소문이란 종종 근거가 있기 마련이다.

아니 땐 굴뚝에 연기 나랴.

클리셰였다.

그날 저녁에 콜베리에게서 전화가 왔다. 콜베리는 운전이 지겨워서 벡셰에서 하룻밤 쉴 생각이라고 말했다.

"안데르스토르프는 어때?" 콜베리가 물었다.

"안데르슬뢰브야."

"아하."

"여기는 지내기가 좋아. 하지만 벌써 기자들이 따라붙었어."

"정복을 입어. 그러면 더 존경받을 거야."

"닥쳐." 마르틴 베크는 말했다.

그다음 마르틴 베크는 레아에게 전화를 걸었다. 하지만 레아는 받지 않았다.

그는 한 시간 뒤에 다시 걸었고, 침대에 들기 직전에 또 걸었다. 이번에는 레아가 집에 있었다.

"저녁에 몇 번 전화했었어요." 마르틴 베크가 말했다.

"그래요?"

"어디 갔었어요?"

"당신 알 바 아니잖아요." 레아가 명랑하게 응수했다. "거기는 어때요?"

"모르겠어요. 실종된 여성이 있어요."

"사람은 그렇게 간단히 사라져버리지 않아요. 당신도 경찰이니까 알 거 아녜요."

"나 당신을 사랑하는 것 같아요."

"나도 알아요." 레아가 쾌활하게 대꾸했다. "극장에 갔었어요. 부틀레르에 가서 먹을 것도 좀 사고."

"잘 자요."

"그게 다예요?"

"아니, 하지만 다음에 할래요."

"잘 자요, 자기." 레아는 이렇게 말하고 끊었다.

마르틴 베크는 이를 닦으면서 콧노래를 불렀다. 누가 듣는 사람이 있었다면, 아주 희한한 소리로 들렸으리라.

이튿날은 만성절 휴일이었다. 그는 얼마든지 누군가의 휴일을 망칠 수 있었다. 가령 말뫼의 몬손이라든지.

6.

"버펄로 같은 인간이라면 나도 남부럽잖게 만나봤습니다. 하지만 베르틸 모르드는 그중에서도 최악이었어요." 페르 몬손이 말했다.

두 사람은 레게멘트스가탄 거리를 내려다보는 몬손의 집 발코니에 앉아서 멋진 날씨를 즐기고 있었다.

마르틴 베크는 말뫼까지 버스를 타고 갔다. 재미가 주목적이었지만, 그럼으로써 이제 시그브리트 모르드가 채 마치지 못한 듯한 여정의 나머지를 밟아봤다고 말할 수 있게 되었다.

그는 또 버스 기사를 신문하려고 해보았지만, 소용없었다. 그가 만난 기사는 대리였고 문제의 날에는 운전하지 않았다고 했다.

경찰 살해자

몬손은 덩치 크고 여유 있는 남자로, 매사를 느긋하게 받아들이며 과장이라는 죄는 좀처럼 저지르지 않는다. 그런 그가 이렇게 말했다.

"악당 같더군요."

"선장들은 이상한 사람이 많죠." 마르틴 베크가 말했다. "아주 외로운 사람들이에요. 고압적인 타입이라면 갈수록 거칠어지고 독재자가 되죠. 당신 말마따나 버펄로처럼 막돼먹은 인간이요. 그런 선장들은 자기 장하고만 얘기를 나눕니다."

"장?"

"기관장이요."

"아하."

"많은 선장이 술을 너무 마시고 선원들에게 폭군처럼 굽니다. 아니면 아예 선원들이 존재하지 않는 것처럼 행동하죠. 항해사에게도 말을 안 건다니까요."

"배에 대해 잘 아는군요."

"네. 내 취미예요. 배에서 일어난 사건을 맡은 적이 한 번 있었죠. 살인. 인도양에서요. 화물선에서. 내가 맡은 사건 중에서 가장 흥미로운 일이었어요."

"음, 나도 말뫼후스 선장은 아는데. 그 친구는 괜찮아요."

"여객선은 보통 달라요. 여객선에는 소유주가 다른 타입의 사람을 씁니다. 여객선 선장은 일단 승객들과 교유해야 하니까요. 큰 배에는 선장의 테이블이라는 것도 있어요."

"선장의 테이블?"

"식당에 선장용 테이블이 따로 있는 거죠. 중요한 일등석 승객들을 접대하는."

"아하."

"하지만 모르드는 부정기 화물선을 탔으니까요. 차이가 크죠."

"그러게요, 그 인간은 우라지게 거만하더군요." 몬손이 말했다. "나한테 소리소리 지르고, 자기 부인에 대해서 쌍욕을 해대고. 나쁜 종자 같으니라고. 자기가 특별한 줄 아는 것 같아요. 무례하고 거만하고. 나는 상당히 태평한 사람입니다만, 하마터면 성질을 낼 뻔했어요. 말 다했죠."

"그는 어떻게 먹고산답니까?"

"림함에 맥줏집을 갖고 있어요. 사연은 알죠? 그는 에콰도르인가 베네수엘라에서 간이 결딴날 지경으로 술을 마셔서 병원에 입원했었습니다. 결국 해운 회사가 비행기로 집에 보냈고요. 하지만 깨끗한 건강 증명서를 받을 수가 없으니 배를 다시 타진 못했답니다. 안데르슬뢰브에서 아내와 함께 살았는데 잘되지 않았죠. 그가 술병을 깨고 여자를 때리고 하니까. 여자는 헤어지길 바랐어요. 그는 아니었고. 결국 여자 뜻대로 됐죠."

경찰 살해자

"뇌이드 말로는 그가 17일에 알리바이가 있다던데요."

"맞아요, 알리바이라면 알리바이죠. 그날 열차 연락선으로 코펜하겐에 가서 코가 비뚤어지게 마셨다고 주장하고 있습니다. 하지만 내가 볼 때는 좀 미심쩍어요. 그는 앞쪽 식당에 앉아 있었다고 말했거든요. 연락선은 요즘 11시 45분에 출발합니다. 예전에는 정오였지만. 아무튼 그는 식당에 혼자 있었다고 주장하고, 웨이터가 숙취에 시달리더라고도 말했습니다. 승무원 하나가 슬롯머신에 내내 붙어 서 있더라고도 말했고요. 그런데 나도 종종 그 배를 탄단 말입니다. 웨이터는, 이름이 스투레인데, 만날 숙취에 시달려요. 눈두덩이 축 처져가지고. 그리고 그 승무원은 만날 슬롯머신에 1크로나 동전을 넣으면서 서 있어요."

몬손이 음료를 후루룩 마셨다. 그는 늘 같은 것을 마셨는데, 진과 포도 주스를 섞은 칵테일이었다. 어느 유명하지 않은 장교 겸 귀족의 이름을 따서 그리펜베리에르라고 불리는 핀란드-스웨덴 칵테일이었다.

말뫼는 날씨가 좋았다. 살기 괜찮은 도시로 보일 정도였다.

"당신이 직접 베르틸 모르드를 만나보는 게 좋을 겁니다."

마르틴 베크는 끄덕였다.

"연락선에서 그를 봤다는 목격자가 있어요." 몬손이 말했다. "한번 보면 못 잊을 외모니까요. 문제는 그런 일이 매일 벌어진다는 거죠. 연락선은 매일 같은 시각에 떠나고, 보통은 승객도 다 단골입니다. 승무원이 이 주 전에 본 누군가를 기억하기를 기대할 순 없어요. 기억하더라도 그게 딱 그날이라는 보장이 없고요. 가서 직접 이야기를 나눠보고 판단하세요."

"하지만 당신이 이미 신문을 했지요?"

"네. 나는 썩 믿음이 가진 않더군요."

"그에게 차가 있습니까?"

"네. 그리고 그는 여기 서쪽에 삽니다. 팔심이 좋은 사람이라면 여기서 돌을 던져서 맞힐 수도 있을 만한 거리예요. 메스테르 요한스가탄 23번지. 그리고 여기서 차로 안데르슬뢰브까지 가는 데는 대략 삼십 분이 걸립니다."

"왜 그 점을 지적하죠?"

"그게, 그가 이따금 거기에 가는 것 같더라고요."

마르틴 베크는 질문을 마쳤다.

11월 3일 토요일이지만 아직 여름이나 다름없었다. 그리고 만성절 휴일이었다. 하지만 마르틴 베크는 모르드 선장의 평온한 휴식을 방해할 작정이었다. 모르드는 아마 신자가 아닐 것 같았다.

콜베리에게서는 소식이 없었다. 어쩌면 벡셰에 매력을 느껴서 하루 더 머물기로 결정했을 수도 있다. 하지만 매력적인 게 뭐가 있을까? 어쩌면 누가 콜베리를 불법 생물 가재로 유혹했을지도 모른다. 물론 요즘은 냉동 가재도 살 수 있지만, 콜베리는 쉽게 속는 사람이 아니었다. 가재 문제에서는 더욱더 그랬다.

레아는 아침에 전화를 걸어서 마르틴 베크를 격려해주었다. 늘 그렇듯이. 지난 일 년간 레아는 그의 삶을 바꾸었고, 그가 한때 정말로 사랑했던 사람이자 그에게 두 아이와 많은 즐거운 순간을 선사했던 사람과의 이십 년 결혼 생활보다 더 큰 만족감을 안겨주었다. 생각해볼 일이었다. 그건 그렇고, '선사하다'는 형편없는 표현이었다. 두 사람이 함께한 일 아니었나? 그랬을지도 모르겠지만, 그는 한 번도 그런 기분을 느끼지 못했다.

레아 닐센과는 모든 게 달랐다. 두 사람의 관계는 자유롭고 개방적이었다. 때때로 그가 생각하기에 너무 자유롭고 개방적인 게 아닌가 싶을 정도였다. 하지만 무엇보다도 둘 사이에는 이 희한하게 완벽한 여성에 대한 그의 애정을 넘어서는 폭넓은 소속감이 있었다. 레아와 함께하면서 그는 전에는 불가능했던 방식으로 사람들과 어울리기 시작했다. 레아의 스톡홀름 집은 여느 공동주택과는 달랐다. 그곳을 이른바 공동체라고 불러도 크게 무리가 없을 정도였는데, 다만 사람들이 그 악명 높은 용어에서 떠올리는 부정적 특징들, 일면 근거가 있으면서도 그에 못지않게 상상에 불과할 때가 많은 특징들은 갖고 있지 않았다. 공동체에 사는 사람들은 마리화나를 피우고, 토끼처럼 섹스를 해댄다. 나머지 시간에는 헛소리 같은 토론을 하고, 매크로바이오틱 농법으로 키운 음식을 먹고, 일은 아무도 하지 않고, 다들 복지수당에 기대어 산다. 모두가 스스로를 사악한 사회체제의 희생자로 여긴다. 종종 LSD를 하고 자신이 하늘을 날 수 있다고 생각하거나, 인생 경험을 넓히고자 절친한 친구의 배를 칼로 찌르거나, 아니면 자살한다.

마르틴 베크도 그리 오래지 않은 과거에는 부분적으로나마, 그리고 가끔이나마 그렇게 생각했다. 저런 편견에 일말의 진실이 없다고도 할 수 없었다. 아니, 일말보다는 좀더 많았다.

마르틴 베크는 직위상 기밀 보고서를 볼 수 있다는 즐거움 아닌 즐거움을 누렸다. 대부분은 정치적 내용이었고, 그런 것은 즉시 전달용 바구니에 넣어서 기밀 취급 허가를 가진 다른 관료가 보도록 내보냈다. 하지만 자신의 일과 관계있는 보고서는 보통 읽어보았다. 가령 그가 점점 더 많이 관심을 갖게 된 주제는 자살이었는데, 자살에 관한 비밀 보고서가 최근 들어 점점 더 자주 등장했다. 보고서의 시작점은 늘 같았다. 스웨덴이 다른 나라들에 비해 상당한 격차로 자살률 1위를 달리고 있고 보고서가 거듭될수록 격차가 커진다는 점이었다. 다른 모든 사안에서 그렇듯이, 국가경찰청장은 이 주제에 관해서 아무것도 새어 나가서는 안 된다고 선언했다. 한편 해설은 다양했다. 우선 다른 나라들이 통계를 속여서 그렇다는 가설이 있었다. 그동안 은 가톨릭 국가들을 지목하는 것이 유행이었지만, 대주교와 경찰 내부의 몇몇 거물 종교인이 불평하기 시작하자 이제 사회주의 형태의 정부를 가진 국가들이 대신 표적이 되었다. 하지만 곧 스웨덴 보안청이 불평하기 시작했는데, 이제 사제들을 스파이로 쓸 수 없다는 이유에서였다. 보안경찰의 비밀 활동이라는 것은 늘 필연적으로 새어 나가고야 마는 내용이었으므로, 국가 경찰위원회는 차라리 안도의 한숨을 쉬었다. 스웨덴 사제 중에는 노골적인 정식 공산주의자도 많은 마당에 어떻게 그들을 스파이로 삼아서 국내 빨갱이들의 동정을 염탐하고 나아가 소련이라는 가공할 적수를 무릎 꿇리겠느냐며, 다름 아닌 청장 본인이 의혹을 표명했다는 소문도 돌았다.

하지만 늘 그렇듯이 모두 근거 없는 소문일 뿐이었다. '뭐든 새어 나가기만 해봐라.' 어떤 사람들은 재미로 혹은 살짝 다르게 표현하기 위해서 이렇게 말하기도 했다. 그러나 충성 분자들은 이 정도 일탈도 참아주지 않았다. '아무것도 새어 나가서는 안 된다'가 올바른 표현이었다.

그 이상은 용납하지 않는다고 했다.

보안청도 농담을 용인하지 않기는 마찬가지였다. 수시로 사람들의 조롱을 받는 직군에서 일하다 보면 자연히 그렇게 되는지도 모를 일이었다. 몇 주 전, 보안청이 제대로 받아쳤다. 비밀경찰을 비판하는 기사를 쓴 두 기자를 체포하고 신문사 편집국을 수색한 것이다. 작전은 비밀경찰이 비밀경찰로 가장하고 영장 없이 덮치는 근사한 갱스터 영화 스타일로 수행되었다. 요원들은 어쩌면 평소에 사태가 엇나갈 때를 대비하던 것처럼 미리 트렌치코트의 세탁표까지 떼어 내는 세심함을 발휘했을지도 모른다. 게다가 그들은 같은 비밀 요원 중 한 명까지 체포했다. 수석 검사는 이 갑작스러운 작전을 몰랐다는 듯이 크게 동요하여, 비밀 증거에 대해서 의무적 실형을 선고한다는 방침만 아니라면 자기 자신도 체포해버렸을 것처럼 굴었다.[*]

심지어 총리조차 깜짝 놀란 듯했다. 깜짝 콘서트만큼이나 과시적인 놀람이었다.

불과 얼마 전에 총리는 실패한 은행 강도 사건[**]과 국왕의 서

---

[*] 작중 현재 시점인 1973년 11월 3일로부터 얼마 전인 1973년 10월 22일, 스웨덴 보안청이 얀 기유, 페테르 브라트라는 두 기자와 그에게 정보를 준 호칸 이삭손을 간첩 혐의로 체포했다. 그들이 스웨덴에 비공식 비밀 정보국이 있고 그 조직이 국내외에서 바람직하지 못한 방첩 활동을 하며 총리에게 직접 보고한다는 내용의 폭로 기사를 같은 해 5월에 좌파 신문에 실은 탓이었다. 이 사건은 'IB 스캔들'이라고 알려져 있다.

[**] 1973년 8월 23일~28일, 뒤에 '스톡홀름 증후군'이라는 용어를 낳게 되는 은행 강도 사건이 벌어졌다. 스톡홀름의 노르말름스토리에 있던 은행에 총기를 소유한 강도가 들어 인질들을 붙잡고 엿새간 경찰과 협상했던 이 사건은 스웨덴 최초로 TV에 생중계되었다. 범인 얀에리크 올손은 경찰에게 교도소 동료 클

거***라는 호재 덕분에 선거에서 이기고 연설한 적이 있었다. 그때는 물론 이번과는 다른 태도와 표정이었다.

언어마저도 약간 달랐다.

강도 사건 때 경찰이 제 손으로 감옥에서 은행으로 옮겨주었던 남자는 어이없게도 TV 생방송이 자신을 비인간적 괴물이라고 매도하는 소리를 들어야 했다.

남자는 은행 강도에 적극 가담한 바가 없고 다른 범행을 저지르지도 않았지만, 결국에는 또 육 년 형을 받고 말 터였다.

하지만 이런 일들이 이 나라의 정치 지도자에게는 불필요한 악재만은 아니었다.

누가 뭐래도 그는 부정행위라는 표현을 제 입으로 쓴 적이 없었다. 그리고 설령 가짜 사회주의 혼합경제에서 국가 소유의 은행이라고는 해도 좌우간 은행을 털려는 시도는 부정행위라고

라르크 올로프손을 은행으로 데려다줄 것을 요구했고, 경찰이 요구를 들어주었다. 네 명의 인질은 두 범죄자에게 친근감을 느끼고 경찰에게 반감을 느끼게 되어, 나중에 경찰로부터 범죄자들을 보호하는 모습을 보였다. 결국 경찰이 최루탄을 발사하여 인명 피해 없이 진압했고, 두 범죄자는 교도소로 돌아갔다. 사건 도중 인질이 총리와 전화 통화를 한 내용이 보도되기도 했다. '노르말름스토리 은행 강도 사건'이라고 불린다.

*** 스웨덴 국왕 구스타브 6세 아돌프가 1973년 9월 15일 90세를 일기로 사망했다. 바로 다음 날인 9월 16일이 총선거일이었다. 유세 기간에는 집권당 사회민주당이 자유보수 진영에 밀리는 형세였으나, 선거 결과 사민당과 공산당을 합한 사회주의 진영과 나머지 세 자유보수 당들이 확보한 의석이 각각 175석으로 동석을 이루어, 사민당 총리 올로프 팔메는 가까스로 연정으로 집권할 수 있었다.

볼 수 있을 터였다.

국가경찰청장에게 일진이 나쁜 날이었다. 그에게는 연설 기회가 주어지지 않았고, 기자회견 도중에는 위치가 나빴던데다가 열성적인 기자들에게 가려서 존재감이 없었다.

법무장관은 그저 슬퍼 보였다.

그는 정직하고 온유하다는 평을 듣는 이였는데 경찰 내 일각에서 인기가 아주 없었다.

어쩌면 그는 최근에 발표된 자살 관련 기밀 보고서를 생각하고 있었을지도 모를 일이었다.

그 최신 보고서의 요지는 다음과 같았다. 대부분의 사망자가 총으로 자신을 쏘거나 베스테르브론 다리에서 뛰어내리는 게 아니라 만취한 뒤 수면제를 통째 삼키는 경우이니, 사고사라고 보는 편이 합당하고 따라서 자살 통계에서 지워야 한다는 것이다. 그러면 갑자기 상황이 길하게 바뀔 수 있었다.

마르틴 베크는 이런 일에 대해서 자주 생각했다.

지금 이 순간에도 생각하고 있었다.

몬손이 그리펜베리에르에 포도 주스를 더 따랐다.

몬손은 한동안 말이 없었다. 옷차림으로 보아 외출 계획이 없는 듯했다.

몬손은 잠옷 셔츠, 플란넬 바지, 테리 슬리퍼, 그리고 앙상블의 완성인 듯한 가운을 입고 있었다.

"좀 있다 아내가 옵니다. 보통 3시쯤 와요." 몬손이 말했다.

몬손은 주중에는 혼자 지내고 주말에 아내와 함께 지내는 주 5일 독신자 생활로 돌아간 모양이었다.

부부는 각자의 집에서 살았다.

"좋은 시스템이에요." 몬손의 말이었다. "일 년 남짓 코펜하겐에 여자 친구를 뒀던 때도 있었지만요. 멋진 여자였어요. 하지만 좋은 것도 지나치니 벅차더군요. 나도 이제 젊지가 않으니까."

마르틴 베크는 몬손의 말을 잠시 생각해보았다.

몬손이 그보다 연상이기는 해도 겨우 두 살 정도였다.

"하지만 관계가 유지되는 동안에는 내게 과분한 여자였죠. 이름이 나디아인데. 당신이 본 적 있는지 모르겠군요."

"없습니다." 마르틴 베크가 말했다.

그는 갑자기 주제를 바꾸고 싶었다.

"참, 벤뉘 스카케는 잘 지냅니까?"

"그럭저럭. 이제 경위이고, 물리치료사 애인하고 결혼했습니다. 봄에 딸을 낳았어요. 아기가 예정일보다 일찍 일요일에 태어났는데, 그때 스카케는 민네스베리에서 축구를 하고 있었죠. 자기 인생에서 중요한 일은 죄다 축구할 때 벌어진다고 말하던데, 무슨 소리인지."

마르틴 베크는 스카케가 무슨 일을 가리켜서 그렇게 말했는지 알고 있었지만, 별말 하지 않았다.

"아무튼 녀석은 좋은 경찰관입니다." 몬손이 말했다. "그런 친구가 갈수록 적어져요. 안타까운 건 스카케가 여기서 행복하지 않다는 느낌이 든다는 겁니다. 이 도시에 통 정붙이지 못하더라고요. 여기서 산 지 오 년이 되어가는데. 아직도 스톡홀름에 향수를 느끼는 거겠죠."

몬손은 "어떻게 그럴 수가 있나 몰라" 하고 덧붙이고 잔을 비웠다.

그러고는 보란 듯이 시계를 확인했다.

"나는 이만 가봐야겠습니다." 마르틴 베크가 말했다.

"그래요." 몬손이 말했다. "나도 모르드가 맨정신일 때 만나려면 지금 가는 게 좋겠다고 말하려던 참입니다. 사실 진짜 이유는 그게 아니지만."

"그러면요?"

"당신이 십오 분만 더 있었다가는 내 아내를 만날 거거든요. 그러면 내가 옷을 갈아입어야 합니다. 마누라는 보수적인 사람이라, 내가 이따위 복장으로 유명하고 높은 분과 앉아 있는 걸 못 참을 겁니다. 택시를 불러줄까요?"

경찰 살해자

"걸어가겠습니다."

마르틴 베크는 말뫼에 여러 차례 와봤기에 길을 알았다. 적어도 시내는 알았다.

게다가 날이 좋았고, 베르틸 모르드와 면담하기 전에 생각을 정리하고 싶었다.

그는 몬손이 자신에게 선입견을 심어주었다는 것을 의식하고 있었다.

이 사건은 아무래도 선입견이 중요하게 작용하는 사건이 될 것 같았다.

선입견은 좋지 않다. 하지만 선입견이 판단에 개입하도록 내버려두는 것 못지않게 선입견을 무시하는 것도 위험하다. 선입견으로 세워진 가정이 때때로 옳을 수도 있다는 사실을 늘 염두에 두어야 한다.

마르틴 베크는 어서 모르드에 대해서 스스로 판단하고 싶었다. 두 사람은 곧 얼굴을 맞댈 것이다.

모르드의 맥줏집은 휴일이라 닫았고, 몬손은 수고롭게도 메스테르 요한스가탄 거리에 위치한 모르드의 집에 신입 경찰관을 붙여서 그를 감시하다가 그가 집을 나서면 즉각 알리라고 지시해두었다.

7.

신입 경찰관은 방송에서 어떤 집을 감시하는 것처럼 보이지 않으려고 애쓰는 감시자의 역할을 맡았다면 대성공을 거뒀을 듯했다. 집은 아주 작았고, 양옆 건물마저 허물어진 상태였다. 신참은 길 건너편에서 뒷짐을 지고 서서 허공을 응시하다가 간간이 그가 주시해야 하는 대상이 숨어 있을 대문 쪽으로 길게 곁눈질을 던졌다.

마르틴 베크는 약간 거리를 두고 서서 지켜보았다. 일 분쯤 지나자, 신참이 느릿느릿 길을 건너서 문제의 대문으로 다가갔다. 문을 살펴보고 문패를 콕 찔러보기까지 했다. 그러고는 짐짓 태연하게 원래 자리로 돌아가서, 자신의 등 뒤에서 부적절한 일이 벌어지지 않는다는 걸 확인하려는 듯이 빙그르 한 바퀴 돌

경찰 살해자

앗다. 비밀스럽거나 민감한 임무에 나선 경찰관들이 대개 그렇듯이 그는 검은색 구두, 진청색 양말, 정복 바지, 연청색 셔츠, 진청색 넥타이 차림이었다. 여기에 노란색 털모자를 쓰고, 크고 반짝거리는 단추가 달리고 소매에 빨간색과 노란색으로 자수가 놓인 가죽 재킷을 입었으며, 축구에 과문한 마르틴 베크조차 말뫼 축구 클럽의 상징 색이란 걸 알 수 있는 흰색과 하늘색 목도리를 목에 둘렀다. 재킷 오른쪽 옆구리는 주머니에 술이라도 감춘 사람처럼 불룩했다.

마르틴 베크가 다가가자, 신참이 뱀에 물린 사람처럼 펄쩍 뛰더니 있지도 않은 모자챙에 손을 올리고 보고하기 시작했다.

"아무도 건물을 떠나지 않았습니다, 경감님."

마르틴 베크는 그가 자신을 알아보았다는 사실에 놀라서 잠시 말을 하지 못했다. 그러다가 손을 뻗어서 엄지와 검지로 목도리 끝을 잡았다.

"어머니가 떠주셨나?"

"아닙니다, 경감님." 젊은이가 얼굴을 붉혔다. "어머니가 아닙니다. 제 여동생의 남자 친구가 떴습니다. 이름이 에노크 얀손인데, 뜨개질을 엄청 잘합니다. 우체국 직원이지만요. 에노크는 심지어 TV를 보면서도 뜨개질할 줄 압니다."

"모르드가 뒤로 나가면 어쩌려고 그러나?"

신참의 얼굴이 더 붉어졌다.

"네? 하지만 그건 불가능합니다."

"그래?"

"그게, 경감님, 제가 집 앞과 뒤에 동시에 서 있을 순 없지 말입니다. 그건 어렵잖습니까. 저…… 경감님, 이 일을 위에 보고하실 겁니까?"

마르틴 베크는 고개를 저었다. 길을 건너며, 경찰이 어디서 저런 희한한 청년들을 찾아내는 걸까 궁금해했다.

"아무튼 이 집은 맞습니다." 신참이 마르틴 베크를 따라오며 말했다. "세 번이나 다가가서 확인했습니다. 문에 모르드라고 이름이 적혀 있습니다."

"그 사실에도 변함이 없던가?"

"네, 경감님. 저도 함께 들어갈까요? 저는 총도 있고, 필요한 건 다 갖고 있습니다. 무전기도 있습니다. 물론 셔츠 안에요, 아무도 못 보게 말입니다."

"잘 가게." 마르틴 베크는 이렇게 말하고 초인종에 손가락을 올렸다.

베르틸 모르드는 초인종이 울릴 겨를도 주지 않고 벌컥 문을 열었다.

그 역시 검은색인 선장 제복 바지를 입고 있었는데, 위에는 러닝셔츠를 입고 나막신을 신은 채였다. 간밤의 폭음이 남긴 술 냄새가 그 주위를 벽처럼 둘러쌌지만, 거기에는 애프터셰이브의 향도 섞여 있었다. 그의 큼직한 두 손에는 플로리다워터 화장수 병과 펼친 면도칼이 있었다. 그가 신참을 가리키며 면도칼을 내둘렀다.

"저 망할 광대 새끼는 뭐야!" 그가 외쳤다. "왜 두 시간 동안 거기 서서 내 집을 째려보는 거야!"

"공직자 모욕입니다." 신참이 건방지게 응수했다.

"쥐방울만 한 사복 짭새 새끼야, 한 번만 더 내 눈에 띄었다가는 귀가 잘릴 줄 알아!" 모르드가 호통쳤다.

"이건 공직자 협박입니다……."

"전혀 아니야." 마르틴 베크가 이렇게 말하고 등 뒤로 문을 닫았다. "전혀……."

"전혀 아니라니, 뭔 소리야?" 모르드가 말했다. "이게 다 무슨 짓거리야?"

"잠시 진정하십시오."

"진정하게 생겼나! 나는 혼자 있고 싶어. 변장한 조무래기가 나를 염탐하는 게 싫다고. 그리고 나는 원하는 대로 하지 않으면 성에 차질 않아. 그런데 댁은 누구야? 짭새 대장이라도 되나?"

"맞습니다." 마르틴 베크가 말했다.

마르틴 베크는 모르드를 지나쳐 몇 발짝 걸어가서 방을 둘러보았다. 마치 쉰 명쯤 되는 인원이 지낸 것 같은 냄새가 풍겼는데, 어쩌면 그게 사람이 아니었을지도 모른다 싶을 지경이었다. 창문에는 곳곳에 기름때가 묻고 솜이 터져 나온 낡은 퀼트 이불이 못 박혀 있어서 빛이 희미하게 들어왔다. 그래도 귀퉁이를 들추면 내다볼 수는 있었다. 한쪽 벽에 몇 주, 혹은 몇 달째 정돈하지 않은 듯한 침대가 있었다. 다른 가구는 의자 넷, 탁자 하나, 큰 옷장 하나뿐이었다. 탁자 위 유리잔 옆에는 파란색 라벨이 붙은 도수 60퍼센트의 러시아산 밀수 보드카가 두 병 놓여 있었는데, 한 병은 비었고 다른 한 병은 반쯤 차 있었다. 구석에는 더러운 빨랫감이 산처럼 쌓여 있었다. 뒤에 난 문을 통해서 이루 형언할 수 없을 만큼 엉망진창인 부엌이 보였다. 욕실도 보였는데, 전구가 환히 켜져 있는 걸로 보아 방금까지 면도를 하고 있었던 듯했다.

"나는 세계 108개국을 가본 사람이야." 모르드가 말했다. "그렇지만 여기처럼 개지랄을 떠는 나라는 못 봤어. 짭새가 괴롭히지, 사회보장국이 괴롭히지. 아니면 세무서 직원이나 금주위원회나 복지 공무원이나 하여간 별의별 것들이 다 괴롭히지. 아니면 전력 회사나 세관이나 주민등록과나 건강보험이 괴롭히지. 망할 우체국까지 괴롭혀, 난 우편물 따위는 받고 싶지도 않

경찰 살해자

은데."

마르틴 베크는 모르드를 뜯어보았다. 모르드는 키가 족히 190센티미터는 되고 체중이 최소 125킬로그램은 나갈 듯한 거구였다. 머리카락은 검었고, 잔인한 눈동자는 진갈색이었다.

"정확히 108개국인 걸 당신은 어떻게 압니까?" 마르틴 베크가 물었다.

"당신이라고 부르지 마. 댁 같은 친구는 둔 적 없어. '선장님'이라고 부르든지 최소한 '모르드 씨'라고 불러. 어떻게 아느냐고? 그야 적어뒀으니까 알지. 108번째 나라는 오트볼타야. 카사블랑카에서 비행기로 넘어갔지. 107번째는 남예멘. 하지만 이 나라가 최악이야. 나는 북한에서도, 온두라스에서도, 마카오에서도, 도미니카공화국에서도, 그리고 파키스탄에서도, 에콰도르에서도 입원해봤어. 하지만 올여름에 입원했던 말뫼 병원만큼 끔찍한 곳은 본 적이 없어. 1890년에 지어진 병동에 겨우 끼어 누웠지. 환자가 스물아홉 명 있었는데, 그중 열일곱 명은 막 수술을 받고 나온 사람이었어. 그런데 망할 놈의 복지 공무원들이 와서 살펴보더니 우리가 왜 욕하는지 모르겠다고 하더라고. 우리는 입을 닫고 있어야 한다 이거야, 공짜니까. 공짜라! 세무서 직원이 늑대처럼 사람들 꽁무니를 쫓아다니는 나라에서. 이 좆같은 정부가 어떻게 계속 집권하는지 나는 이해가 안 되는데, 혹시 댁은 아시나? 나는 이만한 이유로 지도자를 목 매달아버리는 나라도 많이 봤어."

모르드가 문득 주변을 보았다.

"엉망이군." 그가 말했다. "나는 청소에 소질이 없어. 어떻게 하는지 모르겠어."

그가 빈 보드카병을 집어 부엌으로 가져갔다.

"이제 됐군. 그러면 이제 내가 묻고 싶어. 대체 무슨 일이지? 바깥의 저 멍청이는 왜 내가 면도하는 동안 내 집 문을 긁는 거지? 나는 하루에 두 번 면도해, 아침 6시하고 오후 3시에. 늘 직접 하지. 늘 면도칼을 쓰고. 이게 더 잘 깎여."

마르틴 베크는 묵묵히 있었다.

"내가 묻잖아." 모르드가 말했다. "답을 못 들었는데. 일단 댁은 누구야? 내 집에서 뭐 하는 거야?"

"나는 마르틴 베크라고 하고, 경찰입니다. 정확히 말하자면 경감이고, 국가범죄수사국 살인수사과 책임잡니다."

"언제 태어났는데?"

"1923년 9월 25일."

"그래. 평소와 달리 내가 질문하니까 재밌군. 원하는 게 뭐야?"

"선장님의 전부인이 10월 17일부터 실종 상태입니다."

경찰 살해자

"그래서?"

"그분을 찾고 있습니다."

"좋아. 하지만 우라질, 나는 이미 말했어, 모른다고. 17일에 난 열차 연락선 말뫼후스에서 술을 몇 잔 하고 있었어. 좋아, 꼭지가 돌게 마셨어. 말뫼후스는 이 도시에서 유일하게 점잖은 배야. 이 나라에는 발붙이고 있기도 어려워서 나는 보통 코펜하겐 행 배에서 술을 마시지."

"요식업장을 운영하시지 않습니까?"

"그래. 하지만 나 대신 일하는 여자들이 있으니까. 맹세컨대, 거기는 아주 깨끗하고 놋쇠가 반들거리고 그래. 아니면 내가 그년들을 걷어차서 항구에 빠뜨릴 테니까. 내가 자주 들르거든, 불시에."

"그렇군요."

"아까 살인수사과가 어쩌고 했는데."

"네, 살인일 가능성도 있습니다. 누군가 그분을 납치한 것 같습니다. 그런데 알리바이가 확실하지 않으시지요."

"내 알리바이가 얼마나 확실한데. 나는 말뫼후스에 있었다니까. 그보다도 그 옆집에 섹스광이 살잖아. 만약 그놈이 시그브리트에게 무슨 짓을 한 거라면, 내가 이 두 손으로 그년을 목 졸라 죽일 거야."

마르틴 베크는 모르드의 손을 보았다. 가공할 만한 손이었다. 곰도 목 졸라 죽일 수 있을 것 같았다.

"'그년'이라고 하셨는데요. '그년'을 목 졸라 죽이겠다고."

"그런 말이 아니야. 나는 시그브리트를 사랑해."

마르틴 베크는 갑자기 많은 게 이해되었다. 베르틸 모르드는 예측 불허의 위험한 남자였다. 오랫동안 그는 명령하는 일에 익숙했고, 스스로 일한 적이 거의 없었다. 그는 아마 훌륭한 선원이었을 테고, 뭍에서의 삶에 적응하느라 고전하고 있을 것이다. 그는 무슨 일이든, 최악의 일까지도 저지를 수 있는 사람이었다.

"내 인생의 비극은 망할 트렐레보리에서 태어났다는 거야." 모르드가 말했다. "내가 원하지도 않은 국적을 가진 거. 한 번에 한 달 이상, 길어야 두 달 이상 머물 수 없는 나라에 태어나 버린 거. 그래도 아프기 전에는 괜찮았지. 나는 시그브리트를 좋아했고, 그래서 거의 매년 시그브리트를 보러 왔어. 우리는 잘 지냈지. 그러다가 나는 다시 떠났고. 그런데 망할 문제가 생긴 거야. 간이 뻗었어. 결국에는 신체검사를 통과시켜주지 않더라고."

그는 잠시 말없이 서 있었다.

"이제 가." 문득 그가 말했다. "아니면 내가 열 받아서 그쪽

턱을 부서뜨릴 것 같으니까."

"알겠습니다." 마르틴 베크가 말했다. "만약 다시 온다면, 그
때는 아마 동행을 요구할 겁니다."

"꺼져."

"전부인은 어떤 사람이었습니까?"

"댁이 알 바 아니잖아. 꺼져."

마르틴 베크는 문 쪽으로 한 걸음 갔다.

"안녕히 계십시오, 모르드 선장님."

"잠깐." 갑자기 모르드가 말했다.

그가 플로리다워터를 내려놓고 면도칼을 접었다.

"마음이 바뀌었어. 이유는 나도 몰라."

그는 의자에 앉아서 보드카를 유리잔에 따랐다.

"술 하시나?"

"네." 마르틴 베크가 말했다. "하지만 지금은 됐습니다. 희석
하지 않은 미지근한 보드카는 더 됐습니다."

"나라고 이렇게 마시고 싶은 줄 알아. 내가 헛기침만 해도 라
임이랑 얼음을 갖고 달려오는 승무원이나 급사가 있다면 이렇
게 안 마시지. 가끔은 술집을 팔고 여기를 떠나서 파나마나 라
이베리아에서 배를 타야 하나 싶어."

마르틴 베크도 자리에 앉았다.

"문제는 내가 선장이 될 수 없을 거란 거야. 끽해야 꼭 나 같은 인간을 모시는 일등항해사나 될 수 있겠지. 그건 못 견딜 거야. 결국 그 자식을 죽이고 말걸."

마르틴 베크는 여전히 아무 말도 하지 않았다.

"하지만 그러면 최소한 바다에서 술을 퍼마시다가 죽을 수 있잖아. 나는 시그브리트를 갖고 싶고, 배를 갖고 싶어. 지금은 둘 다 없지. 여기서는 퍼마시다가 죽으려고 해도 온갖 쌍놈의 종자들이 참견을 해쌓고."

모르드가 방을 둘러보았다.

"내가 이딴 식으로 살고 싶어 한다고 생각하나? 나라고 이런 똥통에서 살고 싶을 것 같아?"

모르드가 탁자를 주먹으로 쳤다. 하도 세게 쳐서 유리잔이 엎어질 뻔했다.

"난 댁이 무슨 생각을 하는지 알지." 그가 으르렁거렸다. "내가 시그브리트한테 무슨 짓을 했을 거라고 생각하잖아. 하지만 아냐. 그 대가리로는 이해가 안 되나? 망할 놈의 짭새들. 하여간 다 똑같아, 세계 어디서나. 경찰은 선실의 쥐 같은 종자야. 잘하는 짓이라고는 배에 와서 아무 문제도 일으키지 않는 대가로 술과 담배를 받아 가는 것뿐이지. 런던을 오가는 배를 탈 때 밀월에서 만났던 새끼가 기억나는군. 보비라고 하던가. 놈은 우리가 정박할 때마다 배 위에 동상처럼 버티고 서서 인사했어. '안녕하십니까', '반갑습니다, 선장님'. 내릴 때는 담배랑 술을 얼마나 많이 챙겼는지 트랩을 무사히 내려가기 힘들 정도였지. 여기도 똑같아."

"나는 술도 담배도 바라지 않습니다."

"제기랄, 그러면 뭘 바라나?"

"전부인에게 무슨 일이 있었는지 알고 싶습니다. 그래서 그분이 어떤 사람이냐고 물은 겁니다."

"좋아, 좋은 사람이야. 내가 뭐라고 말할 것 같나? 나는 시그브리트를 사랑해. 하지만 댁은 나를 잡으러 왔잖아. 안데르슬뢰브 경찰한테서 내가 시그브리트를 몇 번 때렸다는 걸 들었겠지. 그 경찰이 나를 때린 적 있다는 것도 아나? 그에게 그런 배짱이 있을 줄은 몰랐어. 내가 싸움에서 진 건 평생 딱 한 번인데, 그것도 4 대 1이었지. 안트베르펜에서. 하지만 그 경찰이 옳았어. 내가 잘못했지. 나도 알아."

마르틴 베크는 모르드를 지그시 보았다.

남자는 잘 보이려고 애쓰는 것일 수도 있었다.

"결혼 생활을 오래 하셨지요." 마르틴 베크가 말했다.

"그래. 결혼했을 때 시그브리트는 겨우 열여덟 살이었어. 나는 두 달 뒤에 배 타고 나갔고. 그 뒤로 나는 늘 바다에 있었지만, 매년 한두 달은 함께 살았어. 우리는 죽이 잘 맞았지."

"성적으로 말입니까?"

"그래. 시그브리트는 나를 좋아했어. 나랑 하면 기차가 덮치는 것 같다고 말하곤 했어."

"일 년 중 나머지 기간에는 어땠습니까?"

"시그브리트는 늘 나쁘라고 말했고, 의심할 이유는 없었어. 하지만 일 년에 한 달은 미친 듯이 달아올랐다가 열한 달은 전혀 안 하고 산다는 게 좀 이상하다고는 생각했지. 시그브리트 말로는 비결 같은 건 없대. 그냥 생각을 안 한대."

"선장님은 어땠습니까?"

"뭐, 당연히 항구에 내릴 때마다 사창가에 갔지."

"108개국에서?"

"아니. 사창가는 안 세어봤는데. 하지만 꽤 많았을 거야. 원한다면 주소를 알려주지. 그런데 창녀가 없는 나라도 있거든. 한 군데 기억나네, 루마니아. 어느 똥통 같은 배를 타서 콘스탄차에 석 달 처박혀 있었는데, 시내에 창녀가 한 명도 없더라고. 그래서 기차를 타고 부쿠레슈티로 갔지. 거기도 없어. 그런 데는 처음 봤어."

"그래서 어떻게 했습니까?"

"피레아스로 갔지. 거기는 엄청 많더라고. 이 주 동안 침대에서 나오지도 않고 처마시고 씹했지. 그랬어, 젠장."

모르드가 잔을 노려보았지만 마시진 않았다.

"이제 댁은 뱃사람들이 항구에 닿을 때마다 사창가로 달려가
느라 바쁜 종자라고 생각할 텐데, 여기서 우리가 알 수 있는 사
실이 하나 있지."

"뭡니까?"

"댁이 뱃사람을 모른다는 사실. 나는 칠 년 동안 같은 항해장
하고 항해했어. 그 친구는 베리크바라에 아내가 있었지. 내가
맹세하는데, 그 친구는 오대양을 다니면서도 딴 여자에게 손가
락 하나 대지 않았어. 나도 그게 아주 좋은 일이라고 생각해. 그
런 남자가 돼야지. 그런 친구도 많이 있거든."

"집에 돌아와서는 뭐라고 말했습니까?"

"시그브리트한테? 당연히 나도 한눈팔지 않았다, 뭍에 내리
기만 학수고대했다고 말했지. 사면발니나 임질이나 이빨 자국
같은 것만 갖고 오지 않으면 괜찮아. 페니실린이 있기에 망정
이지. 아무튼 시그브리트에게는 딴 여자는 거들떠도 안 봤다고
말했어. 철석같이 맹세했지. 지금도 그럴 거야. 이제 너무 늦었
지만. 이제 아무 의미가 없지만."

"시그브리트가 죽었기 때문입니까?"

상대가 무너질 거라고 예상했다면, 그건 마르틴 베크의 착각

이었다. 모르드는 흔들림 없는 손으로 술을 꿀꺽 삼켰다.

"나를 함정에 빠뜨리려고 하는군." 모르드가 차분하게 말했다. "하지만 소용없어. 첫째, 나는 열차 연락선에 있었고, 둘째, 나는 시그브리트가 죽었다고 생각하지 않아."

"그러면 어떻게 생각합니까?"

"모르겠어. 하지만 댁이 모르는 일을 내가 안다는 건 확실해."

"예를 들면?"

"시그브리트는 좀 속물 같은 데가 있어. 선장 아내로서 좋은 집에 사는 걸 우쭐하게 여겼지. 시그브리트가 버는 돈에 내가 버는 돈을 합할 때는 괜찮았어. 그리고 나는 늘 딴 주머니를 차고 있었거든. 그러다 갈라섰지, 그건 좋아. 하지만 나를 내쫓은 시그브리트에게 내가 돈을 줘야 할 이유를 모르겠더라고. 그래서 위자료 같은 건 안 줬어. 그러니까 아마 이혼 후에 상당히 쪼들렸을 거야."

"왜 헤어졌습니까?"

"콧구멍만 한 동네에서 할 일 없이 처박혀 있는 걸 못 견디겠더라고. 그래서 만날 술을 처마시고 시그브리트에게 구두를 닦아라 청소를 해라 윽박질렀지. 때리기도 많이 때렸고. 그래서 시그브리트가 질린 거야. 나도 이해해. 나중에는 되게 미안하더라고. 지금은 이렇게 온종일 혼자 앉아서 미안해할 수 있지. 십

경찰 살해자

오 년간 매일 두 병씩 마신 걸 후회할 수도 있고. 건배!"

모르드가 술을 들이켰다. 알코올 도수 60퍼센트의 액체 약 300밀리리터를 그는 진저리 한번 내지 않고 마치 물처럼 삼켰다.

"알고 싶은 게 또 있습니다." 마르틴 베크가 말했다.

"뭐?"

"이혼 후에도 부인과 관계했습니까?"

"그럼. 내가 자주 찾아가서 박아줬지. 하지만 그것도 오래전 일이야. 적어도 일 년 반은 됐을걸."

"그때는 그분이 뭐라던가요?"

"여전히 특급열차에 치이는 것 같다고 말했지. 끝내준다고. 시그브리트의 보지는 나이 들수록 더 크고 촉촉해졌어. 그때만 해도 나는 우리 사이가 고쳐지기를 바랐지만, 이제 너무 늦었지."

"왜죠?"

"이유야 많아. 일단 내가 아프니까. 그리고 고쳐봐야 좋을 게 없으니까. 거짓말하고 속이는 결혼이 무슨 가치가 있겠어? 거짓말을 나만 했더라도 말이야. 나는 아직 시그브리트를 사랑해."

마르틴 베크는 잠시 생각하다가 말했다.

"모르드 선장님, 말씀을 들으니 여자를 잘 아시는 것 같군요."

"그래, 그렇게 말할 수 있겠지. 좋은 창녀가 잘하는 게 있어.

그들은 씹할 줄을 알아. 그게 뭐 어때서?"

"부인은 성적으로 매력적인 여성이었…… 여성입니까?"

"두말하면 잔소리지. 내가 매년 한 달씩 안데르슬뢰브에 궁둥이를 붙이러 온 게 그냥 웃고 싶어서였겠어?"

마르틴 베크는 확신이 가지 않았다. 대화가 길어질수록 무엇을 믿어야 할지 알 수 없었다. 아직 자신이 모르드를 싫어하는지조차 확신이 가지 않았다.

"108개국 말입니다. 그걸 다 기억한다는 게 놀랍습니다……."

모르드가 뒷주머니에서 뭔가를 꺼냈다. 가죽 장정의 작은 수첩이었는데, 찬송가 책만큼 두꺼웠다.

"말했듯이 나는 적어두니까. 봐."

모르드가 수첩을 스르륵 넘겼다. 메모가 많이 적혀 있었다. 줄이 그어진 종이였고, 간격이 아주 좁았다.

"봐. 전체 목록이 여기 있지. 스웨덴, 핀란드, 폴란드, 덴마크로 시작해서 라스알카이마, 몰타, 남예멘, 오트볼타로 끝나. 물론 몰타에 갔던 건 옛날 일이고, 독립한 뒤에야 여기 적었어. 아주 좋은 수첩이야. 이십 년도 더 전에 싱가포르에서 샀는데, 이후로 비슷한 걸 본 적이 없어."

모르드가 수첩을 주머니에 도로 넣었다.

"내 인생의 항해일지이지." 그가 말했다. "한 인간이 사는 데 필요한 모든 게 담긴 작은 책. 대부분의 사람들에게는 이보다 훨씬 더 얇은 책으로 충분할 테지만."

마르틴 베크는 일어섰다.

모르드도 일어섰다.

총알처럼 잽싸게 일어난 그가 커다란 주먹을 내보였다.

"누군가 시그브리트에게 몹쓸 짓을 했다면, 내가 그 인간을 처리하게 해줘. 아무도 시그브리트를 건드려서는 안 돼. 시그브리트는 내 거야."

모르드의 짙은 눈동자가 번뜩였다.

"갈가리 찢어버리겠어. 이 손은 그걸 여러 번 해봤어."

마르틴 베크는 그 손을 보았다.

"17일에 뭘 했는지를 더 찬찬히 떠올려보시는 게 좋겠습니다, 모르드 선장님. 지금 그 알리바이는 별 소용이 없어 보입니다."

"알리바이." 모르드가 역겨운 듯 내뱉었다. "뭐에 대한?"

모르드가 성큼성큼 걸어가서 현관문을 내던지듯이 열었다.

"이제 꺼져. 어서. 내가 진짜로 화나기 전에."

"안녕히 계십시오, 모르드 선장님." 마르틴 베크는 정중하게 말했다.

환한 데서 남자의 얼굴을 봤더니 눈 흰자위가 누랬다.

"선실의 쥐 같은 놈." 모르드가 말했다.

그러고는 문을 쾅 닫았다.

　　마르틴 베크는 시내 쪽으로 백 미터쯤 걸었다.

　　그러다 뒤로 돌아 항구 쪽으로 갔다. 사보이 호텔에 다다라서 그곳 바에 들어가 앉았다.

　　"어서 오십시오." 바텐더가 말했다.

　　마르틴 베크가 끄덕였다.

　　"위스키 부탁합니다."

　　"늘 드시듯이 얼음물에요?"

　　마르틴 베크는 다시 끄덕였다.

　　이 바에 마지막으로 온 게 사 년이 넘었다. 세상에는 정말로 기억력이 좋은 사람들이 있다.

　　마르틴 베크는 술잔을 앞에 놓고 앉아서 오래 생각했다.

　　모르드를 어떻게 판단해야 할지 알 수 없었다. 그가 어떤 식으로든 자신을 속였다는 생각도 들었지만, 정확히 어떤 대목에서 그랬는지는 짚이지 않았다.

　　모르드는 무모하리만치 솔직하거나 철두철미하게 교활하거나 둘 중 하나였다. 어느 쪽이든 그는 사람을 죽이는 얘기를 너무 많이 지껄였다.

　　한참 후 마르틴 베크는 다른 생각을 하기 시작했다. 이 호텔에는 추억이 많았다. 그중 적어도 하나는 즐거운 추억이었다.

그는 위스키를 한 잔 더 주문했다.

술을 다 마신 뒤, 계산을 하고 나온 마르틴 베크는 운하를 건너 기차역 앞에 줄지어 선 택시들 쪽으로 갔다. 그리고 맨 앞에 선 택시에 올랐다.

"안데르슬뢰브로 갑시다."

택시로는 딱 이십구 분이 걸렸다.

8.

콜베리는 그날 밤 예트라는 곳에서 전화를 걸어왔다.

"종일 연락하려고 했어. 어디 갔었어?"

"말뫼에."

"페르 몬손한테?"

"잠시 들렀지. 자네는 어디야?"

"벡셰에서 우연히 옛 친구를 만났지 뭐야. 이 친구가 오스녠 호숫가에 별장을 갖고 있는데, 거기에 모래사장이 있고 사우나도 있고 그렇대. 내가 내일 아침에 가겠다고 하면 자네가 많이 실망할까?"

"거기서 묵고 사우나도 하도록 해." 마르틴 베크가 말했다. "오스녠에서는 아직 수영할 수 있나? 이 시기에?"

경찰 살해자

"글쎄, 사우나 후에 한번 시도해보려고. 우리가 저녁으로 뭘 먹을지 맞혀봐."

마르틴 베크는 미소 지었다.

"몰라." 마르틴 베크의 대답은 진실이 아니었다. "뭔데?"

"가재."

콜베리는 꼭 크리스마스이브를 앞둔 아이 같았다.

"좋은 친구를 뒀네." 마르틴 베크가 말했다. "잘 자. 내일 아침에 봐."

그는 전화를 끊고 방으로 돌아갔다. 창가에서 정원을 내려다보았다. 식당 불빛이 창문 밑 잔디밭과 자갈길을 비추었다. 그는 배고프지 않았고, 내려가고 싶지 않았다. 뇌이드는 셸스토르프의 동생 집에 갔다. 뇌이드 외에는 마르틴 베크가 안데르슬뢰브에서 함께 저녁을 보낼 만한 사람이 없었다. 폴케 벵트손은 콜베리가 올 때까지 기다려도 괜찮았다. 어차피 오늘 하루치 말은 다 했다. 레아는 시골 친구네에 간다고 했기에 전화하지 않았다. 마을 산책은 썩 내키지 않았다. 그는 마지막 대안을 선택했다. 침대에서 노르망디호 책을 읽는 것이었다.

콜베리는 일요일 오후 늦게서야 나타났다. 수긍할 수밖에 없는 해명이 있었다. 가재에 곁들인 보드카를 좀 많이 마시는 바람에, 사우나와 찬물로 술기운을 몰아내고서야 깨끗한 양심과 안전한 혈중알코올농도로 다시 운전대를 잡을 수 있었다는 것이었다.

저녁에 그들은 뇌이드의 집에서 식사를 했다. 마르틴 베크의 예상대로 뇌이드와 콜베리는 만나자마자 서로 죽이 맞았다.

월요일 이른 아침, 뇌이드는 동네 관광 인솔자 역할을 또 한 번 열정적으로 맡았다. 콜베리는 뇌이드의 수다스러운 해설과 매력적인 구역에 즐거움을 숨기지 않았다. 마르틴 베크는 팀뷔와 뒷좌석에 앉아서 멀미를 삭였다. 뇌이드가 자신에게 설명했던 것을 또 설명하면서도 똑같이 반복하지는 않는다는 점, 이 지역과 이곳 사람들에 관해 들려줄 일화가 무궁무진한 듯하다는 점에 그는 감탄했다.

돔메에서 그들은 폴케 벵트손의 집 앞까지 갔다. 벵트손의 차는 없었고, 문을 두드려도 대답이 없었다.

"고기 잡으러 갔을 겁니다." 뇌이드가 말했다. "아니면 차로 단골들 집을 돌고 있을 거예요. 저녁에는 집에 있을 겁니다."

뇌이드는 주도로로 곧장 돌아가지 않고, 시그브리트 모르드의 집을 지나서 몇백 미터를 더 간 뒤에 언덕 꼭대기 웬 농장 입구에 차를 세웠다.

"두 분이 보면 좋아할 것 같아서요. 여기가 빅토리아 브루셀리우스가 태어난 곳입니다. 1850년이었던 것 같군요."

"그렇군요." 마르틴 베크가 말했다. "그런데 그게 누굽니까?"

콜베리가 대뜸 대답했다.

"회르뷔의 우체국장과 결혼해서 베네딕트손이라는 성을 얻고 에른스트 알그렌이라는 가명으로 글을 썼던 작가지. 나중에 코펜하겐으로 건너가서 여성 해방을 위해 싸웠고, 게오르그 브라네스와 사랑에 빠졌고, 마흔 살이 되기 전에 자살했어."

"책을 인용하지는 말아줬으면 좋겠어." 마르틴 베크가 말했다.

"안 해." 콜베리가 대꾸했다. "하지만 그는 멋진 모토를 갖고 있었어. 노동 그리고 진실."

"그 얘기를 들으니 아까 받은 호출이 생각나네요." 뇌이드가 이렇게 말하면서 시동을 걸었다.

그들은 경찰서 앞에서 헤어졌다. 뇌이드는 일상 업무를 처리하러 갔다. 마르틴 베크와 콜베리는 주도로 쪽으로 느릿느릿 걸었다. 공기가 상쾌했고, 햇살이 따스했다.

"헤르고트가 부러워질 지경이네. 스톡홀름과는 딴판이야." 콜베리가 말했다.

"자네도 작은 마을로 보내달라고 신청하면 어때." 마르틴 베크가 말했다.

콜베리는 가느스름한 눈으로 해를 보면서 고개를 저었다.

"잘 안 맞을 거야. 헤르고트를 보면 좋은 생각인 것 같지만,

나는 이런 쥐구멍만 한 데 있으면 이 주 만에 미쳐버릴 거야. 자네도 마찬가지니까 내 말뜻을 알겠지. 그리고 군이 다시 일하고 싶어 해. 취직이 안 되면 공부라도 계속하고 싶대."

콜베리는 군과 결혼한 지 칠 년째였다. 둘에게는 여섯 살 딸과 세 살 아들이 있었다. 마르틴 베크는 늘 그들의 결혼 생활을 이상적이라고 여겼다. 레아 닐센을 만나기 전에는 콜베리가 부러웠다. 군은 똑똑하고 활기 넘치는 여성이었다. 따스하고, 유머 감각이 있고, 좋은 반려자이고, 마르틴 베크가 보기에는 엄마로도 훌륭했다. 게다가 예뻤고, 제 나이인 서른다섯 살보다 어려 보였다. 마르틴 베크는 군이 스페인어든 재즈 발레든 안데르슬뢰브 같은 마을 주부들이 흥미를 품을 만한 주제로 수업을 여는 걸 얼마든지 상상할 수 있었다. 군은 틀림없이 시간을 보낼 방법을 찾아낼 것이다. 하지만 콜베리처럼 군도 행복하진 않을 것이다. 군도 뼛속들이 스톡홀름 사람이었다.

옆면에 빨간 글씨로 "크벨스포스텐"이라고 적힌 노란색 신문 배포 차량이 생협 앞을 막 떠났다. 차는 언덕을 올라갔고, 신문 가판대에서 한 여자가 나와서 머리기사 제목들이 적힌 선전용 전단지를 앞에 붙였다.

"여성 주민 살해되다"라고 두 줄에 걸쳐 적힌 글자가 전단지의 절반을 차지했다. 그 아래에는 더 작은 글씨로 이렇게 적혀

경찰 살해자

있었다. "안데르슬뢰브에서?"

콜베리가 길을 건너려고 마르틴 베크의 팔을 잡고 차도로 내려섰지만, 마르틴 베크는 이제 여관 맞은편 약국 앞에 선 신문 차량을 고갯짓하며 말했다.

"나는 보통 광장에 있는 담배 가게에서 신문을 사."

"보통?" 콜베리가 말했다. "벌써 이 동네에서 습관이 생긴 거야?"

"좋은 가게거든. 작은 동네 가게지만 있을 건 다 있어. 장난감도 팔아. 보딜과 요아킴에게 줄 선물을 사고 싶다면 말이야."

가게 주인은 신문 전단지를 손에 들고 카운터 뒤에 서 있었다.

"시그브리트를 찾았군요." 여자가 말했다.

마르틴 베크는 이미 알려진 얼굴이었다.

"불쌍한 것." 여자가 또 말했다.

"신문에 나오는 얘기를 다 믿으면 안 됩니다." 콜베리가 말했다. "아직 실종 상태예요. 잘 보면 거기 밑에 물음표가 있잖습니까. 너무 작게 써놨지만."

"에구머니나, 기가 막히네." 여자가 말했다. "요즘 신문들이 하는 짓을 봐서는 팔고 싶지도 않아요. 거짓말에, 추잡한 이야기에, 비참한 뉴스뿐이에요."

두 사람은 《크벨스포스텐》과 《트렐레보리 알레한다》를 샀다.

콜베리는 장난감도 둘러봤는데, 정말로 잘 갖춰져 있었다. 스톡홀름의 NK, PUB, 올렌스, 그 밖의 대형 백화점에서 보지 못한 물건도 두어 개 있었다. 콜베리는 나중에 들러서 아이들 선물을 사기로 결심했다.

콜베리의 차 옆에 지붕 없는 스포츠카가 국영 주류 판매점 앞에 꽁무니를 대고 세워져 있었다. 깔끔한 직선형의 오래된 모델이었다. 주인이 잘 돌보는 듯, 진녹색 에나멜이 햇빛에 반짝거렸다. 차에는 관심이 없는 마르틴 베크도 발길을 멈추고 구경했다.

"싱어야." 콜베리가 말했다. "최소 이십오 년은 됐을걸. 좋은 차야. 하지만 겨울에는 엄청 추워."

콜베리의 특기는 거의 모든 걸 다 아는 것이었다.

그들은 여관 식당으로 들어갔다. 점심시간이라 여러 테이블에 손님이 있었다. 두 사람은 발코니 근처의 구석 테이블에 앉아서 신문을 펼쳤다.

《트렐레보리 알레한다》는 1면에 시그브리트 모르드의 실종 기사를 두 단으로 짧게 실었다. 기사는 객관적이고 정확했으며 뇌이드가 한 말을 제대로 옮긴 듯했다. 기사에는 실종자, 뇌이드, 마르틴 베크의 이름만 나와 있었다. 첫 문장과 본문에서 국가범죄수사국 살인수사과 파견 사실을 알리기는 했지만, 독자

경찰 살해자

에게 선입견을 심어주지 않으려고 애쓴 기색이 보였다. '살해', '살인자' 같은 단어는 쓰지 않았다. 함께 실린 사진은 여권 사진이었고, 사진 설명에는 실종 추정 시점 이후에 이 여성을 본 사람은 제보해주기 바란다는 말이 적혀 있었다.

《크벨스포스텐》은 그런 절제를 몰랐다. 포니테일에 큼직한 흰색 귀고리를 단 스무 살 시그브리트 모르드의 사진이 1면에 두 단 크기로 실려 있었다. 안에도 사진이 있었다. 시그브리트 모르드의 집 사진, 로재나 살인자의 집 사진, 실종자가 마지막으로 목격된 버스 정류장 사진, 놀란 얼굴로 경찰차에 탄 폴케 벵트손을 찍은 팔 년 전 사진, 부스스한 머리카락에 입을 벌린 마르틴 베크의 사진.

기사는 시그브리트 모르드가 성범죄 살인자 옆집에 살았다는 사실을 강조했고, 따로 박스 기사를 두어 구 년 전 로재나 사건을 알려주었다. 안데르슬뢰브 주민 두어 명을 인터뷰하여 실종자에 대한 의견을 들었고("밝고 상냥하고 늘 웃고 모두에게 친절했던 아가씨"), 폴케 벵트손에 대한 의견도 들었다("좀 특이하고 외톨이에 사람을 멀리하는 남자"). "범인 외에는 살아 있는 모르드 부인의 모습을 마지막으로 본 것으로 추정되는" 싱네 페르손 부인은 실종자가 버스 정류장에 서 있다가 "아마도" 벵트손의 차에 탄 걸 본 목격담을 생생하게 제공했다.

마르틴 베크에 관한 박스 기사도 있었다. "이름난 형사이자 국가범죄수사국 살인수사과 책임자"라는 말까지는 좋았으나, "스웨덴의 메그레*"라는 대목에 이르자 그는 신문을 옆의 빈 의자에 던졌다.

"으으." 마르틴 베크는 이런 소리를 내며 종업원을 찾아 둘러보았다.

"그러게 말이야." 콜베리였다. "거기다 《엑스프레센》, 《아프톤블라데트》 등도 있잖아. 다들 자네에게서 발언을 따내려고 물고 늘어질걸."

"나는 아무 말 안 할 거야. 하지만 결국에는 약식 기자회견이라도 열어야겠지."

종업원이 왔다. 두 사람은 비트와 오이를 곁들인 스코네풍 소고기 스튜를 시켰다.

그들은 묵묵히 먹었다. 평소처럼 콜베리가 먼저 식사를 끝냈다. 콜베리는 입을 닦고, 이제 거의 빈 식당을 둘러보았다.

콜베리와 마르틴 베크 외에는 한 명이 더 있었다. 파이프 담배를 피우면서 신문을 뒤적이는 남자였다. 남자는 이따금 두 형사에게 눈길을 던졌다.

---

* 벨기에의 작가 조르주 심농이 쓴 범죄소설 시리즈의 주인공 '메그레 반장'을 가리킨다.

경찰 살해자

콜베리는 어쩐지 아는 사람이라는 느낌이 들어서 슬쩍슬쩍 그를 살폈다.

남자는 사십 대로 보였다. 풍성하고 짙은 금발 머리카락은 뒤가 꽤 길어서 연갈색 스웨이드 재킷 칼라를 덮었다. 금속테 안경을 썼고, 곱슬거리는 짙은색 구레나룻 외에는 깔끔하게 면도했다. 얼굴은 여위었고, 광대뼈가 도드라졌고, 입가에 씁쓸함인지 냉소인지 모를 표정이 어려 있었다. 남자는 눈살을 살짝 찌푸리고서 앞에 놓인 재떨이에 파이프를 비웠다.

남자의 손가락은 길고 강해 보였다.

갑자기 남자가 고개를 들어 콜베리를 보았다. 남자의 시선은 잔잔하고 흔들림 없고 새파랬다. 콜베리가 미처 고개를 돌리지 못한 탓에, 둘은 잠시 눈을 마주치고 서로를 응시했다.

마르틴 베크가 접시를 물리고 맥주잔을 비웠다.

마르틴 베크가 잔을 내려놓는 순간, 남자가 신문을 접고 일어나서 두 형사의 테이블로 걸어왔다.

"저를 아실지도 모르겠습니다." 남자가 말했다.

마르틴 베크는 남자를 살펴보고 고개를 저었다.

콜베리는 기다렸다.

"오케 군나르손입니다. 지금은 보만으로 성을 바꿨습니다만."

그들은 물론 그 이름을 기억했다. 군나르손은 육 년 전에 싸움 끝에 사람을 죽인 사내였다. 그는 기자였고, 알프 맛손이라는 이름의 피해자도 동년배 기자였다. 둘 다 만취했었다. 맛손이 군나르손을 심하게 도발했고, 살인은 거의 사고라고 볼 수 있을 만한 사건이었다. 군나르손은 범행 직후 충격에서 벗어난 뒤 냉정하고 영리하게 범행 흔적을 숨겼다. 그 수사를 마르틴 베크가 맡았는데, 군나르손의 행적을 쫓아 부다페스트에 일주일 가 있기도 했다. 그를 체포할 때는 콜베리도 함께 있었다. 체포 당시 콜베리도 마르틴 베크도 그다지 흐뭇하지 않았다. 둘 다 군나르손에게 약간 연민을 느꼈었다. 그들이 보기에 군나르손은 냉혈한 살인마가 아니라 불행한 상황의 제물이었다.[*]

그 시절에 군나르손은 턱수염이 있었고, 머리가 짧았고, 통통한 편이었다.

"앉으세요." 마르틴 베크가 옆자리 신문을 치우면서 말했다.

"고맙습니다." 남자는 이렇게 말하고 앉았다.

"변했군요." 콜베리였다. "일단 살이 엄청 빠졌네요."

"의도한 건 아니었습니다만 외모를 바꾸려고 애썼던 건 사실입니다. 두 분 다 저를 알아보지 못했으니 그 점에서는 자축해도 되겠네요. 그러거나 말거나 어차피 두 분은 저를 못 알아봤

---

[*] '마르틴 베크' 시리즈 2편 『연기처럼 사라진 남자』가 이 사건을 다룬 이야기다.

경찰 살해자

을 수도 있었겠지만요."

"왜 보만입니까?" 콜베리가 물었다.

"어머니의 결혼 전 성입니다. 이 이름을 쓰는 게 제일 나을 것 같았습니다. 이제 완전히 익숙해져서 옛 이름을 까먹을 정도입니다. 두 분도 잊어주시면 고맙겠습니다."

"오케이, 보만." 콜베리가 말했다.

마르틴 베크는 자신과 콜베리가 과거 사건들 중에서 가장 어려웠던 두 사건을 일으킨 두 남자와 이렇게 오랜 시간이 흐른 뒤 안데르슬뢰브 같은 곳에서 만난 게 참 얄궂은 우연이라는 생각이 들었다.

"안데르슬뢰브에서 뭘 하던 중입니까? 여기 삽니까?" 마르틴 베크가 물었다.

"아니요." 오케 보만이 대답했다. "사실은 두 분과 인터뷰할 수 있을까 해서 와 있었습니다. 저는 트렐레보리에 살고,《트렐레보리 알레한다》에서 일합니다. 두 분이 좀 전에 읽은 1면 기사를 제가 썼습니다."

"원래 자동차 기사를 쓰지 않았나요?" 콜베리가 말했다.

"맞습니다. 하지만 지방지에서는 이것저것 다 해야 하지요. 이 일을 구한 건 행운입니다. 제 가석방 감독관이 주선해준 자리죠."

종업원이 와서 테이블을 치웠다.

"커피 마실까요?" 콜베리가 제안했다.

"좋죠." 오케 보만과 마르틴 베크가 동시에 대답했다.

"혹시 코냑 들겠습니까?"

오케 보만은 고개를 흔들었고, 종업원은 주방으로 돌아갔다.

"일할 때는 안 마십니까?" 콜베리가 물었다.

"아예 안 마십니다." 오케 보만이 말했다. "그 일 이후에는……."

보만은 말을 맺지 않고, 캡스턴 담배 통을 꺼내 파이프를 재우기 시작했다.

"그 신문사에서 일한 지는 얼마나 됐습니까?" 마르틴 베크가 물었다.

"일 년 반이요. 아시겠지만, 저는 육 년 형을 받았습니다. 모살로요. 삼 년 복역 후 자동 감형이 되었고 가석방으로 나왔습니다. 출소 후 첫 몇 달은 끔찍했습니다. 교도소에서보다 더 끔찍할 정도였죠. 교도소에서 이루 말할 수 없이 힘들었는데도요. 어디로 가야 할지 모르겠더군요. 스톡홀름에 있으면 안 된다는 건 확실했습니다. 거기는 저를 아는 사람이 많고, 틀림없이 다시 술집을 다니면서 퍼마시는 생활이 시작될 게 빤했으니까……. 뭔지 아시겠죠. 결국 트렐레보리의 정비소에서 일자리를 구했고, 훌륭한 가석방 감독관을 만났습니다. 여성인데, 그분이 내게 다시 글을 쓰라고 격려해서 이 일을 하게 됐습니다. 이 동네에서는 담당 편집자하고 다른 몇 명만 압니다, 그 일을……. 저는 엄청나게 운이 좋았어요."

하지만 그는 딱히 즐거워 보이지 않았다.

세 사람은 조용히 커피를 마셨다.

"밖에 주차된 싱어가 당신 찹니까?" 콜베리가 물었다.

오케 보만은 자랑스러움을 숨기지 못하는 얼굴로 대답했다.

"네, 그것도 행운이었지요. 올여름에 윈네스타드에 취재하러 갔을 때 어느 집 차고에 서 있는 걸 발견했습니다. 소유자가 일 년 전에 죽은 뒤로 부인이 방치해둔 거였죠."

보만이 파이프를 뻐끔뻐끔 피웠다.

"차가 꾀죄죄했지만 그건 쉽게 해결할 수 있으니까요. 그 자리에서 구입했습니다. 가끔 부업으로 다른 글도 쓰거든요. 스포츠카 잡지에 특집 기사를 쓰거나 단편소설을 쓰거나. 그래서 저금한 돈이 좀 있었습니다."

"아직 가석방중입니까?" 마르틴 베크가 물었다.

"아뇨, 구월부터는 아닙니다. 하지만 요즘도 가석방 감독관은 만납니다. 그분 가족도요. 그분이 가끔 저녁 먹으러 오라고 부르거든요. 내가 혼자 사니까 밥을 굶고 산다고 생각하나 봅니다."

마르틴 베크는 육 년 전 보만의 집에서 보았던 사진이 떠올랐다. 보만이 결혼하려고 했던 젊은 금발 여성의 사진이었다.

오케 보만은 파이프를 뻐끔거리면서 마르틴 베크를 골똘히 보았다.

"사실은 신문사가 실종 사건에 관해서 정보를 캐보라고 저를 보냈습니다." 보만이 미안한 듯 말했다. "그런데 내내 제 이야기만 하고 앉았군요."

"당신이 이미 기사로 쓴 내용 말고는 덧붙일 게 없습니다." 마르틴 베크가 말했다. "헤르고트 뇌이드와는 이미 이야기한 것 같던데요?"

"네. 하지만 두 분이 내려왔다는 사실 자체가 의심스러운 데가 있다는 뜻이니까요. 진지하게 묻습니다만, 두 분은 폴케 벵트손이 여자를 죽였다고 생각합니까?"

"지금은 판단할 수 없어요." 마르틴 베크였다. "아직 벵트손을 만나지도 않았습니다. 우리가 확실히 아는 건 시그브리트 모르드가 10월 17일 이후로 집에 없다는 것, 그가 지금 어디 있는지 아는 사람이 없다는 것뿐입니다."

"석간들을 읽어보셨죠." 오케 보만이 말했다.

"네. 하지만 그치들은 멋대로 추측한 걸 책임져야 할 겁니다." 콜베리가 말했다. "당신네 신문은 그래도 괜찮은 데인 것 같더군요."

"조만간 기자회견을 열 겁니다." 마르틴 베크가 말했다. "지금은 알릴 내용이 없기 때문에 당장 하는 건 무의미하고요. 하지만 잠시 느긋하게 기다려준다면 새 소식이 있을 때 직접 전화로 알려주겠습니다. 괜찮습니까?"

"좋습니다." 오케 보만이 말했다.

마르틴 베크도 콜베리도 그에게 뭔가 빚진 기분이었다. 하지만 뭘 빚졌는지, 왜 그런 기분인지는 알 수 없었다.

9.

마르틴 베크는 베르틸 모르드의 손을 뇌리에서 지울 수 없었
다. 점심 후, 그는 트렐레보리로 내려가서 파리의 인터폴에 모
르드의 신원을 조회해보기로 했다.

경찰을 포함하여 대부분의 사람들이 인터폴을 비효율적인
기관으로 보는 경향이 있었다. 너무 크고 관료적이고, 그럴싸한
외관뿐 실속이 없다는 것이다.

베르틸 모르드의 사례는 그 생각이 사실이 아님을 보여주었다.

마르틴 베크는 별달리 현명한 질문을 떠올릴 수 없었다. 그
래서 그냥 모르드가 다른 나라에서 경찰 기록에 올라 있는지,
만약 그렇다면 왜 올라 있는지를 물었다.

답신은 여섯 시간 만에 왔다. 게다가 꽤 자세한 답신이었다.

그날 저녁, 세 사람은 뇌이드의 집에서 답신을 앞에 놓고 생각에 빠졌다. 내용이 상당히 놀라웠다.

그들은 맥주와 함께 샌드위치를 먹고 있었다.

뇌이드의 집에서라면 그럭저럭 평화롭게 시간을 보낼 수 있었다. 이 시각에는 경찰서를 닫기 때문이다.

자동 응답기는 전화를 트렐레보리 경찰서로 넘겼다. 그곳 교환원은 이제 전혀 즐겁지 않을 터였다.

여관은 기자들로 만원이었다.

만약을 위해서, 뇌이드는 사적으로 쓰는 전화기의 플러그도 뽑았다.

세 사람은 텔렉스*로 온 소식을 살펴보았다.

발신자는 중앙아메리카 트리니다드토바고 경찰로, 1965년 2월 6일에 그곳에서 베르틸 모르드가 브라질 국적의 급유 담당자를 때려 죽인 일로 체포된 적 있다는 내용이었다. 모르드는 같은 날 경찰 법정에 섰고, 소란죄로는 유죄를 받았지만 텔렉스에 '정당 살인'이라고 서술된 죄에 대해서는 무죄를 받았다. 트리니다드토바고에서는 '정당 살인'이 처벌 대상이 아니라고 했

---

* 전화의 기능과 인쇄전신 기술을 결합하여 보다 간편해진 형태의 기록 통신 장치. 기능면에서 팩스와 유사하다.

다. 피해자가 모르드와 동행한 여성에게 집적거렸기 때문에 자초한 일로 볼 수 있다는 것이었다. 소란죄에 대해서는 벌금 4파운드가 부과되었다. 모르드는 이튿날 트리니다드토바고를 떠났다.

"50크로나라." 콜베리가 말했다. "사람을 죽인 대가치고 너무 싼걸."

"정당 살인." 뇌이드가 말했다. "이걸 스웨덴에서는 뭐라고 부르죠? 물론 우리도 정당방위 사유란 건 있죠. 이론적으로는 같은 거지만, 정확한 번역이라고는 할 수 없어요."

"번역이 불가능해요." 마르틴 베크가 말했다.

"그런 개념 자체가 없어." 콜베리였다.

"그건 당신이 틀렸습니다." 뇌이드가 웃으면서 말했다. "미국에는 있어요. 정말입니다. 미국에서는 경찰이 아무나 쏘게 내버려두고서 그걸 '정당 살인'이라고 말하거든요. 우리 식으로는 합법적 살인이라고 해야 하나, 아무튼. 그런 일이 매일 벌어진다니까요."

방에 괴괴한 침묵이 내려앉았다.

콜베리가 입맛이 떨어진 듯 샌드위치가 남은 접시를 밀었다.

콜베리의 눈에서 초점이 사라졌다. 그가 더 깊이 기대앉으면서 팔뚝을 허벅지에 대고 손을 무릎 사이에 늘어뜨렸다.

"왜 그래요?" 뇌이드였다.

"당신이 민감한 이야기를 꺼냈습니다." 마르틴 베크였다.

뇌이드는 자신이 뭘 잘못했는지 알 수 없었지만, 더 말해선 안 된다는 것은 알았다. 아무튼 지금은 아니었다.

마르틴 베크는 걱정스러운 눈으로 오랜 친구를 면밀히 보았다. 그 역시 말은 하지 않았다.

담배를 다 태운 뇌이드가 즉시 한 대 더 붙여서 그것도 다 피웠다. 그러고는 그도 한동안 가만히 있었다.

마르틴 베크는 계속 콜베리를 보았다.

이윽고 콜베리가 두툼한 어깨를 으쓱하고 몸을 세웠다.

"미안합니다, 헤르고트." 콜베리가 말했다. "나는 가끔 이래요. 간질 같은 거랄까요. 어쩔 수가 없어요."

콜베리는 잔을 들어 맥주를 크게 한입 마시고 입에 묻은 거품을 손등으로 닦았다.

"무슨 이야기를 하고 있었죠?" 콜베리였다. "모르드의 알리바이가 불확실하다, 어쩌면 알리바이가 전혀 성립하지 않는지도 모른다. 그리고 그에게는 폭력 전과가 있다. 하지만 동기가 있나요?"

"질투." 마르틴 베크가 말했다.

"누구에 대한?"

"베르틸 모르드는 고양이에게도 질투했을걸요." 뇌이드가 이렇게 말하고 시험 삼아 웃어보았다. "그들에게 고양이가 없었어도요."

"더 파고들기엔 충분치 못해요." 콜베리가 말했다.

"어이쿠!" 뇌이드가 낸 소리였다. 팀뮈가 그의 손에 들린 샌드위치를 덥석 물어 삼켰기 때문이다.

마르틴 베크가 웃음을 터뜨렸다.

"앉아, 팀뮈! 뭐 이런 경찰견이 다 있어! 세계기록이라니까. 봤어요? 녀석이 아무렇지도 않게 와서 내 샌드위치를 꿀꺽했습니다. 렌나르트, 축구 좋아합니까?"

"아니요." 콜베리는 배가 출렁거릴 정도로 깔깔거리면서 대답했다.

"그러면 그 이야기는 생략하죠." 뇌이드가 말했다. "자, 그러면 다시 폴케에게 돌아오는데요."

"폴케 벵트손은 알리바이가 없고, 폭력 전과도 있어요. 하지만 동기가 있을까요?"

"정신적 문제가 있다는 게 동기겠죠." 뇌이드가 말했다.

"로재나 맥그로 살인의 동기는 뿌리 깊고 복잡한 것이었어요." 마르틴 베크가 말했다.

"이것 봐, 마르틴." 콜베리였다. "우리가 이야기를 나눈 적은 없지만, 나는 이 문제에 대해서 생각을 많이 해봤어. 우리는 폴케 벵트손이 유죄라고 확신하지. 나도 확신해. 하지만 우리에게 무슨 증거가 있었지? 물론 그가 자네에게 자백했지만, 그건 내가 그의 팔을 부러뜨린 뒤였어. 우리가 그를 살살 미치게 만들어서 함정에 빠뜨린 뒤였지. 그는 법정에서 부인했고, 우리가 가진 증거는 그가 위장한 여성 경찰관을 강간하려고 했다, 그리고 어쩌면, 정말 어쩌면이야, 목 졸라 죽이려고 했다는 사실뿐이었어. 그 경찰관은 우리에게서 그를 유혹하라는 지시를 받았고, 그가 찾아갔을 때 거의 헐벗고 있었지. 나는 늘 생각해왔어. 법치 사회에서라면 폴케 벵트손이 로재나 살인에 대해 유죄 선고를 받지 않았을 거라고. 증거가 충분치 않았으니까. 게다가 그는 정신적으로 문제가 있었는데도 병원이 아니라 감옥으로 보내졌어."

"무슨 말을 하고 싶은 거야?"

"모르겠어? 자네도 나도 다른 사람들도, 또 그에게 유죄를 선고한 판사도 그가 살인자라는 것은 확신했어. 하지만 진짜 증거는 없었단 말이야. 여기에는 큰 차이가 있다고."

"그가 피해자의 선글라스를 갖고 있었어. 다른 정황도 있었고."

"뛰어난 변호사라면 그런 증거쯤 묵사발로 만들 수 있었을

걸. 제대로 된 법정이라면 사건을 기각했을 테고. 법치 사회에
서라면…….

콜베리가 말을 멈췄다.

"트리니다드토바고는 법치 사회일지도 모르죠." 뇌이드가
말했다.

"그러게요." 콜베리였다.

법치라는 단어는 이미 썩을 대로 썩은 단어라, 대부분의 사
람들은 입에 올리기를 꺼리거니와 누군가 진지하게 저 말을 하
는 걸 들으면 놀라서 입을 헤벌렸다. 스웨덴에 법이 있는 건 사
실이었다. 하지만 최근 상황은 정부와 체제가 법을 손바닥 뒤집
듯이 뒤집을 수 있다는 것을 보여주었다. 늘 그렇듯이 시민들만
그 사이에서 갈팡질팡했다.

"아무튼 내일은 폴케 벵트손과 이야기를 나눠봐야 해." 마르
틴 베크가 말했다. 이 주제가 좀더 낫기라도 하다는 듯이.

"네, 그럴 때가 된 것 같군요." 뇌이드였다.

"약식이나마 기자회견도 열어야 할 것 같아. 생각만 해도 싫
지만." 콜베리가 말했다.

마르틴 베크는 우울하게 끄덕였다.

"기자회견이라." 뇌이드였다. "그런 건 한 번도 안 해봤습니
다. 그런데 폴케를 어떻게 다룹니까? 그에게 여기로 오라고 해

야 합니까?"

"그의 집에서 만나고 싶은데요." 마르틴 베크가 말했다.

"기자들을 줄줄이 매달고 거기까지 가자고?" 콜베리가 말했다.

"응. 어쩔 수 없을 것 같아."

"기자회견은 그전에, 후에?"

"후가 좋겠어."

"그런데 벵트손이 언제 집에 있을지 어떻게 알지?" 콜베리가 물었다.

"그건 내가 알려줄 수 있습니다." 뇌이드가 말했다. "폴케는 아침 6시에 집을 나섰다가 오후 1시에 돌아옵니다. 저녁에 한 번 더 나와서 그물을 정리하고요. 일과를 정해두고 생활합니다."

"좋아요. 그러면 우리는 1시 15분까지 거기 가죠. 기자들을 만나는 건 3시로 하고요." 콜베리가 말했다.

뇌이드는 재미있고 흥미진진한 하루를 기대하는 듯했다.

마르틴 베크와 콜베리는 자신들이 그보다는 현명하다고 생각했다.

"우리가 몰래 건너가서 침대에 들 수 있을까?" 콜베리가 하품하며 말했다.

"식당은 영업시간이 끝난 지 꽤 됐어." 마르틴 베크는 낙관적이었다. "아직 깨어 있는 사람들은 딴 곳에서 카드놀이라도 하고 있을 거야."

10.

아주 우아한 행렬이었다. 그들은 1973년 11월 7일 오후 1시 정각에 안데르슬뢰브 경찰서에서 한 줄로 나섰다. 정복을 입은 경찰관이 맨 앞에 섰다. 콜베리는 마르틴 베크를 앞세우고 자기 뒤꿈치를 쿵쿵거리는 팀뮈를 뒤에 매단 자신이 꼭 애벗과 코스텔로*를 합한 존재처럼 느껴졌다. 평소처럼 초록색 고무장화를 신고 사파리 모자를 뒤통수에 얹고 개 목줄을 잡은 뇌이드가 맨 뒤에 섰다. 콜베리는 오늘이 구스타브 2세 아돌프가 뤼첸 전투에서 사망한 지 341년 되는 날이니 작은 깃발이라도 들고 올 걸 그랬나 싶었다.

---

* 애벗과 코스텔로는 미국의 코미디 듀오다.

"낙오자를 만들지 않으려면 천천히 가는 편이 좋겠습니다."

뇌이드가 싱긋 웃으며 말했다.

콜베리와 마르틴 베크는 순찰차 뒷좌석에 탔고, 뇌이드는 토마토색 아스코나에 개를 집어넣고 운전석에 타서 원정을 이끌었다.

렌나르트 콜베리가 아무리 우스꽝스럽게 느꼈던들, 다른 사람들이 곧 느낄 기분에 비하면 별것 아니었다.

아무도 예상하지 못했지만, 그들이 출발 시각으로 고른 때는 기자들 대부분이 기꺼이 받아들인 매일의 의식을 치르는 중이었다.

즉, 점심 식사중이었다.

하지만 누가 망을 보고 있었던지, 소문은 금세 산불처럼 퍼졌다.

여관 식당에서 남자들과 여자들이 청어 샐러드나 돼지 발목살이나 으깬 순무를 씹으며 뛰쳐나왔다. 한 사람은 한 손에 카메라를, 다른 손에 다리가 긴 술잔을 들고 나왔다. 그 뒤로 왜 손님들이 단체로 돈을 안 내고 도망치나 의아해하는 종업원들과 불이 난 줄 안 듯한 손님들이 따랐다. 차를 광장에 세워둔 사람도 있고 여관 정원 뒤 길쭉한 주차장에 세워둔 사람도 있어서 혼란이 가중되었다.

경찰 살해자

하지만 뇌이드는 약속대로 천천히 움직였고, 덕분에 콜베리가 교회를 지나치며 뒤돌아봤을 때는 순찰차 뒤로 열 대가량의 차가 따라오고 있었다. 콜베리는 저들 전부에 이른바 제3의 권력*이 타고 있을 거라고 생각했다.

그곳에 있어야 하지만 없는 차가 한 대 있었다. 오케 보만의 초록색 싱어였다. 사정은 간단했다. 전날 약속대로 콜베리가 트렐레보리로 전화를 걸어 보만에게 일정을 알려준 것이었다.

돔메까지 반쯤 갔을 때, 뇌이드가 속도를 늦추고 갓길로 빠져 차를 세웠다. 그는 차에서 내려 도랑을 폴짝 건너뛰어 작은 헛간 뒤로 사라졌다. 그러고는 일 분쯤 뒤에 늘어선 차의 사람들이 빤히 지켜보는 앞에서 태연하게 바지 앞섶을 채우며 나타났다. 구경꾼 중 몇몇은 자신도 뇌이드의 모범을 따라야 할까 고민하는 게 역력한 표정이었다.

뇌이드는 순찰차로 다가와서 허리를 숙이고 말했다.

"위장 전술이었습니다. 아무도 대오에서 낙오하지 않도록 하려고요."

뇌이드가 엄숙한 얼굴로 뒤차들을 확인한 뒤, 자기 차로 돌아가서 다시 출발했다. 콜베리와 마르틴 베크의 눈에 뇌이드의

---

* 스웨덴에서는 정부, 의회 다음으로 언론을 제3의 권력이라고 부른다.

어깨가 들썩거리는 것이 보였다. 뇌이드는 분명 혼자서 파안대소하고 있었다.

"아이고, 헤르고트가 정말 부럽네. 저 유머 감각이라니." 콜베리가 말했다.

"맞습니다." 경찰관이 갑자기 말했다. "정말 재미있는 분이에요. 저분 밑에서 일하는 건 아주 즐겁습니다. 저분의 이름을 가지고 말장난하는 게 아니고요. 아랫사람이라는 느낌이 조금도 들지 않아요. 저는 저분보다 연봉 등급이 네 단계 밑인데, 그런 생각은 아무도 하지 않는답니다."

마르틴 베크는 경찰관의 이름이 에베르트 요한손이라는 것만 알았다.

"경찰로 일한 지 얼마나 됐습니까?" 마르틴 베크가 물었다.

"육 년이요. 다른 직장은 구할 수 없었어요. 이런 말씀은 드리지 말아야 하겠지만, 저는 원래 말뫼에서 경찰로 일했는데 그때는 지옥 같았습니다. 시민들은 저를 인간으로 보지 않았고, 그러다 보니 저 스스로도 이상해지는 게 느껴지더군요. 1969년에는 시위 진압을 나가서 시위자들을 경찰봉으로 패다가 여자아이를 때렸습니다. 열일곱 살도 안 되어 보이는 아이였는데, 더구나 어린 꼬마까지 데리고 있었어요."

마르틴 베크는 에베르트 요한손을 유심히 보았다. 그는 밝고 솔직한 얼굴의 젊은이였다.

콜베리는 말없이 한숨을 쉬었다.

"나중에 TV에서 제 얼굴을 봤습니다. 당장 목 매어 죽고 싶게 만드는 꼬락서니더군요. 그날 저녁에 그만두기로 결정했습니다. 하지만……."

"하지만?"

"그게, 저는 운 좋게도 훌륭한 아내가 있거든요. 아내가 시골로 전출을 신청하면 어떻겠느냐는 아이디어를 냈죠. 저는 운이 좋았습니다. 이 자리를 잡았으니까요. 아니면 지금까지 경찰관으로 살지 못했을 겁니다."

뇌이드가 우회전했다. 그러자 곧 목적지였다.

집은 작고 낡았지만 잘 관리된 듯했다. 오케 보만의 스포츠카가 마당 출입구 근처에 서 있었다. 보만은 운전석에서 책을 읽고 있었다.

폴케 벵트손은 닭장 옆에 삽을 들고 서 있었다. 오버올, 가죽 장화, 체크무늬 모자 차림이었다.

뇌이드가 트렁크에서 생협 비닐 쇼핑백을 꺼냈다.

마르틴 베크는 거기 뭐가 들었을까 궁금했다.

"에베르트, 자네는 개를 봐줘." 뇌이드가 말했다. "끔찍한 임무인 건 나도 알지만, 우리가 할 일도 그리 재미있진 않을 거야.

그리고 저 사람들이 폴케의 땅에 들어오지 못하도록 지켜봐."

뇌이드는 마당 출입문을 열었다. 마르틴 베크와 콜베리는 그를 따라 들어갔다. 콜베리는 등 뒤로 문을 꼭 닫았다.

폴케 벵트손이 삽을 내려놓고 그들에게 걸어왔다.

"안녕, 폴케." 뇌이드가 말했다.

"안녕하세요." 폴케 벵트손이 말했다.

"안에 들어가서 이야기 좀 할까?"

"이야기요?"

"그래." 뇌이드가 말했다. "서류랑 그런 건 다 챙겨 왔어. 하지만 날 알잖아. 꼭 필요한 일이 아니라면 오지 않았을 거야."

"그렇죠. 네, 그러면 들어오세요."

"고맙습니다." 마르틴 베크가 말했다.

콜베리는 조용했다.

집에 들어가자마자 뇌이드는 비닐 쇼핑백에서 신발을 꺼내고 장화는 문간에 벗어두었다.

마르틴 베크는 생각에 빠졌다.

자신이 부끄럽게도 시골 예절과 풍습을 너무 모른다는 생각이었다. 게다가 자신의 추론 능력에도 좋은 점수를 줄 수 없었다. 누군가를 방문하면서 장화를 신고 간다. 그러면 당연히 따로 신발을 챙기겠지.

폴케 벵트손도 장화를 벗었다.

"거실에 앉으면 됩니다." 벵트손이 무덤덤하게 말했다.

마르틴 베크는 거실을 둘러보았다. 검박하지만 깔끔했다. 사치품이라고 부를 만한 물건은 큰 어항과 TV뿐이었다.

밖에서 차를 대는 소리가 들렸고, 곧 웅얼웅얼 말소리가 들렸다.

벵트손은 구 년 동안 거의 바뀌지 않은 모습이었다. 수감 생활이 그에게 자취를 남겼더라도 겉으로 보이는 흔적은 없었다.

마르틴 베크는 1964년 여름을 떠올렸다.

그때 서른여덟 살이었던 벵트손은 건강하고 침착하고 강한 사람처럼 보였다. 파란 눈, 흰머리가 나기 시작한 머리카락. 키 크고 단단한 체격에 잘생긴 편이었던 그는 깨끗하고 단정하고 좋은 인상을 주었다.

지금 그는 마흔일곱 살이었고, 흰머리가 좀더 많았다.

그 밖에는 달라진 데가 없었다.

마르틴 베크는 손바닥으로 얼굴을 쓸었다. 갑자기 그때 기분이 살아났다. 이 남자의 껍질을 뚫고, 경계심을 누그러뜨리고, 말실수나 시인을 끌어내기가 정말 얼마나 어려웠던가.

"자, 그럼." 뇌이드가 입을 열었다. "내가 얘기를 진행할 건 아니지만, 자네도 용건이 뭔지는 알 거야."

폴케 벵트손이 끄덕였다. 어쩌면. 아무튼 머리를 약간 움직이기는 했다.

"자네는 이 두 분을 알지." 뇌이드가 말했다.

"네." 벵트손이 말했다. "베크 선임 경위와 콜베리 경위시죠. 안녕하세요."

"지금은 경감들이셔. 크게 중요한 문제는 아니지만."

"음." 콜베리가 입을 열었다. "엄밀히 말해서 나는 경감보예요. 직책은 수사관이지만. 그런데 헤르고트가 말한 것처럼 이건 중요하지 않습니다. 다들 편하게 부르는 게 어떻습니까?"

"나는 좋습니다." 벵트손이 말했다. "여기서는 아무도 격식을 차리지 않아요. 내가 보니까 아이들도 목사를 이름으로 부르더군요."

"맞아요." 뇌이드가 받았다. "목사가 제의를 갖춰 입고 뽐내며 걸어오면 아이들이 이렇게 소리친답니다. '안녕, 칼레!' 목사도 아이들의 이름을 다 알아서 똑같이 맞받고요. '안녕, 옌스!' 이렇게."

"교도소에서도 아무도 격식을 차리지 않았어요." 벵트손이 말했다.

"그때 얘기를 하는 게 싫지 않습니까?" 마르틴 베크가 물었다.

"전혀요. 교도소 생활은 즐거웠는걸요. 질서 있고 규칙적이

경찰 살해자

고. 대체로 집보다 나았습니다. 형벌 제도에 불만은 없습니다. 좋은 생활이었습니다. 복잡할 것 없었고요."

콜베리는 둥근 식탁 옆의 등받이가 곧은 의자들 중 하나에 털썩 앉아서 두 손으로 얼굴을 덮었다.

이 남자는 미쳤어, 콜베리는 생각했다.

또 생각했다.

이제 다시 악몽이 시작되겠군.

"그래요, 네, 앉으세요." 벵트손이 말했다.

마르틴 베크가 앉았고, 뇌이드도 앉았다.

아무도 그 집에 의자가 세 개뿐이라는 사실에 생각이 미치지 않았다.

"시그브리트 모르드 일입니다." 마르틴 베크가 말했다.

"그렇군요."

"그를 알죠?"

"네, 물론입니다. 여기서 겨우 몇백 미터 떨어진 곳에, 진입로 건너편에 사는걸요."

"그가 실종됐습니다."

"그렇다고 들었습니다."

"지난달 17일 오후 1시 이후로 그를 본 사람이 아무도 없습니다. 수요일이었죠."

"네, 내가 들은 이야기도 그렇습니다."

"그는 안데르슬뢰브 우체국에 갔었어요. 그 뒤에 여기 진입로 밑까지 오는 버스를 타려고 했죠."

"네, 그것도 들었습니다."

"벵트손 씨와 그가 우체국에서 이야기를 나누는 걸 목격한 사람들이 있습니다."

"네, 사실입니다."

"그때 무슨 이야기를 나눴습니까?"

"시그브리트가 금요일에 달걀을 사고 싶다고 말했습니다. 달걀이 있다면."

"그래서?"

"열 개쯤은 틀림없이 살 수 있을 거라고 말해줬습니다."

"그래서?"

"그게 시그브리트가 원한 거였습니다. 열 개."

"그후에는 그가 뭐라고 말했죠?"

"고마워요, 뭐 그런 말이요. 그가 한 말을 정확히 다 기억하진 못합니다."

"시그브리트 모르드는 그날 차가 없었습니다."

"네, 그렇다고 들었습니다."

"그에게 차가 없다는 사실을 알고 있었나요? 우체국에서 마주쳤을 때?"

폴케 벵트손은 한참 대답이 없었다.

"네." 마침내 나온 말이었다.

"어떻게 알았죠?"

"이런 곳에서 살면, 좋든 싫든 이웃의 일을 많이 알게 됩니다."

"하지만 벵트손 씨는 안데르슬뢰브에 차를 갖고 갔죠?"

"네. 우체국 앞에 세워뒀습니다."

"있잖아, 사실 거기는 주차 금지 구역이야." 뇌이드가 폴케 벵트손에게 장난스럽게 말했다.

"몰랐어요."

"안내판이 있어." 뇌이드가 말했다.

"정말 몰랐어요."

뇌이드가 오래된 은제 회중시계를 꺼내어 뚜껑을 딱 열었다.

"시그브리트 모르드는 이 시각쯤 버스 정류장에 서 있었겠네." 뇌이드의 말이었다. "누군가가 차를 태워주지 않았다면 말이야."

폴케 벵트손은 자신의 손목시계를 보았다.

"네. 맞는 것 같네요. 내가 들은 얘기랑도 맞고요."

"신문에 난 얘기하고도 맞고요. 그렇죠?" 마르틴 베크가 말했다.

"나는 신문을 안 읽습니다."

"《렉튀르》*나《이드롯스블라데트》도? 스포츠 신문도?"

"《렉튀르》는 변했어요. 요즘은 아주 불쾌해졌습니다. 스포츠 신문은 이제 거의 없고요. 잡지는 너무 비쌉니다."

"우연히 우체국에서 마주쳤는데 그에게 차가 없었으니까, 그 쪽이 태워주는 게 자연스럽지 않았을까요? 같은 방향이니까요."

마르틴 베크는 자신이 벵트손에게 편하게 말을 걸지 못해서 공연히 더 꼬인 문장을 말한다는 사실을 깨닫고 점차 짜증이 났다.

이번에도 긴 침묵이 돌아왔다.

"네." 벵트손이 이윽고 대답했다. "그게 자연스러울 것 같습니다. 하지만 실제는 그렇지 않았습니다."

"그가 태워달라고 부탁했습니까?"

이번에는 벵트손이 하도 오래 미적거려서, 마르틴 베크는 참다못해 질문을 반복했다.

"시그브리트 모르드가 집까지 태워달라고 말했습니까?"

"그런 말은 기억나지 않습니다."

"그가 말했을 수도 있나요?"

"모르겠습니다. 이 말밖에 할 게 없습니다."

---

* 《렉튀르》는 남성 잡지로, 1960년대부터 포르노 잡지화했다.

경찰 살해자

마르틴 베크는 뇌이드를 보았다. 뇌이드는 눈썹을 치키고 어깨도 으쓱했다.

"거꾸로 그쪽이 태워주겠다고 제안하지는 않았습니까?"

"절대 아닙니다." 벵트손이 바로 말했다.

이 대목에서 벵트손의 대답은 확고했다.

"그건 틀림없다는 건가요?"

"네." 폴케 벵트손이 말했다. "나는 절대 모르는 사람을 태우지 않습니다. 드물게 다른 사람을 태웠을 때는 늘 일과 직접적으로 관계된 사람이었습니다. 그것도 몇 번 안 됩니다."

"정말입니까?"

"네, 정말입니다."

마르틴 베크는 다시 뇌이드를 보았다. 뇌이드가 또 다른 표정을 지어 보였다. 뇌이드의 표정 레퍼토리는 무궁무진한 듯했다. 안데르슬뢰브 경찰서장은 마임을 해도 썩 잘했으리라.

"그렇다면 그 가능성은 배제해도 되겠군요."

"완전히요. 생각할 수도 없는 일입니다." 벵트손이 말했다.

"왜 그게 생각할 수도 없는 일입니까?"

"내 성향 때문이겠지요."

마르틴 베크는 잠시 폴케 벵트손의 성향을 생각해보았다. 그것은 오래 생각할 만한 주제였다.

하지만 지금은 생각에 빠질 때가 아니었다.

"어째서?" 마르틴 베크가 물었다.

"나는 일과를 규칙적으로 지키지 않으면 안 되는 사람입니다. 예를 들어, 내 손님들은 내가 시간을 지키려고 얼마나 애쓰는지 압니다. 만약 무슨 일로 지체가 되면, 나는 일정을 다시 맞출 수 있도록 서두릅니다."

마르틴 베크는 뇌이드를 보았다. 뇌이드가 하포 마크스*에 비견할 만한 표정을 지어 보였다. 벵트손이 시간을 잘 지키는 사람이라는 건 확실한 사실이라는 것 같았다.

"뜻밖의 일로 일상의 리듬이 깨어지면 나는 짜증이 납니다. 솔직히 말하자면, 이 대화 때문에도 심란합니다. 나쁜 감정이 있어서 하는 말은 당연히 아니지만 자잘하게 해야 할 일들이 밀릴 테니까요."

"그렇군요."

"그래서, 아까 말했듯이 나는 계획에 없이 사람을 태우는 일은 하지 않습니다. 특히 여자는."

콜베리가 얼굴을 덮은 손을 치웠다.

"왜?" 콜베리의 말이었다.

---

* 1910~1963년에 활동한 미국의 코미디언이자 마임 아티스트.

"무슨 말인지 모르겠습니다."

"왜 특히 여자는 태우지 않는다는 거죠?"

벵트손의 얼굴이 진지하게 변했다. 이제 그는 무심한 얼굴이 아니었다. 하지만 저 눈에 떠오른 표정은 뭘까? 미움? 혐오? 욕망? 엄격함?

어쩌면 광기인지도.

"대답해요." 콜베리가 말했다.

"여자는 내게 불쾌감을 일으킵니다."

"우리도 압니다. 하지만 그렇다고 해서 세상의 절반 이상이 여자라는 사실을 무시하고 살 수는 없죠."

"여자에도 부류가 있습니다. 내가 만난 여자들은 거의 다 나쁜 타입이었습니다."

"나쁜 타입?"

"네, 절대적으로 나쁜 인간들. 여자로서 자격이 없는."

콜베리는 체념하고 창으로 시선을 돌렸다. 이 남자는 제정신이 아니다. 하지만 그게 무슨 증거가 되나? 그리고, 이 집에서 이십 미터 떨어진 배나무에 거미원숭이처럼 매달린 저 사진기자는 제정신이라고 할 수 있나? 아마 그렇겠지.

콜베리는 한숨을 쉬며 흡사 바람 빠진 기상 관측용 풍선처럼 의자에 푹 꺼졌다.

마르틴 베크는 체계적인 것으로 유명한 그의 신문을 재개했다.

"그 문제는 잠시 제쳐둡시다."

"네, 고맙습니다." 폴케 벵트손이 말했다.

"추측 대신 사실에 집중합시다. 두 사람은 우체국을 몇 분 차이로 떠났습니다. 맞습니까?"

"네."

"그후에 어떻게 됐습니까?"

"나는 차를 몰고 집에 왔습니다."

"곧장?"

"네."

"그러면 이제 벵트손 씨에게 다음 질문을 던지겠습니다."

마르틴 베크는 스스로에게 넌더리가 났다. 왜 상대를 '폴케'라고 지칭하지 못하는가? 콜베리는 그렇게 할 수 있고, 뇌이드는 식은 죽 먹기처럼 그렇게 했다.

"벵트손 씨는 버스 정류장이나 그 근처에서 시그브리트 모르드를 지나쳤지요."

폴케 벵트손은 말이 없었다.

마르틴 베크는 자신도 모르게 다시 물었다.

"그때 모르드 부인이 눈에 들어왔습니까?"

훌륭하군. 최고의 대답은 당연히 이렇겠지. 아뇨, 부인은 눈에 들어오지 않았습니다.

하지만 폴케 벵트손은 수사관의 딜레마를 의식하지 못하는 듯했다. 말없이 자신의 크고 햇볕에 탄 손을 바라볼 뿐이었다.

마르틴 베크는 어찌할 바를 몰랐다. 자신이 질문한 방식이 너무 바보 같아서 차마 반복할 수 없었다.

결국 뇌이드가 구해주었다.

"폴케, 이건 무지 간단한 질문이야. 시그브리트를 봤어, 못 봤어?"

이윽고 벵트손이 말했다.

"봤습니다."

"더 크게 말하세요." 마르틴 베크가 말했다.

"봤습니다."

"정확히 어디서?"

"버스 정류장에서. 아니면 거기서 몇 미터 떨어진 곳에서."

"벵트손 씨의 차가 그 지점에서 속도를 늦추는 걸 본 목격자가 있습니다. 어쩌면 아예 차를 세웠을지도 모른다고 하던데요."

몇 초가 지났다. 시간이 또 흘렀다. 모두가 일 분 더 나이를 먹었다. 이윽고 벵트손이 조용히 대답했다.

"그를 봤습니다. 내가 속도를 늦췄을 가능성도 있습니다. 그가 도로 오른편을 걷고 있었으니까요. 나는 운전을 조심스럽게 하기 때문에, 보행자를 지나칠 때는 보통 속도를 늦춥니다. 어쩌면 다른 차가 오고 있었던지도 모르겠고요. 기억나지 않습니다."

"속도를 늦추다가 아예 세웠을 가능성도 있습니까?"

"아뇨, 세우진 않았습니다."

"차를 세운 것처럼 보였을 수도 있습니까?"

"모릅니다. 정말로 모릅니다. 확실한 건 내가 차를 세우지 않았다는 것뿐입니다."

마르틴 베크가 뇌이드에게 말했다.

"아까는 자신이 시간에 늦었을 때는 더 서두른다고 말하지 않았나요?"

"맞습니다." 뇌이드가 말했다.

마르틴 베크는 다시 살인자에게 몸을 돌려 물었다. 망할, 그는 정말로 그 단어를 떠올렸다. 살인자.

"우체국에 들르느라 늦지 않았습니까? 그래서 그 뒤에 서두르지 않았나요?"

"나는 수요일마다 우체국에 갑니다." 폴케 벵트손이 차분히 대답했다. "쇠데르텔리에에 사는 어머니에게 매주 편지를 부치고, 그 밖에도 보통 시내에서 볼일이 있습니다."

"시그브리트 모르드가 그쪽 차에 안 탔습니까?"

"네. 안 탔습니다."

유도신문이었다. 더군다나 유도하는 방향조차 틀렸다.

"시그브리트 모르드가 그쪽 차에 탔습니까?"

"아뇨. 절대 아닙니다. 나는 차를 세우지 않았습니다."

"그럼 다른 질문입니다. 시그브리트 모르드가 그쪽에게 손을 흔들거나 어떤 식으로든 신호를 보냈습니까?"

또다시 고통스럽고 이해할 수 없는 침묵이 이어졌다.

벵트손은 대답하지 않았다.

그는 마르틴 베크의 눈을 똑바로 보았지만 말은 하지 않았다.

"시그브리트 모르드가 그쪽 차를 보고 어떤 식으로든 신호를 보냈습니까?"

그들의 삶에서 또 몇 분이 침묵 속에 흘러갔다. 마르틴 베크는 여자들을 생각했다. 여자들에게 이 몇 분이 있었다면 그들이 이 시간을 어떻게 썼을지 생각했다.

이번에도 침묵을 깬 것은 뇌이드였다. 뇌이드가 웃으면서 말했다.

"왜 대답하지 않는 거야, 폴케? 시그브리트가 손을 흔들었어, 안 흔들었어?"

"모릅니다." 벵트손의 대답이었다.

거의 들리지 않을 만큼 작은 목소리였다.

"모른다고요?" 마르틴 베크였다.

"네, 모릅니다."

콜베리가 체념한 눈으로 마르틴 베크를 보았다.

굳이 말할 필요가 없었다.

포기해, 마르틴.

하지만 질문이 더 있었다.

어려운 질문이었다.

"나는 우리가 구 년 전에 크리스티네베리에서 만났을 때를 기억합니다." 마르틴 베크가 말했다.

"나도 기억합니다."

"그때 여자에 대해서 이야기를 많이 나눴지요. 벵트손 씨는 자기 견해를 밝혔고요. 상당히 특이한 견해도 있었습니다."

"나는 그렇게 생각하지 않았습니다."

"내게는 특이하게 느껴졌습니다. 여자에 대해서 아직도 그때와 똑같이 생각합니까, 벵트손 씨?"

긴 침묵.

"나는 그들에 대해서 생각하지 않으려고 애씁니다."

그들.

"벵트손 씨는 시그브리트 모르드를 알지요?"

"내 단골이었습니다. 제일 가까이 사는 이웃이고요. 하지만 그를 여자로 생각하진 않으려고 애씁니다."

"애써요? 애쓴다는 게 무슨 뜻입니까, 벵트손 씨?"

뇌이드가 절레절레 고개를 저었다. 뇌이드는 마르틴 베크가 그를 보아온 엿새를 통틀어 가장 괴롭고 불만스러운 듯한 얼굴이었다. 그렇다고 해서 그가 괴롭고 불만스러운 표정을 지은 건 아니었다. 단지 좀 덜 쾌활해 보일 뿐이었다.

"왜 폴케라고 부르질 않습니까? 그렇게 딱딱하게 말할 것 없어요." 뇌이드가 물었다.

"못 하겠어요." 마르틴 베크의 대답이었다.

진심이었다. 정말로 그저 그럴 수가 없었다. 동시에 마르틴 베크는 자신이 솔직하게 대답한 게 기뻤다.

"알겠습니다. 그렇다면야 그건 논의할 문제가 아니죠. 진실을 말하라. 그것은 봄, 여름, 가을, 겨울 늘 이기기 마련. 언제나 여름옷을 차려입고, 어떤 날씨에도 나간다."*

콜베리가 약간 놀란 얼굴을 했다.

"스코네에서 하는 말입니다." 뇌이드가 이렇게 말하고 웃었다.

폴케 벵트손은 웃지 않았다.

"아무튼 벵트손 씨는 시그브리트 모르드를 압니다. 그리고

---

* '마르틴 베크' 시리즈 5편 『사라진 소방차』 12장에서 군발드 라르손이 똑같이 읊었던 속담이다.

가끔은 그를 여자로 생각했을 겁니다. 이제 내가 묻는 질문에 솔직하게 답해주면 좋겠습니다. 벵트손 씨는 그를 어떻게 생각합니까? 여자로서?"

침묵.

"대답해, 폴케. 대답해야 해, 솔직하게." 뇌이드였다.

"가끔은 그를 여자로 봅니다. 하지만 자주 그러진 않습니다."

"그리고?" 마르틴 베크였다.

"나는 그가……."

"그가?"

폴케 벵트손과 마르틴 베크는 눈을 마주쳤다. 벵트손의 눈동자는 푸른색이었다. 마르틴 베크의 눈동자는 청회색이었다. 오래전에 저 푸른 눈을 봤던 걸 그는 기억했다.

"역겹다고 생각합니다." 폴케 벵트손이 말했다. "추잡합니다. 동물처럼. 냄새를 풍깁니다. 하지만 나는 그를 자주 보는데도 이런 생각은 두세 번밖에 안 했습니다."

미쳤어, 콜베리는 생각했다.

"그만해, 마르틴."

"그게 내게서 듣고 싶었던 말이죠." 폴케 벵트손이 말했다. "아닙니까?"

"달걀을 배달했습니까?" 마르틴 베크가 물었다.

"아뇨. 그가 사라진 걸 알았으니까요."

사라지다.

그들은 잠시 조용히 앉아 있었다.

"당신들은 나를 괴롭히고 있습니다." 폴케 벵트손이 말했다. "그렇다고 해서 당신들이 밉진 않습니다. 그게 당신들 일이니까요. 내 일은 생선과 달걀을 파는 거고요."

"맞아요." 콜베리가 침울하게 말했다. "우리는 예전에 당신을 괴롭혔고, 이제 또 시작하려고 하죠. 나는 당신 어깨를 부러뜨렸고요, 불필요하게."

"아, 그건 금방 나았습니다. 완벽하게 나았습니다. 나를 지금 데려갈 겁니까?"

마르틴 베크는 마지막으로 한 가지 생각이 떠올랐다.

"시그브리트 모르드의 전남편을 본 적 있습니까?"

"네, 두 번. 그가 베이지색 볼보를 몰고 왔었습니다."

뇌이드가 신기한 표정을 지었지만 입을 열진 않았다.

"이제 그만할까?" 콜베리였다.

마르틴 베크는 일어났다.

뇌이드는 신발을 벗어서 비닐 쇼핑백에 넣고 다시 장화를 신었다.

떠나면서 예의를 차린 사람은 뇌이드뿐이었다.

"안녕, 폴케. 미안해."

"가보겠습니다." 콜베리였다.

마르틴 베크는 아무 말 하지 않았다.

"다시 오시겠죠." 폴케 벵트손이 말했다.

"상황에 따라." 뇌이드가 말했다.

집 밖으로 나서니 니콘 카메라들이 한바탕 쏟아지는 우박처럼 찰칵찰칵했다.

단파 무선안테나를 단 차에서 누군가 이렇게 말하는 소리가 들렸다.

"국가범죄수사국 살인수사과 책임자가 막 로재나 살인범의 집을 나서고 있습니다. 지역 경찰과 경찰견 핸들러가 경호하고 있습니다. 로재나 살인범이 지금 당장 체포될 것 같지는 않습니다."

보만이 콜베리에게 다가왔다.

"어떤가요?" 보만이 물었다.

콜베리가 고개를 저었다.

"군나르손." 문득 거친 목소리가 외쳤다. "경찰에게 알랑거리려고 들면, 네 똥구멍을 1면에 큼지막하게 박아주겠어. 그 뒤에 네 이름이 보만이라고 질리도록 말해보라고. 그냥 알려주고 싶었어."

"내가 어떻게 행동하든 어차피 그쪽은 그럴 텐데요." 보만이
말했다.

마르틴 베크는 거친 목소리의 기자를 보았다. 배불뚝이에 회
색 턱수염이 덥수룩하고 남들을 얕잡아 보는 듯한 사내로 이름
은 몰린이었다. 석간 타블로이드 중 한 곳에서 일하는 이였다.
남자는 마르틴 베크가 1966년에 마지막으로 본 뒤로 쉰 살쯤
더 먹어 보였다. 맥주를 너무 많이 마셔서일 것이다.

"아페의 친구였습니다." 보만이 무덤덤하게 말했다.

뇌이드가 목청을 틔우고 말했다.

"기자회견은 삼십 분 연기됩니다. 장소는 출장소입니다. 도
서관이 제일 좋겠네요."

11.

그들은 기자회견까지 남은 삼십 분을 활용하여 폴케 벵트손이 한 말, 또한 하지 않은 말을 분석해보았다.

"정확히 저번처럼 행동하고 있어." 마르틴 베크가 말했다. "우리가 확인할 수 있다는 걸 아는 질문에는 분명하고 명확한 답을 내놓지."

"그는 돌았어." 콜베리가 맥없이 말했다. "그냥 그뿐이야."

"그러면서도 어떤 질문에는 아예 대답을 안 하고요." 뢰이드가 말했다. "그 뜻입니까?"

"네, 대충. 정말로 핵심적인 질문에는 이상하게 회피하는 반응을 보이죠."

"나는 이 분야의 아마추어이지만……."

뇌이드가 입을 열었다가 갑자기 껄껄 웃었다.

"뭐가 그렇게 웃깁니까?" 콜베리가 살짝 짜증스러운 듯이 물었다.

"그게, 내가 살인 같은 걸 애호한다는 뜻은 아니거든요." 뇌이드가 대답했다. "아마추어는 어원상 무엇을 애호하는 자라는 뜻 아닙니까?"

"어의론은 놔두고요. 우리가 각자 받은 인상을 비교해보면 좋을 것 같군요." 콜베리가 말했다.

"응." 마르틴 베크였다. "자네 말이 맞아. 자네는 어떻게 생각해?"

"글쎄, 여성에 대한 벵트손의 태도를 무시한다면, 사실 그 태도로 보아 그는 미쳤지만……."

"성적으로 비정상적이다." 뇌이드가 말했다.

"바로 그겁니다. 하지만 일단 그 점을 무시한다면……."

"그건 무시할 수 있는 점이 아니야." 마르틴 베크가 끼어들었다.

"아니지. 아무튼 그 외에 그가 정말로 망설였던 질문은 딱 두 개야. 첫째, 우체국에서 정확히 무슨 말이 오갔는가? 둘째, 그가 버스 정류장을 지나칠 때 시그브리트 모르드가 차를 얻어 타려고 했는가?"

"둘 다 같은 문제와 관련된 질문이지." 마르틴 베크가 말했다. "그가 여자를 태워줬는가 아닌가? 만약 우체국에서 여자가 달걀 외에도 한 말이 있었다면, 가장 그럴듯한 건 집까지 태워달라고 부탁하는 말이었을 거야. 너무 억지스러운 추측인가?"

"전혀요." 뇌이드가 말했다. "뭐니 뭐니 해도 둘은 옆집에 사는 사이니까요."

"하지만 여자가 정말로 그런 부탁을 했을까요?" 마르틴 베크가 말했다. "시그브리트 모르드도 다른 마을 사람들처럼 벵트손이 전과자라는 사실을 알았을 텐데요. 죄목도, 즉 성범죄 살인으로 복역했다는 사실도요."

"그건 맞아." 콜베리였다. "그렇기는 하지. 하지만 어찌 보면 좀 지나친 논리야. 일단 여자는 그의 단골손님이었잖아. 그건 벵트손이 매주 그 집으로 배달해줬다는 뜻이야. 물건이 뭐가 되었든."

"주로 생선입니다." 뇌이드가 말했다. "싼데 품질은 좋죠. 달걀은 부업에 가까워요. 폴케에게 닭이 그렇게 많지는 않거든요."

"여자가 정말로 그를 무서워했다면 그렇게 자기 집에 배달오게 하지 않았을 거야." 콜베리였다.

"맞아요." 뇌이드였다. "시그브리트가 폴케를 무서워한 것 같진 않습니다. 나는 폴케를 무서워하는 사람을 한 명도 못 봤어요. 한편으로, 폴케가 좀 특이하고 혼자 있길 좋아하는 사람이란 걸 모두가 압니다."

"벵트손에 대한 내 경험으로 보아, 그의 현재 태도는 전형적입니다." 마르틴 베크가 말했다. "그는 우체국에서의 대화와 버스 정류장 일에 대해서는 몹시 경계하며 대답하죠. 둘이 나눈 대화를 엿들은 사람이나 여자가 그의 차를 얻어 타려고 하는 모습을 본 목격자가 있을지도 모른다는 걸 아니까요."

"하지만 만약 시그브리트가 폴케에게 태워달라고 부탁하지 않았다면, 폴케가 굳이 거짓말할 이유가 없잖습니까." 뇌이드가 말했다. "만약 폴케가 정류장에서 차를 세우지 않았다면 더 그렇잖아요."

"경찰과 법정에 관한 그의 경험이 무진장 부정적이라는 걸 기억해야 해요." 콜베리가 말했다.

마르틴 베크가 오른손 엄지와 검지로 콧등을 문지르며 말했다.

"상황을 한번 상상해보죠. 두 사람이 우체국에서 우연히 만납니다. 시그브리트 모르드는 마침 차가 없습니다. 그래서 벵트손에게 태워달라고 부탁하는데, 그는 핑계를 대며 거절합니다. 볼일이 있어서 안 된다 하는 식으로요. 여자는 일을 마치고 버스 정류장으로 걸어갑니다. 그런데 벵트손이 차를 타고 지나가는 걸 보고, 태워달라고 손을 흔듭니다. 그는 속도를 늦추지만,

차를 세우지는 않습니다."

"아니면 차를 세우고 여자를 태우거나." 콜베리가 슬프게 말했다.

"맞아."

"하지만 시신이 없는 한 살인도 없고, 벵트손을 체포할 근거는 더욱더 없어."

"그의 행동이 이상하다는 사실은 간과할 수 없어." 마르틴 베크가 말했다. "내가 세 번째로 주목하는 점은 그가 달걀 열 개를 배달하지 않았다는 거야. 이틀밖에 안 됐는데. 그리고 시그브리트 모르드는 근무시간이 불규칙했으니까, 그가 목요일에 여자를 못 봤더라도 금요일에는 집에 있을지도 모른다고 가정하는 게 아주 이상한 일은 아니잖아."

"시그브리트가 사라졌다는 소식은 무진장 빨리 퍼졌습니다." 뇌이드가 말했다. "시그브리트가 목요일에 출근을 안 하고 전화도 안 받으니까, 몇몇 사람들은 벌써 무슨 일 있는 것 아니냐고 수군거리기 시작했죠. 나도 목요일에 소식을 들었지만, 아니, 사람이 하루이틀 사라질 권리도 없나 하고 생각하고 말았죠. 그래도 시그브리트가 목요일 오전에 차를 찾아가겠다고 약속해 놓고선 나타나지 않았을 때 정비소 사람들이 의아해했던 건 타당한 의문이었습니다."

경찰 살해자

뇌이드가 회중시계를 꺼내어 뚜껑을 열었다.

"시간이 됐습니까?" 콜베리가 물었다.

"거의." 뇌이드가 말했다. "한 가지 사소하지만 말해두고 싶은 사실이 있습니다. 두 분이 눈치채지 못한 일일 것 같습니다만."

"뭡니까?" 콜베리가 말했다.

콜베리는 의욕이라고는 없는 듯이 고개를 떨구었다.

"그게요." 뇌이드가 말했다. "폴케가 베르틸 모르드를 봤다고 했잖습니까. 모르드가 베이지색 볼보를 타고 온 적이 두 번 있다고요. 그게 내가 아는 사실과 맞지 않습니다. 모르드는 이 동네에 나타나지 않은 지 한참 됐거든요. 폴케가 저 낡은 집에 이사 오기 전에 이미 시그브리트를 찾아오기를 그만뒀단 말입니다."

"맞아요." 마르틴 베크가 말했다. "나도 그 점이 이상했습니다. 왜냐하면 모르드가 내게도 그렇게 말했거든요. 자기가 이따금 여기 와서 시그브리트와 자곤 했다, 하지만 마지막으로 왔던 건 일 년 반이 넘었다, 하고요."

"그건 선장이 거짓말하고 있다는 뜻이지." 콜베리가 말했다. "그와의 대화에서 내가 믿어야 할지 말아야 할지 모르겠는 대목이 정말 많았어."

"이제 내려가야 합니다. 모르드에 대해서도 언급해야 할까요?" 뇌이드가 말했다.

"하지 맙시다." 마르틴 베크가 말했다.

기자회견은 그야말로 임시변통이었고, 마르틴 베크도 콜베리도 마뜩지 않았다. 할 말이 너무 없었다.

그래도 기자회견을 하기는 해야 했다. 그들이 방해받지 않고 평화롭고 조용하게 일하려면 이 수밖에 없었다.

뇌이드는 상황을 더 선선히 태연하게 받아들였다. 여전히 재밌을지도 모른다고 기대하는 듯한 얼굴이었다.

첫 질문이 분위기를 설정했다. 지극히 단순하지만 무자비한 질문이었다.

"시그브리트 모르드가 살해되었다고 보십니까?"

마르틴 베크는 어쨌든 대답해야 했다.

"모릅니다."

"당신이, 당신과 동료가 여기 내려왔다는 사실 자체가 시그브리트 모르드가 살해되었을지도 모른다고 의심한다는 뜻 아닙니까?"

"그건 맞습니다. 그런 의심도 배제할 수 없습니다."

"용의자가 있지만 시신이 없는 상황이라고 말해도 되겠습니까?"

경찰 살해자

"나는 그렇게 표현하고 싶지 않습니다."

"그러면 경찰은 어떻게 표현하고 싶습니까?"

"우리는 모르드 씨의 행방을 모르고, 그에게 무슨 일이 있었는지도 모릅니다."

"이미 한 사람을 취조했잖습니까. 맞습니까?"

"우리는 모르드 씨의 행방을 알아보려는 차원에서 여러 사람들과 이야기를 나눴습니다."

마르틴 베크는 기자회견이 싫었다. 화가 치밀게 하는 질문이나 사려 깊지 못한 질문이 많았다. 그런 질문에는 대답하기 어려웠고, 그가 하는 거의 모든 말이 오해의 소지가 있었다.

"체포가 임박했습니까?"

"아닙니다."

"하지만 체포를 고려하고 있잖습니까. 그건 맞습니까?"

"그렇게 말할 순 없습니다. 우리는 아직 범죄가 저질러졌는지 유무도 모릅니다."

"그러면 국가범죄수사국 살인수사과가 여기 내려와 있다는 사실을 어떻게 설명할 겁니까?"

"한 여성이 실종되었습니다. 우리는 실종자가 어떻게 되었는지 알아내려고 하는 중입니다."

"경찰이 변죽만 울린다는 느낌이 드는데요."

"그 점에서 언론은 확실히 그렇지 않더군요." 콜베리가 분위기를 누그러뜨리려고 말했다.

"기자로서 우리는 대중에게 사실을 제공할 의무가 있습니다. 경찰이 정보를 주지 않으니 스스로 찾아봐야죠. 왜 패를 다 내놓지 않는 겁니까?"

"내놓을 패가 없어요." 콜베리가 말했다. "우리는 시그브리트 모르드를 찾고 있습니다. 수색을 돕고 싶다면 얼마든지 환영합니다."

"그가 성범죄자에게 희생되었다고 가정하는 게 합리적이지 않습니까?"

"아뇨." 콜베리가 대답했다. "그의 행방을 모르는 상태에서는 어떤 가정도 합리적이지 않습니다."

"경찰이 상황을 어떻게 보는지 궁금합니다. 요약해서 말해주시겠습니까?"

콜베리는 대답하지 않고 질문자를 보았다. 질문자는 스물다섯 살쯤 되어 보이는 금발 여성이었다.

"네?"

콜베리도 마르틴 베크도 묵묵부답했다.

뇌이드가 두 사람을 흘긋 보고는 침묵을 깼다.

"우리가 아는 사실은 아주 간단합니다. 모르드 부인은 10월

17일 수요일 정오경 안데르슐뢰브 우체국을 나섰습니다. 그후로 그를 본 사람이 아무도 없습니다. 그가 버스 정류장에 서 있는 모습, 혹은 정류장으로 가는 모습을 봤다고 말하는 목격자가 한 명 있습니다. 끝. 우리가 아는 바는 이게 답니다."

돔메에서 보만을 위협했던 기자가 목청을 틔웠다.

"베크?"

"네, 몰린 기자."

"연극은 이만하면 됐습니다."

"연극?"

"이 기자회견은 회견이랄 수도 없는 광대극입니다. 당신은 국가범죄수사국 살인수사과 책임자인데, 우리 질문에 제대로 대답하기는커녕 부하와 지역 경찰의 뒤에 숨기나 하는군요. 자, 폴케 벵트손을 체포할 겁니까, 말 겁니까?"

"우리는 그와 면담했습니다. 그게 전부입니다."

"그 대화의 소득은? 당신들은 그 안에서 두 시간 가까이 속닥거렸잖습니까?"

"현재로서 우리는 아무도 용의자로 보고 있지 않습니다."

마르틴 베크는 거짓말하고 있었고, 자신도 그 사실이 싫었다. 하지만 달리 뭐라고 말한단 말인가?

다음 질문은 더 싫었다.

"불과 십 년 만에 같은 유형의 극악한 범죄로 한 사람을 두 번 체포해야 하는 세상에서, 경찰관으로서 어떤 기분이 드십니까?"

그러게, 어떤 기분이지? 마르틴 베크에게 자신과 사회의 관계를 분석하는 것은 그러잖아도 어려운 문제였다. 신문까지 나서서 물어봐줄 것은 없었다.

그가 할 수 있는 대답은 고개를 흔드는 것뿐이었다.

나머지 질문은 콜베리가 받아주었다. 질문은 모두 시시하고 억지스러웠고, 콜베리는 거기에 시시하고 억지스러운 대답을 내놓았다.

기자회견은 김이 빠지기 시작했다. 모두가 그 사실을 알았지만, 헤르고트 뇌이드만은 예외였다.

"기왕 다들 모이셨잖습니까." 뇌이드가 갑자기 말했다. "주요 신문사에서도 오시고 라디오에서도 오시고. 그러니까 말인데, 이 기회에 안데르슬뢰브에 대한 기사를 써보는 게 어떨까요?"

"지금 농담하십니까?"

"전혀요. 사람들은 이 나라의, 특히 대도시들의 비참한 상황에 대해서만 말하죠. 매스미디어에 나오는 이야기를 믿는다면, 시민들이 밖에 나갔다가는 코가 잘릴까 봐 나다니지도 못한다고 하잖습니까. 하지만 여기는 모든 게 조용하고 평화롭답니다. 심지어 실업 문제도 약물의존자도 없죠. 살기 좋습니다. 사람들은 대체로 친절하고, 게다가 동네가 예쁘잖습니까. 예를 들어, 이 구역의 예쁜 교회들을 차로 한번 돌아보세요."

"잠깐만요." 몰린이 말했다. "우리 신문에는 교회 둘러보기 같은 걸 담당하는 문화부 기자가 따로 있습니다. 하지만 나는 아까 누가 던졌던 질문이 마음에 드는군요. 십 년 사이 발생한 두 건의 성범죄 살인에 대해서 같은 살인자를 다시 한번 추적하는 기분은 어떻습니까? 당신이 대답해보시죠?"

"대답하지 않겠습니다." 마르틴 베크가 대신 말했다.

그것으로 안데르슬뢰브 마을 회관에서 열린 기자회견이 끝났다.

베르틸 모르드의 이름은 거론되지 않았다.

내내 한마디도 하지 않은 사람은 오케 보만뿐이었다.

12.

월요일과 화요일의 기사들도 적잖이 소란을 일으키기는 했지만, 수요일에 마을을 덮친 태풍에 비하면 그것은 잔잔한 바닷바람이었다.

아래층 경찰서는 물론이고 위층 헤르고트 뇌이드의 집 전화도 쉴 새 없이 울렸으니, 트렐레보리 경찰서의 사정은 더 말할 필요도 없었다.

시그브리트 모르드를 아비스코에서, 스카뇌르에서, 마요르카에서, 로도스에서, 카나리아 제도에서 봤다는 제보 전화가 걸려 왔다. 한 제보자는 시그브리트가 하고많은 장소 중에서도 오슬로의 섹스 클럽에서 전날 저녁에 스트립쇼를 하는 걸 봤다고 주장했다.

시그브리트가 위스타드에서 폴란드행 카페리를 탔다고 제보한 사람이 있었고, 트렐레보리에서 자스니츠행 열차 연락선을 탔다고 제보한 사람도 있었다. 시그브리트는 말뫼, 스톡홀름, 예테보리, 코펜하겐의 여러 장소에서도 목격되었다. 특히 그를 카스트루프 공항과 스투루프 공항의 출발장에서 봤다는 소문들이 끊질겼다.

아무도 시그브리트를 목격하지 못한 장소는 안데르슬뢰브뿐이었다.

폴케 벵트손이 터무니없는 장소에서 시그브리트와 함께 있는 걸 봤다고 연락해 온 제보자가 일곱 명 있었지만, 시그브리트가 무슨 옷을 입고 있었는지는 아무도 묘사하지 못했다. 경찰이 그 정보는 공개하지 않았기 때문에, 신문들은 전적으로 잘못되고 서로 모순된 내용으로 시그브리트의 복장을 보도했다. 시그브리트가 빨간색 긴바지에 흰 파카를 입었다고 보도한 곳이 있는가 하면, 검은색 원피스와 검은색 스타킹과 검은색 구두 차림이었다고 보도한 곳도 있었다. 후자는 심지어 시그브리트를 '검은 옷의 여인'이라고 지칭했다.

하지만 폴케 벵트손에 대한 묘사는 모두가 일치했다. 유난히 절제를 모르는 한 신문은 벵트손의 이름을 밝히고 새로 찍은 사진까지 제공했다. 다른 신문들에게 그는 '모자 쓴 남자'나 '청어 장수가 된 성범죄 살인자'였다.

오후 3시, 마르틴 베크는 뇌이드의 집에서 두통을 참고 있었다. 그는 방금 약국에 아스피린을 사러 갔다가 대소동을 일으킨 참이었다. 내일 아침 기사 제목들이 눈에 선했다. '안데르슬뢰브의 두통'. 원래 위스키도 살 생각이었지만, 그 행동에 따라붙을 코멘트를 떠올리고 목전에서 자제했다.

'안데르슬뢰브의 숙취?'

그리고 이제 전화가 울렸다.

지긋지긋한 전화.

저 전화는 그를 레아에게 연결해주지 않았다. 오늘 아침에도, 어젯밤에도.

"뇌이드? 네? 아뇨, 오후에는 그를 못 봤습니다."

안데르슬뢰브 경찰서장은 가끔 악의 없는 거짓말을 하는 데 생소한 사람이 아니었다.

하지만 이번에는 통하지 않았다.

"뭐라고요? 누구요? 네, 잠시만요, 한번 찾아보겠습니다."

뇌이드가 손으로 수화기를 가렸다.

"국가경찰위원회 국가범죄수사국의 말름 국장이라는데요. 통화하겠습니까?"

하느님 맙소사. 마르틴 베크는 종교를 믿진 않지만 이렇게

경찰 살해자

생각했다.

마르틴 베크에게 말름은 황소의 입장에서 보는 붉은 깃발, 팟쿨 앞에 선 서투른 사형집행인과 같았다.*

그래도 그는 말했다.

"좋아요, 받겠습니다."

가련한 공무원에게 달리 무슨 수가 있겠는가?

"네, 베크입니다."

"안녕, 마르틴. 어떻게 되어가나?"

어떻게 되어가나?

"현재로서는 상황이 나쁩니다."

말름이 즉시 말투를 바꾸었다.

"하나 말해두지, 마르틴. 이 사건은 전면적인 스캔들로 비화하고 있어. 내가 방금 청장과 의논했는데 말이야."

그들은 아마 한방에 있을 터였다. 청장은 질문이나 말대답할 능력이 있는 사람들과 대화하는 것을 싫어하기로 유명했다.

청장은 특히 최근에 과도한 명성을 얻게 된 마르틴 베크와 대화하는 것을 싫어했다.

---

* 요한 팟쿨은 17세기에 스웨덴에 강제로 편입된 리보니아의 귀족이다. 원래 수레바퀴 처형에 처해졌으나 죽지 않았고, 사형집행인이 칼로 목을 쳤지만 그것도 몇 번째 만에야 참수에 성공했다고 알려져 있다.

게다가 청장은 심각한 편집증을 앓고 있었다. 예전부터 그는 갈수록 커져만 가는 대중의 경찰 불신과 계속되는 경찰의 침체는 사실 '일부 분자'들이 자신을 개인적으로 싫어하는 탓이라고 믿었다. 요즘은 경찰 내부에도 그런 분자가 존재한다는 생각까지 하고 있었다.

"살인범을 체포했나?"

"아니요."

"경찰 전체가 웃음거리가 되고 있어."

그건 참으로 사실이지.

"우리 중 가장 유능한 형사들이 사건을 맡았는데 아무 소득이 없다니. 살인범은 자유롭게 활보하면서 인터뷰를 하고, 경찰은 그에게 아양이나 떨고. 신문들은 심지어 시신이 묻힌 장소라며 사진까지 실었단 말이야."

말름이 사건에 관해서 아는 바는 타블로이드 신문에서 읽은 내용뿐이었다. 그가 실질적인 경찰 업무에 관해서 아는 바는 영화에서 본 내용뿐인 것과 비슷했다.

배경에서 거슬리는 목소리의 속삭임이 들려왔다.

"뭐라고요? 아, 네." 말름이 말했다. "우리로서는 노력을 아끼지 않았다고 말할 수 있어. 우리는 자네를 헤르베르트 쇠데르스트룀 이래 가장 유능한 살인 전담 형사라고 여긴다네."

"헤르베르트 쇠데르스트룀?"

"그래, 이름이 정확히 뭐가 됐든."

말름은 아마 하뤼 쇠데르만을 말하려고 한 것 같았다. 유명한 스웨덴 범죄학자로 말년에 탕헤르 경찰서장을 지내다가 죽은 사람, 2차세계대전을 멈추기 위해서 자신이 직접 잠입하여 히틀러를 쏘겠다고 제안했던 사람 말이다.

뒤에서 또 속삭이는 소리가 들렸다. 말름이 수화기에서 입을 떼고 뭐라고 웅얼거리고는, 여느 때처럼 새된 목소리로 돌아와서 말했다.

"우리 꼴이 우스꽝스러워지고 있어. 살인범이 신문에 자기 인생사를 늘어놓다니. 이다음에는 틀림없이 책을 써서 자신이 살인수사과를 어떻게 속여 넘겼는지를 자랑할 거야. 그런 일이 없어도 우리에게는 문제가 많아."

적어도 말름의 마지막 말은 사실이었다. 경찰은 문제가 많았다.

문제는 대체로 1965년 경찰 국영화와 함께 시작되었다. 이후 경찰은 국가 내의 국가로 발달하기 시작했고, 시민들에게 인기가 없어졌다. 최근 조사에 따르면, 경찰관이 시민을 대하는 태도도 갈수록 적대적이고 무서우리만치 반동적인 방향으로 변했다. 가령 경찰관 셋 중 한 명은 아이를 가급적 어려서부터 때려서 키워야 한다고 믿었고, 엄벌과 체벌만이 자라나는 세대를 제대로 육성하는 방법이라고 믿었다. 경찰관 열에 아홉은 경찰이 범죄 혐의자를 너무 관대하게 다룬다고 믿었고, 종종 자유재량에 따라 내려지는 법원의 선고가 부적절하다고 여겼다.

국영화 이후 지난 팔 년간, 경찰 자원은 이전 몇 배로 늘었다. 그리고 다름 아닌 경찰의 요청에 따라 만들어진 새 법은 경찰관에게 별도의 정당한 근거가 없어도 누구든 체포할 수 있는 권리를 주었다. 경찰관은 나중에 자신은 문제의 인물이 법과 질서와 공공 안전에 해롭다고 생각했노라고 주장하면 그만이었다.

이런 변화로, 경찰은 스웨덴 역사상 어느 때보다 큰 힘을 갖게 되었다. 그리고 스웨덴은 세계에서 가장 값비싼 경찰력을 갖게 되었다. 스웨덴 납세자들이 경찰에 대는 돈은 1인당 연간 165크로나였다. 같은 수치가 미국에서는 75크로나였다. 다른 스칸디나비아 국가들과 비교하면, 차이가 그로테스크할 지경이었다. 게다가 노르웨이와 덴마크에서는 경찰이 상대적으로 더 인기가 있었다.

그런데도 범죄율은 계속 올랐고, 폭력은 늘기만 했다. 폭력이 폭력을 낳는다는 단순한 진실, 그리고 선공을 날린 것은 경찰이라는 사실을 인식하는 사람이 경찰 수뇌부에는 한 명도 없는 듯했다.

경찰 살해자

진정 불쾌한 점은 수뇌부가 이 사실을 이해할 마음이 없다는 것이었다. 그들에게는 전혀 다른 계획이 있었다.

　이 점에서는 말름이 옳았다. 시민들은 신물이 나기 시작했다. 그들은 왜 스웨덴 경찰이 이웃한 핀란드 경찰보다 세 배 이상 많은 돈을 납세자들에게 물리는지 이해할 수 없었다.

　"듣고 있나?" 말름이 물었다.

　"네, 듣고 있습니다."

　"그 벵트손이라는 남자를 체포해서 가둬야 해."

　"그의 죄를 입증할 증거가 없습니다."

　"그런 세부적인 건 나중에 챙기면 돼."

　"확신이 들지 않습니다." 마르틴 베크가 말했다.

　"이봐. 작년에 베리스가탄에서 벌어진 유감스러운 사건을 제외하면 자네의 수사 실적은 놀라울 정도야. 게다가 이 사건은 답이 뻔해 보이잖아."

　마르틴 베크는 씩 웃었다. 사실 그는 베리스가탄 거리에서 벌어졌던 살인 사건을 해결했다. 하지만 수사가 다른 측면에서 미흡했기 때문에, 결국 범인은 그 사건이 아니라 다른 사건, 실은 그가 저지르지 않은 살인 사건에 대해서 유죄를 선고받았다. 마르틴 베크의 입장에서 그 사건은 원치 않았던 승진을 모면하게 해준 일이라는 의미가 있었다. 승진은 대신 스티그 말름이 했다.

"그가 웃고 있나?"

이제 목소리가 또렷하게 들렸다. 말름 뒤의 실력자가 성질이 나기 시작한 모양이었다. 드문 일도 아니었다.

"자네 웃고 있나?" 말름이 물었다.

"전혀 아닙니다." 마르틴 베크는 천연덕스럽게 말했다. "전화선에 잡음이 있군요. 도청되고 있는 건 아니겠지요?"

역시 언급하지 말아야 하는 또 하나의 민감한 주제였다. 아니나 다를까, 말름이 짜증을 내며 말했다.

"농담할 때가 아니야. 지금은 행동할 때라고. 즉각적인 행동."

마르틴 베크는 대답하지 않았다. 그러자 말름이 회유적으로 나왔다.

"증원이 필요하다면, 마르틴, 자네가 말만 하면 우리가 재깍 도울 수 있어. 새 동원 전략이 있으니까……."

마르틴 베크는 새 동원 전략이 무엇인지 알았다. 그것은 채 한 시간도 지나지 않아 경찰관들이 탄 버스 서른 대가 이 마을로 몰려오리라는 뜻이었다. 또한 무기, 사격수, 최루탄, 헬리콥터, 방호 장비, 방탄조끼를 뜻했다.

"아니요. 증원은 제가 가장 바라지 않는 일입니다."

"오늘 그를 체포할 거라고 봐도 되겠지?"

"아니요. 그런 생각은 안 해봤습니다."

전화선 너머에서 목소리를 죽인 회의가 열리더니, 마침내 말름이 말했다.

"다른 방식으로 압박이 가해질 수도 있다는 걸 자네도 알 거야."

마르틴 베크는 대답하지 않았다.

"자네가 곤란하게 나오기로 선택한다면 말이야."

마르틴 베크도 그 경우 어떻게 될 수 있는지 잘 알았다. 청장이 검찰총장에게 전화 한 통만 걸면 될 것이다. 청장이 직접 걸 필요조차 없을지도 모른다. 말름이 해도 될지 모른다.

"벵트손을 체포하는 게 현 시점에서 타당한 일이라고 생각되지 않습니다." 마르틴 베크가 말했다.

"신문들이 저런 기사를 못 내도록 막아야 해."

"증거가 너무 빈약합니다."

"증거!" 말름이 경멸하는 조로 말했다. "이건 셜록 홈스 영화가 아니야."

말름이 가끔 TV에서 셜록 홈스 영화를 봤을 수는 있다. 한편 그가 원작 소설에 대해서도 안다고 볼 근거는 없었다.

"어떤가. 살인범을 체포할 건가, 말 건가?"

"저는 그 대신 실종된 여성에게 무슨 일이 있었는지를 알아내려고 합니다. 정말 살인범이 있다면, 우리가 그를 범행과 연결 지을 수 있기를 바랍니다."

"자네가 일에 착수하도록 우리가 좀 도와야 할 것 같군."

"그러지 않으시면 고맙겠습니다."

스톡홀름의 방에서 문이 쾅 닫혔다. 마르틴 베크도 그 소리를 똑똑히 들었다.

"내가 결정을 내리는 게 아니잖나." 말름이 미안한 듯 말했다. "자네가 벵트손을 잡아들이는 편이 정말로 더 나을 거야."

"그럴 계획은 없습니다."

"지금 당장." 말름이 말했다. "좀 있으면······."

"지금 당장은 절대 아닙니다."

말름이 가볍게 말했다.

"뭐, 그렇다면 다 자네가 자초하는 일이지. 그리고 증거는 자네가 찾을 수 있을 거라고 믿네. 행운을 빌어."

"그쪽도요." 마르틴 베크가 말했다.

그것으로 통화가 끝났다.

사법제도 내부의 소통은 보통 지루하고, 장애가 많고, 각종 서류 작업과 관료주의적 요식이 따르기 마련이다.

하지만 가끔은 그 과정이 아예 없는 듯했다. 누군가 전화를 들고 '이렇게 해야 한다'고 말하면 그만이었다.

지시는 마르틴 베크가 말름과 통화한 지 삼십 분 만에 내려왔다.

폴케 벵트손을 즉시 잡아들이라는 지시였다.

일요일 신문에 실린 체스 문제를 풀고 있던 콜베리가 볼펜을 집어 던졌다.

"난 안 가." 콜베리가 말했다.

"안 가도 돼." 마르틴 베크가 말했다.

마르틴 베크와 뇌이드는 순찰차로 폴케 벵트손의 집에 갔다. 기자 몇 명이 따라왔고, 벵트손의 집에 더 많은 기자가 벌써 대기하고 있었다. 번거롭게 차를 몰고 오면서까지 구경하려고 찾아온 낯선 사람들도 있었다.

볼거리는 별로 없었다.

해 질 녘의 작은 집. 나무 닭장과 골함석 차고가 있었다. 그리고 한 남자가 차분하게 삽으로 사탕무 잎을 퇴비 더미에 얹고 있었다.

폴케 벵트손은 전에 봤을 때와 똑같은 차림새였다.

그는 그들을 보고도 놀라지 않은 듯했다. 겁먹지도, 심란하지도, 화나지도 않은 듯했다.

그는 그저 평소와 같아 보였다.

우스울 정도로 똑같은 반복이었다. 뇌이드가 뒷좌석을 뒤져서 신발이 든 생협 비닐 쇼핑백을 꺼냈다.

마르틴 베크가 언뜻 보니 그 속에 뭔가 더 있었다. 뭘까?

그는 몇 초간 열심히 생각한 후에 물었다.

"헤르고트?"

"네?"

"쇼핑백에 손전등이 들어 있나요?"

"물론이죠. 시골에서는 꼭 필요하답니다. 달 없는 밤에는 눈앞에 자기 손을 갖다 대도 안 보이거든요."

벵트손이 삽을 내려놓고 그들에게 걸어왔다.

"안녕, 폴케." 뇌이드가 말했다.

"안녕하세요." 폴케 벵트손이 말했다.

"우리와 함께 가줘야겠어. 때가 됐어."

"그렇군요."

하지만 벵트손은 완벽하게 수동적이지만은 않았다. 희미해지는 빛 속을 둘러보면서 그가 이렇게 말했다.

"사람이 엄청 많이 모였네요."

"응, 경을 칠 인간들." 뇌이드가 말했다. "들어갈까?"

"그러죠."

"서두를 건 없어. 옷을 갈아입고 소지품을 챙겨. 필요한 건 뭐든지. 혹시 가방이 필요하다면 내가 빌려줄게."

"고맙지만 서류 가방이 있어요."

뇌이드가 신발을 갈아 신었다.

"천천히 해. 마르틴하고 나는 여기 앉아서 가위바위보 놀이라도 하면 되니까."

마르틴 베크는 손만 있으면 할 수 있는 이 고상한 놀이를 잘 몰랐다.

하지만 삼십 초 만에 배울 수 있었다.

손가락 두 개를 펼친 것은 가위다. 활짝 펼친 손바닥은 보자기다. 주먹은 바위다. 가위는 보자기를 자른다. 보자기는 바위를 감싼다. 바위는 가위를 부순다.

"11대 3으로 내가 이겼어요." 잠시 후에 뇌이드가 말했다. "당신은 너무 빨리 내기 때문에 지는 거예요. 정확히 내가 낼 때 동시에 내야 해요."

당신이 눈치가 너무 빠른 거죠, 마르틴 베크는 생각했다.

사실 마르틴 베크는 늘 졌다. 체스부터 아이들의 놀이까지.

몇 분 더 흐르고, 폴케 벵트손이 나설 준비를 마쳤다.

그는 처음으로 약간 불안해 보였다.

"걱정이라도 있어, 폴케?" 뇌이드가 물었다.

"물고기들에게 밥을 줘야 해요. 닭도 돌봐야 하고요. 가끔 어항 청소도 해야 하고요."

"내가 맡아서 할게." 뇌이드가 말했다. "명예를 걸고 약속하지."

뇌이드가 약간 불편하게 웃고는 이어 말했다.

"자네가 싫어할 일이 하나 있는데. 내일 여기에 사람들이 와서 마당을 파헤칠 거야."

"왜요?"

"시신을 찾아볼 거야."

"과꽃들이 안됐네요." 폴케 벵트손은 이렇게만 말했다.

"되도록 조심할게. 너무 걱정하진 마."

"경감님이 나를 취조하겠지요?"

"네." 마르틴 베크가 대답했다. "하지만 오늘은 아닙니다. 아마 내일도 아니고요. 트렐레보리에서 당장 시작하기를 바란다면 모르겠지만. 그럴 것 같진 않군요."

"오키도키." 뇌이드가 말했다. "우선은 안데르슬뢰브의 내 집으로 갈 거야. 차와 샌드위치를 들지. 자네는 커피를 더 좋아할지도 모르겠네."

"네, 고맙습니다."

"카페에서 사 가면 돼. 거기서 따뜻한 시나몬 롤도 팔거든. 갈까?"

"네."

폴케 벵트손은 잠시 주저하다가 말했다.

"달걀은 어쩌죠?"

"그것도 내가 책임질게. 이것도 명예를 걸고 하는 약속이야." 뇌이드가 이렇게 말하고 웃었다.

"잘됐네요. 당신은 좋은 사람이에요, 헤르고트." 벵트손이 말했다.

뇌이드는 기분 좋게 놀란 듯했다.

"최선을 다하는 거지, 뭐."

"나는 이제 정식으로 입건된 겁니까?" 벵트손이 물었다.

"그렇진 않아. 우선 내 집으로 가서 이야기를 나눌 거야. 삼십 분쯤 뒤에 트렐레보리에서 와서 자네를 그리로 데려갈 거고. 엄밀하게 따지자면 자네는 지금 유치인이지만, 격식을 차릴 건 없어. 우리가 트렐레보리까지 함께 갈 거고, 거기서 자네가 입건될 거야. 그 뒤에도 한동안은 아무 일 없을 거야."

폴케 벵트손은 집을 떠날 때 약간 무감각한 듯 보였다.

그가 문을 잠그고 열쇠를 뇌이드에게 주었다.

"이걸 맡아주겠습니까? 집을 오래 떠나 있어야 할지도 모르니까요. 어차피 물고기들을 봐주려면 필요할 테고요."

뇌이드가 열쇠를 주머니에 넣었다.

밖은 이제 어두웠다. 그들은 무섭게 터지는 플래시 세례를 받으면서 순찰차에 탔다.

시내로 들어오는 동안 모두 말이 없었다.

뇌이드가 생협 옆 카페에서 커피와 따뜻한 페이스트리를 사왔다. 그 자신은 여느 때처럼 차를 마셨다.

콜베리는 다시 체스 문제를 풀고 있었다. 폴케 벵트손이 들어서는데도 눈길조차 주지 않았다.

마르틴 베크도 말이 없었다. 그들은 아무도 원하지 않은 상황에 처했고, 수사에서의 재량은 극단적으로 제한되어 있었다.

하지만 뇌이드는 침묵과 우울한 사색에는 소질이 없었다. 그가 플라스틱 컵에 든 커피를 유치인에게 권하면서 말했다.

"들어, 폴케. 여기서는 아직 자유인이라고 여겨도 돼."

뇌이드가 웃고는 덧붙였다.

"대충 그렇다는 거야. 만약 자네가 도망치려고 들면, 우리가 저지할 거야."

콜베리가 끙 소리를 냈다. 그는 폴케 벵트손이 도망치려고 했던 때를 똑똑히 기억했다.

그때 그를 저지했던 것이 바로 전직 낙하산병이자 백병전 전문가인 렌나르트 콜베리였다.

"집에 가고 싶어." 콜베리가 불쑥 말했다.

자신도 정확히 무슨 뜻인지 모르고 엉겁결에 뱉은 말이었다.

아내와 아이들이 그리운 건 사실이었고, 폴케 벵트손과 이 모든 소동에서 손 떼고 싶은 것도 사실이었다. 하지만 더 깊은 차원에서 그의 불만은 인생 전반에 대한 불만이었다.

지하철에서 엎어지면 코 닿을 데에 있는 스톡홀름의 집은 크게 아쉬울 게 없었다. 경찰관들과 법에 저항하는 시민들을 매일 대면하는 일상도 결코 아쉽지 않았다. 콜베리는 가끔 자기 삶에서 아내와 아이들만이 유일하게 정상인 것처럼 느껴졌다. 그 밖에는 세상이 경찰관과 범죄자로 가득한 것처럼 보였다. 그리고 이만큼 겪어온 지금, 두 부류에 대한 그의 감정은 도토리 키 재기 수준으로 똑같이 나빴다.

이건 옳지 않아, 콜베리는 생각했다. 삶이 갱스터 영화처럼 두 부류의 사람들로만 구성되어 있어선 안 되는 거야.

전화가 울렸다. 뇌이드가 받았다.

"아뇨, 아무도 자백하지 않았습니다. 네, 한 사람을 구인한 상태이긴 합니다. 말해줄 수 있는 건 그게 답니다."

뇌이드가 전화를 끊고 은제 회중시계를 확인한 뒤 말했다.

"이제 시간이 얼마 없어, 폴케. 만약 시그브리트 모르드에 대해서 뭐라도 아는 바가 있다면, 지금 우리에게 말해주는 게 어때? 그러면 일이 엄청나게 간단해질 거야."

"나는 정말 아무것도 모릅니다." 폴케 벵트손이 말했다.

마르틴 베크는 남자를 보았다. 나는 아무것도 모릅니다. 벵트손은 변하지 않았다. 그들은 한 번에 몇 시간씩 며칠 내리 그를 취조해야 할 테고, 그는 그들에게 확실한 증거가 있는 사실을 제외하고는 아무것도 인정하지 않을 것이다. 확실한 사실마저 인정하지 않을 수도 있다.

"내가 그 여자를 좋아하지 않는다는 사실 말고는요. 네, 좋아하지 않습니다."

"자네 변호사는 그 대답을 반기지 않을 거야."

뇌이드가 발치에 누운 개를 쓰다듬었다.

"그러면 나라도 자네를 변호하기 싫을 거라고, 폴케."

트렐레보리 형사들이 정식으로 구인하러 오기 전에 전화가 한 번 더 울렸다.

"스톡홀름의 당신 친굽니다." 뇌이드가 수화기를 손으로 가린 채 말했다.

마르틴 베크는 전화를 건네받았다.

"일이 순조롭게 진행되고 있다지." 말름이 말했다.

"그렇게 생각합니까?"

"자꾸 그렇게 비관적으로 나올 건가. 자네는 승진을 놓치고 나서 정말 이상해졌어."

댁은 대체 어디까지 멍청해질 건지, 마르틴 베크는 생각했다.

"하지만 내 용건은 따로 있어." 말름이 매섭게 말했다. "이상한 문제가 하나 더 있던데. 위에서 지적이 내려왔어."

"뭡니까?"

"신문에 따르면, 한때 살인범이었는데 지금 기자로 일하는 어떤 남자를 자네가 싸고돈다며. 군나르손이라는 인물 말이야."

"그의 이름은 보만입니다." 마르틴 베크가 말했다. "그리고 저는 예전에 어쩌다 그를 알게 된 것뿐입니다."

"교살로 유죄 선고를 받고 최근 석방되어 국가범죄수사국 살인수사과의 측근처럼 행세하는 사람. 내 눈앞에 있는 기사에 이렇게 나와 있어. 군이 설명할 필요도 없겠지만, 이러면 우리 꼴이 우라지게 우스워진다고 생각한다네."

말름이 하는 일은 뭐든지 우스꽝스러웠는데, 욕설마저 그랬다.

"제가 그쪽에서 어떻게 생각하든 신경 쓰지 않는다는 것도 군이 설명할 필요가 없겠지요." 마르틴 베크가 말했다.

"자네는 내가 무슨 말만 하면 비딱하게 받아들이는군." 말름이 구슬프게 말했다.

"끊겠습니다."

그들은 나머지 저녁 시간을 트렐레보리에서 보냈다. 거의 시간 낭비였다.

마르틴 베크는 피의자를 나중에 신문하겠다고 말했다.

폴케 벵트손은 정식으로 입건되었다.

다음 날 아침, 경찰은 벵트손의 집 마당을 파헤치기 시작했다.

13.

목요일 아침 일찍 마르틴 베크와 콜베리가 여관 현관을 나섰을 때, 망을 보는 기자는 아무도 없었다. 갓 8시가 넘었고, 해는 이제 겨우 지평선 위에 떴다. 공기는 차고 습했다. 광장에 깔린 돌들은 아직 서리로 반짝거렸다.

두 사람은 콜베리의 차를 타고 돔메로 향했다. 콜베리는 조심스레 운전하면서 가끔 백미러로 뒤를 살폈다. 도로에는 두 사람이 탄 차뿐이었다.

그들은 뇌이드로부터 시그브리트 모르드의 집 열쇠를 받아두었다. 뇌이드는 그 집에 들어갈 때 열쇠공을 불러서 문을 따야 했지만, 그후에 부엌에 걸려 있던 여분의 열쇠를 챙겼다.

두 사람은 말이 없었다. 둘 다 아침에 말이 많은 편이 아니었고, 더구나 콜베리는 아침 식사를 걸러서 기분이 나빴다.

옆길로 꺾어 폴케 벵트손의 집 앞을 지나면서 보니, 트렐레보리 경찰서에서 나온 밴이 마당에 서 있었다. 그들은 방금 도착한 듯했다. 차 뒷문이 열려 있었고, 고무장화와 청회색 오버올 차림의 두 남자가 곡괭이와 삽을 내리고 있었다.

세 번째 남자는 마당 한가운데 서서 뒤통수를 긁적이며 상황을 가늠하고 있었다.

이백 미터쯤 더 가서 콜베리가 차를 세웠다. 마르틴 베크는 차에서 내려 시그브리트 모르드의 정원 출입문을 열었다. 콜베리는 집의 옆벽에 잇대어 지어진 차고 앞에 주차했다.

집으로 들어가기 전에, 그들은 밖을 둘러보았다. 정면 마당에는 자갈이 깔려 있었다. 현관 바로 앞에 동그랗게 심어진 잔디와 장미, 집 정면 벽을 따라서 약 일 미터 폭으로 깔린 흙만이 예외였다. 거기엔 아무것도 심어져 있지 않았다. 봄에 꽃을 심을 계획이었던 모양이다.

소유지는 그다지 넓지 않았다. 집 뒤편은 널찍한 잔디밭에 사과나무 두 그루와 베리나무 몇 그루가 심어져 있고 한쪽 구석에 울타리를 두른 작은 텃밭이 있는 게 전부였다. 부엌에서 나오는 계단과 땅에 난 지하실 출입구 사이 자갈길에 가벼운 금속으로 된 빨래 건조대가 서 있었다.

분홍색 빨래집게 여러 개도 가로대에 걸려 있었다.

마르틴 베크와 콜베리는 다시 빙 돌아서 현관으로 왔다. 썩 예쁜 집은 아니었다. 콘크리트 기반에 노란 벽돌로 벽을 쌓고 지붕에 붉은 타일을 얹고 테두리를 초록색으로 칠한 집은 불필요한 장식을 일절 하지 않은 상자처럼 보였다.

초록색 금속 난간이 달린 콘크리트 계단을 세 칸 올라가면 현관문이었다. 마르틴 베크는 뇌이드에게 받은 열쇠로 문을 열었다.

그들이 들어선 곳은 돌바닥이 깔린 현관이었다. 한쪽 벽에 도금된 곡선형 다리와 흰 대리석 상판의 작은 서랍장이 서 있었다. 그 위에 금테 거울이 걸려 있었고, 크리스털 촛대 한 쌍이 좌우로 놓여 있었다. 서랍장 양옆에는 자수가 놓인 등받이 없는 의자가 하나씩 있었다.

거실에는 정면 진입로에 면한 창문이 두 개, 그리고 측면 차고 지붕이 내다보이는 창문이 하나 있었다.

마르틴 베크는 방을 둘러보면서 베르틸 모르드가 왜 아내를 약간 속물이라고 지칭했는지 이해하게 되었다.

집은 안락함이 아니라 우아한 인상을 주는 것을 목표로 꾸며져 있었다. 마루에는 진품일지도 모르는 오리엔탈 러그가 깔려 있었고, 천장에는 크리스털 샹들리에가 달려 있었고, 소파와 의

자는 붉은 와인색 천으로 덮여 있었고, 낮은 타원형 커피 탁자
는 반들반들한 나무로 만든 것이었다.

벽에는 장식이 거의 없었다. 작고 어두운 유화가 몇 점, 수공
예 도자기가 두 점, 넓은 테두리를 조각해 장식한 커다란 거울
이 있었다.

유리문이 달린 마호가니 수납장에는 아마도 베르틸 모르드
가 전 세계를 다니면서 가져왔을 기념품들과 그 밖의 잡동사니
들이 진열되어 있었다.

콜베리가 부엌에서 서랍과 선반을 열어본 뒤에 돌아왔더니,
마르틴 베크는 여태 마호가니 수납장 앞에 서서 안에 든 물건을
보고 있었다.

"집이 엄청나게 깔끔해." 콜베리가 말했다. "깐깐할 정도야.
깨끗하고, 단정하고, 모든 게 제자리에 있어."

마르틴 베크는 대꾸하지 않았다. 몸통이 뚱뚱하고 입구가 좁
은 4분의 1갤런들이 유리병 속에서 돛을 다 올린 범선이 새파
란 회반죽 바닷물을 가르고 있었다. 그는 그것을 감상하느라 넋
이 나가 있었다. 그 뒤에는 파란색과 초록색의 야광나비 날개들
로 만들어진 쟁반이 세워져 있었다.

마르틴 베크도 어릴 때 저것과 비슷한 나비 날개 쟁반을 갖고
있었다. 남아메리카에 다녀온 어느 친척이 준 선물이었다.

마르틴 베크에게 그 물건은 모험을 뜻했다. 외국의 항구들, 원시 정글과 거대한 강, 칠대양 너머의 신비로운 장소들. 그가 어른이 되면 탐험하러 갈 머나먼 땅들. 그때의 꿈과 기대가 일순간 생생하게 되살아나는 바람에, 그는 자신이 소년이었던 과거의 자신을 배신한 것처럼 느껴졌다.

그는 몸을 부르르 떨고서 수납장과 추억으로부터 등을 돌렸다.

"이상한 거실이야." 콜베리가 말했다.

"왜?"

"책 한 권 없고, 라디오도 전축도 심지어 TV도 없어."

"지붕에 안테나가 있었는데." 마르틴 베크가 말했다. "딴 방에 TV가 있을 거야."

"헤르고트한테 들었는데, 이 여자는 보통 저녁 근무를 했대. 그래도 가끔은 집에서 저녁을 보냈을 거잖아. 여기서 혼자 뭘 하고 지냈을까?"

마르틴 베크는 어깨를 으쓱하고 말했다.

"나머지 방들도 둘러보자고."

거실과 부엌 사이에 작은 식당이 있었다. 희게 칠한 둥근 탁자와 의자 네 개, 벽에 붙여둔 여분 의자 네 개가 있는 평범한 꾸밈새였다. 찬장 두 개와 모서리 선반장에 유리와 자기 제품이 가득 들어 있었다. 창문에 흰 레이스 커튼이 달려 있고, 창턱에는 화분이 놓여 있었다.

두 사람은 부엌으로 들어갔다가 도로 현관으로 나왔다. 현관에 난 문 두 개를 열어서 벽장과 화장실을 들여다보았다. 그다음 침실로 갔다.

침실 창문으로 그들이 깜박 잊고 열어둔 정원 출입문과 폴케벵트손의 집으로 이어진 길의 일부가 내다보였다.

침실 안쪽에 널찍한 욕실이 있었는데 욕실의 다른 문을 통해서 뒷마당으로 창문이 난 방으로 들어갈 수 있었다. 시그브리트 모르드가 자유로운 저녁 시간을 보낸 곳은 이 방인 듯했다.

방 한구석에 TV가 있었다. 그 앞에 편한 안락의자가 있었고, 재떨이와 잡지 두어 권과 놋쇠 담배 상자가 놓인 작은 탁자가 있었다. 한쪽 벽에 별로 인상적이지 않은 장서를 갖춘 책장이 있었다.

페이퍼백이 서른 권쯤, 하드커버로 된 북클럽 도서가 여남은 권, 까만 성경책, 세계 지도책, 요리책 몇 권이 있었다.

책장 나머지 공간에는 잡지 몇 무더기, 바느질용 바구니, 트랜지스터라디오, 도자기 그릇 몇 개, 백랍 촛대 한 쌍이 들어 있었다.

방에는 작은 책상, 의자, 쿠션이 많이 놓인 긴 의자, 그 앞의 낮은 탁자도 있었다. 그리고 창문 앞 탁자에 재봉틀이 있었다.

콜베리가 탁자 서랍을 열어보았다. 패션 잡지 두어 권과 얇은 종이로 된 옷본들이 나왔다. 다른 서랍에는 편지지, 봉투, 볼펜 두 개, 카드 한 벌이 있었다.

다음으로 콜베리는 책상 서랍을 열어보았다. 거기에는 편지, 영수증, 기타 문서들이 라벨을 깔끔하게 인쇄하여 붙인 서류철 속에 가지런히 정리되어 있었다.

마르틴 베크는 침실로 돌아갔다. 그는 폴케 벵트손의 집 쪽으로 난 창문 앞에서 한참을 서 있었다. 하지만 그 집은 나무들에 가려서 거의 보이지 않았다. 보이는 것은 지붕 일부와 굴뚝뿐이었다. 뒤에서 콜베리가 부엌으로 가는 소리가 들리더니 잠시 후 지하실 계단을 내려가는 소리가 들렸다.

침실도 다른 공간들처럼 단정했다.

침대와 협탁이 있었다. 그리고 서랍장, 화장대, 낮은 안락의자와 무릎 방석, 등받이가 곧은 의자 두 개, 소박한 시골풍 궤가 있었다.

안락의자 옆 바닥에 놓인 바구니에 알록달록한 털실 뭉치들과 막 뜨기 시작한 뜨갯것이 들어 있었다.

마르틴 베크는 창문에서 돌아서다가 욕실 문과 옷장 사이에 설치된 거울에 비친 자신의 모습을 보았다. 그는 평소에 거울을 좀처럼 보지 않았고 전신 거울은 더 보지 않았는데, 이렇게 보니 자신의 입성이 좀 허름하다는 것을 인식하지 않을 수 없었다.

청바지는 주름투성이였고, 신발은 더러웠고, 청색 포플린 재킷은 색이 바래 낡아 보이기 시작했다.

그는 거울 앞을 떠나서 방을 체계적으로 뒤지기 시작했다. 시작은 화장대였다.

가지각색의 통, 병, 튜브가 즐비했다. 시그브리트 모르드는 틀림없이 화장에 시간을 많이 썼고, 어마어마한 양의 화장품을 갖고 있었다. 또 빨간 가죽으로 된 보석 상자가 있었는데, 그 속에는 팔찌며 반지며 브로치며 귀걸이 등이 잔뜩 들어 있었다. 목걸이, 펜던트, 비즈를 꿴 줄 등은 화장대 거울 옆에 튀어나온 두 개의 나무못에 걸려 있었다.

마르틴 베크는 귀금속의 전문가가 아니지만, 그런 그가 보기에도 그중에 값나가는 물건은 거의 없었다. 대부분 싸구려였다.

그는 옷장을 열어보았다. 원피스, 블라우스, 치마 등등이 가득 걸려 있고, 먼지가 앉지 않도록 비닐을 씌운 옷도 몇 벌 있었다.

바닥에는 신발이 줄지어 있었다. 선반에는 검은 털모자, 바틱 천으로 된 챙 모자, 구두 상자가 놓여 있었다.

마르틴 베크는 구두 상자를 내렸다. 상자는 노끈으로 묶여 있었다. 그는 매듭을 풀고 뚜껑을 열었다.

속에 편지와 사진엽서가 가득했다. 슬쩍 보아도 다 같은 필체라는 것, 다 외국 우표가 붙어 있다는 것을 알 수 있었다.

그는 소인을 살펴보았다.

시간순으로 정리된 게 분명했다. 맨 밑 두꺼운 편지에는 1953년이라고 찍혀 있었고, 맨 위 엽서는 남예멘에서 온 것으로 육 년 전 날짜가 찍혀 있었다.

십사 년 남짓의 결혼 생활과 같은 기간 동안 베르틸 모르드가 바다 생활을 하며 보내온 편지들이 여기 모여 있었다.

마르틴 베크는 편지를 읽지는 않았다. 읽으려고 한들 거의 알아볼 수 없는 글씨였다. 그는 상자를 끈으로 묶어서 선반에 다시 얹었다.

콜베리가 지하실 계단을 올라오는 소리가 들렸다. 잠시 후 콜베리가 침실로 왔다.

"밑에는 오래된 잡동사니들이야. 연장 몇 종류, 낡은 자전거, 손수레, 그런 것들. 야외용 가구. 세탁실과 식품 보관소가 있고. 자네는 뭐 흥미로운 걸 찾았어?"

"베르틸 모르드가 보낸 편지들이 옷장 속 구두 상자에 들어 있었어. 그 밖에는 없어."

마르틴 베크는 서랍장으로 가서 그 속을 뒤지기 시작했다. 맨 위 서랍에는 속옷, 손수건, 잠옷이 단정하게 개어져 있었다. 가운데 서랍에는 스웨터, 카디건, 티셔츠가 있었고, 맨 밑 서랍에는 두꺼운 스웨터가 두어 벌, 파란색 커버에 장식적인 금색 글씨체로 "시집"이라고 적힌 책이 한 권, 작은 하트형 자물쇠가 달린 두꺼운 일기장이 한 권 있었다.

이 책들은 시그브리트 모르드의 사춘기 시절 물건이었다.

개어진 실크 스카프들 밑에 사진첩도 두 권 있었다.

시집이라고 적힌 책에는 이십오 년 전에 여자 친구들이 적어준 평범한 시구들이 담겨 있었다.

마르틴 베크는 맨 마지막 장을 열어서 예상했던 문장을 발견하고 읽어보았다.

"책의 마지막에 나는 섰네, 그래도 무엇보다 친구들과 더불어—안네 샬로테*."

콜베리가 화장대에서 찾은 머리핀으로 일기장 자물쇠를 열었다.

"1949년 12월 25일. 일기장에게. 너는 어젯밤에 크리스마스 선물로 내게 왔지. 오늘부터 나는 아무에게도 말하지 않는 내 속마음을 너에게만 털어놓을게."

콜베리는 몇 쪽을 더 읽었다.

일기장의 약 3분의 1은 계속 이렇게 유치하고 동글동글한 글

---

* 본명 안네 샬로테 레플레르, 혹은 안네 샬로테 에드그렌이라고도 알려졌던 스웨덴 작가.

경찰 살해자

씨체로 채워져 있었지만, 같은 해 3월 13일에 시그브리트는 일기장에게 속마음을 털어놓는 데 질린 듯했다.

사진첩에는 학교 친구들과 선생님들, 부모, 형제자매, 남자 친구들과 찍은 아마추어 스냅사진이 꽂혀 있었다. 사진첩 중 하나는 뒤편에 최근 사진들이 뭉텅이로 끼어 있었다. 결혼식 사진도 있었다. 머리카락을 물로 착 붙인 젊은 신랑과 그보다 더 어리고 초롱초롱한 눈에 사과 같은 뺨을 한 신부였다.

"베르틸 모르드야." 마르틴 베크가 말했다.

"젊을 때부터 덩치가 산만 한 남자였네." 콜베리가 말했다.

베르틸 모르드의 여권 사진 몇 장, 시그브리트가 뤼겐으로 놀러 갔을 때 찍은 듯한 사진도 여러 장 있었다.

두 사람은 모든 걸 도로 넣고 서랍을 닫았다.

콜베리가 욕실로 갔다.

콜베리가 세면대 위 수납장을 여는 소리가 들렸다.

"화장 도구랑 롤러 같은 게 엄청 많네." 콜베리가 말했다. "하지만 약은 없어. 아스피린이랑 알카셀처 소화제뿐이야. 이상하네. 요즘 사람들은 다들 진정제나 수면제 정도는 갖고 있는데."

마르틴 베크는 침대 옆 협탁으로 가서 서랍을 열어보았다.

거기에도 약은 없었다. 하지만 다른 물건 몇 가지와 함께 휴대용 달력이 있었다.

마르틴 베크는 그것을 들고 넘겨 보았다.

달력에는 주로 미용실, 세탁소, 치과 등의 메모가 적혀 있었다. 가장 최근 메모는 10월 16일에 적힌 "차를 정비소에"였다. 그 밖에는 작은 십자가로 표시한 생리일과 규칙적으로 등장하는 문자 'K'가 있을 뿐이었다.

마르틴 베크는 처음부터 한 쪽 한 쪽 넘겨 보았다. 1월과 2월에는 목요일마다 K가 등장했다. 3월도 마찬가지였는데, 다만 두 번째 주에는 금요일에도 적혀 있었고 마지막 주에는 수요일과 목요일에 연달아 적혀 있었다. 4월에는 성목요일에만 K가 없었고, 5월에는 역시 목요일이었던 예수승천일에 없는 대신 삼 주 연속 토요일에 적혀 있었다. 6월과 7월에는 K가 한 번도 나오지 않았다. 하지만 8월에는 한 주에 서너 번 적혀 있었다. 9월과 10월에는 단조로운 패턴이 돌아와서, 10월 11일 목요일까지 매주 목요일에 K가 적혀 있었다.

콜베리가 다시 뒷방의 책상으로 가는 소리가 들렸다. 마르틴 베크는 달력을 자기 주머니에 넣고, 생각에 잠긴 채 협탁 서랍을 내려다보았다. 콜드크림 밑에 착착 접힌 종이 몇 장이 있었다.

마르틴 베크는 종이들을 꺼내어 협탁에 얹어두고 한 장씩 펼쳐 보았다. 대개 영수증이고 미납부 고지서도 몇 장 있었는데 모두 최근 날짜였다.

맨 밑의 종이 두 장은 성격이 달랐다.

그것들은 짧은 편지랄까 메시지랄까 하는 것으로, 얇고 줄이 그어진 하늘색 종이에 손으로 씌어 있었다.

첫 번째 메시지의 내용은 다음과 같았다.

"자기, 나를 기다리지 마세요. 시쉬의 남동생이 와서 빠져나올 수가 없어요. 가능하다면 오늘 밤 전화할게요. 안녕, 카이로부터."

마르틴 베크는 짧은 메시지를 거듭 읽어보았다. 앞으로 살짝 기운 글씨는 인쇄한 것처럼 매끄럽고 가독성이 좋았다.

그는 두 번째 종이를 펼쳐 보았다.

"시게! 나를 용서해주겠어요? 내가 제정신이 아니었어요. 내가 했던 말은 진심이 아니었어요. 보상할 수 있도록 목요일에 꼭 와줘요. 보고 싶어요. 사랑해요. 카이로부터."

마르틴 베크는 종이 두 장을 가지고 콜베리에게 갔다. 콜베리는 책상 옆에 서서 통장 두 장을 들여다보고 있었다.

"예금이 얼마 없었어." 콜베리가 돌아보지 않은 채 말했다. "입금한 지 얼마 되지 않아 출금한 경우가 많았어. 저축하려고 애쓰지만 잘되지 않는 것처럼. 이혼 전에는 금전적으로 훨씬 나았는데. 그게 뭐야?"

마르틴 베크는 종이 두 장을 콜베리 앞 책상에 내려놓았다.

"연애편지 같아."

콜베리가 그것들을 읽었다.

"정말 그렇네. 어쩌면 여자는 이 카이라는 남자와 달아났을 지도 몰라."

마르틴 베크는 휴대용 달력을 꺼내어 그것도 보여주었다. 콜 베리가 휘파람을 불었다.

"규칙적인 연인이군. 왜 하필 목요일인지 궁금하네."

"목요일에만 시간을 낼 수 있는 직업을 가진 사람일지도 몰라." 마르틴 베크가 말했다.

"맥주 트럭 운전사는 어때." 콜베리가 말했다. "목요일마다 술집에 맥주를 배달하러 오는 거야. 뭐 그런 식으로."

"헤르고트가 이 일을 몰랐다는 게 이상하지."

마르틴 베크는 재봉 탁자 서랍에서 봉투를 하나 꺼내 달력과 종이 두 장을 넣고, 봉투를 뒷주머니에 꽂았다.

"여긴 다 봤어?" 마르틴 베크가 물었다.

콜베리가 책상 위를 둘러보았다.

"응. 흥미로운 건 없어. 세금 서류, 출생증명서, 시시한 편지 몇 장, 영수증, 그 정도."

콜베리는 그것들을 모두 원래 자리로 돌려놓았다.

"갈까?" 콜베리가 말했다.

차를 타고 나오다 보니 폴케 벵트손의 집 앞에 차들이 길게 주차되어 있었다. 오전 9시 반이었다. 기자들이 활동하기 시작한 모양이었다.

콜베리는 가속페달을 밟아 기자 무리를 재빨리 지나쳐서 주도로로 나갔다. 지나면서 언뜻 보니 경찰차 두 대가 더 와 있었고 경찰 통제선이 마당을 둘러싸고 있었다.

안데르슬뢰브로 가는 길에 두 사람은 한참 말이 없었다.

이윽고 침묵을 깬 것은 마르틴 베크였다.

"한 편지에 '꼭 와줘요'라고 적혀 있었어. 그들이 여자 집에서 만나지 않았다는 뜻이야."

"헤르고트에게 물어보자고. 그가 뭔가 알 수도 있어." 콜베리가 자신 있게 말했다.

헤르고트 뇌이드는 마르틴 베크의 발견에 깜짝 놀랐다.

그는 카이라는 사람을 모른다고 했다.

안데르슬뢰브 전체에 그런 이름의 사람은 없다고 했다. 아니, 잠깐. 한 명이 있긴 하나 막 입학한 일곱 살 남자아이라고 했다.

그리고 그가 알기로 시그브리트는 목요일 저녁마다 트렐레보리의 페이스트리 가게에서 일했다고 했다.

시그브리트는 저녁 근무를 할 때는 보통 밤 11시는 되어야 귀가했다고 했다.

"그 사람은 시계라고 불렀잖습니까." 뇌이드가 말했다. "하지만 시그브리트를 그렇게 부르는 사람은 한 명도 못 봤어요. 시계. 좀 웃긴데. 게다가 그건 남자애 이름이지, 시그브리트 같은 여성에게는 어울리지 않아요."

뇌이드는 하늘색 종이들을 응시하면서 목덜미를 긁다가 키득거렸다.

"시그브리트가 애인하고 달아난 거라면 어쩌죠?" 뇌이드의 말이었다. "그러면 사람들이 실컷 파헤쳐놓은 마당에 폴케더러 감자라도 심으라고 해야겠네요."

14.

부드러운 남풍이 불었다. 땅에 둘러싸인 작은 후미는 수면이 잔잔하게 반짝거렸지만, 호수 더 안쪽은 날랜 바람이 할퀼 때마다 수면에 어두운 줄무늬가 그어졌다. 기울어가는 오후 햇살이 닿지 않는 곳에서는 습한 땅으로부터 축축하고 찬 기운이 올라왔다. 물가 갈대 위에 옅은 안개가 걸려 있었다.

11월 11일 일요일이었다. 하늘은 계속 파랗고 맑았다. 오후 1시 30분이었다. 해가 두어 시간 더 따스하게 비추다가 어스름이 내리면서 싸늘한 저녁이 찾아올 터였다.

호수 남서쪽 물가를 따라서 한 무리의 사람들이 걸어왔다. 여자 여섯 명, 남자 다섯 명, 각각 여덟 살과 열 살쯤 된 남자아이 둘이었다. 모두 바짓가랑이를 고무장화에 쑤셔 넣었고, 대부분 배낭이나 숄더백을 멨다. 그들은 한 줄로 빠르게 걸었다. 지형상 오리나무와 개암나무 풀숲, 그리고 키 크고 노란 갈대숲 사이로 걸을 수밖에 없었는데 두 명이 나란히 설 수 없을 만큼 길이 좁기 때문이었다. 그들은 모두 땅만 보고 걸었다. 땅은 검고 미끄러운 진흙탕이었다.

한동안 이렇게 걸었더니 풀숲이 끝났고, 대신 썩어가는 나무 기둥과 녹슨 철조망으로 된 울타리가 이어졌다. 울타리 너머는 휴한지였는데 그 너머는 빽빽한 가문비나무숲이었다.

선두에 선 남자가 걸음을 멈추고 가느스름한 눈으로 주변을 둘러보았다. 날씬하고 탄탄한 몸에 키가 상당히 작아서 쉰 살 중년이라기보다 소년처럼 보이는 남자였다. 얼굴은 그을었고, 갈색 머리카락은 헝클어져 있었다.

다른 사람들이 그의 곁에 모이기까지 시간이 좀 걸렸다.

희끗한 턱수염을 기른 키 큰 남자가 느긋한 걸음으로 맨 뒤에서 다가왔다. 바람막이 재킷 주머니에 두 손을 다 넣은 그가 차분하고 장난기 어린 눈으로 키 작은 남자를 보며 말했다.

"왜? 경로를 바꿀 때가 됐어?"

"밭을 가로질러서 저 숲으로 가는 게 좋겠어." 탐험을 이끄는 듯한 남자가 말했다.

"그러면 호수에서 멀어지잖아요." 한 여자가 말했다.

경찰 살해자

그렇게 말한 여자는 바위에 털썩 앉아서 다리를 꼬고 담뱃불을 붙였다.

"우리 생각은 호숫가를 따라 걷자는 거였잖아요." 여자가 계속 말했다. "그런데 자기는 늘 다른 방향으로 우리를 이끌려고 해요. 그리고 배도 고파요. 먹을 때가 거의 다 되지 않았어요?"

다른 이들도 동의했다. 다들 허기진데다 가방의 짐을 덜고 싶었다.

"밭을 건넌 뒤에 쉬죠." 인솔자가 말했다.

그는 두 소년 중 작은 아이를 번쩍 들어서 울타리 건너편으로 넘겨주었다. 그리고 자신도 울타리를 넘어가서 성큼성큼 풀밭을 걷기 시작했다.

그들이 가문비나무숲에 다다라서 보니, 나무들이 워낙 촘촘한지라 아이들조차 틈을 통과하기가 쉽지 않았다. 토론이 이어졌다. 결국 어느 쪽으로 갈지 의견이 모이지 않아서, 인솔자는 아이들과 여자 둘과 함께 숲을 끼고 오른쪽으로 떠났고 나머지는 키 큰 남자를 필두로 호수 방향인 왼쪽으로 떠났다.

십오 분 후에 두 무리는 숲 뒤편에서 만났다. 그리고 쉬면서 먹기에 알맞은 장소를 함께 찾아보았다.

이번에는 의견이 모였다. 그들은 태풍의 얼기설기한 잔해와 너도밤나무 목재 더미 사이의 양지 바른 빈터에 배낭과 숄더백을 내려놓았고, 그들 중 모닥불의 고수로 통하는 남자가 적당한 지점을 선택하자 다 함께 땔나무를 모았다.

잔해 사이에 잘 마른 잔가지가 많았기 때문에 그들은 곧 탁탁 힘차게 타오르는 불꽃에 둘러앉아서 편히 쉴 수 있었다. 그들은 쉴 자격이 충분했다. 제법 험난한 지형을 세 시간이나 쉼 없이 걸어왔기 때문이다.

보온병, 샌드위치 꾸러미, 휴대용 술병이 등장했다. 그들은 먹으면서도 이야기를 멈추지 않았다. 대화는 이 주제 저 주제로 흘러갔고, 분위기는 쾌활하고 느긋했다.

초록색 재킷과 울 모자를 걸친 남자가 서서 불에 발을 덥히다가 말했다.

"이 호수는 너무 커. 다음 일요일에는 더 작은 호수로 가자. 진흙탕이 많지 않은 곳으로."

그는 작은 은제 컵에 담긴 로완베리 술을 비우고 하늘을 올려다보았다.

"어두워지기 전에 다 돌 수 있을지 모르겠네." 그가 말했다.

불이 사위기 시작했다. 그들은 뾰족한 가지에 소시지를 꿰어서 숯에 구웠다.

두 소년은 목재 더미를 둘러싸고 달리면서 놀았다.

그들 중 식물학자로 통하는 남자는 버섯을 찾아 숲 쪽에 가

경찰 살해자

있었다. 그는 벌써 마늘굳은대버섯을 몇 줌 따서 파카 주머니에 넣었고, 선갈퀴가 잔뜩 든 비닐봉지를 들고 있었다. 잘 말린 선갈퀴는 그의 집에 향기로운 내음을 풍길 것이다.

가문비나무숲의 이쪽 면은 반대편만큼 촘촘하지 않았다. 그는 나무그루들 사이로 바늘잎에 뒤덮인 땅을 숙련된 눈으로 살펴보았다.

뭔가를 찾으리라고 기대하는 건 아니었다. 계절이 늦은데다가 올가을은 여름처럼 건조하고 더웠다.

숲속으로 몇 미터 들어간 지점에 큰갓버섯으로 보이는 크고 아름다운 버섯이 있었다. 그는 선갈퀴 봉지를 숲 가장자리에 있는 이끼 낀 바위에 내려두고 나무들 틈으로 들어갔다. 제멋대로 뻗은 가지를 헤치면서 버섯이 있는 곳에서 시선을 떼지 않으려고 애쓰며 나아갔다.

그가 밟은 부드러운 이끼가 발밑에서 갑자기 꺼졌다. 진창인 듯한 수렁 속으로 오른발이 장화 길이만큼 빠졌다.

이상한데, 그는 생각했다.

여기에 수렁이 있을 리 없는데.

그는 단단한 땅 위에 있는 듯한 부러진 가문비나무 가지 위로 왼발을 옮겼다. 하지만 가지가 부러지면서 발이 미끄러져서 진흙에 빠졌다. 다행히 발은 몇십 센티미터 가라앉은 후 단단한 바닥에 닿았다.

그는 끈적한 수렁에서 오른발을 꺼냈다. 장화가 진창에 빨려들어 하마터면 벗겨질 뻔했다. 그는 왼발에 몸무게를 싣고 성큼한 발짝 내디뎌 땅 위에 섰다.

버섯은 까맣게 잊었다. 그는 뒤로 돌아서서 이끼에 덮인 이상한 진흙 구렁텅을 바라보았다.

그의 발이 남긴 구멍에서 꺼먼 진흙이 보글보글 차오르고 있었다.

그때 뭔가 보였다. 왼발이 빠진 지점으로부터 일 미터쯤 떨어진 곳에서, 진흙과 이끼와 가문비나무 잔가지 사이로 무언가 서서히 떠오르고 있었다.

그는 저게 뭘까 생각하면서 꼼짝 않고 지켜보았다.

물체가 차츰 형체를 드러냈다. 몇분의 일 초가 흐르고서야, 그의 뇌는 비로소 자신이 보는 것이 사람의 손임을 인식했다.

그는 비명을 질렀다.

15.

11월 12일 월요일에는 모든 것이 바뀌었다.

시그브리트 모르드는 이제 실종자가 아니었다. 그는 상당히 고약하게 부패한 시체로 숲속 진흙 구덩이에 누워 있었다. 이제 그가 어디 있는지 모두가 알았고, 그가 발견된 곳은 대충 많은 사람이 예상했던 장소였다. 그는 이제 이승의 선악을 초월한 상태였다. 이미 사 주 가까이 그런 상태였다.

그날 아침, 경찰은 폴케 벵트손에 대한 기소 인정 여부 절차를 밟았다. 벵트손은 아무것도 자백하지 않았지만, 그의 이상한 태도와 목격자들의 막연한 증언이 무게 있게 작용했기 때문에 그의 변호사가 기소 인정 여부 절차에 반대한 것은 진지한 항의라기보다 제스처에 가까웠다.

그래도 그 변호사는, 직업의 영향을 받기는 했지만, 상당히 좋은 변호사였다. 스웨덴의 형사 변호사들은 이례적인 사건이 아니고서는 공정한 승소 기회를 누리지 못했다. 판사들이 꽤나 흔하게 저지르는 실수 중 하나는 시간을 아낀답시고 변론이 진행중인데도 판결문을 쓰기 시작하는 것이었다. 이러니 많은 변호사들이 클래런스 대로*와는 거리가 먼, 체념한 사람들인 것도 무리가 아니었다.

마르틴 베크는 변호사를 만나서 몇 마디 나누기까지 했다. 심오한 대화는 아니었지만 변호사의 말 중에서 마르틴 베크가 전적으로 동의하는 말이 하나 있었다.

"그를 이해할 수가 없습니다."

폴케 벵트손은 분명 이해하기 쉽지 않은 사람이었다. 마르틴 베크는 금요일에 그를 신문했다. 오전에 세 시간, 오후에 세 시간. 보람 있는 대화는 아니었다. 둘 다 의자에 깊숙이 파묻힌 채 불과 몇 분 전에 했던 말을 하고 또 했다.

토요일은 콜베리의 차례였다. 콜베리는 마르틴 베크보다 덜 열정적으로 임무에 임했고, 그에 상응하는 결과를 얻었다.

---

* 20세기 초 활동한 미국의 변호사. 성경에 반하는 진화론을 가르쳤다는 이유로 기소된 생물 교사, 백인 폭도에게 저항하다 살인을 저지른 흑인 의사, 살인 누명을 쓴 노동운동가 등을 변호한 것으로 유명하다. 또한 아프리카계 미국인들을 위해 변호 활동을 펼쳤다.

경찰 살해자

즉 아무것도 얻지 못했다.

사실상 취조의 핵심은 예의 쟁점에 있었다. 첫째, 우체국에서 과연 무슨 일이 있었는가.

"우체국에서 이야기를 나눴죠?"

"네, 그 여자가 내게 집적거렸습니다."

"집적거려요?"

"내게 다가와서 금요일에 달걀이 있겠느냐고 물었습니다."

"그걸 집적거렸다고 표현합니까?"

"아니면 뭐라고 합니까?"

"그가 다른 건 묻지 않았습니까?"

"기억이 안 납니다."

"그가 집까지 태워달라고 했습니까?"

"기억이 안 납니다."

그다음은 물론 그 유명한 정류장에서의 만남이었다.

"시그브리트 모르드가 당신에게 신호를 보냈습니까? 손을 흔들거나 하는 식으로?"

"기억이 안 납니다."

"그가 당신 차에 타지 않았나요?"

"네, 안 탔습니다."

개인적으로 마르틴 베크는 헤르고트가 옳은 것 같다는 쪽으로 생각이 기울었다. 시그브리트는 우체국에서 그에게 태워달라고 부탁했을 테고, 그는 얼버무리며 피했을 것이다. 몇 분 뒤 그가 정류장을 지나쳤을 때 시그브리트가 모종의 몸짓으로 차를 얻어 타려고 시도했을 것 같았다.

문제는 목격자 증거가 부실하다는 점이었다.

뇌이드는 해당 시각에 우체국에 있었던 사람들을 한 명도 빼지 않고 면담했다. 그중 네 명이 시그브리트 모르드와 폴케 벵트손이 이야기를 나눴다는 사실을 증언할 수 있다고 말했지만 둘이 한 말을 엿들은 사람은 없었다.

물론 폴케 벵트손이 그 사실을 알 턱이 없었다.

악명 높은 싱네 페르손이 정류장에서 무엇을 보았나, 혹은 보지 못했나 하는 문제도 상황이 비슷했다.

절대적으로 확실한 사실은 하나였다. 시그브리트 모르드는 죽었고, 누가 되었든 그를 죽인 사람은 시신을 숨기려고 최선을 다했다.

"시그브리트는 아무에게도 발견되지 않은 채 겨우내 거기 있을 수도 있었습니다." 뇌이드가 말했다. "호숫가를 어슬렁거린 괴짜들이 아니었다면 말이죠."

지금 뇌이드와 마르틴 베크는 범행 현장에 와서, 물론 그곳이 정말 현장이라면 말이지만, 경찰 통제선 안에서 단서를 발견하려고 애쓰는 경찰관들을 감독하고 있었다.

또 하나 확실한 사실은 경찰이 폴케 벵트손의 마당을 파헤친 일이 내년 봄에 그의 작물이 더 잘 자라도록 해주리라는 것 외에는 허사였다는 점이다. 경찰은 집 안 마룻장도 뜯어보고 거의 텅 빈 닭장 바닥도 파보았다.

경찰은 이제 그의 차를 실험실에 보내 조사하는 중이었다.

마르틴 베크는 깊게 한숨을 쉬었다. 뇌이드가 영리한 갈색 눈으로 무슨 일이냐는 듯이 그를 보았다.

콜베리는 폴케 벵트손과 일방적 대화를 나눌 차례라 트렐레보리에 가 있었고, 마르틴 베크는 콜베리가 여기 없다는 사실을 잠시 잊었다. 마르틴 베크가 한숨을 쉬면 콜베리는 그 뜻을 알아차렸다. 두 사람은 워낙 오래 함께 일했기 때문에 똑같이 생각할 때가 많았다. 보통은 그랬다. 그들은 말없이 생각과 결론으로 소통했다. 물론 늘 그렇기만 한 것은 아니지만.

마르틴 베크가 한숨 쉰 이유를 뇌이드가 알 가능성은 낮아 보였다.

"왜 그럽니까?" 뇌이드가 물었다.

마르틴 베크는 대답하지 않았다.

"살인하기에 지독히 알맞은 장소 아닙니까? 여기가 현장이라면 말이지만. 아마 그렇겠죠."

"부검 후에는 알게 될 겁니다." 마르틴 베크가 말했다.

시신을 발견한 호수 하이커들은 자연을 사랑하는 이들이어서 쓰레기를 버리거나 식생을 훼손하는 짓은 하지 않았다. 하지만 당연하게도 시신 발견 지점 근처를 짓밟고 다녔다. 출동한 경찰관들도 도움이 되지 않았다. 무엇보다 시신은 사 주 가까이 방치된 상태였다. 그동안 날씨는 비가 왔다가 바람이 불었다가 서리가 내렸다가 하며 변덕스러웠다.

감식반의 관점에서 현장은 낙관적인 전망을 주지 못했다. 적어도 태풍 잔해가 있는 곳까지는 길이라고 부를 만한 것이 있었으나, 최근 육중한 임업용 기계가 그 위를 지나간 뒤였다. 그리고 제보에 따르면, 현재의 심란한 지면 상태는 불과 일주일 전에 군인들이 오프로드 차량으로 질퍽한 바닥을 마구 헤집어놓은 결과였다.

현재 그 길은 평범한 승용차로는 진입할 수 없는 상태로 보였다. 하지만 사 주 전에는 가능했을 수도 있었다.

그 장소를 우연히 선택했을까 하는 질문에 대해서는 아니라고 대답하는 게 타당했다.

일대를 상세히 아는 사람은 땅 주인과 이따금 그곳에서 일하는 사람들뿐이었다. 가장 가까운 집은 어느 여름 별장이었는데, 그곳에는 구월 말부터 사람이 없었다.

경찰 살해자

접근하기 어렵고 지나기도 힘든 땅이었다. 차를 돌려 나올 수 있다는 사실을 미리 아는 사람이 아니고서는 아무도 그곳에 차를 몰고 들어갈 생각을 하지 않을 것이다.

반면, 근처에 사는 사람이라면 누구나 그 장소를 우연히 알 기회가 있었다고 보는 편이 합리적이었다.

폴케 벵트손과 시그브리트 모르드는 이곳에서 멀지 않은 곳에 살았다. 그리고 많은 사람이 그렇게 믿는데다가 아직은 딱히 반박할 증거가 없으므로, 일단 벵트손이 범인이라고 가정한다면 시신 발견 장소는 그에게 불리한 사실이었다. 길 상태가 좋았다면 벵트손은 안데르슬뢰브에서 여기까지 십 분이면 올 수 있었다. 게다가 그가 스스로 갔다고 말한 방향과도 대체로 일치했다. 그가 주도로에서 좀더 일찍 빠져나왔다면 그 뒤에는 금방이 숲길로 올라올 수 있었다.

마르틴 베크는 목재 더미에 등을 대고 서서 태풍 잔해 너머의 가문비나무숲을 바라보았다.

"헤르고트, 어떻게 생각합니까? 10월 17일에 누가 여기까지 평범한 차로 들어올 수 있었을까요?"

뇌이드는 사파리 모자를 한쪽으로 비뚜름히 밀고서 뒤통수를 긁었다.

"네." 뇌이드가 대답했다. "가능했을 겁니다. 이 너도밤나무

더미까지는 차를 몰고 올 수 있었을 거예요. 저 태풍 잔해는 탱크로도 지나갈 수 없을 테지만요. 지금도 안 되고 그때도 안 됐을 겁니다. 앉아, 팀뮈! 앉아, 제발! 옳지, 그렇지. 착하지."

현장 조사자들은 훈련된 경찰견인 셰퍼드를 데리고 있었는데, 팀뮈는 그 친구가 뭘 하는지 궁금해서 목줄에 얌전히 매여 있을 수가 없었다.

"왜요, 풀어주세요." 마르틴 베크가 저도 모르게 하품하면서 말했다. "뭔가 찾을지도 모르잖습니까."

"개싸움이 날지도 모르고요." 뇌이드가 말했다.

"보면 알겠죠."

뇌이드가 풀어주자 개는 즉시 땅바닥을 킁킁거리며 돌아다니기 시작했다.

"아이고, 또 우리 뒤꿈치를 물어뜯으려고 오셨습니까." 잠시 후에 에베르트 요한손이 이렇게 말하는 소리가 들렸다.

요한손은 감식반과 함께 일하고 있었다.

"그래, 녀석이 뭐든 발견하면 챙겨둬." 뇌이드가 말했다.

잠시 후 요한손이 그들에게 다가왔다. 오버올을 입고 긴 고무장화를 신은 그는 죽은 나뭇가지들 사이를 천천히 걸어왔다.

"시신이 아주 끔찍하네요." 요한손이 말했다.

마르틴 베크는 끄덕였다. 그는 이런 일을 하도 많이 겪은 나머지 그런 점에 구애되지 않았다. 시그브리트 모르드의 시신은 식욕을 돋우는 모습은 아니었지만 그가 본 시신들 중 가장 역겨운 모습의 근처에도 가지 못했다.

"카메라를 든 여자분이 촬영을 마치면 시신을 옮겨도 됩니다." 마르틴 베크가 말했다. "그 뒤에 개들이 찾아낸 걸 살펴보도록 하죠."

"팀뮈가 요상한 걸 발견했어요." 에베르트 요한손이 정체 모를 덩어리가 든 비닐봉지를 내밀면서 말했다.

"그래요, 원래 있던 식생의 일부로 보이지 않는 건 뭐든지 다 담으세요." 마르틴 베크가 말했다.

"나는 방금 이 걸레를 발견했고요." 뇌이드가 장화 발끝으로 뭔가를 가리키면서 말했다.

"그것도 담읍시다."

그들은 목재 더미를 돌아서 경찰 통제선으로 갔다. 지칠 줄 모르는 기자 몇 명이 지키고 서 있었다.

"지적하고 싶은 점이 하나 있습니다." 뇌이드가 말했다. "나라면 폴케의 고물 차로는 여기 들어올 생각을 하지 않을 거라는 겁니다. 날씨가 좋고 땅이 비교적 마른 때라도요."

"음, 그러면 당신 차로는요?"

"내 차로는 아마 가능했을 겁니다. 군대가 길을 찢어발겨놓기 전에는."

"베르틸 모르드도 이 일대를 잘 알지 않겠습니까?"

"네, 나도 그런 생각이 들더군요." 뇌이드가 말했다.

두 사람은 경찰 통제선을 넘어 나왔다. 뇌이드의 부하 중 한 명이 통제 구역 밖에서 기자들과 말 상대를 해주고 있었다.

아주 평화로운 장면이었다.

"다가가서 시신을 봤어요?" 한 기자가 물었다.

"맙소사, 아니요. 으으." 경찰관이 말했다.

마르틴 베크는 미소를 지었다. 비참하고 비극적인 상황이었지만 그럼에도 소박하고 전원적인 분위기가 있었다. 짙은 의심과 위협적인 경찰봉이 자아내는 우울한 분위기와는 달랐다.

"시신이 알몸입니까?" 그 기자가 마르틴 베크에게 물었다.

"완전히는 아닙니다, 내가 본 바로는."

"하지만 살해당했나요?"

"네, 그런 것 같습니다."

마르틴 베크는 지형과 날씨에 충분히 대비하지 못한 기자들을 보고 말했다.

"부검이 끝날 때까지는 별로 말해드릴 게 없습니다. 저기 시신이 한 구 있습니다. 모든 정황상 시그브리트 모르드인 듯하고, 누가 시신을 숨기려고 한 것 같습니다. 내가 보기에 시신은 옷을 제대로 다 입지 않았고, 폭행을 당했습니다. 계속 오들오들 떨면서 기다리면 우리가 방수포를 덮은 들것을 가지고 지나가는 걸 볼 수 있을 겁니다. 알 수 있는 건 그게 거의 전부일 겁니다."

"고맙습니다." 한 기자가 이렇게 말하는 동시에 몸을 돌려서 몇백 미터 떨어진 곳에 나란히 주차된 차들을 향해 바들바들 떨며 걸어가기 시작했다.

마르틴 베크로서도 알 수 있는 건 그게 거의 다였다.

감식 보고서가 왔고, 부검 결과도 나왔다.

더 알게 된 사실은 별로 없었다.

가장 흥미로운 발견을 한 것은 팀뷔였다. 그 덩어리는 훈제 거위 가슴살이었는데 추적해보니 호수 하이커들이 떨어뜨린 것이었다. 마르틴 베크가 볼 때 여기서 가장 재미난 점은 개가 그걸 먹지 않았다는 점이었다.

면직 걸레는 추적이 되지 않았다.

남은 것은 시그브리트 모르드와 그의 옷과 핸드백이었다.

여자의 손목시계에는 날짜 칸이 있었는데, 날짜는 10월 18일 오전 4시 16분 23초에 멎어 있었다. 태엽을 감지 않은 탓이었다.

시그브리트 모르드는 교살을 당했고, 하복부에 폭행 흔적이 있었다. 세게 한 대 맞은 것처럼 골반 쪽에 타박상이 있었다.

옷 상태는 좀더 흥미로웠다.

코트와 블라우스는 온전한 상태로 시신 옆에 있었다. 반면 치마와 팬티는 찢겨 있었다. 성기가 노출되어 있었고, 브래지어가 한쪽만 벗겨져 있었다.

마르틴 베크는 취조가 트렐레보리에서 이뤄지는데도 계속 안데르슬뢰브에 머물렀다.

그는 감식 보고서를 놓고 궁리하고 있었다. 그 내용은 물론 여러 방향으로 해석될 수 있겠지만 꽤 확실하다고 여겨지는 사실이 하나 있었다.

코트와 블라우스가 온전하다는 것은 여자가 직접 그것을 벗었다는 뜻이다. 그렇다면 그것은 여자가 살인자를 자발적으로 따라갔다는 뜻일 수 있었다.

여자가 정확히 어디에서 죽었는지는 확정할 수 없었다. 아마 진흙 수렁 근처였겠지만 이것은 추측으로 남겨둘 문제였다. 핸드백 내용물은 특이한 점이 없었다.

대부분의 증거가 가리키는바, 여자는 우체국을 떠난 직후에 누군가를 따라서 나중에 시신으로 발견된 그 외진 장소로 갔다가 근처 어디선가 살해되었다.

폴케 벵트손에게 유리한 증거는 어디에도 없었다.

구 년 남짓 전에 살해되었던 로재나 맥그로는 이와 비슷한 상황에서 죽었다.

벵트손은 무심하게 모든 의혹을 부인하기만 했고, 협조할 기미는 눈곱만큼도 없었다.

증거가 조잡하지만, 여론이 벵트손에게 불리하니 그는 아마 유죄 선고를 받을 터였다.

마르틴 베크는 불만스러웠다. 뭔가 아귀가 맞지 않는 데가 있었다. 하지만 뭐지?

어쩌면 베르틸 모르드에 관련된 일일지도 모른다.

마르틴 베크는 그동안 모르드와 그의 수첩을 자주 떠올렸다. 정말 대단히 훌륭한 수첩이었다. 모르드가 108개국을 다니며 찾아낸 최고의 수첩이었다. 모르드는 정말 모든 걸 다 기록했을까? 예를 들어, 트리니다드토바고에서 브라질 출신 급유 담당자를 죽인 일도 거기 적었을까?

마르틴 베크는 모르드와 한 번 더 면담해야 한다는 느낌이 강하게 들었다. 한 번만이라도 더.

그는 또 시그브리트 모르드가 핸드백에 갖고 있던 소지품을 살펴보았다. 예사로운 물건들이었다. 손수건, 두통약 상자, 열쇠 뭉치, 영수증, 빗, 볼펜, 사카린 정제 통, 손거울, 운전면허증, 72크로나가 든 동전 지갑. 그리고 파우더, 립스틱, 마스카라, 아이섀도, 파운데이션 크림이 든 화장품 케이스. 또 피임약이 있었는데, 하루에 한 알씩 먹도록 일주일분이 든 것이었다. 시그브리트는 월요일, 화요일, 수요일에 약을 먹었지만 목요일에는 먹지 않았다. 물론 목요일에 그는 죽었다.

피임약이 무슨 의미가 있을까? 물론 아니었다.

시그브리트 모르드는 서른여덟 살이었고 이혼한 여성이었다. 남자와 잘 일이 사실상 없더라도 피임약을 계속 먹는 게 아주 이상한 일은 아니었다.

그래도.

마르틴 베크는 시그브리트의 집에서 찾은 달력과 편지를 생각해보았다.

그리고 시그브리트의 열쇠고리에는 그가 아는 어떤 자물쇠와도 맞지 않는 열쇠가 하나 있었다.

모르드가 다 털어놓지 않은 이야기가 틀림없이 있을 것 같았다. 마르틴 베크는 다시 말뫼에 가서 모르드가 맨정신일 때 이야기를 한 번 더 나눠보기로 결심했다.

금요일 아침이 좋을 것 같았다. 일찍, 모르드가 하루의 첫 잔을 마시기도 전에.

시그브리트 모르드 사건의 전개 양상이 마음에 들지 않는 사람은 마르틴 베크만이 아니었다. 똑같이 느끼는 사람이 적어도 한 명 더 있었다.

콜베리였다.

렌나르트 콜베리는 마치 십자가를 이고 골고다 언덕을 오르는 사람처럼 제 몫의 수사를 짊어졌다.

폴케 벵트손과의 대화는 갈수록 소득이 없었다. 둘 다 상대와 이야기하는 게 끔찍이 어려웠다. 그들이 입 밖에 낸 말은 탁자 반대편까지 건너갈 부력이 부족하기라도 한 듯 도중에 사라져버렸다.

아직도 콜베리는 벵트손이 정신적으로 이상하다고, 노골적으로 말해서 미쳤다고 생각했다. 하지만 벵트손과 시그브리트 모르드를 잇는 단서가 허약하다고 판단했고, 상황 전체가 모호하다고 보았다. 마르틴 베크보다도 더 그렇게 생각했다. 콜베리는 로재나 사건에 깊이 개입하진 않았다. 벵트손의 머릿속을 억지로라도 들여다보려고 시도하지도 않았었다. 그때는 콜베리가 취조를 주관하지 않았다.

콜베리는 자신이 어쩌면 무고할 수도 있고 상황 파악이 되지 않는 듯한 남자를 의미 없이 괴롭히기만 한다는 느낌이 갈수록 강하게 들었다.

혹은 콜베리가 스스로를 괴롭히고 있는지도 모를 일이었다. 콜베리가 하는 말은 모두 건너편 남자에게 가 닿기 전에 공중에서 분해되는 듯했다.

콜베리는 트렐레보리 경찰 본부에서 일을 볼 때가 많았다. 16일 금요일에도 그곳에서 나오다가 아는 사람과 마주쳤다.

오케 보만이었다.

"안녕하세요." 콜베리가 말했다.

"서로 알은체하지 말아야 할지도 모릅니다. 둘 다 잘릴지도 몰라요." 보만이 말했다.

"나는 상관없어요. 혹시 추천할 식당 있습니까?"

"옌손 주점요. 양껏 먹을 수 있죠."

"그러면 내가 거기서 점심을 사겠습니다."

"제가 사든가요."

"서로 사주면 되겠네요. 딱 좋네. 크리스마스 광풍은 벌써 시작된 것 같군요." 콜베리가 주변을 둘러보면서 말했다.

옌손 주점은 훌륭했다. 콜베리의 의향대로 양껏 배를 채우기에 알맞은 곳이었다.

"여기 음식 양이 많습니까?"

"네. 배부르게 먹을 수 있죠. 맛도 좋고요."

"좋아요."

두 사람은 자리에 앉았다. 콜베리는 메뉴를 신중하게 검토한 후 주문했다.

"술은 안 하십니까?" 보만이 물었다.

콜베리는 상대를 보았다. 보만은 평소처럼 생수를 주문했다.

"하죠, 뭐." 콜베리는 망설이다가 말했다. "크게 한 잔 마셔야지. 여기, 보드카 더블로 주세요."

콜베리와 보만의 관계는 푸짐한 식사와 술과 대화를 필요로 하는 것이었다.

"전부터 우리가 이야기를 나눠봐야 한다는 생각이 가끔 들었습니다. 몇 마디만이라도요." 보만이 말했다.

"나도 마찬가지였어요. 지금은 특히 그렇고." 콜베리가 말했다.

"당신은 제 목숨을 구해줬습니다. 문제는 구할 가치가 있었는가 하는 거죠. 그때 저는 진심으로 죽고 싶었습니다. 이후에도 여러 번 그랬습니다."

"나는 선택지가 없었어요. 그 상황에서는 달리 어떻게 할 수가 없었습니다. 당신이 먹은 약이 뭐였죠?"

"베스파락스."

"맞다. 요즘은 그 약을 좌약 형태로만 판다는 걸 어디서 읽었어요. 영리하기도 하지. 사람들이 똥구멍으로는 자살을 못 하는 줄 아나."

보만이 슬프게 웃었다.

"묻고 싶은 게 하나 있습니다." 콜베리가 말했다.

"뭔가요?"

"당신은 거의 완벽하게 빠져나갈 뻔했지요. 훌륭한 여성과 결혼을 앞두고 있었고요. 어쩔 생각이었습니까? 그냥 그 일을 잊고 살 생각이었습니까?"

"아니요." 보만이 대답했다. "저는 아페를 죽였을 때 내 인생을 망쳤습니다. 처벌을 모면할 수는 있었겠지만 그 일을 잊고 살 수는 없었을 겁니다. 지금은 그걸 압니다."

"보만." 콜베리가 말했다.

"군나르손이라고 불러도 됩니다. 이젠 더는 상관없습니다."

"내게 당신은 오케 보만입니다. 내가 하나 알려주죠. 나도 사람을 죽여봤습니다. 대부분의 사람들이 모르는 사실이죠. 혹시 듣고 싶다면 자세히 이야기할 수도 있습니다."

오케 보만은 고개를 저었다.

"좋아요. 자세한 건 빼죠. 사실 나도 별로 말하고 싶지 않아요. 당신도 그 기분을 알겠죠. 그 일을 없는 셈치고 살 수는 없습니다. 모든 게 변한 듯 느껴지죠. 결코 극복되지 않습니다. 나는 심지어 질책조차 받지 않았어요. 그때 상사는 나를 칼 12세에 비기기까지 했다니까요."

콜베리가 공허하게 웃었다.

"사실 나는 경찰관인 게 싫습니다. 그리고 아마 오래 버티지

경찰 살해자

못할 겁니다. 내 말 잘 들어요. 나를 살린 건 좋은 아내와 귀여운 두 아이예요."

"저도 그런 쪽으로 생각해보기는 했습니다." 보만이 말했다. "하지만 감히 그럴 수가 없어요."

청어와 감자 요리가 나왔다.

콜베리는 열심히 먹었다.

보만은 식욕이 콜베리만 못했지만 동행에게 감화되어 나름 대로 열심히 먹었다.

"사건에 대한 의견을 듣고 싶습니까?" 콜베리가 물었다.

"그렇기도 하고 아니기도 합니다."

"말해드리죠, 공짜로. 나는 벵트손이 제정신이 아니라고 생각하지만, 그래도 그는 죄가 없다고 봅니다. 원한다면 기사에 쓰세요. 나는 거의 확신합니다."

"우리가 친구가 될 수 있을까요?" 보만이 물었다.

"이미 친구예요."

콜베리가 술잔을 들었다.

"건배."

보만은 물을 마셨다.

긴 점심 식사였다. 콜베리가 술을 더 마시진 않았지만 두 사람은 오래 이야기를 나누었다.

온갖 주제에 대하여.

두 사람은 마주 앉아 있었다. 살인자와 살인한 적 있는 경찰
관이.

그들은 서로를 이해했다.

어쩌면 그들은 친구가 될지도 모른다.

"당신이 나를 살렸습니다." 보만이 말했다.

"그랬죠. 내가 어떻게 하면 좋았을까요?"

"모르겠습니다."

"원한다면, 내가 한 말을 토씨 하나 빠뜨리지 않고 다 써도
됩니다."

"그러면 당신은 곤란해질 겁니다."

"털끝만큼도 신경 쓰지 않아요." 콜베리가 말했다. "진심입
니다."

콜베리는 갑자기 해방감을 느꼈다.

그는 초콜릿 소스를 얹은 아이스크림까지 다 먹어치웠다.

"나는 너무 뚱뚱해요." 콜베리가 말했다.

"저는 그렇게 생각하지 않는데요."

"당신은 너무 말랐어요."

"어쩌면요. 이 모든 일에도 불구하고, 저는 가끔 꽤 괜찮다고
느낍니다."

경찰 살해자

"이 모든 일에도 불구하고."

"집이 이 근처예요." 보만이 말했다. "혹시 들렀다 가시겠습니까? 여기서 오 분밖에 안 걸립니다."

"좋습니다."

"우리는 둘 다 잘릴 거예요."

"무슨 상관이람?"

보만의 집은 쾌적했다.

탁자 위 전화기 옆에 사진 액자가 있었다.

콜베리는 한눈에 알아보았다.

야외에서 찍은 사진이었다. 여자는 머리를 뒤로 젖히고 사진사를 보며 웃고 있었다. 금발 머리카락이 바람에 헝클어져 있었다.

"안루이즈, 맞죠?"

"제게 일어난 가장 좋은 일이었습니다. 지금은 결혼했답니다. 좋은 남자라고 들었습니다. 아이가 둘 있대요. 남자애랑 여자애." 보만이 불쑥 덧붙였다. "젠장."

두 사람은 두 시간 동안 대화를 나누었다.

온갖 주제에 대하여.

사람을 죽인 적 있는 두 남자가.

16.

베르틸 모르드의 집에는 바뀐 게 거의 없었다. 코를 찌르는 술 냄새와 빨지 않은 침구도 그대로였다. 작고 꾀죄죄한 집이 어둠에 반쯤 잠긴 것도 같았다. 심지어 모르드는 저번에 입었던 옷을 똑같이 입고 있었다. 러닝셔츠와 오래된 선장 바지였다.

연기를 내뿜어 그 집의 꾀죄죄하고 불결한 분위기를 개선하는 데 하등의 도움이 되지 않는 낡은 등유난로만이 유일한 혁신이었다.

그래도 모르드는 정신이 맑았다.

"안녕하십니까, 모르드 선장님." 마르틴 베크는 깍듯이 인사했다.

"안녕하시오." 모르드가 말했다.

경찰 살해자

손님을 노려보는 그의 흰자위에 건강하지 않아 보이는 노란 막이 덮여 있었다. 그러나 그의 갈색 눈은 또렷하고 냉혹했다.

"원하는 게 뭐요?"

"잠시 이야기를 나누고 싶습니다."

"나는 이야기 나누고 싶지 않아."

모르드가 연기를 피우는 등유난로를 발로 차면서 이어 말했다.

"어쩌면 댁이 이놈을 고쳐줄 수 있을지도 모르겠군. 이놈이 제대로 작동하질 않아서 밤에는 이가 딱딱 떨리게 추워. 나는 기계에 소질이 없어."

마르틴 베크는 고대 유물처럼 보이는 난방기를 살펴보았다. 이런 물건을 얼마 만에 보는지도 알 수 없었다. 이론상으로는 휴대용 석유난로와 같은 구조인 듯했다.

"더 나은 난로를 새로 구입하셔야 할 것 같습니다." 마르틴 베크가 말했다.

"그럴지도." 모르드는 무관심하게 대답했다. "그래서, 나랑 무슨 얘기를 하고 싶나?"

마르틴 베크는 바로 입을 열지는 않았다. 대신 의자에 앉았다. 항의가 터져 나오리라고 예상했지만 모르드는 푹 한숨을 쉬고 자신도 앉았다.

"술 드시겠나?"

마르틴 베크는 고개를 흔들었다. 모르드가 제안한 술은 저번에 봤던 것과 같은 물건이었다. 파괴적인 영향력을 지닌 불법 러시아 보드카였다. 하지만 이번에는 탁자에 병이 하나뿐이었고 뚜껑도 안 딴 상태였다.

"그래, 안 한다고 했지."

"이 물건은 어디서 구했습니까?" 마르틴 베크가 파란색 라벨이 붙은 술병을 보면서 물었다.

"댁이 알 바 아냐."

"네, 제가 알 바는 아니죠."

"750밀리리터짜리 위스키에 15달러나 받아 처먹는 나라에서 살기는 정말 힘들어." 모르드가 심오하게 말했다.

"전부인이 발견됐다는 소식을 들으셨을 것 같습니다만."

"들었어." 모르드가 말했다. "내게도 소식이 닿았지."

그가 숙련된 몸짓으로 술병 마개를 비틀어 따고 뚜껑을 바닥에 던졌다.

술을 유리잔에 반쯤 부은 그는 그것이 살아 있는 생명이나 불꽃이라도 되는 양 한참을 응시했다.

"이상한 건 나도 마시고 싶지 않다는 거야." 모르드가 말했다.

그러고선 그는 작게 한 모금 마셨다.

경찰 살해자

"게다가 죽을 만큼 아파. 술 마시다가 뒈지려고 해도 아파서 못 한다니. 이게 술꾼의 저주겠지."

"그래서, 전부인 일을 아시는군요?"

"그래. 누가 수고를 들여서 내게 알려준 건 아냐. 하지만 내 술집에서 일하는 여자들이 빌어먹을 신문을 읽거든."

"슬픕니까?" 마르틴 베크가 물었다.

"뭐?"

"슬픕니까? 전부인이 죽은 게 애석합니까?"

모르드는 천천히 고개를 저었다.

"아니." 그가 한참 뒤에 대답했다. "오랫동안 갖지 못했던 것이 사라졌다고 해서 애석하진 않지. 다만……."

"다만?"

"시그브리트가 세상에 존재하지 않는다는 게 희한하게 느껴져. 시그브리트가 나보다 먼저 뒈질 줄은 꿈에도 몰랐거든. 그럴 줄 꿈에도 몰랐던 사람을 또 한 명 알지."

"누굽니까?"

"시그브리트. 시그브리트는 오래전부터 나를 죽은 사람 취급해왔어."

"언제부터 그랬나요?"

"내가 시그브리트에게 돈을 주지 않은 순간부터."

마르틴 베크는 아무 말 하지 않았다.

"하지만 내 안에는 아직 생명이 많이 남아 있어." 모르드가 말했다. "몇 년은 더 갈 것 같아."

그가 음산하게 마르틴 베크를 보다가 이어 말했다.

"몇 년. 얼마나 길지는 악마만 알겠지. 이 시궁창에서."

그가 일종의 분노에 사로잡혀서 보드카를 털어 넣고 말했다.

"복지국가라니. 전 세계에서 그 소리를 들었단 말이야. 그런데 실제로 이 똥통 같은 나라를 보면, 어떻게 그런 거짓말과 프로파간다를 세상에 퍼뜨릴 수 있었는지 이해가 안 된다니까."

모르드가 다시 잔을 채웠다.

마르틴 베크는 어째야 좋을지 알 수 없었다. 그는 모르드가 맑은 정신으로 분별력을 유지하기를 바랐지만, 또한 그가 기분이 좋기를 바랐다.

"너무 많이 드시진 마십시오." 마르틴 베크가 시험 삼아 말해보았다.

"뭐?"

모르드는 어리둥절한 듯했다.

"씨발, 방금 뭐라고 했어? 내 집에서?"

"술을 그렇게 많이 드시면 안 된다고 말했습니다. 건전한 충고 아닙니까. 저는 선장님과 얘기하고 싶은 게 있고, 조리 있는

답을 듣고 싶습니다."

"조리 있는 답? 이 똥통 같은 상황에서 어떻게 조리 있게 답하나? 그리고 이 멋진 복지국가에서 죽을 때까지 술이나 처마시는 인간이 나 하나뿐인 줄 알아?"

마르틴 베크는 그 딜레마에 빠진 사람이 모르드 하나만이 아니라는 사실을 너무 잘 알았다. 스웨덴 인구 중 적잖은 수는 술과 마약만을 탈출구로 여겼다. 나이 든 사람들뿐 아니라 젊은 사람들도 그랬다.

"댁도 내 빌어먹을 식당인가 뭔가 하는 데 와서 늙은이들을 한번 봐야 해. 좆같은 점은 그 인간들 중에도 술 마시는 게 재미있는 사람은 한 명도 없다는 거야. 전혀. 술 마시는 건 그저 가스를 틀었다가 정신이 혼미해지면 잠그고, 정신이 돌아오면 다시 밸브를 열고, 그러는 정도로나 재미있을 뿐이야."

모르드는 더러운 술잔을 무겁게 바라보았다.

"예전에는 술 마시는 게 재미있었지. 옛날에는. 그땐 달랐어. 예전엔. 끝내주게 재미있을 때도 많았어. 하지만 여기서는 아니었어. 다른 나라에서."

"이를테면 트리니다드토바고에서?"

모르드는 전혀 타격을 입지 않은 듯했다.

"그래, 그걸 캐내셨구먼. 잘했네. 나는 이제 큰일 났네. 댁이 그걸 알아낼 줄은 몰랐군."

"아, 우리는 많은 걸 알아냅니다. 사실 대부분의 일을 알아내지요." 마르틴 베크가 말했다.

"글쎄, 이 동네에 돌아다니는 짭새들을 보면 그 말이 안 믿기는데. 대체 왜 사람을 쓰는지 모르겠다는 생각이 들 때도 있다니까. 코펜하겐 티볼리 유원지에는 관람객이 동전을 넣으면 총을 뽑아서 쏘는 기계 인간이 있어. 그놈을 손보면, 다른 팔을 들어서 경찰봉을 내려치도록 만들 수 있을 거야. 그리고 녹음기로 이 말을 반복하게 하는 거지. '왜 소란이야?'"

마르틴 베크는 웃었다.

"그것도 한 방법이겠군요."

마르틴 베크는 사실 경찰 인력 재편에 대한 베르틸 모르드의 제안을 청장이 들으면 어떻게 반응할까 하는 생각에 웃은 것이었다.

하지만 그 생각은 속에만 두었다.

"나는 운이 좋았어." 베르틸 모르드가 말했다. "개새끼였지만 그래도 사람을 죽이고 벌금 4파운드만 냈으니. 다른 나라였다면 교수형을 당할 수도 있었을 거야."

"어쩌면요."

"물론 여기서는 아니었겠지. 하지만 이 나라에는 대신 빈둥

경찰 살해자

거리면서 남들의 인생을 망치는 도둑들이 있잖아. 그놈들은 벌금 4파운드도 안 내. 주지사 따위가 되어설랑은, 공짜 비행기로 리히텐슈타인이나 쿠웨이트에 있는 자기 은행 계좌를 보러 다니지. 리히텐슈타인이나 쿠웨이트가 나쁘다는 말은 아냐. 좋은 나라야. 둘 다."

모르드가 갑자기 신음하면서 오른손으로 옆구리를 눌렀다.

"괜찮습니까?" 마르틴 베크가 물었다.

"아니. 하지만 금방 괜찮아져."

모르드는 술잔을 들어 절반을 마셨다.

그는 거칠게 씨근씨근 숨을 쉬었다. 마르틴 베크는 기다렸다. 잠시 후 모르드의 표정이 편안해졌다.

"댁은 시그브리트 이야기를 하고 싶다고 했지. 좋아. 시그브리트는 옆집에 사는 성범죄자에게 살해당했고, 당신들이 그놈을 잡아서 정신병원에 처넣었잖아. 당신들이 잡지 않았다면 내가 직접 내 손으로 그 새끼를 죽였을 거야. 댁이 내 수고를 덜어줬지. 그 외에 더 할 말이 뭐가 있지?"

"코펜하겐에 갔던 일 말입니다."

"살인자를 잡았잖아, 젠장."

"아직 확신이 들지 않아서요. 10월 17일에 코펜하겐에 갔다고 하셨죠?"

"그래."

"열차 연락선 말뫼후스로?"

"그래. 그리고 승무원들이 나를 봤어. 식당 급사도 갑판원도, 둘 다."

"하지만 그들은 그게 확실히 그 날짜였는지는 모르겠다고 합니다. 그게 문젭니다."

"나더러 어쩌라고?"

"음, 코펜하겐에서 뭘 하셨습니까?"

"술집을 전전하면서 코가 비뚤어지도록 마셨어. 집에 어떻게 돌아왔는지도 기억이 안 나."

"들어보십시오, 모르드 선장님. 저번에 제게 앞쪽 식당에 앉아 있었다고 말씀하셨습니다. 전에는 일등석 손님용 흡연실이었던 방이죠."

"맞아. 선체 중앙부 테이블에 앉았지. 종 바로 뒤에."

"저도 그 자리에 앉아본 적 있습니다. 시야가 탁 트여서 아주 멋지죠."

"그래, 거의 선교에 서 있는 것 같지. 그래서 내가 거기 앉는 걸 좋아하는 것 같아."

"선장님은 뱃사람이고 숙련된 관찰자죠. 항해중에 뭔가 특별한 일이 있었습니까?"

"바다에선 늘 일이 벌어지지. 하지만 말해줘봐야 댁에게는 아무 의미 없을걸."

"너무 확신하진 마십시오."

모르드가 뒷주머니에 손을 넣어서 낡은 가죽 수첩을 꺼냈다.

"어쨌든 바다에 나갔잖아. 비록 짐짝처럼 앉아 있기만 했지만. 여기 기록이 있어. 흥미로운 일이 있으면 뭐든지 일지에 적어두거든. 취해서 인사불성이 됐을 때는 빼고."

모르드가 수첩을 넘겨서 특정 부분을 펼쳤다.

"여기 있네. 열차 연락선 말뫼후스, 말뫼 연락선 승선장 1973년 10월 17일 11시 45분 출발. 16노트, 추정. 코펜하겐행. 도중에 만난 배들도 적어뒀어."

"아?"

"만난 배를 일지에 적는 건 어린애도 아는 일이잖아."

"잠시만요."

마르틴 베크는 평소에는 현장에서 쓸 일이 거의 없는 종이와 펜을 꺼냈다.

"11시 55분, 기선 외레순드, 말뫼 항 방향."

"네, 그 배는 매일 운항하죠."

"그런 것 같아. 정기선이지. 12시 37분, 기선 그리펜, 상동. 정기 연락선이지. 이름 옆에 '푸른 리본'이라고 써났네. 하지만 대서양의 푸른 리본*을 뜻하는 건 아냐."

"그럼 무슨 뜻입니까?"

"음, 선체에 푸른 리본이 그려져 있었다는 뜻이지."

"그게 특별합니까?"

"예전에는 리본이 초록색이었거든. 해운 회사가 색깔을 바꿨나 봐. 12시 55분이 더 흥미로워. 뤼나트킨다르라는 화물선. 페로 제도 깃발."

"페로 제도요?"

"그래, 자주 볼 수 있는 게 아니지. 그다음에는 수중익선 두 대를 지나쳤어. 13시 05분과 13시 06분, 스발란하고 퀸오브웨일스. 그다음에는 랑엘리니에에서 이탈리아 구축함을 봤고, 코펜하겐 항에서 독일 소형 화물선 두 채를 봤다고 적어놨네. 그게 끝이야."

"이름을 받아 적겠습니다." 마르틴 베크가 말했다. "수첩 좀 봐도 될까요?"

"싫어. 하지만 철자를 불러주지."

모르드는 페로 제도 깃발을 달고 있던 배의 이름을 불러주었다.

---

* 대서양 횡단 정기 여객선 중 최고 평균 속력을 낸 배에게 주어진 비공식 칭호.

경찰 살해자

마르틴 베크는 물론 벤뉘 스카케에게 확인해보도록 시킬 것이다. 하지만 마음속에서는 이미 베르틸 모르드의 알리바이가 성립하리라고 믿었다.

아직 그가 얘기하고 싶은 주제가 남았다.

"죄송하지만 질문을 몇 개 더 하겠습니다." 마르틴 베크가 말했다. "폴케 벵트손이 전부인 옆집에 산다는 사실을 어떻게 아셨습니까?"

"시그브리트가 직접 말해줬으니까."

"적어도 일 년 반 전부터 그 집에 가지 않았다고 말씀하셨죠. 벵트손은 일 년 전에 이사 왔습니다."

"내가 거기 가서 들었다고 누가 그래? 시그브리트가 여기 왔었어. 내게서 돈을 좀 얻으려고. 줬지. 아직 시그브리트를 좋아했으니까. 시그브리트한테 딴것도 해줬지. 여기 이 바닥에서. 절정에 올랐을 때 돼지처럼 꽥꽥 소리 지르더군. 그때 그 성범죄자 이야기를 들었어. 사실 그때가 시그브리트를 마지막으로 본 거였어."

모르드가 바닥을 묘한 눈으로 내려다보았다.

"개새끼." 그가 말했다. "시그브리트의 목을 졸랐다고 했지? 그 새끼는 지금 어디 있나?"

"그 얘기는 하지 마시죠."

"망할, 그러면 무슨 얘기를 하자는 거야? 창녀 얘기? 댁은 갈보집에 관심이 많았지. 주소를 알려줄까?"

"됐습니다."

베르틸 모르드가 다시 신음하면서 오른쪽 옆구리 갈비뼈 밑을 주먹으로 세게 눌렀다. 그가 보드카를 좀더 따라서 꿀꺽 삼켰다.

마르틴 베크는 기다렸다가 말했다.

"모르드 선장님, 당신이 명백하게 거짓말하고 있는 대목이 하나 있습니다."

"오늘 내가 거짓말을 하나라도 했다면 벼락을 맞겠어. 오늘이 며칠이지?"

"11월 16일 금요일입니다."

"일지에 적어둬야겠군. 거짓말 안 한 날. 물론 하루가 아직 안 끝났지만."

"선장님은 자신이 돔메에 발길을 끊은 뒤에 그 동네에 벵트손이 이사 왔다고 말씀하셨는데요. 하지만 벵트손은 그곳에서 선장님을 두 번 봤다고 말했습니다."

"그거야말로 새빨간 거짓말이야. 나는 거기 발도 들여놓지 않았어."

마르틴 베크는 손가락으로 이마 가장자리를 문지르면서 생각해보았다.

"혹시 전부인이 카이라는 사람을 만났는지 아십니까?"

"그거 무슨 농담인가? 시그브리트가 부두에서 그 짓을 했다 이거야?"*

"아닙니다. 농담이 아닙니다."

"그런 이야기는 못 들었어. 게다가 나는 시그브리트가 딴 남자를 만나는 걸 견디지 못했을 거야."

"카이라는 이름을 가진 사람을 아십니까?"

"직접 아는 사람은 없어. 언젠가 그런 이름의 사람을 만났던 것 같긴 한데, 그건 시그브리트와는 관계없는 일이었어. 아무튼 우라지게 한심한 이름이야."

"벵트손이 왜 거짓말했는지 모르겠습니다. 그는 그 집에서 당신을 두 번이나 봤다고 확신하던데요."

"뻔하지." 모르드가 말했다. "그놈이 미친 거지. 여자를 둘이나 목 졸라 죽인 놈이잖아. 그런데 댁은 경감인가 뭔가라면서 그놈이 왜 거짓말했을까 모르겠다는 소리나 지껄이는군."

모르드가 바닥에 침을 뱉었다.

"흥, 내가 아까 말한 자동기계가 더 나은 경찰이 되겠어."

---

* 스웨덴어 '카이(kaj)'는 부두를 뜻한다.

갑자기 마르틴 베크의 머릿속에서 사실들의 앞뒤가 맞아 들어갔다.

너무 늦은 것 같기는 했다.

"모르드 선장님, 어떤 차를 모십니까?"

"사브. 녹색 고물 차. 탄 지 육 년 됐어. 저 바깥 어디에 당장 35크로나 뇌물을 바치라고 적힌 딱지를 끼운 채로 서 있을걸. 운전할 수 있을 정도로 정신이 말짱한 적이 별로 없어서."

마르틴 베크는 한참 남자를 보았다.

모르드는 말이 없었다.

일 분쯤 지나서 마르틴 베크가 먼저 침묵을 깼다.

"이제 가보겠습니다. 아마 다시 오는 일은 없을 겁니다."

"나야 좋지."

"희한하게도 저는 어떤 면에서 당신이 마음에 듭니다. 인내심을 발휘해줘서 고맙습니다." 마르틴 베크가 말했다.

"댁이 나를 좋아하든 말든 나는 좆도 상관없어."

"제가 솔직하게 조언 하나 해도 되겠습니까?"

"해보시지."

"술집을 포함해 가진 것을 싹 다 파세요. 현금으로 바꿔서 여기를 떠나십시오. 파나마나 온두라스로 가는 비행기표를 사서 그곳에서 배를 타십시오. 설령 항해사로 계약해야 하더라도."

모르드가 짙은 갈색 눈으로 마르틴 베크를 보았다. 그 눈은 한순간에 광기에서 완벽한 침착함으로 바뀌었다.

"그것도 한 방법이겠군." 모르드가 말했다.

마르틴 베크는 문을 닫고 그 집을 나왔다.

마르틴 베크는 늘 철저하기 때문에, 벤뉘 스카케에게 배에 관한 모르드의 이야기가 사실인지 확인해보라고 지시할 터였다.

하지만 그건 이제 그다지 중요한 문제가 아니었다.

폴케 벵트손은 돔메 집에서 베이지색 볼보를 탄 남자를 봤다고 했다. 두 번.

그 남자는 베르틸 모르드가 아니었다.

17.

마르틴 베크는 안데르슬뢰브로 돌아와서 경찰서로 갔다. 헤르고트 뇌이드와 이야기하고 싶었다.

경찰서에는 나막신을 신고 낡은 모피 모자를 두 손으로 비틀며 선 웰 노인만 있었다. 뇌이드의 사무실 문이 살짝 열려 있기에, 마르틴 베크는 문을 더 열고 들여다보았다. 비서 브리타가 책상 앞에 서서 서류를 뒤지고 있었다.

"헤르고트는 볼일이 있어서 휘싱에 갔어요. 한 시간 뒤에 돌아올 거래요."

마르틴 베크는 문간에 서서 생각했다. 누군가와 대화하고 싶었는데, 한 시간이나 기다리고 싶진 않았다. 일하는 콜베리를 부를 수도 없었다.

"저는 트렐레보리로 간다고 전해주십시오." 이윽고 마르틴 베크가 말했다. "저녁에 돌아오겠습니다."

마르틴 베크는 방문을 닫고 택시를 부르기 위해서 바깥 대기실에 있는 전화로 갔다. 나막신을 신은 노인이 모자를 카운터에 내려놓았다.

"실례합니다." 노인이 말했다. "운전면허증을 받고 싶은데요."

마르틴 베크는 고개를 저었다.

"저는 도와드릴 수 없습니다."

"겨우 마차 면허인걸요." 노인이 호소했다.

"비서에게 얘기해보세요." 마르틴 베크는 이렇게 말하면서 전화기를 들었다.

노인이 어찌나 낙담하고 슬픈 표정인지 마르틴 베크는 안됐다는 기분이 들었다.

"비서가 곧 나올 겁니다. 그분이 해결해줄 거예요."

마차 운전면허증이라, 그는 생각했다.

그런 게 있었나?

택시 운전사는 보기 드문 타입, 즉 말이 없는 타입이었다.

운전사는 운전을 하고, 마르틴 베크는 생각을 했다. 마르틴 베크는 자신이 시그브리트 모르드의 애인이었던 남자에 대해서 뭘 아는지 정리해보았다.

그의 이름은 카이다.

그는 공책에서 찢은 것처럼 보이는 종이에 짧은 메모를 써서 시그브리트에게 주었다. 그 메시지를 어떻게 보냈을까? 우편으로는 절대 아니었다.

그는 아마 남동생이 있고 시쉬라는 이름을 가진 여자와 결혼한 상태다.

그는 시그브리트를 목요일에 만났다. 가끔 다른 요일에 만날 때도 있었지만, 목요일은 고정이었다. 목요일이 휴일일 때는 빼고. 그리고 유월과 칠월은 빼고. 어쩌면 그가 그때 연례 휴가를 떠났을 수도 있다. 그들은 팔월에는 이례적으로 자주 만났다. 그때 아내가 잠시 시골에 내려가서 그가 혼자 지내고 있던 게 아닐까?

그는 베이지색 볼보를 갖고 있을 가능성이 있다.

그는 시그브리트를 시계라고 불렀다.

수사의 실마리가 될 내용은 별로 없었다.

마르틴 베크는 시그브리트 모르드의 핸드백에서 찾은 열쇠, 그가 아는 어느 자물쇠와도 맞지 않던 열쇠를 떠올렸다. 시그브리트가 직장에서 열쇠를 쓰지 않았다는 사실은 헤르고트가 확인해주었다. 그 열쇠는 카이의 집 열쇠일까? 아니면 두 사람은

경찰 살해자

따로 밀회 장소가 있었을까?

마르틴 베크는 의문이 많았지만, 대부분은 손으로 쓴 두 장의 메모와 시그브리트의 달력에 적힌 알파벳 K를 근거로 추측한 내용에 지나지 않았다.

그 알파벳은 전혀 다른 뜻일지도 모른다. 저녁 kväll? 시그브리트가 저녁 근무 하는 날이라는 뜻이었을까? 강좌 kurs? 시그브리트가 성인 강좌 같은 걸 들었을까? 하지만 집에는 그런 사실을 암시하는 단서가 없었으려니와 시그브리트를 아는 사람들도 그런 이야기는 언급하지 않았다. 마르틴 베크는 광장에서 택시를 내려 시그브리트 모르드가 일했던 페이스트리 가게 겸 커피숍까지 짧은 거리를 걸어갔다.

그곳은 인기 있는 가게인 모양이었다. 베이커리 코너에 손님이 가득했고 카페도 테이블마다 사람이 있었다.

마르틴 베크는 카운터에서 일하는 여자들 중 누가 책임자인지 알아보려고 잠시 지켜보았다. 하지만 쉴 새 없이 손님이 들어왔고, 직원들은 몹시 바빠 보였다. 결국 마르틴 베크는 줄을 서서 차례를 기다렸다.

주인은 오십 대 여자였다. 포동포동하고 쾌활하고 엄마 같은 분위기의 여자로, 늘 갓 구운 빵과 머랭과 바닐라 크림 냄새를 풍기며 다닐 것 같은 인상이었다.

여자는 주방 뒤 작은 사무실로 그를 안내했다.

"시그브리트 일은 정말 너무 안됐어요. 걔가 갑자기 그런 식으로 사라졌을 땐 저도 오해했죠. 시그브리트에게 그런 끔찍한 일이 벌어졌을 거라곤 전혀 생각지 못했으니까요."

"어떤 사람이었습니까?" 마르틴 베크가 물었다.

"시그브리트요? 좋은 애였죠. 똑똑하고 양심적이고 성격이 정말 좋고요. 다들 시그브리트를 좋아했어요. 함께 일하는 직원들도 그렇고 모두가. 손님들도요."

"그가 여기서 일한 지 얼마나 됐었나요?"

"아, 오래됐어요. 제일 오래 일한 직원이었거든요. 그러니까……."

여자가 눈을 감고 생각했다.

"십이 년." 이윽고 여자가 말했다. "1961년 가을부터 일했으니까요."

"그렇다면 그를 잘 아시겠네요. 시그브리트가 자기 사생활을, 이를테면 결혼 생활 이야기를 한 적이 있습니까?"

"아, 그럼요. 하지만 특이한 결혼이었잖아요. 시그브리트가 그 남자랑 이혼했을 때 저는 잘했다고 생각했어요. 집에 붙어 있지도 않는 남자였으니까요."

"그가 혹시 다른 남자를 사귀었는지 아십니까?"

경찰 살해자

여자가 포동포동한 두 손을 척 펼치면서 말했다.

"시그브리트는 그런 애가 아니에요. 걔는 남편에게 충실했어요. 그건 제가 확실히 말씀드릴 수 있어요, 경감님. 남편이 만날 바다에 나가 있고 아무 쓸모 없는 사람이었는데도요. 제가 보기에는 그랬어요."

"이혼한 뒤에 말입니다."

"음, 시그브리트는 아직 젊고 예뻤으니까, 사실 다른 남자를 만나지 않는 게 이상했죠. 하지만 제가 아는 한은 사귄 사람이 없어요."

"시그브리트는 여기서 무슨 일을 했습니까? 카운터 일을 봤나요, 테이블 담당이었나요?"

"둘 다요. 어느 쪽이 일손이 더 많이 필요한가에 따라서 직원들이 번갈아 일해요. 가끔은 가게에 할 일이 많고 가끔은 카페에 손님이 많아서 최소한 둘 이상이 주문을 받아야 하거든요."

"시그브리트는 근무시간이 어떻게 됐습니까?"

"그때그때 달랐어요. 우리는 밤 10시에 닫거든요. 그래서 직원들이 교대 근무를 해요."

"그러면 목요일 저녁은요, 그때도 일했습니까?"

여자가 놀란 눈으로 마르틴 베크를 보며 고개를 흔들었다.

"아뇨. 목요일은 시그브리트가 저녁 근무를 하지 않는 날이었어요. 물론 다른 요일에도 저녁에 쉴 때가 있었지만 좌우간 목요일에는 늘 쉬고 싶어 했어요."

"시그브리트가 직접 그렇게 요청했나요?"

"네, 맞아요. 하지만 다른 직원들이 쉬고 싶어 하는 금요일과 토요일에는 오히려 기꺼이 일하려고 했지요."

마르틴 베크는 잠시 말이 없었다. 그러다가 책상에 놓인 전화기를 보고 물었다.

"시그브리트가 여기서 사적인 용도로 전화를 쓴 적이 있나요?"

"아뇨, 한 번도. 저는 직원들이 직장에서 사적인 통화를 하는 걸 허락하지 않아요. 그래도 당연히 가족에게 급한 일이 생겼다거나 하는 일이 가끔 있잖아요. 시그브리트는 그런 일로도 전화를 쓴 적이 없었어요."

갑자기 여자가 마르틴 베크를 보며 이맛살을 찌푸렸다.

"경감님, 이런 건 왜 물으시죠? 시그브리트를 죽인 미친 남자를 벌써 체포하셨잖아요. 이런 질문이 무슨 소용이죠?"

"아직 깨끗하게 정리되지 않은 문제가 몇 가지 남아 있어서요." 마르틴 베크가 말했다. "우리는 시그브리트가 만나던 남자가 있다고 보는데, 그를 찾고 싶습니다."

여자가 고개를 저었다.

경찰 살해자

"제 생각은 달라요. 시그브리트는 늘 말이 많고 개방적이었어요. 만약 누군가를 만났다면 틀림없이 말했을 거예요."

"그러면 시그브리트를 만나러 여기 온 사람도 없었다는 겁니까? 근무 후에 태우러 온 사람도?"

여자가 또 고개를 저었다.

"잘 생각해보십시오." 마르틴 베크가 말했다. "중요한 문제일 수도 있습니다."

"아니요, 없었어요."

"시그브리트가 카이라는 이름을 언급하는 걸 들은 적은?"

"없어요, 전혀."

"시그브리트가 누군가를 자기 차에서 만나는 걸 본 적도 없고요?"

역시 절레절레.

"제가 여기 직원들과 이야기를 나눠봐도 되겠습니까? 오래 끌지 않겠다고 약속드리죠."

"네, 괜찮을 것 같아요." 여자가 말했다. "여기 계시면 제가 애들을 보낼게요. 주방에서 일하는 요한손 부인도 만나고 싶으신가요?"

"네." 마르틴 베크가 대답했다. "괜찮으시다면 모두와 얘기해보고 싶습니다. 직원이 몇 명이나 됩니까?"

"다섯 명. 아니, 네 명요. 시그브리트의 빈자리를 채워야겠죠. 그리고 주방에서 커피랑 샌드위치를 만드는 직원이 있어요. 물론 빵 굽는 직원들도 있는데 그 공간은 여기서 두 블록 떨어진 다른 건물에 있어요."

여자가 일어서서 문을 열자 주방으로부터 갓 구운 빵과 커피 향기가 흘러들었다.

주방에서는 백발과 새빨간 손을 가진 야윈 여성이 샌드위치 곁들이를 만들고 있었다. 여자가 귤 한 조각, 올리브 하나, 칵테일 체리 하나를 이쑤시개에 꽂은 뒤 그 전체를 양상추에 올려진 두꺼운 칼브쉴타*에 푹 찌르는 것을 보고 마르틴 베크는 감탄했다.

주인이 쟁반을 들고 돌아와서 마르틴 베크 앞에 내려놓았다.

커피, 그리고 페이스트리와 과자가 푸짐하게 얹힌 접시였다.

"맛있게 드시면 좋겠어요." 여자가 말했다. "곧 울라가 올 거예요."

마르틴 베크는 배가 고프다는 걸 깨달았다. 평소에 과자도 기름기 많은 페이스트리도 좋아하지 않는 그였지만, 울라라는 직원이 오기 전에 접시를 싹 비웠다.

---

* 칼브쉴타는 송아지 고기를 익힌 후 젤리처럼 굳힌 것으로, 차게 먹는다.

경찰 살해자

그는 직원 네 명을 면담한 뒤 마지막으로 창의적인 주방장 요한손 부인과도 이야기를 나누었다.

시그브리트 모르드에 대한 직원들의 의견은 엇갈렸다. 요한손 부인과 다른 두 직원은 주인의 호감을 공유하지 않았다. 그들은 시그브리트가 좀 거만하고 우쭐댄다고 느낀 것 같았다.

시그브리트가 연애를 하고 있었다거나 뭔가 남자와 얽힌 일이 있었다고 생각하는 사람은 아무도 없었다. 시그브리트 모르드와 관련해서 카이라는 이름을 듣거나 베이지색 볼보를 본 사람도 없었다.

마르틴 베크는 페이스트리 가게를 나와서 항구 쪽으로 걸어갔다. 연락선 선착장은 비어 있었다.

그는 슬렁슬렁 걸어서 경찰 본부로 갔다. 오후 2시였으니 콜베리가 폴케 벵트손과 앉아 있을 가능성은 희박했다. 콜베리는 점심을 거르는 법이 없다.

마르틴 베크는 곧 있을 벵트손과의 면담이 그다지 기대되진 않았다. 하지만 그를 꼭 만나야 했고, 이번에는 구체적으로 물을 질문이 있으니 벵트손도 좀더 협조적으로 나올지 모를 일이었다.

마르틴 베크는 경찰 본부와 같은 블록에 있는 코스모폴리트라는 식당을 들여다보았다. 콜베리는 없었지만 구석 자리에서 청어 튀김과 으깬 감자를 먹고 있는 형사 두 명은 아는 얼굴이었다. 그들이 끄덕 인사를 하기에 그는 손을 들어서 답인사했다. 그리고 문을 닫고 나왔다.

폴케 벵트손은 유치장에 있었다.

마르틴 베크는 항구가 내다보이는 방을 빌릴 수 있었다. 그래서 벵트손을 데리러 간 사람이 돌아올 때까지 경치를 감상했다.

부두에 작은 독일 화물선이 정박해 있었다. 그 배 갑판으로 한 여자가 나와서 음식물 찌꺼기가 든 양동이를 난간 너머로 비웠다. 바람을 거스르며 느긋하게 날던 갈매기 한 마리가 당장 수면으로 곤두박질하여 뭔가 길쭉하고 축 늘어진 것을 부리로 물고 다시 크게 원을 그리며 날아올랐다. 여자는 양동이를 든 채 난간에 서서 갈매기를 지켜보았다. 일 분도 지나지 않아, 갈매기들이 떼로 몰려와서 끼룩끼룩 푸드덕거리며 서로 제일 좋은 걸 먹겠다고 다퉜다. 여자가 선실로 사라졌다.

폴케 벵트손은 차분하고 태연하게 들어와서 마르틴 베크에게 깍듯이 인사하고 책상 앞 손님용 안락의자에 앉았다.

"오전에 콜베리 형사님과 면담했습니다." 벵트손이 말했다. "그때 얘기한 것에서 더 드릴 말씀이 있는지 모르겠습니다. 나는 정말로 그 여자를 죽이지 않았습니다. 내가 할 말은 그게 답니다."

경찰 살해자

"다른 걸 물어보려고 왔습니다." 마르틴 베크가 말했다. "열흘 전에 우리가 돔메에서 만났을 때 당신이 했던 말과 관련된 겁니다."

폴케 벵트손은 마르틴 베크를 바라보면서 무슨 말이 나올지 귀 기울여 듣고 있었다. 등을 곧게 세우고 두 손을 포개어 무릎에 얹은 자세였다. 꼭 선생의 질문을 기다리는 순한 학생 같다고 마르틴 베크는 생각했다.

"그때 모르드 부인의 전남편을 두 번 봤다고 말했었지요?"

"네, 맞습니다. 그를 두 번 봤습니다."

"그 이야기를 좀더 해보세요. 그게 언제였는지 기억합니까?"

폴케 벵트손은 한참을 생각했다.

"첫 번째로 본 건 올봄이었습니다." 벵트손이 말했다. "오월 마지막 일요일. 이걸 왜 기억하느냐면, 그날이 어머니날이라 시내에 나가서 쇠데르텔리에에 계신 어머니에게 전화를 걸었기 때문입니다. 나는 어머니날과 생신마다 전화를 드립니다."

벵트손이 제 생각에 빠져서 말을 멈췄다. 마르틴 베크는 기다렸지만, 결국 먼저 침묵을 깼다.

"그래서요? 그때 모르드를 봤다는 겁니까? 상황이 어땠는지 설명할 수 있나요?"

"네. 나는 차를 집 옆에 세운 뒤에 마당 출입문을 닫으려고 걸어서 돌아갔습니다. 그때 베이지색 볼보가 진입로로 들어왔어요. 차가 아주 천천히 달리기에 혹시 내 집으로 오는 차인지도 모른다고 생각하고 서서 지켜봤습니다. 누가 올 예정이었던 건 아닙니다. 게다가 일요일이었으니까요. 하지만 가끔 사람들이 생선이나 달걀을 사려고 집까지 찾아올 때가 있습니다."

"차가 어느 쪽에서 왔죠?"

"말뫼 쪽에서요."

"운전자를 봤습니까?"

"네. 그 사람, 그 남편이었습니다."

마르틴 베크는 앞에 앉은 남자의 눈을 보며 물었다.

"그가 어떻게 생겼습니까?"

벵트손은 질문을 듣지 못한 것처럼 다시 침묵에 빠졌다.

"선장이었다고 들었습니다." 이윽고 그가 한 말이었다. "하지만 뱃사람처럼 보이지 않았습니다. 피부가 타기는 했는데 체격은 마르고 약해 보였습니다. 키도 작은 편이었고요. 머리는 곱슬머리인데 거의 흰색에 가까웠습니다. 그리고 안경을 썼습니다."

"그렇게 똑똑히 봤습니까? 차가 아무리 천천히 지나갔더라도 그렇게 자세히 관찰할 시간은 없었을 텐데요."

"네, 아마 그때는 그렇게 자세히 못 봤을 겁니다. 하지만 나

경찰 살해자

중에 한 번 더 봤으니까요."

"그건 언제였죠?"

폴케 벵트손은 창을 내다보았다.

"정확히는 기억나지 않지만 오래전은 아니었습니다. 아마 구월 초였을 겁니다."

"그때는 상황이 어땠습니까? 그때도 그가 차를 몰고 오는 걸 봤나요?"

"아니요. 그때는 차가 시그브리트의 집 마당에 서 있었습니다. 나는 버섯이 있나 보려고 풀밭에 나갔었는데, 아직 없더군요. 거기 양송이가 많이 자라거든요. 몇 리터씩 딸 때도 있습니다. 손님들은 버섯이 있으면 그것도 잘 사 갑니다. 특히 양송이를."

"그래서 시그브리트 모르드의 집을 지나서 걸어왔다는 거지요?"

"네, 맞습니다. 그때 그가 계단으로 나와서 차에 타더군요. 뱃사람치고 작고 약해 보인다고 느꼈던 게 그때인 것 같습니다."

벵트손은 다시 조용해졌다가 이렇게 말했다.

"뱃사람들은 보통 튼튼하죠. 하지만 그는 아팠으니까요. 그렇다고 들었습니다."

"그때 모르드 부인도 봤습니까?"

"아뇨. 못 봤습니다. 그냥 모르드 씨가 혼자 계단에 서서 코트를 잠그고, 걸어가서 차에 탔습니다. 그리고 내가 집에 도착하기 전에 차로 나를 지나쳤습니다."

"어느 방향으로?"

"네?"

"그가 차를 몰고 어느 방향으로 갔습니까? 주도로로 나간 뒤에?"

"말뫼 쪽으로요. 거기 사니까요. 그렇게 들었습니다."

"그가 무슨 옷을 입고 있었죠?"

"코트만 기억납니다. 갈색 양가죽 코트였습니다. 털이 안쪽에 있는 거. 새 옷처럼 말쑥해 보였는데 그런 날에는 더웠을 겁니다. 머리에는 아무것도 쓰지 않았습니다."

벵트손이 눈을 들어 마르틴 베크를 보았다.

"따뜻한 날이었던 게 기억납니다."

"그 밖에도 그에 관해서 기억나는 게 있습니까?"

폴케 벵트손은 고개를 흔들었다.

"아뇨. 그게 답니다."

"차 번호판을 봤나요?"

"아뇨. 번호를 볼 생각은 못 했습니다."

"지역을 알 수 있는 옛날 번호판이던가요?"

경찰 살해자

스웨덴은 차량 등록 번호 시스템을 바꾸는 중이었다.

"기억이 안 납니다."

폴케 벵트손은 유치장으로 돌아갔다. 마르틴 베크는 경찰차를 타고 안데르슬뢰브로 돌아왔다.

콜베리는 아직이었지만 뇌이드는 사무실에 있었다. 마르틴 베크는 트렐레보리에 갔던 일을 들려주었다.

"음." 뇌이드가 곰곰이 말했다. "그 사람이 바로 베이지색 볼보를 모는 카이라는 자로군요. 그나 그 차를 본 사람이 있는지 동네에서 물어보겠습니다. 하지만 없을 것 같군요. 그를 아는 사람이 있었다면 진작 말했을 겁니다. 시그브리트가 실종 상태였을 때."

두 사람은 잠시 조용히 앉아 있었다.

"그렇다는 것은 곧……." 뇌이드가 이윽고 말했다. "그가 존재한다는 사실을 아는 건 폴케밖에 없다는 뜻이로군요."

18.

좋은 차는 아니었다. 더구나 이런 용도로는 너무 눈에 띄었다. 커다란 연녹색 쉐보레로 번호판에 7이 세 개나 있는데다가 번쩍번쩍한 크롬 장식이 많고 불도 많이 들어왔다.

그뿐 아니라 이미 주민들에게 목격당했고, 참견하기 좋아하는 이웃들이 경찰에 신고한 뒤였다.

이른 새벽이었다. 낮에는 따뜻해질 테지만 아직은 좀 추웠다. 땅에서 올라온 습기가 바다에서 느른하게 밀려온 안개와 섞였다. 희부옇고 사물의 분간이 잘 가지 않는 새벽빛이었다.

연녹색 차 뒷좌석에는 돌돌 만 오리엔탈 카펫 두 점, 텔레비전 하나, 트랜지스터라디오 하나, 출처 불명의 작은 조각상 하나, 조각상 좌대, 그 밖의 잡동사니가 있었다.

앞좌석에는 두 도둑이 앉아 있었다. 그들은 젊고 초조했으며 실수를 잔뜩 저질렀다. 자신들이 목격당했다는 사실을 그들도 알았다. 운도 나빴다. 일이 초장부터 어그러졌거니와 갈수록 꼬였다.

이 시각에는 가로등이 꺼져 있었지만, 하늘의 부드러운 빛이 차체를 덮은 이슬에 비쳐 은은하게 어른거렸다. 차는 불을 다 끈 채 엔진을 나직하게 울리면서 길 양쪽 주택들의 마당 울타리 사이를 미끄러지듯이 나아갔다. 블록 끝까지 간 차는 서행하다가 멈췄다. 그러고는 마치 링을 통과하는 서커스 호랑이처럼 조심스럽게 차를 돌려서 큰길로 나왔다. 한동안 비가 내리지 않은 날씨였는데도 포장도로는 물에 젖어 번들거렸다. 뭘 모르는 사람은 방금 청소부가 지나갔나 보다고 생각할 수도 있겠지만, 좀 아는 사람들은 시 청소국이 이렇게 먼 외곽까지는 청소하지 않는다는 걸 알았다.

전조등을 끈 연녹색 미제 자동차는 안개 속을 마치 유령처럼, 거의 아무 소리도 내지 않고, 흐릿한 윤곽만을 드러낸 채 미끄러지듯이 달렸다.

반면에 순찰차는 무섭도록 현실적인 모습이었다.

지붕에 비상등 두 개와 탐조등을 단 문 네 짝짜리 흑백 밸리언트. 그걸 못 알아볼 사람은 없었다. 하지만 그걸로도 부족했던지, '경찰'이라는 단어가 눈에 잘 띄는 글씨체로 차 문과 보닛과 트렁크에 적혀 있었다.

스웨덴은 차량 밀도가 높았고, 순찰차 밀도는 비정상적으로 높았다. 그 순찰차가 느닷없이 선 뒤에 웃긴 복장에 무기를 든 사람들을 뱉어 내는 일이 점점 잦아졌다. 그 상황에서 인간적인 요소라고는 사실상 찾아볼 수 없었다.

순찰차는 엉뚱한 장소를 뒤지고 다니거나 가만히 서서 공회전으로 공기를 더럽히거나 했다. 그 속에 탄 순경들은 갈수록 낮아지는 IQ와 요통을 보유한 채 일반 시민들과 점점 더 괴리되었다.

도보로 순찰하는 경찰관이란 요즘은 신기한 존재였고, 그나마도 불쾌한 사건을 예고하는 존재였다.

문제의 순찰차에는 엘로프손, 보릴룬드, 헥토르라는 세 경찰관이 타고 있었다.

엘로프손과 보릴룬드는 오래된 순찰조로, 여느 중년 경찰관처럼 보였다. 헥토르는 더 젊고 투지가 있었다. 사실 엘로프손과 보릴룬드에게 헥토르가 꼭 필요하진 않았다. 헥토르는 그저 재미로, 그리고 잔업수당을 타려고 합세한 것뿐이었다. 헥토르는 요즘 젊은 경찰관들의 표준 장비가 된 듯한 잘 가꾼 구레나룻을 아주 자랑스러워했다.

경찰 살해자

보릴룬드는 뚱뚱하고 게으른 남자로, 이 순간은 뒷좌석에서 입을 헤벌리고 잠들어 있었다. 엘로프손은 격자무늬 보온병에 담은 커피를 마시며 나른하게 담배를 피우고 있었다. 담배를 싫어하는 헥토르는 시위하듯이 차창을 내려두었다. 헥토르는 운전대에 두 손을 얹은 채 시무룩하고 따분한 표정으로 말없이 앞을 보았다. 셋 다 오버올 타입의 청회색 정복을 입었고, 흰 가죽 어깨띠와 벨트에 권총과 경찰봉을 찼다.

순찰차는 주차등을 켠 채 길가에 서 있었다. 엔진이 공회전하면서 내뿜는 유독가스가 죽음과 질식의 장막처럼 길섶 도랑에 자란 시들시들한 풀을 덮었다.

셋 다 한동안 말이 없었다.

헥토르는 무전 코드를 적은 쪽지를 만지작거리고 있었는데, 그 내용은 다음과 같았다.

01: 위험한 만취자 02: 아이, 실종 03: 아이, 보호중 04: 사기 05: 화재 06: 가정 내 소란 07: 기타 소란 08: 동물, 부상(사망 혹은 보호중) 09: 사망자 10: 수배자 11: 중독자 12: 음주 운전 13: 잔혹 행위, 폭행 14: 실종자 15: 사생활 침해, 침범 16: 도움, 구조와 봉사 17: 통제, 사람과 차량 18: 경고 19: 가택 수색 20: 폭행 21: 차량, 절도중 22: 차량, 도난 발견 23: 학대, 아이와 청

소년 24: 협박 25: 정신이상자 26: 소매치기 27: 풍속 위반 28: 병자, 사고 29: 자살 시도 30: 파손 31: 절도, 주택 32: 절도, 기타 33: 교통 위반 34: 교통 방해, 기타 35: 교통사고, 구급차 36: 교통사고, 기타 37: 통행, 호위 38: 통행, 기타 39: 공직자 폭행 40: 퇴거 41: 출입국 경찰 경보, 도주 42: 세관 경찰 경보, 외레순드 부두 43: 세관 경찰 경보, 열차 연락선 44: 세관 경찰 경보, 림함 45: 마약법 위반 46: 수색 임무 47: 위험한 인물 체포, 정신이상자 48: 수배자 추적 49: 경고, 극도의 주의 요망 50: 무기 소지자 51: 전반적 경보 52: 초동 보고 53: 퇴거 거부 54: 타 순찰조 보조 55: 수색 결과 없음 56: 호출 없음 57: 조치 없음 58: 방목 59: 메모 60: 피해자 신고 61: 벌금 62: 주차 벌금 63: 신고 취하 64: 종료 65: 이관 66: 기타 67: 짧은 휴식 68: 휴식

좀 전에 헥토르가 무전을 켰지만, 엘로프손이 선배 자격으로 재깍 소리를 줄였다. 헥토르는 괜히 야단을 피워서 좋을 게 없다는 걸 알았고, 그래서 지금 무전에서 나오는 목소리는 아주 작았다. 이상한 어조로 중얼거리는 것이 꼭 설교 같았다. 엘로프손은 전혀 듣지 않았고, 보릴룬드는 뒷좌석에서 씩씩거리며 잤고, 헥토르는 무슨 소리인지 알아들으려고 한껏 집중했다.

"좋은 아침, 좋은 아침, 좋은 아침, 크고 작은 길에 나가 계

신 친애하는 동료 여러분. 전달 사항이 몇 가지 있습니다. 소피 엘룬드의 비에르크가탄에서 6. 소란 신고, 아마 주정뱅이들. 가까운 순찰차가 출동하세요. 뭐라고요? 네, 음악 소리와 노랫소리요. 비에르크가탄 23번지예요. 그다음 융후센의 빈집 앞에서 31번 의심. 개조 자동차. 파란색 투톤 크라이슬러, A 번호판에 6이 세 개. 가까운 순찰차가 확인하세요. 주소는 외스테르세베겐 36번지. 빈집털이와 관련된 차량일지도 모릅니다. 차에는 젊은 남자 하나와 여자 둘. 검문 요망."

"여기예요." 헥토르가 말했다.

"뭐가." 엘로프손이 말했다.

보릴룬드의 반응은 살짝 화난 듯한 코골이뿐이었다.

"해당 지역 순찰자들은 주의하세요." 목소리가 계속 말했다. "통상적인 절차대로 합니다. 위험하게 나서진 말고요. 차량이 보이면 확인하세요. 이동 방향은 불명. 이목을 끌지 마시고. 발견하면 침착하게 접근하세요. 정례 검문입니다. 현재로서 그 이상의 조치는 없음. 좋은 아침, 좋은 아침."

"여기예요." 헥토르가 다시 말했다.

엘로프손은 보온병의 커피를 마실 뿐 대꾸하지 않았다. 보릴룬드는 돌아누웠다.

"바로 옆이에요." 헥토르가 말했다.

"괜히 애쓰지 마라, 꼬마." 엘로프손이 과자가 든 봉지를 뒤적이면서 말했다.

그리고 그가 시나몬 롤을 한입 물었다.

"바로 옆이에요." 헥토르가 말했다. "가봐요."

"침착해, 꼬마. 아무 일도 아닐 거야. 무슨 일이 있더라도 세상에 경찰이 우리뿐인가."

헥토르의 얼굴이 붉어졌다.

"무슨 뜻이죠? 이해가 안 됩니다." 헥토르가 물었다.

엘로프손은 계속 빵을 씹었다.

보릴룬드가 잠결에 푹 한숨을 쉬고는 훌쩍거렸다. 꿈에서 국가경찰청장이라도 만나는 모양이었다.

그들은 교차로에서 이십 미터쯤 떨어져 있었는데, 연녹색 쉐보레 한 대가 교차로로 꺾어져 들어와서 저 앞으로 달려갔다.

"저 새끼들이에요." 헥토르가 말했다.

"어쩌면." 엘로프손이 말했다.

먹으면서 말하느라 우물거리는 소리였다.

"가서 잡죠." 헥토르가 말했다.

그가 기어를 넣고 가속페달을 밟았다.

순찰차가 급출발했다.

"뭐야?" 보릴룬드가 혼미한 상태로 말했다.

"도둑이에요." 헥토르가 말했다.

"어쩌면." 엘로프손이 말했다.

"뭐?" 보릴룬드가 여태 반쯤 잠든 상태로 말했다. "무슨 일이야?"

연녹색 차의 청년들은 순찰차가 바로 옆에 따라붙은 뒤에야 그 존재를 알아차렸다. 너무 늦은 때였다.

헥토르가 속도를 내어 연녹색 차 앞으로 끼어든 뒤 브레이크를 밟았다. 순찰차는 축축한 포장도로에서 미끄러졌다. 연녹색 차는 오른쪽으로 꺾을 수밖에 없었고, 도랑을 십 센티미터 남기고 멈췄다. 운전자에게는 그 수밖에 없었다.

헥토르가 먼저 내렸다. 그는 벌써 총집을 풀어 7.65밀리미터 발터 권총을 꺼내 들고 있었다.

엘로프손이 반대쪽에서 내렸다.

보릴룬드가 마지막으로 내렸다. 그는 갈피를 잡지 못한 채 씩씩거리면서 말했다.

"무슨 일이야?"

"전조등을 끄고 다녔군." 헥토르가 날카롭게 말했다. "위반이야. 차에서 내려, 이 자식들아."

헥토르는 오른손에 총을 들고 있었다.

"내가 지금이라고 말하는 건 지금 당장이지 내일이 아니야.

내려!"

"진정해." 엘로프손이 말했다.

"속일 생각 말고." 헥토르가 말했다.

연녹색 차의 사람들이 차 양쪽으로 내렸다. 안개 속에서 그들의 얼굴은 희끄무레한 덩어리로만 보였다.

"그냥 몇 마디 나누자는 거니까." 엘로프손이 말했다.

엘로프손은 다른 경찰관들보다 그들에게 더 가까이 있었지만 아직 총에는 손대지 않았다.

"진정들 하고." 다시 엘로프손이 말했다.

헥토르는 총을 들고 손가락을 방아쇠에 건 채 엘로프손 뒤에 한쪽으로 비껴 서 있었다.

"우리는 아무 짓도 안 했어요."

목소리는 어리게 들렸다. 여자아이 목소리 같기도 하고 변성기를 겪는 남자아이 목소리 같기도 했다.

"다들 그렇게 말하지." 헥토르였다. "하지만 전조등을 끈 것부터가 불법이야. 아냐? 에밀, 차 안을 살펴봐요."

엘로프손이 몇 미터 떨어진 곳에서 보니, 혐의자는 두 명의 젊은 남성이었다. 둘 다 가죽 재킷과 청바지를 입었고 스니커즈를 신었다. 하지만 공통점은 거기서 그쳤다. 한 명은 키가 컸고, 검은 머리카락이 짧았다. 다른 한 명은 평균 신장에 못 미쳤고, 금발 머리카락이 어깨까지 풍성하게 늘어져 있었다. 둘 다 스무 살도 안 되어 보였다.

엘로프손은 둘 중 키 큰 청년을 향해 걸어갔다. 총집을 만지작거리기는 했지만 열지는 않았다. 대신 손전등을 꺼내 뒷좌석을 비춰보았다. 손전등을 다시 넣었다.

"음." 엘로프손이 말했다.

그가 갑자기 큰 청년 쪽으로 몸을 돌리더니 팔을 뻗어서 재킷 깃을 그러잡았다.

"새끼들 꼴 좋다." 헥토르가 뒤에서 말했다.

"무슨 일이야?" 보릴룬드가 말했다.

그 말로부터 모든 일이 진행되었다.

엘로프손은 통상적인 절차를 따르고 있었다. 일단 청년의 재킷을 두 손으로 붙잡은 상태였다. 다음 단계는 피해자를 가까이 당겨 오른 무릎을 그 사타구니에 박아주는 것이다. 그러면 될 터였다. 엘로프손은 같은 일을 지금까지 무수히 해왔다. 무기 없이.

하지만 에밀 엘로프손이 무릎으로 받을 상대는 이 청년이 마지막이었다. 짧은 머리 청년은 꿍꿍이가 있었다. 청년은 오른손을 벨트로 가져가고 왼손을 주머니에 넣었다. 그는 청바지 허리춤에 리볼버를 끼워두고 있었고, 그 용도에는 아무런 의문이 없었다. 청년이 총을 뽑아서 쏘기 시작했다.

리볼버는 단거리용으로 실린더에 총알이 여섯 개 들어가는 니켈 도금 콜트 코브라 32였다. 첫 두 발은 엘로프손의 가슴에 맞았고 세 번째와 네 번째 총알은 엘로프손의 왼팔 밑으로 빠졌다. 그러고는 둘 다 헥토르의 왼쪽 엉덩이에 가서 박혔다. 헥토르는 아스팔트 위를 비틀비틀 뒷걸음치다가 뒤로 넘어져 길가의 낮은 철조망에 머리를 댄 채 벌렁 누웠다.

다섯 번째와 여섯 번째 총성이 울렸다. 그것은 아마 보릴룬드를 겨냥한 것이었겠지만, 보릴룬드는 총에 대해 인간적인 두려움을 갖고 있기 때문에 첫 총성이 울리자마자 도로 북쪽 도랑으로 몸을 날린 뒤였다. 보릴룬드의 거구는 깊고 축축한 도랑 바닥에 털썩 떨어졌다. 그는 진흙에 엎드린 채로 감히 고개를 들지 못했다. 거의 동시에 목 오른편에 심하게 따가운 통증이 느껴졌다.

엘로프손은 이미 발을 뗀 뒤였다. 그는 무릎을 몇 센티미터 올린 상태에서 총알을 맞았다. 가죽 재킷을 단단히 쥐고 있던 그는 총 든 청년이 뒤로 몇 걸음 물러나서 재장전하려고 실린더를 연 순간에야 잡았던 것을 놓았다.

엘로프손은 앞으로 쓰러졌고, 결국 옆으로 누워서 한 뺨을 아스팔트에 대고 오른팔을 제 몸으로 깔아뭉갠 자세가 되었다.

그의 총도 여전히 총집에 잠긴 채로 몸에 깔렸다.

사위가 어둑했지만 엘로프손은 뒤로 물러난 청년이 새 탄약을 넣는 것을 똑똑히 보았다. 주머니에 탄약을 갖고 있던 게 분명했다.

엘로프손은 견딜 수 없이 아팠다. 정복 앞섶에 벌써 피가 번졌다. 엘로프손은 말할 수도 움직일 수도 없고 볼 수만 있었다. 그리고 그는 무섭다기보다는 어안이 벙벙했다. 어떻게 이런 일이? 그는 이십 년간 사람들에게 소리치고, 욕하고, 밀치고, 차고, 경찰봉으로 패고, 군도 측면으로도 때렸다. 그는 늘 더 강한 쪽이었다. 무기도 힘도 권리도 없는 사람들에 대해서 무기와 힘과 정의라는 이점을 가진 쪽이었다.

그런 그가 지금 아스팔트에 누워 있었다.

리볼버를 가진 청년은 스무 걸음 떨어진 곳에 서 있었다. 사방이 좀더 밝아졌고, 엘로프손은 청년이 고개를 돌리며 이렇게 세 마디를 외치는 것을 들었다.

"차에 타, 카스페르!"

그다음 청년은 왼팔을 들어 올려 그 팔꿈치 오목에 리볼버 총열을 얹고 신중하게 조준했다. 무엇을?

쓸데없는 의문이었다. 총알이 엘로프손의 얼굴에서 오십 센티미터도 떨어지지 않은 곳에 부딪쳐 튕겨 나갔다. 동시에 엘로프손은 뒤에서 나는 총소리를 들었다. 다른 녀석도 총을 쏘기 시작한 걸까? 아니면 보릴룬드가 쐈을까? 엘로프손은 후자를 기각했다. 보릴룬드가 아직 죽지 않았다면 틀림없이 어딘가에 죽은 척하고 엎드려 있을 것이다.

리볼버를 든 청년은 가만히 서 있었다. 다리를 벌리고. 총을 겨누고.

엘로프손은 눈을 감았다. 몸에서 피가 뿜어져 나오는 것이 느껴졌다. 인생이 주마등처럼 눈앞을 스쳐 지나가는 일은 없었다. 그는 그저 이렇게 생각했다. 이제 죽겠구나.

헥토르는 넘어져서도 총을 놓지 않았다. 헥토르는 머리가 철조망에 받쳐진 채 누워 있었는데, 더 멀리 있으니 더 흐릿하기는 했으나 그 역시 리볼버를 든 까만 머리카락의 실루엣을 볼 수 있었다. 엘로프손이 헥토르의 사선을 가로막고 있었지만, 엘로프손은 바닥에 딱 붙어 있으니 그 몸 위로 쏠 공간이 있었다.

동료와 달리 헥토르는 크게 놀라지 않았다. 그는 젊었고, 이 상황은 그의 열띤 상상력이 이 직업에서 기대했던 바와 얼추 비슷했다. 헥토르의 오른팔은 멀쩡했지만 왼팔에 뭔가 문제가 있었다. 그는 권총 노리쇠를 당기려고 몹시 애써야 했다. 노리쇠를 당겨야 하는 것은 경찰 규정에 따라 그의 총 약실에 총알이 들어 있지 않기 때문이었다. 한편, 아무 소용이 없기는 했지만

경찰 살해자

엘로프손과 보릴룬드의 약실에는 총알이 들어 있었다. 헥토르는 상대가 두 번째 연사의 첫 발을 쏜 뒤에야 노리쇠를 당기는 데 성공했다.

헥토르는 고통스러웠다. 왼팔과 몸 왼쪽 전체에 통증이 심하고 시야가 흐렸다. 그는 첫 발을 기계적으로 부주의하게 쏘았다. 총알이 하늘로 솟았다.

지금은 마구잡이로 쏠 때가 아니라는 것을 그는 알았다. 여느 때 그는 사격장에서 제법 잘 쏘는 편이었지만, 지금은 목숨을 부지하려면 제법 잘 쏘는 것만으로 부족했다. 안개 속에 이십오 미터 떨어져 선 상대가 어느 모로 보나 유리했고, 상대의 행동으로 보아 그는 눈에 보이는 경찰관을 모조리 죽이지 않고서는 집에 갈 마음이 없는 듯했다.

헥토르는 심호흡했다. 통증이 너무 심해서 하마터면 의식을 잃을 뻔했다. 이때 총알이 철조망을 맞혔고, 철조망이 덜덜 떨렸다. 진동이 헥토르의 뒤통수로 전달된 순간, 문득 시야가 놀랍도록 맑고 또렷해졌다. 그는 총을 올렸다. 팔을 쭉 펴고 손을 떨지 말자고 스스로에게 주문했다. 표적이 흐릿해도 보이기는 했다.

헥토르는 방아쇠를 당겼다. 그다음 의식을 잃었다. 총이 손에서 떨어졌다.

반면 엘로프손은 아직 의식이 있었다. 엘로프손은 십 초 전에 눈을 떴었는데, 아무것도 변한 게 없었다. 리볼버를 든 남자는 그대로였다. 다리를 벌리고, 총열을 팔꿈치에 얹고, 신중하고 차분하게 겨냥하고 있었다.

엘로프손은 뒤에서 또 한 번 총소리를 들었다.

그런데 이럴 수가, 리볼버를 든 남자가 움찔하더니 두 팔을 머리 위로 내던졌다. 리볼버가 손에서 날아갔다. 연속 동작으로 남자가 아스팔트에 쓰러졌고, 흡사 뼈가 하나도 없는 사람처럼 축 늘어졌다. 쿵 하고 엎어진 남자의 입에서는 아무 소리도 새어 나오지 않았다.

순전히 요행이었다고 말하는 것은 틀린 말일 것이다. 헥토르가 신중하게 겨냥하고 최선을 다했기 때문이다. 그래도 믿을 수 없을 만큼 운 좋은 한 발인 것은 사실이었다. 총알은 남자의 어깨에 맞은 뒤 쇄골을 따라 척수로 갔다. 리볼버를 든 청년은 즉사했다. 아마 두 발로 서 있을 때부터 죽었을 것이다. 청년은 누워서 마지막 숨을 쉴 기회도 없었다.

엘로프손의 귀에 차가 급출발하여 달아나는 소리가 들렸다.

그 뒤에는 완벽한 정적이었다. 추상적이고 부자연스러운 정적이었다.

아주 길게 느껴지는 시간이 흐른 뒤, 엘로프손 근처에서 누

경찰 살해자

가 움직였다.

아마 몇 분 혹은 몇 초에 불과했겠지만 엘로프손에게는 길게 느껴진 시간이 또 흐른 뒤, 보릴룬드가 엉금엉금 기어서 다가왔다. 보릴룬드는 끙끙거리면서 손전등을 무턱대고 휘두르고 있었다. 그가 엘로프손의 몸 밑에 손을 넣었다가 움찔하면서 뺐다. 그리고 제 손에 묻은 피를 보았다.

"하느님 맙소사, 에밀." 보릴룬드가 또 말했다. "젠장, 너 무슨 짓을 한 거야?"

엘로프손은 몸에서 힘이 다 빠져나가는 것을 느꼈다. 말할 수도 움직일 수도 없었다.

보릴룬드가 헐떡이고 끙끙거리면서 일어섰다.

엘로프손은 보릴룬드가 순찰차로 쿵쿵 걸어가서 무전을 비상 주파수에 맞추는 소리를 들었다.

"아아, 아아! 100번 도로 융후센의 솔박스베겐 지점입니다. 동료 둘이 총에 맞았어요. 나도 다쳤습니다. 총격이 있었어요. 총상입니다. 도와주세요!"

멀리서도 엘로프손은 무전에서 금속성 목소리가 흘러나오는 것을 들었다. 처음에는 가까운 구역들이 응답했다.

"여기는 트렐레보리. 출동합니다."

"여기는 룬드. 가고 있습니다."

마침내 말뫼의 배차원이 응답했다.

"좋은 아침. 지원이 가고 있습니다. 약 십오 분 걸립니다. 길어도 이십 분."

잠시 후, 보릴룬드가 구급상자를 더듬거리면서 돌아왔다. 그는 엘로프손을 뒤집어 눕힌 뒤 정복을 찢어 열고, 피에 젖은 속옷과 배 사이에 압박붕대를 되는대로 쑤셔 넣었다. 그동안 계속 어눌하게 중얼거렸다.

"맙소사, 에밀. 맙소사."

엘로프손은 그렇게 축축하게 누워 있었다. 피와 이슬이 섞였다. 추웠다. 아까보다 더 아팠다. 아직도 어안이 벙벙했다.

잠시 후 다른 목소리들이 들렸다. 철조장 너머 집에서 사는 사람들이 잠에서 깨어 용감하게 이들을 살피러 왔다.

젊은 여자가 엘로프손 옆에 무릎을 꿇고 그의 손을 잡았다.

"자, 자." 여자가 말했다. "자, 자. 곧 구급차가 올 거예요."

엘로프손은 아까보다 더 어안이 벙벙했다. 누군가 자신의 손을 잡아주다니. 일반 시민의 한 사람이. 잠시 후 여자는 엘로프손의 머리를 제 무릎에 얹고 그의 이마에 손을 댔다.

그들이 그 자세로 있을 때, 수많은 사이렌의 비명이 들려오기 시작했다. 처음에는 소리가 부드러웠지만 곧 귀청을 뚫을 듯 날카로워졌다.

그때 해가 안개를 뚫고 나타나더니 이 황당한 광경에 연노란 색 빛을 옅게 퍼뜨렸다.

이 모든 일은 1973년 11월 18일 새벽, 말뫼의 가장 먼 외곽에서 벌어졌다. 사실 스웨덴의 가장 먼 외곽이라고도 할 수 있었다. 여기서 몇백 미터만 가면, 안개 속에서 끝이 보이지 않는 구부러진 백사장에 반짝거리는 파도가 길게 밀려들고 있었다. 바다였다.

그 너머는 유럽 대륙이었다.

19.

11월 19일 월요일.

맑고, 춥고, 바람이 셌다.

스웨덴 달력에서 엘리사베트라고 부르는 날이었고, 콜베리가 폴케 벵트손과 면담할 차례였다.

하지만 이 월요일 아침에는 많은 것이 달랐다. 안데르슬뢰브는 갑자기 지도에서 사라지기라도 한 것 같았다. 언론의 흥미는 다른 데 있었다.

총에 맞은 두 경찰관에 비하면, 목 졸려 죽은 이혼녀가 무슨 대수인가? 세 번째 경찰관도 다쳤는데 정확히 왜 어쩌다 그랬는지는 아무도 몰랐다. 범인 중 한 명은 죽었고 다른 한 명은 법망을 피해 도주중이었다.

경찰 살해자

마르틴 베크와 콜베리는 경찰관이 딱히 위험한 직업은 아니라는 걸 알았다. 윗선과 일반 경찰관 중 상당수는 자신의 직업에 수반하는 위험을 과장하는 걸 좋아했지만 말이다.

경찰관이 총에 맞는 일이 가끔 있기는 했다. 그런 일은 사실 대중이 아는 것보다 더 자주 벌어졌다. 경찰 사격 훈련장의 사고율이 위험천만하게 높기 때문이다. 물론 그런 우발적 총기 사고는 늘 조용히 덮어졌다. 많은 경찰관이 총을 다룬 경험이 적은데다가 대부분의 민간인 사격수들과는 달리 총을 다룰 때 조심하지도 않는, 걸핏하면 총부터 뽑고 보는 젊은이라는 점이 문제였다. 그들은 부주의했고, 그래서 자신이나 동료를 자주 쏘았다. 치명상인 경우는 거의 없었다.

하지만 그 외에는 위험하지 않은 직업이었다. 적어도 육체적으로는. 경찰관의 가장 큰 위험 요소는 순찰차에 오래 앉아 있느라 허리가 망가질 수 있다는 것이다. 경찰관보다 훨씬 더 많은 사망자를 내는 직업이 세상에는 아주 많았다.

스웨덴만 그런 것도 아니었다.

명백한 예를 들면, 영국에서는 1947년 이래 광부가 7,768명 죽었지만 같은 기간에 목숨을 잃은 경찰관은 10명 남짓이었다.

이것은 극단적인 사례인지도 모르겠으나, 렌나르트 콜베리는 경찰이 무장해야 하는가 말아야 하는가를 두고 논쟁이 벌어질 때면 늘 이 통계를 읊었다. 잉글랜드, 스코틀랜드, 웨일스에서 경찰이 무장하지 않는다는 것은 누구나 아는 사실이었다. 그리고 스웨덴처럼 작은 나라에서 경찰관 부상률이 이토록 높다는 사실에는 설명이 필요했다.

마르틴 베크는 이날의 첫 전화를 받아야 했다. 그가 가급적 피하고 싶은 사람의 전화였다.

스티그 말름이었다.

마르틴 베크가 말름보다 더 대화를 피하고 싶은 사람은 세상에 오직 한 명뿐이었다.

"자네 사건은 마무리됐지." 말름이 말했다.

"글쎄요."

"아닌가? 내가 알기로는 다 해결됐는데. 자네가 살인자를 잡아서 가뒀잖나. 시신을 찾기도 전에 붙잡았지. 그건 자네가 한 일이라고 보기는 어렵지만 말이야."

마르틴 베크는 폴케 벵트손의 마당을 파헤친 일을 떠올렸지만 자제심을 발휘하여 입을 다물었다. 그건 좀 민감한 주제였다.

"안 그런가?" 말름이 말했다.

"사건이 종결되었다고 볼 수는 없을 것 같습니다." 마르틴 베크가 말했다.

"그게 무슨 뜻인가?"

경찰 살해자

"다른 가능성이 있습니다. 아직 분명히 밝혀지지 않은 세부 사항들이 있습니다."

"하지만 살인범을 체포했잖아?"

"그가 살인범인지 확신이 들지 않습니다. 물론 그것도 가능하기는 합니다만."

"가능해? 이보다 더 간단한 결론이 있을 수 있나?"

"그럼요." 마르틴 베크는 자신 있게 말했다. "훨씬 더 간단한 결론도 있을 수 있죠."

콜베리가 무슨 일이냐는 듯이 마르틴 베크를 보았다.

두 사람은 뇌이드의 사무실에 있었다.

뇌이드는 개에게 아침 산책을 시켜주려고 나가고 없었다.

마르틴 베크가 고개를 흔들었다.

"음, 사실 내 용건은 그게 아니야." 말름이 말했다. "자네의 작은 수수께끼는 부디 자네 혼자 알고 있게. 우리에게는 더 중요한 일이 있어."

"그게 뭡니까?"

"그걸 꼭 물어봐야 아나? 경찰 세 명이 갱스터의 총탄을 맞아 쓰러졌고 무법자 한 명은 아직 도주중이야."

"잘 모르는 일입니다."

"거참 이상하군. 자네 신문도 안 읽나?"

마르틴 베크는 자제할 수 없었다.

"물론 읽습니다. 하지만 경찰관으로서 제 판단을 신문에 의지해서 내리진 않습니다. 기사에 쓴 헛소리를 전부 믿지도 않고요."

말름은 반응이 없었다. 마르틴 베크는 저 남자가 자신의 상사라는 생각을 잠시 잊을 때마다 혐오감과 놀라움이 반반 섞인 감정을 느꼈다.

"이건 내용상 아주 충격적인 사건이야." 말름이 말했다. "청장은 물론 몹시 심란해하고 있어. 그가 우리 사람들에게 일이 벌어질 때 감정이 얼마나 격해지는지 자네도 알겠지."

이번에는 청장이 말름의 사무실에 없는 게 분명했다.

"저도 압니다." 마르틴 베크가 대답했다.

그야 물론 이것은 끔찍하기도 하려니와 중요한 사건이었다. 단지 말름이 말하는 방식 때문에 이 일도 흡사 최근 경찰 옹호용 프로파간다에 자주 동원되는 가짜 사건처럼 들린다는 게 문제였다.

"우리는 전국적으로 탈주자 수배를 계획하고 있어." 말름이 말했다. "아직 차도 발견되지 않았어."

"그 일이 살인수사과와 무슨 상관입니까?"

"그건 시간이 흘러서 이 섬뜩한 드라마의 다음 장이 펼쳐지면 알게 되겠지."

말름은 이렇게 부자연스럽도록 엄숙한 표현을 대화에서 곧 잘 썼다.

"다친 친구들은 상태가 어떻습니까?" 마르틴 베크가 물었다.

"적어도 두 명은 아직 위중해. 세 번째 친구는 의사들이 괜찮을 거라고 하지만, 그래도 그도 오래 쉬어야겠지."

"그렇군요."

"수배가 전국으로 퍼질 가능성도 무시할 수 없어. 우리는 어떤 대가를 치르더라도 이 무법자를 잡아야 해, 그것도 당장."

"아까 말했듯이, 저는 상황을 잘 모릅니다."

"알게 될 거야. 자네가 생각하는 것보다 더 빨리." 말름이 스스로 만족스러운지 짧게 웃었다. "그래서 내가 전화를 걸었잖나."

"그렇군요."

"내가 직접 수배를 맡기로 결정됐어. 내가 전술 지휘를 담당할 거야." 말름이 말했다.

마르틴 베크는 미소를 지었다. 말름에게 좋은 소식이었지만 그가 추적하려는 남자에게도 좋은 소식이었다.

말름은 청장이 당장 해내라고 들볶는 다른 일에서 빠져나올 수 있을 터였고, 범인은 이제 무사히 빠져나갈 수 있는 확률이 높아졌다고 볼 수 있었다.

말름이 전술 지휘인가 뭔가를 맡은 수배 팀에 마르틴 베크를 집어넣는 것은 과한 처사일 터였다. 이 점에서 마르틴 베크는 특권을 누렸다.

그래서 그는 말름이 원하는 게 뭔지 궁금해졌다. 하지만 오래 궁금해하지 않아도 되었다. 말름이 목청을 틔우더니 거창하게 말을 이었다.

"말할 필요도 없이, 자네는 이미 맡은 임무를 마무리해야겠지. 그런데 우리가 말뫼에 대책반을 꾸리려고 하거든. 거기 서장이 상황을 잘 아니까. 오늘 아침에 벌써 거기서 회의를 가졌어."

마르틴 베크는 시계를 보았다.

아직 8시도 되지 않았다.

윗분들은 일찍 기상하신 모양이었다.

"그래서요?"

"렌나르트 콜베리를 당장 대책반에 합류시키기로 결정했어. 콜베리는 탁월한 친구고, 사실상 종료된 것이나 다름없는 사건에 자네가 계속 그를 붙들고 있을 이유가 없으니까."

"잠시만요." 마르틴 베크가 말했다. "그에게 직접 이야기하십시오."

"그럴 필요는 없어." 말름이 슬쩍 회피했다. "자네가 그에게 전달해줘. 당장 말뫼로 가라고. 말뫼 대책반 조정자는 몬손 형사야."

"제가 전하겠습니다."

"좋아." 말름이 말했다. "그건 그렇고, 축하하네."

"뭐가요?"

"성범죄 살인을 사실상 마무리 지은 것. 기록적으로 빨리."

"이게 성범죄 살인인지도 모르겠습니다. 부검 결과상으로는 그 점이 확실하지 않습니다."

"자네의 사건 해결 실적은 훌륭해. 밀실이 관련되지 않을 때는 말이야."

말름이 자신의 농담에 기분 좋게 웃었다.

마르틴 베크는 콜베리의 수상해하는 눈길 덕분에 웃음을 참기가 쉬웠다.

"콜베리에게 명령을…… 아니, 메시지를 전달하게."

"그러겠습니다."

"좋아. 그럼 이만."

"안녕히." 마르틴 베크는 말했다.

그리고 전화를 끊었다.

"그 바보가 이번에는 또 뭘 원한대?" 콜베리가 물었다.

마르틴 베크는 곰곰이 콜베리를 보다가 말했다.

"좋은 소식을 먼저 알려줄게."

"뭔데?"

"자네는 이제 폴케 벵트손을 면담하지 않아도 돼."

콜베리는 더한층 수상해하는 얼굴이었다.

"아하." 콜베리가 말했다. "그러면 나쁜 소식은 뭐야?"

"어제 새벽에 팔스테르보로 가는 도로에서 경찰관 두 명이 총에 맞았어. 또 한 명은 다른 방식으로 다쳤고."

"알아."

"자네는 말뫼로 전출되었어."

"왜?"

"거기에 대책반을 세운대. 몬손이 조정을 맡고."

"굉장하네."

"하지만 한 가지 작은 문제가 있어. 자네가 좋아하지 않을 일이야."

"청장." 콜베리가 통통한 얼굴에 공포에 가까운 표정을 떠올리면서 말했다.

"그렇게 나쁘진 않아."

"그럼 얼마나 나쁜데?"

"말름."

"젠장."

"말름이 전술 지휘를 맡는대."

"전술 지휘?"

"응, 그렇게 말하던데."

"대체 전술 지휘가 뭐야?"

"군대 용어처럼 들리지. 우리를 군사 조직으로 바꾸려나 봐."

콜베리가 찌푸렸다.

"내가 경찰관인 게 좋던 시절도 있었는데. 하지만 우라지게 옛날 일이지. 또 다른 건?"

"없어. 그냥 자네더러 즉시 말뫼로 가래."

콜베리가 고개를 저었다.

"말름." 콜베리의 말이었다. "바보 자식. 경찰들이 총에 맞았고, 그 광대가 전술 지휘인가 뭔가를 맡는다고. 끝내주네. 나는 고분고분 짐을 싸서 여기를 떠나는 수밖에 없겠지."

"폴케 벵트손을 어떻게 생각해? 개인적으로."

"솔직히 나는 그가 무죄라고 봐." 콜베리가 말했다. "그가 정신이 나간 건 사실이야. 하지만 이번에는 그가 한 짓이 아니야."

몇 분 뒤, 두 사람은 작별 인사를 나누었다.

"너무 우울해하지 마." 마르틴 베크가 말했다.

"노력해볼게." 콜베리가 말했다. "안녕."

"잘 가."

마르틴 베크는 잠시 혼자 앉아서 생각을 정리했다.

그는 콜베리의 판단을 자신의 판단만큼 신뢰했다.

콜베리는 폴케 벵트손이 시그브리트 모르드를 목 졸라 죽이지 않았다고 믿었다.

마르틴 베크 자신도 그렇게 생각했다. 하지만 확신은 들지 않았다. 벵트손은 너무 이상하게 굴고 있었다.

한편 마르틴 베크가 확신하는 사실도 있었다. 베르틸 모르드가 무죄라는 것이었다. 벤뉘 스카케가 배들을 확인해보았다. 쉬운 일은 아니었지만, 에너지가 넘치고 야심이 있고 전화 목소리가 좋은 경찰관에게 불가능한 일도 아니었다.

모르드의 일지는 정확했다. 페로 제도 화물선에 관한 사실이 결정적이었다.

뇌이드가 방에 들어와서 모자를 책상에 벗어두고 의자에 앉았다.

팀뮈가 뒷발로 서서 마르틴 베크의 얼굴을 핥았다.

마르틴 베크는 개를 밀어냈다.

"헤르고트." 그가 말했다. "카이라는 사람을 모르는 게 확실합니까? 시쉬라고 불리는 아내가 있는? 작고 약해 보이는 편이지만 피부를 태운? 흰 곱슬머리에 안경을 쓴?"

"안데르슬뢰브에는 그런 사람은 없어요." 뇌이드가 말했다.

"그 사람이 시그브리트를 죽였다고 생각합니까?"

"네." 마르틴 베크가 말했다. "이제 그렇게 보이기 시작했습니다."

"앉아, 팀뮈." 뇌이드가 말했다.

개가 뇌이드의 의자 옆에 털썩 엎드렸다.

뇌이드가 개의 귀 뒤를 긁었다.

"뭐, 벵트손이 아니라면 좋겠지요. 주민들이 그와 그의 훈제 청어를 그리워하는 것 같아요." 뇌이드가 말했다. "그리고 나는 범인이 여기 사람이 아니라면 좋겠습니다."

20.

그는 일요일에 종일 운전해 저녁에 말렉산데르라는 곳에 다다랐다.

그는 간선도로를 피했다. 일단 스톡홀름으로 방향을 잡고 표지판에 따라 움직였다. 하지만 스웨덴 지리를 대강만 아는데다가 지도도 없었기에 종종 길을 잘못 들었다. 한번은 기껏 어떤 길을 따라서 북쪽으로 얼마간 가놓고는 다른 길을 따라서 남쪽으로 그만큼 다시 내려간 것 같았다.

좀 전의 일은 모호하고 비현실적이었다. 그는 사건 순서를 떠올리려고 애썼지만 영화 속 정지 이미지처럼 낱낱의 순간으로만 떠오를 뿐이었다.

처음에 그는 겁에 질렸다. 하지만 두려움은 가라앉았고, 이후에는 아무 생각 없이 그냥 차를 몰았다.

그는 말렉산데르를 통과한 뒤, 어느 호수로 이어진 샛길로 꺾어 들어가서 호숫가에 차를 세웠다. 뒷좌석에 누워서 칼라를 세워 귀를 덮고 두 손을 무릎 사이에 끼우고 곧장 잠들었다.

호수에서 피어난 물안개가 차에 축축하되 번들거리지 않는 막을 입혔다.

그는 추워서 깼다. 처음에는 자신이 어디에 있는지 몰랐지만, 다음 순간 기억해냈다. 그러자 다시 두려움이 몰려들었다.

아직 컴컴했다. 그는 앞좌석으로 기어가서 전조등을 켜고 시동을 걸었다. 밖으로 나가 차를 한 바퀴 돌면서 뻣뻣해진 관절을 풀었다. 라디에이터 앞에 서서 번호판을 보며, 기회가 있을 때 최대한 빨리 번호판을 바꿔야겠다고 생각했다.

그다음 그는 차에 올라 다시 북쪽으로 달렸다.

카스페르라고 불리는 소년은 키가 작았고, 몸도 팔다리도 가늘었다. 어깨까지 구불구불 내려온 금발은 아이같이 부드러운 얼굴선을 강조했다. 그는 면허증을 보여달라고 요구받을 때가 많았다. 그가 열여덟 살이라 말해도 아무도 믿지 않았다. 그때마다 너무 성가셨기 때문에, 지금 그는 순찰차를 만나지 않기를 바라는 마음에서 시골길을 고수했다.

면허증은 문제가 없었다. 1954년 9월 16일생 론니에 카스페르손에게 발급된 면허증은 청바지 뒷주머니에 얌전히 들어 있었다.

그는 친구에게 무슨 일이 일어났을지 궁금했다. 친구가 아스팔트에 쓰러지는 걸 봤을 때는 죽었겠다고 생각했지만, 지금은 확신이 서지 않았다. 친구는 길 중앙에 서 있었고, 경찰관 중 한 명을 겨냥한 채로 "차에 타, 카스페르"라고 말했다. 그때 갑자기 친구가 총에 맞았다. 그전에 친구가 경찰을 한두 명 죽였을 수도 있는데, 카스페르는 아무튼 확실히 알지 못했다. 카스페르는 겁나서 차를 몰고 도망쳤다. 카스페르는 친구가 총을 갖고 있다는 사실조차 몰랐다.

친구는 죽었을지도 모른다. 아니면 지금 경찰에게 자신을 꼰지르고 있을지도 모른다. 하지만 꼰지를 게 뭐가 있지? 그는 카스페르의 진짜 이름도 몰랐다. 카스페르가 친구의 별명 외에는 그에 관해서 아무것도 모르는 것처럼.

두 사람은 금요일 저녁에 말뫼에서 처음 만난 사이였다.

카스페르는 그날 오전에 코펜하겐에서 말뫼로 건너왔다. 원래 바로 스톡홀름으로 갈 생각이었지만, 돈이 없는데다가 히치하이킹도 여의치 않았다. 그래서 하루 종일 어떻게 돈을 구할까 궁리하면서 말뫼를 정처 없이 쏘다녔다. 말뫼는 그에게 낯선 도시였다. 아는 사람도 갈 곳도 없었다.

경찰 살해자

카스페르는 그러다가 어느 공원에 들어갔다. 그곳에서 다른 소년들을 만나서 맥주를 얻어 마셨다. 그렇게 해서 크리스테르를 알게 된 것이었다.

다른 소년들은 하나둘 떠나고 크리스테르와 카스페르만 남아 벤치에서 맥주를 나눠 마셨다. 크리스테르도 돈은 없었지만 대신 차가 있었다. 그의 차인지는 확실하지 않아도 아무튼 열쇠를 갖고 있었다. 그는 말뫼에 살았는데 어디에 털기 좋은 여름 별장들이 있는지 안다고 했다.

두 사람은 금요일 밤과 토요일 아침에 차를 타고 돌아다녔고, 시 외곽의 어느 저택에 침입하려다가 실패했다. 결국 겨울 동안 비워둔 듯한 작은 여름 별장을 따고 들어갔다. 통조림이 몇 개 있기에 먹고 두어 시간 눈을 붙였다. 그 집에는 값나가는 물건이 없었다. 그래도 그들은 그림 두 점과 좌대에 올린 석고상을 훔쳤다.

그들은 말뫼로 돌아왔다. 크리스테르가 음반 가게에서 LP를 몇 장 훔쳤다. 말뫼를 잘 아는 크리스테르는 그것을 당장 팔 수 있었다. 그들은 그 돈으로 맥주와 와인을 샀다. 그러고는 공원에 앉아 있거나 차를 타고 돌아다니면서 해가 지기만을 기다렸다.

"오늘 밤은 부자들만 사는 동네로 내려갈 거야." 크리스테르가 말했다.

그곳은 융후센이라는 곳이었다. 집들을 보니 정말 부자 동네인 것 같았다. 그들은 저택 두 군데에 침입하여 팔기 쉬운 물건을 훔쳤다. TV, 트랜지스터라디오, 크리스테르가 진품이라고 우긴 오리엔탈 러그 두 점. 한 집에서는 진열장을 깨고 술도 몇 병 훔쳤다. 현금도 발견했다. 돼지 저금통을 깨 보니 그 속에 새로 나온 5크로나 동전이 서른 개쯤 들어 있었다.

성공적인 밤일이었다. 난데없이 나타난 순찰차를 만나기 전까지는.

벌써 몇 번째로 떠올리는지 헤아릴 수 없을 지경이었지만, 카스페르는 다시 한번 사건 순서를 되새겼다. 처음에는 갑자기 젊은 경찰관이 총을 들고 서 있었다. 그다음 더 나이 많은 경찰관이 크리스페르의 멱살을 잡았고, 그다음 총성이 울렸는데, 카스페르는 처음에 젊은 경찰관의 총에서 나온 소리인 줄 알았다. 그런데 경찰관이 쓰러지고 곧이어 다른 경찰관도 쓰러졌다. 그제야 카스페르는 총을 쏜 것이 크리스테르라는 사실을 깨달았다.

그다음에는 모든 일이 너무 빨리 진행되었다. 카스페르는 겁에 질려 크리스테르가 죽었는지 다치기만 했는지 알아보지도 않은 채 차를 몰고 내뺐다.

카스페르는 왔던 길을 되짚어 말뫼 쪽으로 갔지만, 고속도로를 만난 뒤에는 다른 길을 택했다.

벌써 경보가 울렸을 테고 경찰차들과 구급차들이 말뫼에서 내려가고 있으리라는 것을 그도 알았다.

그때 기름이 떨어졌다.

순찰차가 나타났을 때 그와 크리스테르는 곧 적당한 차를 찾아서 휘발유를 훔쳐야겠다고 말하던 중이었다. 그런데 이후 공포에 휩싸여 무작정 밟아 도망치느라 탱크가 거의 비었다는 사실을 까맣게 잊고 있었다.

카스페르는 차를 굴려 낮은 언덕을 내려간 뒤 쓰러져가는 헛간 뒤에 세웠다. 훔친 물건은 차에 고스란히 남겨두고 내렸다.

그는 도로변을 따라 걸어서 어느 동네에 다다랐다. 멀리서 경찰 사이렌 소리가 들렸다. 그 소리가 그를 공포로 몰아넣으며 더욱 절박해지게 만들었다. 그는 차들을 여러 대 시도한 끝에 훔칠 수 있는 것을 발견했다. 어느 큰 집의 개방형 차고에 주차된 차였는데 문이 잠겨 있지 않았다.

카스페르는 위험성을 알았다. 주인이 갑자기 집 밖으로 나올지도 모르는 노릇이었다. 하지만 일요일인데다 아직 이른 아침이었고, 그가 시동을 거는 데는 이 분이면 충분했다.

그후로 그는 계속 북쪽으로 달렸다.

집으로. 스톡홀름으로.

카스페르는 십구 년 평생을 스톡홀름에서 살았다. 하지만 시내에서 산 적은 없었다. 그는 교외에서 태어나고 자랐다. 교외에서 부모와 함께 살았고, 삼 년 전까지 학교를 다녔다. 졸업 후에는 인정컨대 다소 마지못한 심정으로 일을 찾아보았다. 그러다 이 년 전에 부모가 이사했다. 부모는 쇠데르텔리에 외곽에 집을 샀지만, 그는 부모와 함께 옮기고 싶지 않았으므로, 이후 혼자 수도에서 근근이 먹고살기 시작했다.

집을 구한다는 건 처음부터 논외였다. 그는 실업수당과 복지수당으로 살았다. 주로 친구나 짧게 만난 여자 친구의 집에 얹혀 지냈다. 보통 더부살이에게 내줄 공간이 있는 젊은 이혼 여성들이었다.

점차 카스페르는 소규모로만 활동하고 또 잡히지 않을 정도로만 똑똑하다면 범죄가 돈이 된다고 여기는 사람들과 어울리게 되었다. 그는 빈집털이에 가담했고, 혼자 사소한 절도를 저질렀고, 자동차 절도에 손댔고, 장물도 다뤘다. 말름스킬나스가탄* 거리에 나가는 여자아이의 수입으로 두어 달 산 적도 있었다. 여자아이가 집에 손님을 데려오면 그는 부엌에서 보드카와

---

* 1970년대에 길거리 매춘이 성행했던 거리.

경찰 살해자

폼마크를 마시며 앉아 있었다. 범죄 활동에 관해서 그에게는 두 가지 원칙이 있었다. 절대 마약을 다루지 말 것과 절대 무기를 지니지 말 것이었다. 어린 외모는 종종 도움이 되었고, 붙잡혀서 유죄를 선고받은 적은 단 한 번뿐이었다.

카스페르는 자기 삶이 자기 탓이라고 생각하지 않았다. 스웨덴의 다른 많은 젊은이들이 그렇듯, 그는 사회적 지위와 물질적 부만이 개인의 가치를 재는 잣대인데다가 젊은이들에게 정직하고 비교적 보람찬 일자리를 제공하지도 못하는 사회질서에 아무런 충성심을 느낄 수 없었다. 죄의식의 문제는 이렇게 해소되었고, 이제 그는 다른 많은 또래들과 같은 의견을 품고 있었다. 자신은 시민들에게 거짓과 기만을 주면서 그들에게 연대감을 요구하는 이 염세적 정치체제에 태어나고 싶어서 태어난 게 아니라는 생각이었다. 그는 또 부끄럽게 여겨야 할 사람은 자신이 아니라 나라의 운영자들이라고 생각했다.

카스페르는 카트리네홀름 근처에서 휘발유를 넣었다. 그가 반짝거리는 5크로나 동전으로 계산을 치르자, 주유소 남자가 그것들을 한참 들여다보다가 금전출납기에 넣었다.

"이런 걸 써버리면 아깝지 않아요?"

카스페르는 어깨를 으쓱하며 뭐라고 설명해야 하나 생각했지만 곧 포기했다.

갑자기 허기가 느껴졌다. 그는 바로 옆 식당에 들어갔다. 오늘의 메뉴를 시켰는데, 끈적거리고 무미한 브라운소스를 끼얹은 정체 모를 다진 고기에 월귤 잼 한 덩이와 너무 익힌 감자 네 알이 곁들여져 나왔다. 맛은 고사하고 따끈하지도 않았지만 너무 배가 고파서 신경 쓰지 않았다.

다시 한동안 차로 달린 뒤, 그는 어느 가판대 앞에 멈춰서 담배와 껌과 신문을 샀다. 차로 돌아가면서 1면의 기사 제목을 훑어보았다.

그는 신문을 옆자리에 두고 갓길로 차를 뺐다. 운전대에 신문을 펼치고 읽어보았다.

크리스테르는 죽었다. 하지만 세 경찰관은 아직 살아 있었다. 자신은 경찰이 전국적으로 쫓는 탈주자가 되어 있었다. 기사는 그를 "갱스터", "무법자", "경찰 살해자"라고 불렀다. 그는 기사 초반을 다시 읽어보았다. 경찰관들의 상태를 말한 대목이었다. 두 명은 위중한 듯했지만, 그가 제대로 읽은 거라면 죽은 사람은 없었다. 그런데 어떻게 자신이 "경찰 살해자"가 되지? 더군다나 그는 무기도 없었다.

그는 기사를 찬찬히 읽었다. 그도 크리스테르도 아직 신원이 밝혀지지 않았고, 차도 발견되지 않았다. 당분간은 경찰이 연녹색 대형 쉐보레를 수배할 테지만 그가 차를 잘 숨기진 못했기 때문에 머지않아 발견될 것은 자명한 사실이었다.

신문을 다 읽은 뒤, 그는 한참 가만히 앉아서 애써 생각을 정리했다. 슬금슬금 물러났던 두려움이 다시 덮쳐왔다. 그는 명료하고 차분하게 생각하려고 애썼다.

그가 지은 죄는 빈집털이 두어 건과 차량 절도뿐이었다. 총을 쏜 것은 그가 아니었다. 설령 붙잡히더라도 경찰은 그가 총을 쐈다는 걸 입증하기 어려울 테고, 실제로 지은 죄에 대한 처벌은 무겁지 않을 터였다. 그렇기는 해도 현재로서는 그에게 승산이 있었다. 침착하게만 행동한다면 무사히 빠져나갈 가능성이 없지 않았다.

한참 뒤 그는 신문을 뭉쳐서 도랑에 내버리고 차를 몰고 떠났다. 어떻게 할지 마음을 정했다.

그는 잡화점에 들러서 구식 차량 번호판 두 개를 만들 수 있는 재료를 샀다. 시외로 나가서 작은 숲길에 차를 세웠다. 두 번호판을 조립한 뒤, 차에 달린 번호판을 떼어 나무 틈에 묻었다. 가짜 번호판을 달았다. 그리고 쇠데르텔리에로 향했다.

그는 부모 집 차고에 차를 넣었다. 운이 좋다면 며칠은 이곳에 차를 세워둘 수 있을 터였다. 아버지는 출장이 잦은 판매원이라 자주 며칠씩 차를 끌고 집을 비웠다.

카스페르는 운이 좋았다. 어머니는 집에 있었지만 아버지는 주말에야 온다고 했다. 그는 어머니에게 친구에게 빌린 차라고 말했다.

어머니는 아들을 만나 기뻐했고, 그가 며칠 머물 생각이라고 말하자 더 기뻐했다.

저녁으로 어머니는 그가 제일 좋아하는 음식을 차려주었다. 양파를 곁들인 스테이크, 감자튀김, 그리고 바닐라 소스를 얹은 사과 케이크였다.

그는 아버지의 침대에서 일찍 잠을 청했다. 비교적 안전하다고 느끼면서 잠이 들었다.

21.

 11월 21일 아침, 구스타브 보릴룬드는 말뫼 종합병원 격리병동에서 죽었다. 병원에 너무 늦게 왔기에 의사들은 손쓸 도리가 없었다.

 그러나 에밀 엘로프손과 다비드 헥토르는 죽지 않았다. 외과 의사들의 뛰어난 수완 덕분이었다. 많은 의사가 관계 당국의 어리석음을 견디다 못해 해외로 빠져나간 터라 스웨덴에는 이제 좋은 의사가 많지 않았다. 하지만 엘로프손과 헥토르는 운이 좋았다. 그들은 일류의 의료 조치를 신속하게 받았고, 중요한 환자로 대우받았다.

 둘 다 상황은 나빴다. 특히 엘로프손은 간에 관통상을 입은 데다가 췌장 근처에도 총상을 입었다. 하지만 불운했던 제임스

가필드 대통령의 시대 이래 의학은 장족의 발전을 해왔고, 불만스러운 시스템에도 불구하고 동포에 대한 충성심으로 이 나라에 남기로 결정한 의사들은 늘 과중한 업무에 지쳐 수술중 메스를 떨어뜨릴 지경이지만 실력은 좋았다.

월요일과 화요일에는 엘로프손도 헥토르도 면담할 수 있는 상태가 아니었다. 보릴룬드는 면담이 가능했지만 아는 게 없었다. 자신이 죽어가고 있다는 사실조차 몰랐다.

전술 지휘관의 성과는 모두가 예상한 수준이었다. 도주 차량은 발견되지 않았고, 총에 맞아 죽은 범인의 신원도 확인되지 않았다.

보릴룬드는 비교적 무해한 소동으로 구성된 긴 경력을 수요일 새벽 4시 무렵에 마지막 한숨과 함께 마감했다. 그는 나쁜 사람은 아니었다. 한번은 어느 유고슬라비아 출신 아이에게 목캔디를 주라고 엘로프손을 부추기기도 했다. 아이에게 목캔디를 줘도 되는지는 모르겠지만.

몇 시간 후, 보릴룬드 사망 소식이 국가경찰위원회에 전달되었다. 높은 분은 발작을 일으켰고 스티그 말름은 말뫼 경찰서장과 여러 차례 통화했다. 말름이 통화하는 동안 실력자 본인이 뒤에 서 있었는데, 그가 어찌나 부들부들 떨었던지 그 진동으로 전화선이 해체되지 않은 게 신기했다.

경찰 살해자

국가경찰위원회가 바라는 것은 행동이었다.

그들이 말하는 행동이란 방탄조끼를 입고 플렉시글라스 바이저가 달린 헬멧을 쓴 경찰관들이 버스 수십 대로 출동하는 것이었다.

그것은 또한 저격수와 자동화기와 최루탄을 뜻했다. 모두 군대로부터 무기한 대여해두었기에 당장에라도 쓸 수 있는 물건들이었다.

렌나르트 콜베리가 생각하는 행동은 사람들과 이야기를 나누는 것이었다.

월요일과 화요일에 콜베리는 의욕 넘치는 경찰관들이 외국인이거나 수상쩍은 복장을 했다는 이유로 젊은이들을 마구 잡아들이는 모습을 손 놓고 보기만 했다.

콜베리는 이 일을 오래 했기에, 누군가 반년간 이발소에 가지 않았다는 이유로 그에게 살인 혐의자라는 딱지를 붙여선 안 된다는 걸 알았다. 게다가 콜베리가 알기로 살해된 사람은 없었다.

하지만 보릴룬드의 사망으로 모두가 심하게 격앙한 터라 누군가는 건설적인 일을 할 필요가 있었다.

그래서 콜베리는 경찰 고위급이 주로 묵는 상트예르겐 호텔에 세워둔 차를 끌고 나와서 말뫼 종합병원으로 갔다.

그는 엘로프손과 헥토르를 면담할 생각이었다. 의사들도 꽤

찮을 거라고 말했다. 둘 다 상태에 비해 정신이 맑다고 했다.

단련된 사람인 콜베리도 병동에 들어섰을 때 살짝 충격이 드는 걸 어쩔 수 없었다. 그는 페르 몬손이 써준 쪽지를 다시 보았다. 병실 호수는 맞았다. 자신이 스웨덴에 있다는 사실은 잘 알았다.

병원 건물은 19세기에 지어진 것이었고, 지금 그가 있는 병실에는 환자가 서른 명쯤 누워 있었다. 신음과 도움을 청하는 울음 섞인 목소리가 병실을 울리는 것으로 보아 위중한 환자도 많은 것 같았다. 악취가 형용할 수 없을 정도였다. 눈앞의 장면은 크림전쟁 때의 야전 의무실을 연상시켰다. 침대 사이에 가리개나 커튼도 없었다.

흰 가운을 입은 무표정한 여자는 청소원이었다. 콜베리가 의사가 어디 있는지 묻자 여자는 새파랗고 몽롱한 눈으로 그를 보며 말했다.

"아, 의사요? 아직 안 오셨어요."

근무중인 의사가 있기는 했다. 셔츠 단추를 배꼽까지 풀어헤친 가무잡잡한 남자였다. 그는 직원실에서 커피를 마시고 있다. 문제는 그가 아프가니스탄 출신이라 콜베리로서는 발음하기 어려운 이름을 갖고 있다는 것, 그리고 그의 영어가 몽골인민공화국 양치기의 영어로는 손색없을 만한 수준이라는 것이었다.

의사 부족은 누구나 아는 일이었지만 간호사 부족은 더 심각했다. 결국 콜베리는 간호사를 찾아냈다. 간호사는 결원 때문에 현재 두 병실을 혼자 돌보며 열네 시간 근무중이라고 했는데, 겉으로는 그런 기색을 조금도 비치지 않았다. 서른다섯 살쯤 되어 보이는 차분한 금발 여성이었다. 날씬하고 튼튼한 몸, 또렷한 눈, 근육질 종아리를 가진 여성이었다.

　관능주의자인 콜베리에게 그 간호사는 대단히 매혹적으로 보였다.

　콜베리가 십 년만 젊었어도 그 여성에게 엄청나게 끌렸을 것 같았다. 하지만 이제 콜베리를 흥분시키는 사람은 아내뿐이었다. 군은 갈색 머리였다. 콜베리가 지적인 부분 못지않게 중요하게 여기는, 성적으로 자신과 어울리는 상대를 신중하게 찾은 결과가 군이었다. 군은 좋은 여성이었고, 이보다 더 행복할 수 있을까 싶을 정도로 콜베리를 행복하게 만들어주었다.

　군은 예뻤다. 콜베리는 자신이 제일 좋아하는 영화배우인 타티야나 사모일로바와 군이 닮았다고 생각했다. 콜베리는 극장에 자주 가지 않는 편이었지만 사모일로바가 나오는 영화는 한 편도 놓치지 않았다.

　그런데 콜베리가 보기에 군은 그 타티야나 사모일로바보다 더 예뻤다. 대단한 일이었다.

콜베리는 아내를 사랑했다. 아내는 그의 인생이었다. 아내와 아이들. 보딜은 여섯 살이 되었으니 곧 학교에 들어갈 테고, 요아킴은 아직 세 살이었다. 착한 아이들이었다.

이날 아침에 콜베리는 호텔 방 거울에 자신을 비춰보았다. 홀딱 벗은 채로 전신을 비춰보았다.

예쁜 군과 달리 자신은 뚱뚱하고 시들시들해 보였다. 마음에 들지 않았다.

하지만 또한 콜베리는 동일 노동 동일 임금의 원칙조차 지켜지지 않는 사회에서 여성을 성적 대상으로만 보는 것을 싫어하는 사람이었다.

그는 간호사를 보았다. 어떻게 저렇게 생생하고 건강해 보이지? 큰 병실 두 개를 담당하는데?

간호사는 쾌활했다. 자기 직업을 좋아하는 게 분명했다.

환자가 쉰 명이 넘고, 그중 다수가 중환자이고, 그중 일부는 죽어가는데도.

이 낯부끄러운 병원에서.

콜베리는 간호사에게 신분증을 보여주었다.

"병실을 잘못 찾아오셨어요." 간호사가 말했다. "그분들은 이 병동이 아니라 오래된 독실에 있어요. 독실이 총 네 개 있거든요. 한 방에 두 명씩. 경찰관들이 있는 방은 2번 방이에요."

"고맙습니다."

"위중한 환자들이 있는 방이죠."

"그리고 특권이 있는 환자들요?"

"네, 그렇게 말할 수도 있겠네요."

콜베리는 슬쩍 간호사의 종아리와 무릎을 보았다. 어쩔 수가 없었다. 간호사는 흰 가운 밑에 브래지어를 하고 있었다.

"원한다면 이야기를 나눠보실 수 있어요." 간호사가 말했다. "길게는 어렵지만요. 엘로프손 씨는 상태가 나쁘거든요. 하지만 아마 더 오래 누워 있어야 하는 분은 헥토르 씨일 거예요."

"짧게 하겠습니다."

"외과 수석 선생님이 직접 집도하셨어요. 네 건을 연달아. 그러지 않았다면 두 분은 가망이 없었을 거예요. 적어도 엘로프손 씨는."

병실은 경찰이 자신들의 부상자를 잊지 않는다는 사실을 유감없이 보여주고 있었다. 꽃다발, 초콜릿, 과일이 산더미처럼 있었고 라디오와 컬러TV도 있었다.

헥토르는 왼팔과 두 다리 모두를 견인 장치에 걸고 있었지만 정신은 더 초롱초롱한 듯했다.

엘로프손은 정맥주사를 네 줄이나 매달고 있었다. 하나로는 수혈을 받고 있었고, 나머지 세 줄로는 다채로운 색의 액체를 주입받고 있었다. 덩치가 크고 이목구비가 굵직한 엘로프손은 현재 상태 때문인지 표정이 둔했다.

콜베리는 자기소개를 했다. 콜베리에게 엘로프손은 어디선가 봤던 얼굴 같았다. 헥토르는 초면이었으나 요즘의 전형적인 젊은 경찰관처럼 생겼다. 외모가 전형적일 수 있다면 말이다.

그들은 이미 경찰서장부터 시작해서 어쩌다 마주친 순경에게까지 모두에게서 위로의 말을 들었겠지만, 콜베리는 그래도 위로의 말을 건네야 할 것 같았다.

"이렇게 병원에 누워 있다니 안됐습니다." 콜베리가 평범하게 말했다.

"우리는 아직 죽을 때가 아니었던 거겠죠." 헥토르가 말했다.

헥토르는 종교를 믿는지도 모르겠다.

"당신이 쏜 남자, 그는 죽었습니다."

"네. 신기하죠, 제가 맞힌 것 말입니다." 헥토르가 말했다. "저는 총알이 두 발뿐이었지만 여기 선배가 사선을 막고 있었던데다 어두웠거든요."

"아직 다른 남자는 못 잡았습니다. 그가 어떻게 생겼는지 봤습니까?"

"이 친구가 말했듯이 날이 아직 어두웠습니다." 엘로프손이 대답했다.

경찰 살해자

"그래도 보기는 했지요?"

"똑똑히 보진 못했습니다." 헥토르가 대답했다. "동료가 사이에 끼어 있었고, 저는 다른 남자에게 집중했거든요. 하지만 그가 금발이었던 건 기억합니다."

"볼 시간이 없었습니다." 엘로프손이었다. "하지만 그냥 애였습니다. 그러니까 많아야 스무 살요. 그리고 머리가 금발이고 길었습니다."

"그가 무슨 말을 했습니까?"

"선배가 그들에게 말하는 건 들었지만, 그들이 대답하는 건 못 들었습니다." 헥토르였다.

"둘 다 말은 별로 안 했습니다. 키 큰 쪽만 말했고요. 다른 쪽은 한마디도 안 했던 것 같습니다." 엘로프손이었다.

"키 큰 남자가 자기는 아무 짓도 안 했다고 말했어요." 헥토르였다. "이제 기억납니다. 제가 전조등을 켜지 않고 운전한 걸 지적했더니 그가 자기는 아무 짓도 안 했다고 말했습니다."

"맞습니다." 엘로프손이었다. "헥토르가 전조등을 안 켠 게 위반이라고 말했더니 그가 자기들은 아무 짓도 안 했다고 말했습니다."

"그들이 한 말은 그게 전부입니까?"

"아뇨." 엘로프손이 대답했다. "총질을 시작한 뒤에 키 큰 남자가 한마디 더 했습니다. '차에 타', 뭐 그런 말을 한 뒤에 이름을 불렀는데요."

"이름을 기억합니까?"

"잠깐만요. 희한한 이름이었습니다. K로 시작하는. 클라우스였던가."

"그건 별로 희한하지 않은데요."

"그렇죠. 그것보다 더 희한했어요. 금방 생각해내겠습니다."

"천천히 생각하세요." 콜베리가 말했다. "떠오를 겁니다."

"저는 이름은 못 들었습니다." 헥토르였다.

"우리는 아직 차량도 못 찾았습니다." 콜베리가 말했다.

"무전에서 준 게 잘못된 정보였습니다." 헥토르가 말했다. "무전에서는 크라이슬러라고 했는데, 틀림없이 오래된 쉐보레였습니다."

"어떻게 알아?" 엘로프손이 물었다.

"저는 차를 잘 알아요." 헥토르가 대답했다. "무전에서는 파란색 크라이슬러라고 했지만, 장담컨대 쉐보레였어요. 게다가 초록색이었어요. 번호도 잘못 알려줬습니다."

"늘 그런 식이죠." 엘로프손이 말했다. "늘 틀리게 알려줍니다. 하지만 저는 무전에서 뭐라고 했는지는 기억나지 않네요."

"저는 기억합니다. 구식 번호판을 단 개조 자동차라고 말했어요. 그건 맞았는데, 그 외에는 다 틀렸죠."

"전형적이야." 이렇게 말한 엘로프손의 숨이 거칠어졌다.

"아픕니까?" 콜베리가 안타까워하며 물었다.

"네. 가끔 죽도록 아픕니다."

콜베리가 헥토르에게 물었다.

"차량 묘사가 틀렸다고 했죠. 제조사와 색깔은 들었고, 또 뭐 없습니까?"

"있습니다. 무전에서는 차에 여자 둘과 남자 하나가 타고 있다고 말했지만, 실제로는 남자만 둘이었고 여자는 없었습니다."

"이제 기억나네요." 엘로프손이 불쑥 말했다. "카스페르."

"카스페르."

"맞습니다. 나를 쏜 남자가 '차에 타, 카스페르'라고 말했어요. 카스페르였습니다."

"확실합니까?"

"네, 확실합니다. 희한한 이름이라고 말씀 드렸잖습니까. 카스페르는 희한하잖아요. 그런 이름을 가진 사람은 한 명도 못 봤습니다."

"저도 못 봤습니다." 콜베리가 말했다.

"번호판도 달랐습니다." 헥토르였다. "무전에서는 A 번호판 이라고 했거든요. 스톡홀름 시 차량이라고 표시된 구식 번호판

말입니다. 그리고 숫자에 6이 세 개 있다고 했습니다. 하지만 틀렸어요. 일단 B 번호판이었고, 숫자는 7 두 개로 시작했습니다. 그 뒤에 다른 숫자들이 있었고, 어쩌면 7이 하나 더 있었을 지도 모르겠습니다."

"저는 잘 기억나지 않습니다." 엘로프손이었다.

"중요한 사실이군요." 콜베리가 말했다. "초록색 쉐보레였고, 스톡홀름 주 차량이었고, 숫자에 7이 둘 혹은 세 개 있었단 말이죠."

"네, 믿으셔도 됩니다. 저는 늘 제대로 관찰하려고 애씁니다." 헥토르가 말했다.

"네, 맞습니다. 이 친구는 늘 빠릿빠릿합니다."

"카스페르라는 남자는 옷을 어떻게 입었습니까?"

"어두운색 재킷과 청바지요." 헥토르가 대답했다. "바람막이 같은 것 말입니다. 금발에 자그마한 애였습니다. 선배가 말한 것처럼 머리는 길었고요."

"요즘 애들은 다 그렇게 입습니다." 엘로프손이었다.

견습 간호사가 시험관이 잔뜩 든 카트를 밀고 들어왔다. 간호사는 엘로프손에게 붙어서 바삐 무언가를 했다. 콜베리는 옆으로 비켰다.

"질문 몇 개 더 해도 되겠습니까?"

"그럼요." 헥토르였다. "저는 멀쩡합니다. 뭘 알고 싶으십니까?"

"그때 상황을 정확히 알고 싶습니다. 자, 당신이 차를 세우고 내렸습니다. 상대 차량의 제조사와 색깔과 번호판은 그때 이미 머릿속에 기억해뒀고요."

"맞습니다."

"남자들은 차에서 뭘 하고 있었지요?"

"그들도 내렸습니다. 에밀이, 선배가 손전등으로 차량 뒷좌석을 비춰봤습니다. 그다음에 에밀이 가까이 서 있던 남자를 붙잡았습니다. 그런데 그가 총을 쏘기 시작했습니다."

"그걸 당신이 맞았습니까?"

"대충 그랬습니다. 제 생각에는 여기 동료가 먼저 맞았습니다. 하지만 정말 눈 깜박할 사이에 벌어진 일이라서요. 그다음에 제가 맞았습니다."

"그런데 총을 꺼낼 여유가 있었습니까?"

"이미 꺼내 들고 있었습니다."

"손에 총을 든 채로 그 차를 향해서 걸어갔다는 말입니까?"

"네, 제가 뭔가를 예감하고 있었나 봅니다."

"차에 탄 남자들이 당신이 총을 든 걸 봤을까요?"

"봤을 겁니다. 하지만 저는 약실에 탄약이 없었습니다. 그게,

그러면 규정 위반이니까요. 그래서 응사하기 전에 노리쇠를 당겨야 했습니다."

콜베리는 점점 더 정신이 흐려지는 듯한 엘로프손을 흘긋 보았다. 감식반 조사에 따르면, 엘로프손과 보릴룬드의 총은 약실에 총알이 들어 있었다. 하지만 둘 다 쏘지 않았고, 엘로프손은 총집을 채운 것을 풀지도 않았다.

"저기요." 헥토르가 말했다. "구스타브 보릴룬드가 죽었다는 소문을 들었습니다. 정말입니까?"

"네." 콜베리가 대답했다. "오늘 새벽에 죽었습니다. 이 병원에서. 다른 병동에서."

"끔찍하군요." 헥토르가 말했다.

콜베리는 끄덕였다. "그래요. 좋지 않죠."

"그 일이 있을 때, 저는 그를 못 봤습니다." 헥토르가 말했다. "그는 제 뒤에 있었습니다. 아마 맨 먼저 맞았나 봅니다."

"나는 그를 봤어." 엘로프손이 잠긴 목소리로 말했다. "네가 그 무법자를 쏜 뒤에 그가 내게 기어서 왔어. 도움을 요청한 것도 그였어. 내게 응급처치를 해준 것도 그였어. 보니까 그도 다쳤던데. 구스타브가 죽었어?"

콜베리는 엘로프손이 의식을 잃기 시작했다는 걸 알았지만, 해야 할 질문이 더 있었다.

"두 남자가 모두 당신에게 총을 쐈습니까?"

"저는 다른 남자도 쐈다고 생각했습니다." 엘로프손이 대답했다. "일이 벌어지는 중에는, 둘 다 내게 총을 쏘고 있다고 믿었습니다. 왜냐하면 제 뒤에서도 총소리가 들렸거든요. 하지만 이제 보니 그건 이 친구, 다비드가 쏜 거였습니다."

콜베리가 이번에는 헥토르에게 물었다.

"어떻게 생각합니까?"

"제가 확실히 본 건, 저랑 에밀이 쓰러져 있을 때 키 큰 검은 머리 남자가 우리에게 총을 쐈다는 것뿐입니다. 그다음에 제가 그를 쐈고요. 그다음에는 아무것도 기억이 안 납니다. 하지만 에밀은 의식이 있었어요."

"음." 엘로프손이 작은 목소리로 말했다. "나를 쏜 남자가 손을 번쩍 들면서 무너지듯이 쓰러지는 걸 봤습니다. 그 뒤에 차가 후진해서 달아나는 소리를 들었습니다."

"그러니까 두 분 다 금발의 어린 남자도 당신들에게 총을 쐈다고 생각하진 않는군요? 그가 총을 갖고 있었는지도 모르고?"

"네." 헥토르가 대답했다. "제가 보기로는 그랬습니다."

엘로프손은 대답하지 않았다. 혼수에 빠진 듯했다.

콜베리는 헥토르를 보았다. 머릿속에서 질문이 떠올랐지만 그것을 묻지는 않았다.

당신은 그런 예감을 자주 느낍니까? 총부터 꺼내 들고 질문
은 나중에 하게 만드는 예감?

하지만 콜베리는 굳이 말하지 않았다. 적당한 순간이 아닌
듯했다.

"자, 그럼 가보겠습니다. 어서 쾌차하십시오."

나오는 길에 콜베리는 담당 의사를 만나보려고 했다.

"수술중이십니다." 간호사가 말했다.

"그러면 그 아클람……."

"아즈타즈칸자케르스키주 선생님요." 간호사가 말했다. "그
분도 수술중이십니다. 뭘 알고 싶으신가요?"

"엘로프손의 상태가 상당히 나빠 보이던데요."

"그분은 약하세요." 간호사의 대답이었다. "하지만 중환자 명
단에서는 벌써 빠졌습니다. 두 분 다 회복할 겁니다. 다만……."

"다만?"

"중상이었으니까요. 두 분 다 완벽하게 회복하긴 어려울지도
모릅니다."

콜베리는 진저리를 쳤다. "슬프네요."

"그래도 늘 밝은 면을 보려고 노력해야죠." 간호사가 말했다.

"그렇겠죠." 콜베리가 말했다. "안녕히 계십시오."

병원 방문은 소득이 있었고, 생각할 거리도 안겨주었다.

말뫼 경찰서에서, 페르 몬손은 씹던 이쑤시개를 아작 내고 조각을 쓰레기통에 버렸다.

"끝내주는군요. 그러니까 우리가 사흘간 엉뚱한 차를 찾겠다고 전국적으로 수사망을 펼쳤다는 거네요. 제조사도 틀려, 색깔도 틀려, 번호판 알파벳도 틀려, 숫자도 틀려. 또 틀린 게 있을까요?"

"보릴룬드는 왜 죽었습니까?" 콜베리가 물었다.

"그는 총격에 연관되어 사망했습니다." 몬손이 엄숙하게 말했다. "언론에 그렇게 말할 겁니다."

몬손이 가슴 주머니에서 새 이쑤시개를 꺼내어 셀로판 포장지를 천천히 벗겼다.

"어떠한 오해도 없도록, 내가 방금 종이에 적어뒀습니다."

몬손이 종이를 콜베리에게 건넸다.

구스타브 보릴룬드 경사(37세)가 융후센에서 경찰관들과 무장한 두 남자 사이에 벌어졌던 총격전과 관련된 부상으로 오늘 아침 사망했다. 다른 두 경찰관도 같은 총격전에서 중상을 입었다. 하지만 현재 그들은 상태가 비교적 좋은 편이다.

콜베리가 종이를 책상에 내려놓았다.

"정말로 왜 죽었습니까?"

몬손이 표정을 읽을 수 없는 얼굴로 창밖을 응시하면서 말했다.

"말벌에 쏘였습니다."

22.

몬손과 콜베리는 힘든 시간을 보냈다. 스티그 말름은 수요일 오후 내내 매처럼 그들을 쪼아댔다. 유일한 위안은 전술 지휘관이 스톡홀름에 있고 부하들을 전화로만 괴롭힌다는 점이었다.

어떻게 되어가나?

차는 찾았나?

살인범의 신원은 알아냈나?

다른 무법자의 신원은?

그리고 물론 늘 빠지지 않는 질문.

"왜 아무것도 안 하고 있나?"

이 질문을 받은 것은 몬손이었지만, 몬손은 이런 일로는 평정심을 잃지 않았다.

"아, 지금 많은 일을 하고 있습니다."

콜베리는 책상 맞은편에 앉아서 몬손을 보며 그의 평정심에 감탄했다. 말름이 귀에 대고 구시렁거리는데도 몬손은 태연히 이쑤시개를 씹었다.

"이제 드디어 실마리를 잡았습니다." 몬손이 말했다.

잠시 후에 또 말했다.

"아뇨, 저라면 그러지 않겠습니다. 중앙에 조정자가 있는 편이 낫습니다. 누군가 전체를 관장해야지요. 네, 알려드리겠습니다."

몬손이 전화를 끊었다.

"내려오겠다고 협박하는데요." 몬손이 말했다. "그가 망할 비행기로 날아온다면, 두 시간이면 여기 도착할 겁니다."

"안 돼." 콜베리가 낙담했다. "그것만은 안 돼."

"진심 같진 않습니다." 몬손이 말했다. "그리고 곧 뭔가 돌파구가 있을 겁니다. 게다가 그는 비행기를 좋아하지 않아요. 몇 년 전에 발견한 사실이죠."

몬손이 옳았다. 말름은 나타나지 않았고, 목요일 오전에 그들에게 돌파구가 나타났다.

콜베리는 전날 누가 싸다고 추천한 식당에서 거의 먹어줄 수 없는 음식을 저녁으로 먹은 뒤 잠을 설쳤다. 아침에 깨어난 그는 부러운 심정으로 마르틴 베크를 떠올렸다. 마르틴 베크는 아마 안데르슬뢰브의 여관에서 멋진 식사를 했을 테고 지금은 뇌이드와 앉아서 시그브리트 모르드 사건을 궁리하고 있을 테지.

하지만 콜베리는 호텔에서 햄과 달걀 2인분을 해치웠고, 덕분에 경찰서의 커다란 구리 문을 통과하여 한 층 위 몬손의 사무실로 올라가 아침에 나온 따끈한 소식을 들었을 때 기분이 약간 나아진 상태였다. 콜베리는 아침 신문 기사에서 "경찰관 사망"이라는 문구를 보고 온 참이었다.

"좋은 아침." 몬손이 말했다. "아침 식사를 방해하고 싶지 않았습니다. 아무튼, 헥토르와 엘로프손을 쏜 사람의 신원이 밝혀졌어요."

"누굽니까?"

"이름은 크리스테르 파울손. 중앙 지문 기록부가 이제야 일치하는 카드를 찾아냈답니다. 늘 그렇듯이 컴퓨터가 말썽이었다나."

컴퓨터가 말썽이라. 콜베리는 한숨을 쉬었다. 경찰 국영화 이래 그의 삶은 이런 재앙으로 점철되었다.

"차도 발견했습니다. 벨링에 근처 농가의 낡은 별채 뒤에 세워져 있었답니다. 농부의 말로는 지난 일요일부터 차가 있었다는데, 누가 슬쩍 버리고 간 고물 차겠거니 생각했답니다. 그도 신문에서 차량 묘사를 읽었지만, 젠장할, 색깔도 번호도 제조사도 달랐으니까요. 벤뉘가 처리하러 갔습니다. 좀 있으면 이리로 끌고 올 겁니다."

"음." 콜베리가 말했다.

전국 방방곡곡 사람들이 내버린 고물 차가 즐비했다. 낡은 차를 처분하는 방법으로 그게 가장 싸고 간단하기 때문이었다.

"크리스테르 파울손에 대해서는 뭘 좀 압니까?" 콜베리가 물었다.

"상당히. 그는 교정 시설을 출소한 지 얼마 되지 않았답니다. 스물네 살인데 이미 전과가 화려하고요. 원래 스웨덴 중부 출신이지만 여기서 산 지 꽤 된 모양입니다."

"그리고 지금은 죽었고?"

"네. 헥토르가 쏴서 죽였죠. 정당방위로. 지금은 이 정돕니다. 정신과 의사의 소견서가 있는데, 신경증적인 타입이라고……."

몬손이 앞에 놓인 보고서 중 하나를 보았다.

"네, 반사회적 타입. 사회에 저항하는. 교육을 다 받지 않았고 직장을 가졌던 적도 없습니다. 하지만 폭력 범죄로 형을 산 적도 없어요. 이따금 무기를 소지하기는 했던 모양이지만. 터프하게 보이고 싶었겠죠. 또 약물의존자였습니다."

콜베리는 한숨을 쉬었다. 이른바 복지국가에 이런 타입의 사람이 너무 많아져서, 이제 개개인을 추적하여 관리하기란 불가능했다. 더 나쁜 점은 그들을 어떻게 하면 좋은지 아는 사람이 아무도 없다는 것이었다.

경찰의 기여는 보통 경찰봉으로 그들의 머리를 때려주거나 파출소에서 살짝 손봐주는 데에 그쳤다.

"헥토르가 먼저 총을 휘두르지 않았더라도 과연 그가 쐈을까." 콜베리가 말했다.

"뭐라고 했습니까?"

"아무것도 아니에요. 혼잣말이었습니다."

"다 들었어요." 몬손이 잠시 묵묵히 있다가 말했다. "나도 그 생각을 했습니다. 하지만 그만 생각하기로 했어요. 어차피 영영 알 수 없는 일이니까요."

"누구를 쏴봤습니까?"

몬손은 씹던 이쑤시개를 살펴보며 쿡쿡 웃었다.

"네. 한 번. 도살장을 탈출해서 시내로 들어온 소를 쐈죠. 전차가 다니던 시절이었는데, 그 불쌍한 녀석이 크레우게르오크 톨 다리에서 석탄 운반용 전차를 공격했어요. 투우가 따로 없었습니다."

"음."

"하지만 오래전 일입니다." 몬손이 말했다. "게다가 특수한 경우였고요. 그때 기병도를 갖고 있지 않았던 걸 늘 아쉽게 생각했지요. 그랬다면 진짜 투우사가 될 수 있었을 텐데요."

"나는 소를 쏴본 적은 없습니다."

"전혀 아까울 것 없습니다. 소가 길 한가운데에 피 흘리고 누워서 나를 가만히 보더라고요. 어이구. 이후로 총을 지니지 않습니다. 여기 서랍에는 있지만."

몬손이 책상을 발로 차고 계속 말했다.

"나는 총질에 딱히 좋은 점이 있다고 생각하지 않아요. 당신이 듣고 싶은 말이 이거였지요. 아무튼 이제 시력도 예전만 못하니까요."

콜베리는 말이 없었다.

"몇 년 전에 흥미로운 사례를 하나 봤습니다." 몬손이 계속 말했다. "내가 아직 경감이 될 가능성이 있다고 믿던 시절인데, 그래서 영국으로 연구 여행인가 뭔가를 갔지요. 런던은 아니고 다른 데로요. 루턴이라는 데로. 거기서 함께 일하던 친구들에게 어느 날 밤 까다로운 사건이 생겼습니다. 웬 미친놈이 전부인이 사는 집에 침입해서 전부인을 협박하며 소란을 피운 거예요. 한 손에 총을, 다른 손에 사무라이 검을 쥐고."

"그래서요?"

"순경 두 명이 남자를 잡으러 갔지요. 하지만 남자가 생난리를 치면서 검을 휘두르다가 한 순경의 손을 벴어요. 총도 공중에 여러 발 쐈고요. 그래서 그 친구들이 어떻게 했게요."

"글쎄요."

"순경을 두 명 더 불렀는데, 그 친구들이 경찰서에서 커다란 그물을 가지고 왔어요. 넷이 합세하여 남자에게 그물을 던져서 무슨 서커스 곰 사로잡는 것처럼 붙잡았다지 뭡니까. 그물로. 어떻습니까?"

"나쁘지 않은 생각이군요."

"《스벤스크 폴리스》에 이 이야기를 기고할까 생각했었어요." 몬손이 말했다. "하지만 위원회의 노땅들이 박장대소할 것 같더군요. 어차피 실어주지도 않았겠지만."

"카스페르라는 친구에 대해서는 우리가 아직 아무것도 모르죠." 콜베리가 말했다.

"네. 하지만 괜찮은 실마리가 몇 가지 있습니다. 우선 크리스테르 파울손의 친구들하고 이야기를 나눠볼 수 있겠죠. 그들이 우리와 말을 섞으려고 한다면 말이지만. 요즘 애들은 좀 이상하잖아요."

"당신이 직접 면담하면 말을 안 하겠죠."

"둘째, 차에서 지문을 찾을 수 있을 겁니다. 지문이 아니라 다른 거라도."

몬손이 손가락으로 책상을 두드렸다.

"크리스테르 파울손은 스톡홀름에서 왔습니다." 몬손이 말했다. "전형적이에요. 스톡홀름은 악당들조차 버티지 못할 곳이니까요. 그래서 놈들이 여기 내려와서 말썽을 부리죠."

몬손의 말에 뼈가 있었지만 콜베리는 어깨를 으쓱하고 말았다.

전화가 울렸다.

몬손이 전화기를 향해서 손을 내둘렀다.

"받으시죠. 당신 차례입니다."

콜베리는 우거지상을 쓰면서 수화기를 들었다.

하지만 이번에는 말름이 아니었다. 벤뉘 스카케였다.

"여보세요." 스카케가 말했다. "아직 벨링에서 견인 트럭을 기다리고 있습니다. 차에 기름이 없는 것 같아요. 하지만 그 차는 맞습니다. 확실한 것 같습니다. 놈들이 훔친 물건이 여태 안에 있고요."

"괜히 쑤석거려서 쓸데없이 지문을 남기진 마." 콜베리가 말했다.

"네." 스카케가 대답했다. "안 그러겠습니다. 걱정 마세요. 그런데 아마도 듣고 싶어 하실 것 같은 일이 하나 더 있습니다."

벤뉘 스카케는 콜베리에게 말할 때 늘 약간 자신 없게 굴었다. 두 사람은 과거에 함께 일한 적이 있었는데, 스카케는 잊고

경찰 살해자

싶은 기억이었다.

"말해봐, 벤뉘. 뭐야?"

"그게, 벨링에는 주민들이 서로 다 아는 작은 마을 같은 곳이란 말입니다. 말뫼 구역 내이지만."

"뭘 찾았는데?"

"여기서 차를 도난당한 남자가 있답니다. 일요일에요. 신고는 어제서야 한 것 같지만요. 사실은 남자가 직접 신고한 게 아니라 그 아내가 했습니다."

"잘했어, 벤뉘." 콜베리가 말했다. "차 번호 등등을 불러봐. 수배를 내보내게."

콜베리는 세부 사항을 받아쓴 뒤 그 정보를 텔렉스로 보냈다.

"착착 맞아 들어가는군요." 몬손이 말했다.

"음. 시작됐네요."

"맞아요. 크리스테르 파울손과 이 카스페르라는 친구는 함께 빈집을 털었습니다. 불법 침입하는 모습을 주민이 목격했지요. 엘로프손, 보릴룬드, 헥토르가 탄 순찰차가 하필 그 동네에 있었습니다. 그들은 도둑들이 탄 차를 세웠죠. 크리스테르 파울손이 헥토르와 엘로프손을 쐈지만, 헥토르가 총을 꺼내어……."

"헥토르는 먼저 총을 꺼내 들었어요." 콜베리가 지적했다.

"오케이, 먼저 총을 꺼내 들었습니다. 그래서 그가 크리스테르 파울손을 죽였습니다. 카스페르는 더럭 겁이 나서 차로 달아났죠. 휠빅스네스에서 무사히 다리를 건넙니다. 그게 유일하게 어려운 부분이었겠죠. 그 뒤에는 뒷길로 다니면 되니까요. 뒷길은 우리가 다 막지 못하고 감시도 제대로 못 하니까요."

콜베리는 스코네의 지리를 썩 잘 알지 못했지만, 융후센이 팔스테르보 운하로 본토와 나뉜 곳의 끄트머리에 있으며 운하를 건너는 다리가 하나뿐이라는 사실은 알았다.

"첫 경찰차가 도착하기 전에 그가 빠져나올 수 있었을까요?"

"얼마든지. 다리까지 가는 데 일이 분이면 됐을 겁니다. 융후센은 운하 바로 옆이거든요. 그리고 당신도 충분히 예상했겠지만, 그날 새벽에 일이 좀 꼬였습니다. 근방에 인력은 많았지만 대부분 말뫼에서 벨링에로 내려가는 고속도로를 시속 180킬로미터로 달리는 중이었거든요. 게다가 우리 차량이 두 대나 망가져서요. 아무튼, 카스페르는 벨링에까지 갔습니다. 그런데 기름이 바닥났어요. 도로를 벗어나서 차를 버렸죠. 그 뒤에 다른 차를 훔쳐서 몰고 갔습니다."

"어디로?"

"최대한 멀리 갔겠죠. 그 친구는 이제 이 근방에 없어요. 하지만 우리가 이제 새 차에 대해서 아니까 곧 추적할 수 있을 겁니다."

"네."

콜베리는 다른 문제를 생각하는 중이었다.

"차 주인이 우리에게 틀린 번호와 틀린 제조사와 틀린 색깔을 알려주지 않았다면 말입니다." 몬손이 말했다.

"내가 꼭 대답을 듣고 싶은 질문이 있습니다." 콜베리가 말했다. "당신은 내키지 않겠지만요. 공식적인 설명에 어깃장을 놓으려는 건 아니지만, 아무튼 나는 실제 어떤 일이 있었는지를 정확히 알아야겠습니다."

"나는 괜찮습니다."

"보릴룬드에게 정확히 무슨 일이 있었던 겁니까?"

"나는 답을 안다고 생각합니다만 추측일 뿐입니다." 몬손이 대답했다.

"당신 생각이 뭔데요?"

"나는 그들이 혐의 차량을 세웠을 때 보릴룬드가 뒷좌석에서 자고 있었다고 생각합니다. 그가 내렸을 때는 상황이 빠르게 전개되고 있었죠. 크리스페르 파울손이, 어쩌면 이 카스페르라는 친구도, 총을 쏘기 시작했고, 그러자 헥토르가 응사했고, 결과는 우리가 아는 대로입니다. 보릴룬드는 첫 총성이 울리자마자 몸을 숨겼습니다. 달리 말해, 도랑에 뛰어들었습니다. 그런데 하필이면 벌집 위에 착지했고, 그래서 말벌에게 경동맥을 쏘였습니다. 그는 일요일에 계속 근무하려고 했지만 몸이 아파서 조퇴해야 했습니다. 그리고 월요일에 병원에 갔죠. 그 무렵에는 이미 의식이 없었고 다시 깨어나지 못했습니다."

"사고로군요." 콜베리가 웅얼거렸다.

"네. 하지만 특이한 일은 아니죠. 전에도 분명 이런 일이 있었을 겁니다."

"보릴룬드가 병원에 가기 전에 그와 이야기해봤습니까?"

"네. 그는 사실상 아무것도 모르더군요. 자신들이 웬 차를 세웠는데 그 이유를 자신은 몰랐다, 그런데 용의자 중 한 명이 총을 쏘기 시작했다, 그래서 자신은 숨었다. 그는 그저 무서웠던 것 같습니다."

"이제 나는 카스페르를 제외하고는 관련자 모두를 만났단 말입니다." 콜베리가 말했다. "카스페르가 총을 쏘거나 어떤 식으로든 폭력을 행사했다고 말한 사람은 아무도 없어요. 그런데도 보릴룬드가 살해되었다고 말하는 건 대단히 위선적인 일 같습니다."

"아무도 그렇게는 말하지 않아요. 우리는 그가 총격전에 관련된 부상으로 사망했다고 말할 뿐입니다. 그건 사실이거든요. 무슨 말을 하려는 겁니까?"

몬손이 콜베리를 걱정하는 눈으로 보았다.

"우리가 추적하는 아이를 생각하는 중이에요." 콜베리가 말했다. "지금은 그가 누군지도 모르지만, 곧 알아내겠죠. 이렇게 대대적이고 떠들썩한 수배의 대상이 되면 누구라도 냉정을 잃을 수밖에 없습니다. 하지만 그가 실제 한 일은 빈 별장을 터는 데 가담한 것뿐일지도 몰라요. 그게 마음에 들지 않습니다."

"그렇죠." 몬손이 말했다. "하지만 우리 일에서 마음에 드는 점은 별로 없죠."

그리고 전화가 울렸다.

말름이었다.

어떻게 되어가나? 자네들은 뭘 하고 있나?

콜베리는 수화기를 몬손에게 건넸다.

"그에게도 정보를 알리는 편이 낫잖습니까." 콜베리의 거짓말이었다.

몬손은 새 소식을 얼음처럼 냉정하게 차례차례 보고했다.

"뭐랍니까?" 통화가 끝나자 콜베리가 물었다.

"훌륭해." 몬손이 말했다. "그렇게 말하던데요. 그리고 '이제 우리가 총력을 기울여야 하네'."

총력을 기울여라.

한 시간 뒤, 벤뉘 스카케가 말로만 듣던 차를 가지고 도착했다.

먼저 전문가들이 지문을 떴고, 이제 그들이 조사할 차례였다.

"고물 차잖아." 몬손이 말했다. "여기 훔친 물건이 있군요. 고물 TV, 러그, 조각상인지 뭔지 웃긴 것. 술 몇 병. 쓰레기. 그리고 돼지 저금통에 담긴 5크로나 동전 몇 개."

"그리고 두 명이 죽고 두 명은 병원에 있고요. 아마 평생 갈 부상을 안고."

"네, 그야말로 무의미한 사상이죠." 몬손이 말했다.

"우리가 할 수 있는 일은 그런 피해가 더는 없도록 하는 겁니다." 콜베리가 말했다.

그들은 낡은 쉐보레를 다시 한번 더욱 꼼꼼히 조사했다. 둘 다 이런 일에 통달했고, 특히 몬손은 아무도 찾지 못하는 것까지 찾아내는 수색의 전문가라고까지 할 만했다.

그 물건을 찾아낸 사람도 몬손이었다.

여러 번 접은 얇은 종잇장이 조수석 등받이에 끼어 있었다. 쿠션이 찢어져 있었는데, 그 작은 종잇장이 그 속에 빠져 있었다. 콜베리는 자신은 절대 찾지 못했으리라고 확신했다.

한편 콜베리는 조수석 수납함에 든 엽서 두 장을 발견했다. 둘 다 수신자는 크리스테르 파울손이었고, 주소는 말뫼의 스텐복스가탄이었다. 서로 다른 두 여자아이가 보낸 듯했다. 내용은 별게 없었다. 엽서는 스물네 시간 전이었다면 흥미로운 단서였겠으나, 지금은 주소도 새롭지 않았다. 경찰이 사회보장국을 통

경찰 살해자

해서 이미 확보한 주소였다.

두 사람은 발견물을 몬손의 사무실로 가져갔다.

콜베리가 종잇장을 펼쳤고 몬손이 확대경을 꺼냈다.

"뭔가요?" 콜베리가 물었다.

"덴마크 은행에서 발행한 거래 영수증이네요." 몬손이 말했다. "사본 있잖습니까. 그냥 버리거나 접어서 주머니에 쑤셔 넣는 물건. 그랬다가 코를 풀려고 손수건을 꺼낼 때 같이 딸려 나와서 잃어버리는 물건."

"거기에 서명을 합니까? 이름을 적나요?"

"가끔은요. 안 할 때도 있고요. 은행 내규에 따라 다릅니다. 여기에는 서명이 되어 있군요."

"맙소사, 무슨 글씨가 이래." 콜베리의 말이었다.

"요즘 애들은 이렇게 쓸 때가 많더군요. 아무튼 뭐라고 적혀 있습니까?"

"론니에 같은데요. 그 뒤에 K로 시작하는 단어가 오고요. K 다음에는 a, 그다음에는 지렁이."

"론니에 카스페르손일 수도 있겠네요." 몬손이 말했다. "대충 그런 이름. 추측일 뿐이지만."

"아무튼 론니에는 확실합니다."

"론니에 카스페르손이라는 이름을 가진 사람이 있는지 확인해봐야겠군요." 몬손이 말했다.

스카케가 방에 들어와서 잠시 주춤거렸다. 콜베리가 시선을 들었다.

"바로 말해도 돼, 벤뉘. 과거는 과거지. 자네가 계속 쿠키 단지를 빼앗긴 다섯 살짜리처럼 굴어서는 우리가 함께 일할 수 없어. 무슨 일이야?"

"그게, 크리스테르 파울손을 아는 애들을 데려왔습니다. 여자아이 하나랑 남자아이 둘요. 사회보장국에서 아이들을 찾는걸 도와줬습니다. 몇 명 더 찾았지만, 우리와 이야기할 의향이 있는 듯한 애들은 이 셋뿐이었습니다. 그것도 확실하진 않지만요. 두 분 중 누가 만나보시겠어요?"

"그래." 콜베리가 말했다. "내가 맡지."

젊은이들은 아주 평범해 보였다. 달리 말해, 칠팔 년 전만 해도 전혀 평범하지 않았을 것 같은 모습이었다. 셋 다 길고 자수가 놓인 가죽 재킷을 입었다. 거기에 남자아이들은 역시 자수가 놓인 청바지를 입었고, 여자아이는 인디언이나 모로코나 그쪽의상으로 보이는 긴치마를 입었다. 셋 다 굽 높은 가죽 부츠를 신고 머리를 어깨까지 길렀다.

젊은이들은 당장이라도 노골적인 적개심으로 돌변할 수 있을 듯한 무기력하고 무심한 시선으로 콜베리를 보았다.

"안녕하세요." 콜베리가 말했다. "뭐 좀 먹겠어요? 커피랑 페이스트리 같은?"

남자아이들은 명확히 말하진 않아도 긍정적인 분위기로 웅얼거렸지만, 여자아이는 얼굴에서 머리카락을 쓸어 넘긴 뒤 낭랑하게 말했다.

"커피랑 달고 흰 빵을 많이 먹으면 좋지 않아요. 몇 안 되는 순수 자연식품만을 먹어야 건강하게 살 수 있어요. 고기와 가공식품은 피해야 하고요."

"맞아요." 콜베리가 말했다.

콜베리는 문간에 선 신입 경찰관에게로 고개를 돌렸다. 신입은 세 젊은이에게 고압적이고 우월한 태도를 취하고픈 심정과 콜베리에게 고분고분 복종하고픈 심정 사이에서 갈팡질팡하는 듯 이상한 표정을 짓고 있었다.

"가서 커피 세 잔하고 페이스트리를 잔뜩 가져와." 콜베리가 말했다. "모퉁이의 매크로바이오틱 식품점에서 유기농 당근도 사 오고."

신입이 나갔다. 남자아이들은 키득거렸지만 여자아이는 등을 곧게 세운 채 말없이 진지하게 있었다.

커피 바구니와 당근을 가지고 돌아온 신입은 얼굴이 약간 붉어져 있었다.

이제 세 젊은이가 모두 키득거렸다. 콜베리도 하마터면 씩 웃을 뻔했다. 하지만 안타깝게도 이런 상황에서 웃지 않는 데 익숙해진 그였다.

"자, 찾아와줘서 고맙습니다." 콜베리가 말했다. "무슨 일인 지는 알지요?"

"크리스테르요." 한 남자아이가 말했다.

"맞아요."

"크리스테르는 기본적으로 나쁜 애는 아니었어요." 여자아이가 말했다. "하지만 사회에 의해 망가진 아이였고, 자신도 그걸 싫어했어요. 이제 경찰이 그를 쏴 죽였고요."

"그도 경찰 둘을 쐈어요." 콜베리가 끼어들었다.

"네." 여자아이가 말했다. "별로 놀랍지 않았어요."

"왜죠?"

한참 침묵이 흐른 뒤, 남자아이가 대답했다.

"크리스테르는 보통 무기를 갖고 다녔어요. 잭나이프나 총이요. 그 애는 요즘 같은 때는 꼭 뭔가 갖고 다녀야 한다고 말했어요. 절박한 상황이었다고 하나, 아무튼 그랬어요."

"그런 상황을 조사하는 게 내 일이죠." 콜베리가 말했다. "재미 없고 보람 없는 임무예요."

"우리가 함께 망친 것도 아닌데 이 썩은 사회를 넘겨받아서

경찰 살해자

어떻게든 다시 살 만한 세상으로 만드는 게 우리의 재미 없고 보람 없는 임무죠." 여자아이가 말했다.

"크리스테르가 경찰을 싫어했나요?" 콜베리가 물었다.

"우리는 모두 경찰을 싫어해요." 여자아이가 대답했다. "왜 아니겠어요? 경찰이 우리를 싫어하는데."

"정말 그래요." 남자아이가 말했다. "경찰은 우리가 어디에 있든 뭘 하든 가만히 놔두지 않아요. 벤치나 잔디밭에 앉자마자 나타나서 욕을 퍼붓는다니까요. 기회만 있으면 때리고요."

"아니면 비웃어요." 여자아이가 말했다. "그것도 때리는 것만큼 나빠요."

"크리스테르가 융후센에서 함께 있었던 남자아이를 여러분도 만났나요?"

"네, 카스페르요." 지금까지 한마디도 하지 않은 남자아이가 말했다. "그 애하고 얘기를 나눴어요. 잠깐이었지만. 그러다 맥주가 다 떨어져서 나는 그 자리를 떴어요."

"그 친구는 어떤 사람인 것 같던가요?"

"좋은 애인 것 같았어요. 온순하고요. 우리처럼."

"그가 카스페르라고 불리는 것도 알았나요?"

"네, 하지만 진짜 이름은 딴것이었던 것 같아요. 로빈인가 론 뉘인가 그런 이름이었는데."

"이번 사건에 대해서 어떻게 생각해요?"

"전형적이죠." 첫 번째 남자아이가 말했다. "늘 그런 식이에요. 모두가 우리를 싫어하고, 경찰은 특히 더 싫어해요. 그런데 우리 중 누가 참다못해 싸움을 걸면 끝이 꼭 이렇게 돼요. 왜 더 많은 사람이 총과 칼을 갖고 다니지 않는지 모르겠어요. 왜 늘 우리만 맞고 살아야 해요?"

콜베리는 잠시 생각하다가 물었다.

"만약 원하는 것을 뭐든 할 수 있다면 뭘 하고 싶어요?"

"나는 우주 비행사가 되어서 당장 우주로 사라져버릴 거예요." 첫 번째 남자아이가 말했다.

여자아이는 질문을 더 진지하게 받아들였다.

"시골로 이사해서 농장에서 올바르고 건강하게 살 거예요. 동물들과 아이들을 거둬서 함께 살면서 그들이 나쁜 것에 중독되지 않고 진정한 인간으로 자라도록 보살필 거예요."

"네 마당에서 마리화나 키워도 돼?" 다른 남자아이가 물었다.

그 밖에는 흥미로운 이야기가 없었다. 콜베리는 몬손과 스카케가 있는 방으로 돌아갔다.

수사는 진전되고 있었다.

론니에 카스페르손이라는 이름을 가진 사람이 정말로 있었다. 그는 교도소에 들어갔던 적이 있고, 그의 지문이 자동차 운전대와 계기판에 잔뜩 찍혀 있었다.

게다가 카트리네홀름 근처의 어느 기민한 주유소 주인이 일요일에 벨링에서 도난당한 차량에게 기름을 넣어주었다고 제보해 왔다. 주인은 운전자가 긴 금발이었다는 점, 그가 5크로나 동전으로 값을 치렀다는 점도 기억했다. 관찰력이 유난히 뛰어난 사람이었다. 심지어 차 번호까지 알았다. 콜베리는 어떻게 그것까지 아느냐고 물어보았다.

"나는 차 번호를 다 적어둡니다. 오래된 습관이에요. 사례금이 있습니까?"

"네, 내가 다음에 그 길을 지나갈 때 그곳에서 기름을 사겠습니다." 콜베리가 말했다. "하지만 내가 가짜 턱수염과 가짜 번호판을 붙이고 있더라도 놀라지 마십시오."

금요일이 되자 수사팀은 론니에 카스페르손에 대해서 거의 모든 걸 알게 되었다. 그의 부모가 사는 곳, 그가 마지막으로 목격된 곳, 그가 어느 방향으로 차를 몰았는가(북쪽이었다), 그의 개인인증번호까지.

그렇다면 앞으로 수사는 말뫼로부터 먼 곳에서 주로 이뤄질 터였다.

경찰 살해자 추적이 다른 지역에서 이어질 단계였다.

"말뫼 대책반은 해산한다." 말름이 군인처럼 말했다. "즉각 스톡홀름으로 돌아와 내 지시를 받도록."

"엿이나 잡수시지." 콜베리가 말했다.

"뭐라고?"

"아, 아무것도 아닙니다."

짐을 싸서 차를 가지러 가면서, 콜베리는 자신이 충분히 물렸다는 것을 깨달았다.

23.

수요일 저녁, 론니에 카스페르손은 융후센의 드라마틱한 총격전에 연루된 경찰관 중 한 명이 죽었다는 사실을 알았다.

뉴스를 보도하는 여성이 그렇게 말했다. 융후센의 드라마틱한 총격전이라고.

그는 어머니와 나란히 소파에 앉아서 TV를 보고 있었다. 뉴스에서 자신의 인상착의를 말하는 것도 들었다. 전국적 수배 대상인 범인은 나이가 약 스무 살이고, 키가 평균보다 작고, 긴 금발이고, 마지막으로 목격되었을 때 청바지와 짙은 색 바람막이를 입었다고 했다.

그는 곁눈길로 어머니를 보았다. 어머니는 미간을 찌푸리고 입을 달싹거리는 모습이 뜨개질에 여념이 없는 듯했다. 코를 세는 모양이었다.

발표된 인상착의는 상세하지도 정확하지도 않았다. 그는 얼마 전에 만 19세가 되었지만 경험상 사람들이 자신을 열여섯 살이나 열일곱 살로 착각한다는 것을 알았다. 그는 또 검은색 가죽 재킷을 입고 있었다. 게다가 전날 저녁에 어머니가 그의 거짓된 만류를 무릅쓰고 머리를 짧게 잘라주었다.

뉴스 진행자는 또 범인이 번호판에 7이 세 개 있는 연녹색 쉐보레를 몰고 있을 것이라고 말했다.

경찰이 아직 그 차를 발견하지 못했다니 이상했다. 그는 공들여 차를 숨기지 않았다. 경찰은 금방이라도 차를 발견할 것이다.

"엄마, 나 내일 갈 거예요." 그가 말했다.

어머니가 뜨갯감에서 시선을 들었다.

"하지만 론니에, 아빠가 오실 때까지만이라도 있으면 안 되니? 네가 왔다가 자기 얼굴도 안 보고 간 걸 알면 아빠가 속상해할 거야."

"차를 돌려줘야 해요. 저 차를 빌려준 친구가 내일 차를 써야 한대요. 하지만 곧 다시 올게요."

어머니가 한숨을 쉬곤 체념한 듯 말했다.

"그래그래, 늘 말은 그렇게 하지. 그러고는 일 년 동안 코빼기도 안 비치고."

경찰 살해자

이튿날 아침, 그는 스톡홀름으로 향했다.

딱히 목적지가 있는 건 아니었지만, 경찰이 자신의 신원을 알아냈을 때 어머니와 함께 집에 있다가 붙잡히고 싶진 않았다. 스톡홀름에서는 숨기가 더 쉬웠다.

그는 돈이 많지 않았다. 5크로나 동전 두어 개와 어머니에게 받은 10크로나 동전 두 개뿐이었다. 휘발유는 문제가 되지 않았다. 그는 부모 집 차고에서 정원용 호스를 조금 잘라서 챙겨두었고, 날이 어두워지면 그것으로 휘발유를 얼마든지 훔칠 수 있었다. 요즘은 사람들이 대부분 차의 연료 탱크를 잠가두지만, 급한 상황이 아니라면 보통은 수가 있었다.

머물 곳은 문제였다. 몇몇 집이 있는 친구를 찾아가서 며칠만 지내게 해달라고 부탁해볼 수 있겠지만, 대부분은 그와 같은 궁지에 처해 있었다. 그들도 거처가 없었다.

그가 스톡홀름에 도착한 것은 아직 이른 시각이었는데, 시내를 목적 없이 돌아다니던 그의 머릿속에 친구가 아직 자고 있을 때 찾아가는 게 좋겠다는 생각이 들었다.

친구는 헨릭스달에 살았다. 그는 교통법규를 어기거나 이목을 끌지 않으려고 애쓰며 조심조심 운전했다. 차는 잘 달렸고, 편안했고, 몰기에 쾌적했다.

친구가 살던 집 현관에 낯선 이름이 붙어 있었다. 그가 벨을 울리자, 목욕 가운에 슬리퍼 차림의 여자가 나왔다. 여자는 며칠 전에 이사 왔다고 했다. 전에 살던 세입자에 대해서는 아는 바가 없다고 했다.

카스페르는 별로 놀라지 않았다. 그 집에서 열렸던 상당히 소란스러운 파티에 그도 여러 번 참가했었는데 그래서 친구가 쫓겨날 판이었다는 것을 알고 있었다.

그는 시내로 돌아왔다. 기름이 거의 동났다. 하지만 밤에 공짜로 구할 수 있는 휘발유에 마지막 남은 돈을 쓰긴 싫지 않았다. 다행히 셉스브론 다리에 무료 주차 공간이 있었다.

구스타브 3세 동상 옆에서 신호등이 바뀌기를 기다리며, 그는 주차해둔 차를 돌아보았다. 차는 작년 모델로 아직 반짝반짝 깨끗했다. 파이거나 긁힌 곳이 전혀 없었다. 흔한 제조사인데다가 얌전한 중산층 차였다. 어떤 면에서도 눈에 띄지 않았다. 새로 가짜 번호판까지 달았으니 몰고 다녀도 크게 위험할 일은 없었다.

그는 감라스탄을 정처 없이 걸으면서 어떻게 할지 생각했다.

스톡홀름에는 이 주 만에 온 것이었다. 하지만 꼭 억겁이 지난 듯 느껴졌다. 이 주 전에 그는 돈이 조금 있었기에 친구 두엇과 함께 코펜하겐으로 갔다. 그러다 돈이 떨어져서 말뫼로 갔고, 그곳에서 불행히도 크리스테르를 만났다. 크리스테르는 이

경찰 살해자

제 죽었다. 아직도 그날 일은 잘 납득이 되지 않았다. 융후센에서의 일요일 새벽은 그의 삶에서 찢겨 나간 페이지였다. 그와는 상관없는 일이었다. 자신이 겪은 일이 아니라 영화에서 본 장면, 혹은 누가 들려준 이야기처럼 느껴졌다.

그는 간절히 누군가와 이야기하고 싶었고, 친구들을 만나고 싶었고, 원래 삶으로 돌아가고 싶었으며, 변한 것은 아무것도 없다고 스스로를 설득하고 싶었다.

하지만 모든 것이 변했다. 전에도 경찰을 피해 도망 다닌 적이 있었지만 지금과는 달랐다.

이번에는 정말 심각했다. 그는 전국적인 탈주자 추적의 표적이었다. TV에서 그렇게 말했다.

친구들을 찾아갈 수는 없었다. 친구들은 주로 훔레고르덴이나 쿵스트레드고르덴이나 세르겔스토리에서 얼쩡거렸는데, 경찰이 그를 찾을 때 맨 먼저 살펴볼 장소들이었다.

그는 배가 고팠다. 빵을 사려고 셰프만가탄 거리의 가게에 들어갔다. 청바지에 가죽 코트를 입은 여자가 카운터 앞에 서서 팔에 낀 차통 값을 치르고 있었다. 여자의 금발 머리는 짧았다. 여자가 돌아섰을 때 보니 카스페르가 생각한 것보다 나이가 많은 듯했다. 적어도 서른 살은 되어 보였다. 여자는 살피는 듯한 푸른 눈으로 그를 똑바로 보았다. 순간 그는 여자가 자신을 알아보았구나 싶어서 배 속이 꽉 뭉쳤다.

"베크 씨는 아직 안 돌아왔어요?" 카운터 뒤 점원이 묻자, 여자가 마침내 탐색하는 듯한 시선을 거두었다.

"네. 하지만 곧 올 거예요." 여자가 대답했다.

여자의 목소리는 살짝 거칠었다. 여자는 카스페르에게 다시 눈길을 주지 않고 문을 나섰다. 점원이 뒤에 대고 말했다.

"고맙습니다. 또 오세요, 닐센 부인."

카스페르는 시나몬 롤을 샀다. 하지만 먹을 수 있을 만큼 배 속이 편해지기까지는 시간이 걸렸다.

나는 무너지기 시작했어, 그는 생각했다. 정신을 똑똑히 차려야 해.

그는 감라스탄을 벗어났다. 슬루센을 건너서 쇠데르말름스토리 광장으로 갔다. 지하철역 입구에 핀란드인 두 명이 서 있었다. 그가 안면이 있고 여러 번 이야기를 나눈 적 있는 이들이었다. 하지만 그들 쪽으로 내려가는 계단에 다다랐을 때, 경찰관 두 명이 페테르뮌데스바케 언덕을 걸어 내려오는 것이 보였다. 그는 황급히 방향을 바꾸어 예트가탄 쪽으로 걸어갔다.

메드보리아르플랏센 광장에 다다른 그는 비에른스트레드가르드 공원 옆 가판대에 나붙은 전단지를 보고 멈춰 섰다. 한 신문에는 굵고 검은 활자로 "경찰관 살해되다"라고 적혀 있었고,

다른 신문에는 "부상 경찰관 사망"이라고 적혀 있었다. 그는 작은 글자도 읽어보았다. 한 신문에는 "전국적으로 진행되는 무법자 추적"이라고 적혀 있었고, 다른 석간 타블로이드에는 간결하게 "살인자 도주중"이라고 적혀 있었다.

카스페르는 그게 자신을 뜻한다는 걸 알았지만, 그래도 여전히 자신이 '무법자'나 '살인자'라고 불리는 이유를 이해할 수 없었다.

그는 총을 쥔 적조차 없었으려니와 설령 쥐었더라도 다른 인간에게 그것을 쏠 배짱은 없었을 터였다. 비록 절박한 상황이었더라도.

신문을 사야겠다는 생각은 하루 종일 들지 않았었는데, 전단지를 보니 기사에 뭐라고 적혀 있을지 걱정되었다.

그는 훔친 물건이 들어 있고 자기 지문이 조수석에 찍혀 있을 초록색 차를 떠올렸다. 조수석만이 아닐 것이다. 경찰이 그차를 발견하면 지문을 뜰 테고, 일단 지문을 확보하면 자신들이 추적하는 사람이 누구인지 알게 될 것이다.

그는 유일하게 붙잡혔던 일 년 반 전의 일을 똑똑히 기억했다. 그때 경찰이 자기 손가락을 인주와 종이에 눌렀던 것도 기억했다. 경찰은 열 손가락 모두를 차례차례 눌렀다.

카스페르는 신문을 사지 않았다. 자신의 위치도 의식하지 못한 채 이 거리 저 거리 쏘다녔다. 그러는 동안 숨어 있을 만한 곳을 생각해보려고 머리를 쥐어짰다.

부모의 집은 논외였다. 경찰은 그의 신원을 알자마자 부모의 집부터 찾아갈 것이다. 아마 경찰은 이미 그의 신원을 알고 있을 것이다.

어머니에게 미안했다. 어머니에게 실제 있었던 일을 설명하고 싶었다. 자신이 아무도 쏘지 않았다는 것을. 일단 숨을 곳을 마련하면 어머니에게 편지를 쓸 수도 있을 것 같았다.

오후 4시가 되니 어두워졌고, 그는 차분해졌다. 이러니저러니 해도 그는 사람을 죽이지 않았다. 다 오해였다. 저지르지 않은 짓을 가지고 사람을 처벌할 순 없는 것 아닌가. 아니, 할 수 있나?

그는 확신이 들지 않았다. 스웨덴은 법치국가라고 하지만, 그가 보기에 법정은 죄 없는 사람들에게는 가혹한 벌을 내리면서 시민들의 돈과 노동과 생명을 빨아먹는 진짜 범죄자들은 처벌하지 않았다. 그들의 수법이 합법적이라는 이유로.

카스페르는 추웠다. 그는 가죽 재킷 밑에 얇은 스웨터를 입고 있었고, 닳고 바랜 청바지는 그다지 따뜻하지 않았다. 스니커즈를 신은 발은 다리보다 더 추웠다. 차로 돌아갈까 싶었다. 어디서 휘발유를 좀 훔친 뒤 차를 몰고 교외로 나가면 뒷좌석에서 잘 수 있을 것이다. 하지만 사흘 전에 솜멘 호숫가에서 잤을 때의 추위가 떠올랐다. 게다가 시간도 일렀다.

낮에 시나몬 롤 외에도 소시지 두 개와 담배 한 갑을 샀지만 아직 19크로나가 남아 있었다.

그는 링베겐 거리의 페이스트리 가게에 들어갔다. 처음 오는 곳이었다. 커피와 치즈 샌드위치 두 조각을 시키고 라디에이터 옆에 앉았다.

그가 커피잔을 들어 첫 모금을 마시려는 순간 뒤에서 목소리가 들렸다.

"어머, 카스페르 아니니? 왜 이렇게 머리를 싹둑 잘랐어? 못 알아볼 뻔했잖아."

그는 잔을 내려놓고 몸을 돌렸다.

그가 겁에 질린 얼굴을 하고 있었던 모양이다. 뒷자리에 앉아 있던 여자가 이렇게 말했다.

"왜 그렇게 겁을 내고 그래. 나야, 마간. 기억하지?"

물론 그는 기억했다. 마간은 몇 년 동안 그의 가장 친한 친구의 애인이었고, 그가 지금으로부터 거의 삼 년 전에 처음 스톡홀름으로 올라온 날 만난 사람이었다. 마간과 친구는 육 개월 전에 헤어졌고, 친구는 바다로 나갔다. 이후 카스페르는 마간을 보지 못했다.

하지만 마간은 아주 좋은 여자였고, 카스페르는 마간이 좋았다.

마간이 그의 자리로 옮겼다. 두 사람은 잠시 옛이야기를 나누었다. 카스페르는 결국 마간에게 자신의 문제를 털어놓기로 결심했다. 그는 모든 걸 말했다. 정확히 있었던 일을. 마간은 그동안 신문을 읽었기에 그가 처한 곤경을 금세 이해했다. 그가 이야기를 마치자 마간이 말했다.

"가엾은 것. 웃기는 상황이네. 나도 네게 경찰을 찾아가서 사실대로 말하라고 충고해야 한다는 걸 알아. 하지만 그러지 않을 거야. 나는 그 새끼들을 믿지 않으니까."

마간은 잠시 생각했다. 카스페르는 묵묵히 기다렸다.

"내 집에 있으면 돼." 마간이 마침내 말했다. "나 지금 크란센에 살아. 물론 내 남자 친구가 좋아하지 않겠지만 그도 경찰과 사이가 좋지 않으니까 이해할 거야. 그리고 속은 좋은 사람이야."

카스페르의 어휘력으로는 이 안도감과 고마움을 이루 다 표현할 수 없었다. 그래도 그는 최선을 다했다.

"너는 진짜 끝내주는 여자야, 마간. 난 늘 그렇게 생각했어."

마간은 심지어 그의 커피도 사주고 그의 차를 가지러 셉스브론 다리까지 함께 가주었다.

경찰 살해자

"네 처지에는 딱지 한 장도 받아선 안 되잖아." 마간이 말했다. "나 기름 살 돈도 있으니까 그것도 걱정하지 마."

마간이 운전대를 잡고 그들은 미솜마르크란센으로 갔다. 카스페르는 가는 길에 고래고래 노래를 불러젖혔다.

24.

헤르고트 뇌이드가 엄지와 다른 두 손가락을 오른쪽 귀 뒤로
가져가서 모자를 앞으로 밀어 왼쪽 눈을 덮었다. 그러니까 그는
꼭 허클베리 핀처럼 보였다. 서른다섯 살 더 많은.

"오늘 우리는 꿩 사냥을 할 겁니다. 그리고 그걸 먹을 겁니
다. 나는 요리를 잘해요. 독신자의 이점 중 하나죠."

그는 마르틴 베크가 알아듣지 못할 말을 중얼거렸다.

마르틴 베크 자신은 최악의 요리사였다. 어쩌면 너무 늦게
독신자가 된 탓일지도 모른다. 하지만 아마 그건 아닐 것이다.
그는 무엇이든 집안일을 하려고만 들면 모든 손가락이 엄지로
바뀐 듯한 느낌이 들었다.

"사냥을 어디서 합니까? 사냥터를 갖고 있어요?"

경찰 살해자

"친구들이 있죠." 뇌이드가 대답했다. "우리는 상시 환영 대상이고요. 당신은 내 장화를 빌려 신으면 됩니다. 엽총도요. 두 정 있어요."

뇌이드가 씩 웃고는 책상에 놓인 서류를 뒤적거렸다.

"물론 당신이 폴케와의 대화로 영혼을 정화하는 일이 더 재밌겠다고 생각하지 않는다면 말입니다." 뇌이드가 덧붙였다.

마르틴 베크는 진저리를 쳤다. 폴케 벵트손과의 대화는 완벽한 정체 상태였다. 양쪽 다 킹과 나이트만 남은 체스 시합과 비슷한 형국이었다.

"여기서 재미난 기사를 읽었는데 말입니다." 뇌이드가 해외 경찰 잡지를 집으며 말했다. "오하이오 주 데이턴이라는 동네는 대충 말뫼만 한데, 올해 지금까지 살인이 105건이나 발생했답니다. 인구 대비로 따지면 뉴욕의 열 배래요. 믿을 만한 통계가 있는 도시들 중 그보다 더 심한 곳은 디트로이트뿐이랍니다. 개중 71건이 총기 살인이고요. 거기는 스톡홀름보다 더한가 봐요."

"강도와 폭행이 몇 건인지도 나와 있습니까?"

"아뇨, 그건 안 나왔어요. 자, 여기 트렐레보리 지구와 비교하면, 우리는 살인이 딱 한 건 발생했단 말이죠. 이것도 이례적으로 높은 발생률이고요."

"한 건이라." 마르틴 베크가 말했다. "그래도 내 잠을 방해하기엔 충분합니다. 어젯밤 꿈에 또 벵트손이 나왔어요."

뇌이드가 깔깔 웃었다.

"폴케요? 시그브리트가 나왔다면 또 모르지만."

방금 뇌이드의 말은 마르틴 베크가, 그리고 그와 비슷한 입장에 놓인 다른 많은 경찰관이 겪는 심리 현상을 건드린 것이었다. 일반적으로 마르틴 베크는 살육당하거나 훼손된 시체를 조사하는 일이라면 머리카락 한 올 세우지 않고 태연히 해냈다. 속으로 불편함을 느꼈다손 해도, 귀가해서는 낡은 코트를 벗어 던지듯이 그 기분을 떨칠 수 있었다. 한편 그는 뭔가 제대로 맞아 들어가지 않는다고 느끼면 몹시 괴로워했다. 시그브리트 모르드와 폴케 벵트손 문제가 그랬다. 유죄로 낙인 찍혔고 자신을 변호할 수 없었던 남자. 이것은 린치나 다름없었다.

"오늘 실험실에서 온 소식이 하나 더 있습니다." 뇌이드가 말했다. "현장 조사 때 내가 시신 근처에서 발견했던 걸레 말입니다. 솔직히 나는 완벽하게 잊고 있었는데."

뇌이드가 웃었다.

"뭘 발견했답니까?" 마르틴 베크가 물었다.

"그 물건을 놓고 별별 시험을 다 해봤대요. 보고서가 여기 있습니다. 거기에는 면 섬유, 자갈, 흙, 점토, 지방, 기름, 그리고 니켈 부스러기가 있었답니다. 자갈과 흙은 시그브리트가 발견된 진흙 구덩이에서 채취한 표본과 조성이 정확히 일치했답니다. 하지만 내가 그 걸레를 집은 곳은 그것과는 전혀 다른 땅이었거든요. 따라서 우리는 시그브리트의 살해자가 그 물건으로 장화를 닦았다는 가정을 세워볼 수 있지요. 그가 장화를 신었다면 말이지만. 그런데 신어야 했을 겁니다."

"니켈 부스러기?" 마르틴 베크가 말했다. "그건 좀 특이하네요."

"네, 내 생각에도. 아무튼 그건 폴케와 범행을 잇는 증거는 아닌 것 같습니다."

마르틴 베크는 그래도 폴케 벵트손이 유죄 선고를 받을 거라고 생각했다. 혹시 또 모르겠다, 다른……

"자, 이만하고 사냥하러 갑시다." 뇌이드가 말했다.

사냥은 마르틴 베크에게 특별한 경험이었다. 사실 그는 사냥이 처음이었다. 그는 청바지와 더플코트를 입고, 에베르트 요한손의 아내가 뜬 모자를 쓰고, 뇌이드의 여벌 장화를 신고, 팀뮈의 목줄을 잡은 뇌이드를 따라 초원으로 발을 들였다. 뇌이드의 여분 엽총은 왼쪽 팔오금에 끼워 들었다. 진정한 사냥꾼은 그렇게 드는 거라고 본 것 같았다. 아마 영화에서.

"당신이 첫 발을 쏘세요." 뇌이드가 말했다. "손님이니까요.

내가 두 번째로 쏘겠습니다."

초원은 부드럽고 푹신했다. 간밤이 추웠던 터라 키 큰 풀에 서리가 끼어 있었다. 성급하게 다가오는 겨울에 저항하듯이 고집 센 꽃들이 남아 있었고, 군데군데 푸르스름한 버섯들이 모여 나 있었다.

"자주방망이버섯이에요." 뇌이드가 알려주었다. "맛있죠. 돌아가는 길에 좀 뜯어 갑시다. 요리에 곁들이죠."

버섯 갓이 전부 혹은 일부 얼어 있었지만 이렇게 늦은 시기인 것치고 아주 좋은 날씨였다. 마르틴 베크는 잠자코 걸었다. 사냥꾼은 조용히 해야 한다는 얘기를 어디선가 들었다. 그는 목졸린 이혼 여성도, 가석방을 받은 살인자들도, 맞는 자물쇠가 없는 열쇠도, 니켈 부스러기가 묻은 천 조각도 거의 생각하지 않았다.

공기는 맑고 깨끗했으며 파란 하늘에 간간이 너덜너덜한 구름이 흘러갔다. 멋진 날이었다.

그때, 마르틴 베크로부터 불과 삼십 센티미터 떨어진 곳에서 첫 새가 날아올랐다. 그는 완전히 방심하고 있던 터라 뒤로 펄쩍 뛰었고, 총을 쏘았고, 새는 흡사 투석기로 날려 보내진 것처럼 쌩 날아갔다.

"하느님 맙소사." 뇌이드가 이렇게 말하고 껄껄 웃었다. "우리 클레이 사격 팀에 들어오라고 하고 싶진 않네요. 팀뭐나 나를 쏘지 않은 것만 해도 아주 잘했습니다."

마르틴 베크도 웃었다. 그는 이 일에 관해서 자신의 경험이 좋게 말해 제한적이라는 사실을 미리 뇌이드에게 말해두었다.

다음 꿩은 약 사십 분 뒤에 날아올랐다. 뇌이드는 너무나 수월하게 총을 쏴서 새를 잡았다. 지나는 길에 그냥 한번 쏴봤다는 듯 자연스러웠다.

돌아오는 길에 마르틴 베크는 버섯 채집에 열중했다.

"네, 버섯이 더 쉽죠." 뇌이드가 말했다. "가만히 있잖아요."

두 사람은 뇌이드의 토마토색 아스콘다로 돌아왔다.

"니켈 부스러기." 차에 도착했을 때 마르틴 베크가 말했다. "그게 어디서 나왔을까요?"

"전문 기계 공작소 같은 데겠죠. 내가 어떻게 알겠습니까?"

"그게 중요할지도 모릅니다."

"그럴지도요."

뇌이드는 오직 저녁 식사 생각뿐인 듯했다.

저녁 식사는 정말로 굉장히 맛있었다. 마르틴 베크는 이보다 더 맛있는 음식을 먹었던 게 언제인지 기억이 가물가물할 지경이었다.

레아 닐센이 훌륭한 요리사이고 그 사실을 자주 열성적으로 증명해 보이는데도 그랬다.

뇌이드는 냉동고에 별별 희한한 재료를 다 갖고 있었다. 가령 그가 직접 딴 곰보버섯이 있었고, 블루베리와 블랙베리와 야생 라즈베리라는 멋진 조합도 있었다. 거기에 뇌이드의 말마따나 "공장제가 아닌" 거품 낸 크림을 얹으니 환상적인 디저트가 되었다.

그들이 막 식사를 마쳤을 때 전화가 울렸다.

"뇌이드? ……와, 정말입니까? ……그거 정말 잘했군요. 말해보세요. ……뭐라고요? 편지로? ……내가 전하죠. 우리가 아마 내일 오전에 가볼 겁니다. ……계속 그렇게 일을 잘하면 안데르슬뢰브로 발령받을 수도 있겠어요. ……싫다고요? 내가 살면서 들은 얘기 중 가장 어리석은 얘기로군요. ……좋습니다, 그럼 이만."

뇌이드가 전화를 끊고 마르틴 베크를 보았다.

"누굽니까?"

"트렐레보리 친구들 중 하나요. 그들이 시그브리트의 핸드백에 있던 열쇠에 맞는 집을 찾아냈답니다."

마르틴 베크는 너무 놀라서, 놀라움을 고스란히 드러냈다.

"대체 어떻게 그걸 찾아냈답니까?"

"이 지역 속담이 있죠. '가장 멍청한 농부가 가장 큰 사탕무

를 키운다.' 혹시 이 경우에도 그 원칙이 적용된 것 아닌가 생각
할지도 모르겠지만 그건 아닙니다."

뇌이드는 계속 말하면서 식탁을 치우기 시작했다.

"트렐레보리 친구들 중 몇 명이 세상에 이렇게 마음먹었답니
다. 만약 그 열쇠에 맞는 문이 트렐레보리에 있다면 우리가 그
걸 찾아내겠어. 그래서 열쇠를 무지 많이 복사한 뒤에 무지 많
은 초과근무시간을 들였답니다. 솔직히 말해서 트렐레보리는
스톡홀름이나 오하이오 주 데이턴처럼 큰 도시는 아니니까요.
엄청난 대도시는 아니니까 집념을 품고 매달리면 보통은 찾던
걸 찾아낼 수 있지요."

뇌이드가 말을 멈추고 낮게 웃었다. 마르틴 베크는 정신을
수습하여 상 치우기와 설거지를 도왔다.

"내가 볼 때 중요한 요인이 하나 더 있습니다. 여기 친구들
중 몇몇은 실력이 좋아요. 서장이 직접 뽑을 기회가 있거든요.
스톡홀름이나 말뫼처럼 아무나 받아들여야 하는 실정이 아니란
말입니다."

실제로 마르틴 베크는 이곳에 온 뒤로 무섭게 많은 수의 철저
히 무능력한 경찰관들과 많은 수의 그저 그런 경찰관들과 더불
어 퍽 훌륭한 경찰관들도 적잖이 있다는 사실을 각별히 의식하
고 있었다.

"그 친구들은 스톡홀름에서 오신 거물들에게, 주로 당신에게, 여기 남쪽에서도 일을 제대로 할 줄 안다는 걸 보여주기로 결심했죠. 그래서 끈기 있게 찾아다니다가 결국 맞는 문을 발견한 겁니다. 오늘 오후에요. 내가 아는 그들이라면 트렐레보리에 그런 자물쇠는 없다고 단언할 수 있을 때까지 그 일을 계속했을 겁니다."

"세부 내용도 들었습니까?"

"그럼요. 일단 주소를 들었고요. 다른 것도 들었습니다. 그 친구들은 둘러보기만 했을 뿐 아무것도 만지지 않았답니다. 방 하나짜리 작은 집이고 가구는 별로 없대요. 시그브리트가 결혼 전 성으로 빌렸고요. 성이 옌손이래요. 집세는 지난 삼 년 반 동안 매달 1일에 주소를 타자기로 치고 우표를 붙인 봉투에 현금으로 넣어서 보내왔답니다. 참, 집세가 이달에도 왔대요. 시그브리트는 이미 죽었을 때니까 직접 냈을 리는 없죠. 딴 사람이 챙기고 있었던 모양입니다."

"카이."

"어쩌면."

"거의 확실하다는 느낌이 듭니다."

"봉투에도 그렇고 안에 든 편지에도 늘 '집세, S. 옌손'이라고만 적혀 있었답니다."

"내일 아침에 내려가서 살펴보죠."

"기꺼이. 그 친구들이 문을 봉해뒀답니다."

"카이." 마르틴 베크가 혼잣말처럼 말했다. "폴케 벵트손일 리는 없어."

"왜요?"

"그는 돈이 빠듯하니까요." 마르틴 베크가 말했다.

"뭐, 집세가 비싸진 않아요. 75크로나랍니다. 집주인 말로는 늘 정확한 금액이 들어 있었대요."

마르틴 베크가 고개를 저었다.

"벵트손은 아니에요. 다른 사람입니다. 벵트손의 행동 패턴에 맞지 않아요."

"음, 폴케가 습관의 동물이기는 하잖습니까." 뇌이드의 말이었다.

"그의 여성에 대한 태도에 들어맞지 않아요. 이른바 반대 성에 대한 그의 태도는 이것과는 다릅니다."

"반대 성이라." 뇌이드가 말했다. "정말로 그렇죠. 내가 아베코스 출신의 옛 애인 이야기를 해드렸던가요? 식충식물 같았다는?"

마르틴 베크는 끄덕였다.

"카이라는 사람 말인데, 실체가 없어요." 뇌이드가 말했다.

"여기 사는 사람은 아닙니다. 그건 내가 99퍼센트의 확신으로 말할 수 있어요. 그리고 트렐레보리 친구들이 이 카이라는 사람 문제도 총력을 기울여서 알아봤는데 말입니다, 인상착의며 그런 걸로 말이죠, 그들 견해로는 트렐레보리 지구 전체에 그런 사람은 없답니다."

"음." 마르틴 베크가 말했다.

"그러니까 폴케가 자신으로부터 관심을 돌리려는 의도로 남자와 차 이야기를 전부 지어냈을 가능성도 있습니다."

"그럴 수도 있죠." 마르틴 베크가 말했다.

하지만 그는 그렇게 생각하지 않았다.

두 사람은 이튿날 트렐레보리로 차를 몰고 가서 현장을 살펴보았다.

낡았으나 쇠락하진 않은 주거용 건물들이 있는 오래된 동네 뒤쪽, 비교적 작은 건물에 있는 방이었다. 건물은 아주 조용해 보이는 골목길에 있었다.

시그브리트 모르드의 밀회 장소는 2층에 있었다.

마르틴 베크는 출입 금지용 차단선을 뇌이드가 뜯게 했다. 뇌이드가 그걸 재미있어할 것 같은 생각이 들어서였다.

대단치 않은 집이었다.

퀴퀴한 냄새가 났다. 아마 한 달 넘게 환기를 시키지 않았으

경찰 살해자

리라.

우편함 바로 밑, 현관 바닥에 우편물이 조금 쌓여 있었다. '거주자 귀하'라고 수신자가 적힌 광고지와 공지문이었다.

현관문에는 붙였다 떼었다 할 수 있는 플라스틱 알파벳들을 조합하여 만든 "S. 옌손"이라는 이름이 붙어 있었다.

현관 오른편에 화장실이 있었다. 세면대 위 선반에 세면도구가 있었다. 한 유리컵에 든 칫솔 두 자루, 탐폰 한 상자, 립스틱, 팬케이크, 손톱 줄, 아이새도. 동그란 플라스틱 상자에 든 페서리도 있었다. 시그브리트 모르드는 피임에 철저한 여성이었던 게 분명했다.

그리고 비누, 면도용 브러시, 면도기가 있었다. 이것이 반드시 남자가 이 장소를 사용했다는 뜻은 되지 않았다. 시그브리트도 겨드랑이를 면도했다.

방에는 의자 두 개와 탁자 하나가 있었다. 한쪽 벽에 평범한 스펀지 매트리스가 있었고, 그 위에 할인품 코너에서 고른 것 같은 알록달록한 침대 커버가 덮여 있었다.

하늘색 베갯잇을 씌운 베개도 하나 있었다.

탁자 옆에 전기난로가 있었다. 플러그는 뽑혀 있었다. 한동안 그 상태였던 듯했다.

두 사람은 손잡이는 건드리지 않고 탁자 서랍을 열어보았다.

대체로 비어 있었다. 다만 백지 몇 장과 얇고 줄이 그어진 하늘색 편지지가 있었다.

마르틴 베크는 그 물건을 어디서 봤는지 알 것 같았다.

부엌에는 이런 것들이 있었다. 커피포트, 커피잔 두 개, 유리컵 두 개, 네스카페 한 병, 따지 않은 화이트 와인 한 병, 반쯤 남은 좋은 위스키, 즉 시바스리갈 한 병, 칼스버그 맥주 네 캔, 출처 불명의 큰 맥주잔 하나.

재떨이가 부엌에 하나, 방에 하나 있었다. 둘 다 깨끗했다.

그것을 장식이라고 불러도 되는지 모르겠지만 아무튼 벽에 걸린 장식은 하나뿐이었다. 모르는 사람 눈에는 아무 의미가 없는 어떤 문장이 인쇄된 카드였다.

"별로 사랑의 보금자리 같지는 않군요." 헤르고트 뇌이드가 말했다.

마르틴 베크는 아무 말 하지 않았다. 뇌이드는 아주 다양한 주제에 대해서 아주 많은 것을 아는 남자였지만, 그가 제일 모르는 주제가 아마 사랑일 것이다.

램프에 갓은 없고 알전구만 끼워져 있었다. 모든 것이 깨끗하고 단정했다. 부엌 보관함에 빗자루, 쓰레받기, 걸레도 있었다.

마르틴 베크는 몸을 숙여서 베개를 살펴보았다. 두 종류의 머리카락이 붙어 있었다.

긴 금발 머리카락이 있었고, 그보다 훨씬 짧고 흰색에 가까운 머리카락도 있었다.

마르틴 베크는 매트리스도 살펴보았다. 틀림없이 분석 가능할 듯한 얼룩들이 있었고 꼬불꼬불한 체모도 있었다.

"이곳에 감식을 요청해야겠어요. 아주 철저히 조사해야 할 겁니다."

뇌이드가 끄덕였다.

"이곳이 맞습니다." 마르틴 베크가 말했다. "확실해요. 트렐레보리 경찰에게 축하할 일이군요."

마르틴 베크가 뇌이드를 보았다.

"문에 새로 붙일 테이프를 갖고 왔나요?"

"네, 그럼요." 뇌이드가 느릿하게 말했다.

그들은 그곳을 떠났다.

잠시 후 그들은 그 집을 발견한 순경을 만났다. 순경은 큰길에서 순찰을 돌고 있었다. 빨간 머리카락의 그는 그 동네 사투리를 쓰지 않았다.

"잘했습니다." 마르틴 베크가 말했다.

"고맙습니다."

"이웃들을 만나봤습니까?"

"네, 하지만 다들 아무것도 모르시더군요. 주로 노인들입니다. 가끔 저녁에 그 집에 사람이 있는 걸 봤다고 하지만 대부분 7시가 되면 잠자리에 드는 분들이라서요. 아무튼 남자는 한 번도 못 봤고 여자만 봤다고 합니다. 한 할머니는 갑자기 그 여자가 시내 페이스트리 가게의 직원 중 하나였다고 기억을 떠올렸는데, 그건 제가 힌트를 좀 드린 뒤였습니다. 반면에 가끔 골목에 주차되어 있던 베이지색 차를 봤다는 사람은 많았습니다. 다들 볼보였던 것 같다고 말씀하시더군요."

마르틴 베크는 끄덕였다. 퍼즐 조각이 착착 들어맞고 있었다.

"정말 잘했습니다." 마르틴 베크는 똑같은 말을 반복한다고 느끼면서 말했다.

"아, 도움이 되어 기쁩니다." 경찰관이 말했다. "저희가 카이라는 사람에 대한 단서를 찾지 못해서 아쉽습니다."

"그가 존재한다면 말이죠." 뇌이드였다.

"그는 존재합니다." 마르틴 베크는 함께 경찰서로 걸어가면서 말했다. "믿어도 됩니다."

"당신이 그렇게 말한다면야."

매섭게 추운 날이었지만 하늘은 여전히 맑았다. 뤼겐이라는 이름의 동독 연락선이 정박해 있었다.

몹시 흉측하군, 마르틴 베크는 생각했다.

배들은 날이 갈수록 못생겨지기만 했다.

카이. 마르틴 베크는 생각했다. 걸레. 니켈 부스러기. 베이지색 볼보. 그리고 요령부득의 폴케 벵트손.

하지만 이제 그는 이 모든 일을 좀더 낙관적으로 볼 수 있었다.

25.

칼 크리스티안손과 켄네트 크바스트모는 좋은 팀이 아니었다. 두 사람이 한 순찰조를 이룬 지도 일 년 반이었지만, 그들은 서로 상대와는 이야깃거리가 없다고 생각했고 상대의 쓸모는 그보다 더 없다고 생각했다.

크바스트모는 베름란드 출신으로 큰 덩치, 갈기 같은 금발, 황소 같은 목, 빨래판 같은 이마, 그 밑에 넓고 두툼한 코를 가진 사내였다. 경찰관으로서 그는 철두철미하고 집요했으며, 열정적이고 공격적이었다. 한마디로 임무에 엄격했다. 게다가 호기심이 아주 많았다.

크리스티안손은 늘 게을렀는데 시간이 흐를수록 점점 더 그렇게 되었다. 그는 임무에 대해서는 거의 생각하지 않았고, 대

경찰 살해자

신 축구 복권과 음식을, 가끔은 오래된 총상의 통증을 생각했다. 그는 이 년 전, 정확히 1971년 4월 3일에 다른 전직 경찰관이 쏜 총알에 무릎을 맞았다. 그날은 불운한 날이 한둘이 아니었던 그의 인생을 통틀어서도 가장 불운한 날이었다. 쌀쌀했던 토요일에 그는 절친한 친구를 잃었고, 자신도 총에 맞았다. 더군다나 그의 절대 틀릴 리 없는 축구 복권 시스템이 놀랍게도 겨우 네 개만 맞히는 최악의 결과를 낸 날이었다.

크리스티안손이 보기에 크바스트모는 구제 불능의 멍청이였다. 크바스트모는 하루 종일 세상 만사와 세상 모두에 대해 징징거리며 불평했고, 끊임없이 행동을 취함으로써 일을 복잡하게 만들었다. 크리스티안손 자신으로 말하자면, 그는 직접 명령이 떨어지지 않고서는, 혹은 아주 강력한 도발을 받지 않고서는 어떤 행동도 취하지 않았다. 그리고 그가 순찰차에 앉아서 아무것도 보지 않는 파란 눈으로 앞유리창을 멍하니 내다보는 한 누구도 그에게 쉽게 접근할 수 없었다. 가장 악명 높은 도발꾼들조차도.

하지만 크바스트모는 인생을 복잡하게 만들기 위해서 할 수 있는 모든 것을 하는 사람이었다. 그는 갱스터들과 끝없는 싸움을 벌였다. 스웨덴 경찰은 자동 승진 체계라서 가점을 많이 받아봐야 아무런 이점이 없는데도, 그는 늘 경찰의 개입을 요구하는 현장을 찾아 촉각을 세웠다. 그리고 이 사회에서는 그런 현장을 찾기가 어렵지 않았다. 크바스트모의 꿈은 악명 높은 외스테르말름 구역으로 전출하는 것이었다. 그곳 경찰은 특별한 이유도 없이 늘 스톡홀름의 다른 구역들을 다 합한 것보다 다섯 배 많은 수의 사람을 잡아들였다. 새 법은 열의가 지나친 경찰관에게 시민을 괴롭힐 기회를 활짝 열어주었다. 특히 달리 갈 곳이 없어서 공원 벤치에 앉아 시간을 보내는 젊은이들을 괴롭힐 기회를. 경찰은 그런 사람을 자동적으로 혐의자로 간주하여 즉시 잡아들일 수 있었다. 잡아들인 사람은 최대 여섯 시간까지 억류할 수 있었다. 그동안 경찰서에서 그들을 손본 뒤에 풀어주고는 다시 군대식 일제 단속을 펼쳐서 똑같은 사람을 또 경찰 버스에 잡아넣는 것이었다. 크바스트모는 이것이 현명한 방식이라고 생각했으나, 안타깝게도 그는 피에 굶주린 경찰관이 그처럼 많지 않은 이 구역에 처박혀 있었다.

순찰차에서 함께 보낸 여러 달 동안 크리스티안손은 적어도 두 가지 사실을 깨달았다. 나쁜 사실은 크바스트모로부터 5크로나 이상을 빌리기가 불가능하다는 점이었다. 좋은 사실도 있었다. 크바스트모가 커피 중독이라, 이 인간을 견디기가 어려워질 때는 언제든 커피 휴식을 제안할 수 있다는 점이었다.

갈색 액체는 놀랍도록 긍정적인 효과를 냈다. 크바스트모는

경찰 살해자

커피를 홀짝이고 입맛을 다시고 페이스트리와 마지팬 케이크를 먹느라 최소 삼십 분, 혹은 종종 그 이상을 아무 말도 하지 않았다.

하지만 순찰차로 복귀하자마자 긍정적 효과는 깡그리 사라졌다. 크바스트모는 즉시 쉼 없는 혐의자 추적과 도둑들의 사회에 대한 지겨운 불평으로 돌아갔다.

크리스티안손은 커피를 좋아하지 않았다. 하지만 그것은 잠시나마 여유를 갖기 위해서 치러야 하는 대가임을 알았다.

이 순간, 두 사람은 막 긴 커피 휴식을 마치고 순찰차로 돌아와 있었다. 순찰차는 조명등과 비상등과 단파 무전기와 그 밖의 갖가지 기술적 개량을 한 흑백 플리머스였다.

이 순간, 그 순찰차는 스톡홀름 남부에서 올라와서 중심의 만들과 섬들을 통과하여 달리는 고가 고속도로 에싱엘레덴에 있었다.

크리스티안손은 여느 때처럼 느릿하게 운전했고, 크바스트모는 시도 때도 없이 하는 말 중 하나를 반복하고 있었다.

"왜 내 말에 대답하지 않아, 칼레?"

"뭐?"

"내가 중요한 이야기를 하고 있는데 너는 듣지도 않잖아."

"듣고 있어."

"듣는다고? 잘도 그러겠다. 너는 딴생각하는 중이야."

"내가?"

"무슨 생각을 했어?"

"어…….."

"여자 생각을 했겠지."

"음…….."

크리스티안손이 실제로 하고 있던 생각은 딸기 잼과 찬 우유를 탄 오트밀이었지만, 허기를 누르고자 그 대신 지난여름 크바스트모의 열정 때문에 발견하고 말았던 유난히 역겨운 시체를 떠올리고 있었다. 하지만 그는 속마음을 드러내고 싶지 않았다. 그래서 다른 대답을 지어냈다. 그 대답은 당장 쓸모가 있었다. 크바스트모가 물었다.

"자, 무슨 생각을 하고 있었는데? 그리고 왜 내 말에 대답하지 않는 건데?"

크리스티안손은 이렇게 대답했다.

"어떻게 리즈가 리그전을 28경기 연속으로 이겼을까, 밀월은 홈에서 벌써 다섯 번이나 졌는데, 하는 문제를 생각하고 있었어. 이해가 안 돼."

"바보." 크바스트모가 말했다. "애도 아니고 경찰관이 어떻게 그런 잡생각을 할 수 있어? 심지어 둘 다 스웨덴 팀도 아니

406

경찰 살해자

잖아."

크리스티안손은 이 말을 심각하게 받아들였다. 그는 스코네 출신이었는데, 스웨덴 남부에서 '바보'라는 말은 아주 나쁜 말이었다. 사람에게 하는 욕으로 그보다 더 나쁜 말이 거의 없을 정도였다.

크바스트모는 무신경하게 계속 지껄였다.

"내 말은, 우리가 법적 보호를 충분히 받지 못한다는 거야. 그리고 경찰 관료들은 다들 물러터졌다는 거지. 우리 동료 중에서 복장을 제대로 갖추지 않는 자들이 많잖아, 그런데 아무도 거기 대고 뭐라고 하질 않아. 여름에 봤던 오토바이 경찰관, 기억해? 모자도 안 썼던 놈? 재킷을 벗어서 뒤에 묶고 있던 놈?"

"하지만 35도였잖아."

"그게 뭐 어쨌다고? 경찰관은 어떤 날씨에서도 경찰관이야. 신문에서 읽었는데, 뉴욕에서는 날이 뜨거우면 경찰관들이 아스팔트에 들러붙곤 한대. 자기 자리를 지키고 있다가 교대할 때가 되면 몸을 바닥에서 뜯어내야 한다는 거야, 맙소사. 교대가 오기라도 한다면 말이야."

크바스트모가 말하는 '신문'은 경찰 기관지인 《스벤스크 폴리스》를 뜻했다. 그 잡지는 독자들을 위해서 종종 신기한 이야기를 실었다.

크리스티안손은 대구하지 않았다. 그는 훈련용 영화에서 미국 기동 경찰을 많이 봤는데, 돌격 명령이 떨어졌을 때 그들 수백 명이 길에 붙어 있으면 어떤 꼴일지 상상하고 있었다.

"내 말 듣고 있어, 칼레?"

크리스티안손은 또 복장과 법적 보호가 무슨 상관인지를 의아해하고 있었다.

"왜 내 말에 대답을 안 해, 칼레?"

"생각중이었어."

"무슨 생각?"

"음……."

"너랑 얘기하는 건 정말 시간 낭비야. 범죄와의 싸움은 모든 사람이 매일 매 순간 집중해야 하는 일인데, 너는 축구 생각이나 하고 앉았고, 하는 말이라고는 '음', '어'뿐이고, 무슨 일이 벌어지면 '하느님 맙소사'라고 말하는 게 전부잖아. 우리 경찰관들이 얼마나 어려운 상황에 처했는지 이해가 안 돼? 법무장관은 물러터진 놈들 중에서도 제일 약골이야. 그래서 우리가 제대로 법적 보호를 받지 못하는 거야. 거의 아무런 보호도 못 받고 있지. 약실에 탄약을 넣어두면 안 된다는 헛소리도 그래. 네가 갑자기 무장한 악당과 마주쳤단 말이야, 그러면 어떻게 하겠어? 약실에 탄약이 없는데?"

경찰 살해자

"나는 있어."

"그건 미친 짓이야." 크바스트모가 분연히 말했다. "그건 규정 위반이잖아. 아무튼 규칙상 너는 그러면 안 된단 말이야. 그래서 너는 무력하게 있을 수밖에 없어. 끝장나는 거지. 그러면 그게 누구 잘못이야? 누구 책임이지? 법무장관, 그자 책임이야. 약실에 탄약도 넣어 다닐 수 없는데 어떻게 상황을 정리하겠어?"

"나는 총을 한 번 쏴봤어." 크리스티안손이 불쑥 말했다. "버스에서."

"누굴 맞혔어?"

"음, 그 안에 아무도 없었어. 하지만 물론 버스를 맞혔지."

"어떻게 됐는데?"

"후폭풍이 컸지. 강력반의 그 키 크고 못생긴 형사한테 단단히 호통을 먹었어."

"거봐. 위에서는 아무런 지원이 없어. 놀랄 일도 아니지. 스코네에서 쓰러진 세 친구를 보라고. 작살이 났잖아. 그 친구들의 아내들과 아이들이 법무장관을 어떻게 생각하겠어? 그런데 아직 살인범을 잡지도 못했지. 그거 알아? 나는 그놈이 여기 시내 어디에 숨어 있을 거라고 봐. 젠장, 내가 놈을 잡을 수만 있다면. 나는 그런 새끼들을 증오해. 먼저 총을 들이댈 기회가 있다면 일 초도 망설이지 않을 텐데."

"음……."

"'음'이라니, 무슨 뜻이야? 우리 동료 두 명이 병원에 있어, 그렇지? 한 명은 죽었어. 보릴룬드라는 친구. 죽었다고. 살해당했다고."

"어……."

"'어'라니, 대체 무슨 뜻이야?"

"그 친구는 무슨 독이 있는 동물에게 물려서 죽었다고 들었어. 개구리인가 뭔가."

"어떻게 그런 멍청한 소리를 믿을 수 있어? 우리 사회 내의 전투 세력, 아니, 전복 세력에 대한 강의도 못 들었어? 공산주의자 같은 해충들 말이야. 그자들이 경찰을 해치고 약화시키기 위해서 그런 거짓말을 퍼뜨린다고. 그럼으로써 사회의 근간을, 기초를 파괴하려고. 하지만 그런 거짓말에 속아 넘어가는 사람이 우리 안에도 있을 줄은 몰랐어. 가끔은 널 보면 무서워, 칼레."

"내가?"

크리스티안손은 다른 생각을 하기 시작한 참이었다. 그에게 건설적인 계획이 떠올랐다. 며칠 전에 슈퍼마켓에서 거대한 마지팬 덩어리를 봤다. 아마 빵집용인 것 같았다. 하지만 다음에 축구 복권으로 돈을 좀 따면, 그것을 사서 앞좌석 사이에 놓아

경찰 살해자

둘 생각이었다. 크바스트모는 마지팬을 어마어마하게 좋아하니까 결코 저항하지 못할 것이다. 하지만 걱정되는 점이 두 가지 있었다. 첫째, 마지팬이 얼마나 갈까? 자신에게는 평생 먹어도 충분할 양이지만, 크바스트모는 삼십 분 만에 먹어치울지도 모른다. 두 번째 문제도 고민스러웠다. 워낙 수다쟁이인 크바스트모가 아몬드 페이스트리를 입에 가득 물고도 쉼 없이 떠들면 어쩌지?

크리스티안손은 크바스트모를 흘끔 보면서 물었다.

"꿀꿀대면서 돌아다니지만 아무 데도 가지 못하는 게 뭐게?"

"돼지."

"틀렸어. 언어장애가 있는 고양이야."

"네가 무섭다니까, 칼레." 크바스트모가 절레절레 말했다. "그게 왜 아무 데도 못 가겠어?"

"음……."

"한계가 있어." 크바스트모가 말했다. "평범하고 단순한 경찰관이 참는 데도 한계가 있다고. 노르만 한손을 봐. 그게 내 한계야. 지난주에 네가 아파서 쉬었을 때, 내가 어느 가정 내 난동 현장에 출동해서 어떤 놈을 붙잡았거든. 근데 그놈이 격렬하게 저항하는 거야. 그래서 끌고 내려가서 차에 태우면서 경찰봉으로 약간 손봐줬지. 알잖아, 진정시키려고. 그런데 다음 날 아침에 노르만 한손이 나를 불러서 아무개 기자를 학대했느냐고 묻는 거야. 그래서 내가 말했지, 진정시키려고 경찰봉을 쓰기는 했습니다만 잔혹 행위는 결코 하지 않았습니다. 그랬더니 노르만 한손이 뭐랬는지 알아?"

크리스티안손은 거대 마지팬의 가격이 얼마나 할지 생각하는 중이었다.

"왜 내 말에 대답하지 않아, 칼레?"

"뭐?"

"노르만 한손이 뭐랬는지 아느냐고."

"아니."

"고개를 설레설레 저으면서 나한테 말하더라고. '이런 일을 그만둬야 해, 켄네트. 다음에 또 이런 불평이 접수되면, 그때는 나도 자네를 보고서에 올릴 수밖에 없어'. 나 참, 취해서 전축을 너무 크게 튼 건 웬 개새끼인데 나를 보고서에 올릴 거래."

"아까는 가정 내 난동이라고 하지 않았어?"

"난동은 난동이지. 그 남자는 집에서 혼자 술 마시면서 전축을 틀었어. 하지만 그게 내 잘못은 아니잖아? 그걸 갖고 나를 비난할 수는 없잖아? 그 남자가 계집애 같은 자식이고 노르만 한손이 겁쟁이인 게 내 탓은 아니잖아?"

크리스티안손은 차 밑으로 굽어져서 사라지는 듯한 도로를 지친 눈으로 내다보았다. 노르만 한손은 구역 지휘자 중 한 명이었다. 크리스티안손은 그가 대체로 좋았다.

"나는 어떤 경우에도 동료들로부터 굳건한 충성을 기대한다고." 크바스트모가 단호하게 말했다. "저것 좀 보게? 어쭈? 봤어, 칼레?"

빨간색 재규어 한 대가 그들 옆을 지나갔다. 누가 봐도 과속이었다.

"쫓아가, 칼레!"

크리스티안손은 한숨을 쉬며 가속페달을 밟았다. 크바스트모는 사이렌을 울리고 경광등도 켰다.

"저놈이 그 경찰 살해자일지도 몰라." 크바스트모가 말했다.

"경찰 살해자?"

"경찰 살해자라고 했잖아."

"빨간색 재규어인데?"

"당연히 훔쳤겠지."

크리스티안손은 차 문이 열려 있고 열쇠가 꽂혀 있지 않는 한 재규어를 훔치기가 얼마나 어려운지 알았다. 죽은 옛 파트너 크반트와 함께 웬 유명한 자동차 도둑을 붙잡기 일보 직전까지 간 적이 있었는데, 그 도둑은 비싼 영국제 자동차만 전문으로 훔치는 자로서 존경의 의미로 '재규어맨'이라고 불리는 자였다. 그

모험은 크반트가 건초 더미에 순찰차를 처박고 재규어맨은 저 멀리 사라지는 것으로 끝났다.

경찰차 사이렌이 우렁차게 밤을 뒤흔들었다. 앞차의 꼬리등이 바싹 다가왔다. 그들 주변으로, 특히 오른쪽으로 스톡홀름의 수많은 불빛이 캄캄한 만의 물에 비쳐 반짝거렸다. 별이 밝은 하늘을 배경으로 교회 첨탑들의 실루엣이 솟아 있었다. 달도 떠 있었다.

"이제 우리가 저 개자식을 잡겠네." 크바스트모가 말했다. "내가 그동안 기다린 게 바로 이런 일이야."

크리스티안손은 속도계를 보았다. 시속 135킬로미터였다. 그는 가속페달에서 발을 떼고 빨간 재규어 옆으로 차를 붙였다. 크바스트모는 벌써 "정지"라고 적힌 표지판을 한 손에 들고 다른 손에 경찰봉을 들고 있었다.

그때 희한한 일이 벌어졌다.

재규어 운전자가 크리스티안손을 건너다보고는 마치 상대를 반기거나 고맙다고 인사하는 것처럼 씩 웃으며 오른손을 척 들어 보였다. 그러고는 속도를 내어 순찰차로부터 멀어졌다.

"아니, 기가 막히는군." 크바스트모가 말했다. "봤어?"

"응."

"하지만 이제 내가 저 인간을 알아봤단 말이지. 인상착의를 확인했어. 나는 한번 본 얼굴은 절대 안 잊잖아. 너도 알지?"

"번호판도 봤어?"

"그럼, 그럼. 내가 졸고 있었던 것 같아? FZK011, 맞지?"

"나는 못 봤어. 무전으로 알릴까?"

"아니, 젠장. 이건 우리가 직접 처리할 거야. 저 차에 따라붙기만 해. 할 수 있지, 칼레?"

빨간 로켓이 마침 고속도로를 벗어나서 도심으로 향하지 않았다면 크리스티안손이 따라붙을 가망은 거의 없었다. 하지만 곧 재규어 운전자는 속도를 줄였고 크리스티안손은 가까스로 그 차를 놓치지 않을 수 있었다.

추격전은 텅 빈 심야의 거리에서 사이렌의 비명과 함께 진행되었다. 크리스티안손이 보기에 그들의 악당은 달아나려는 시도를 전혀 하지 않았다. 빨간 재규어가 외스테르말름 뉘브로가탄의 어느 건물 앞에서 끼익 멈췄을 때, 순찰차는 불과 이백 미터 뒤에 있었다. 운전자가 펄쩍 차에서 내리더니 차 문을 잠그지도 않고 서둘러 보도를 건너갔다.

크리스티안손은 총에 맞기 전에 솔나에서 근무했고 그전에는 말뫼에서 일했던 터라 수도를 잘 알지는 못했다. 만약 그가 스톡홀름을 더 잘 알았다면, 악당이 베타니아스티프텔센 병원으로 들어가는 모습에 놀랐을 것이다.

크바스트모가 병원을 알아봤더라도 그 사실은 그에게 아무런 의문을 일으키지 않았다. 그는 범죄자의 어떤 행동에도 놀라지 않았다. 이 무법자들의 사회에서는 무슨 일이든 다 일어날 수 있다고 말하는 게 그의 입버릇이었다.

"요즘 세상 돌아가는 걸 보면 이것도 전혀 놀랍지 않아." 크바스트모가 말했다. "그렇지, 칼레? 하지만 이제 우리가 놈을 궁지에 몰았잖아. 놈이 얼마나 놀랄까. 안전을 위해서 우리 둘 다 들어가는 게 좋겠지?"

크리스티안손은 빨간 차 뒤에 차를 세웠다. 앞유리창 너머로 빨간 차를 살펴본 뒤, 남자가 들어간 건물 출입구를 의심쩍은 듯이 바라보았다.

"어⋯⋯."

크바스트모는 웬일로 대구가 없었다. 대신 문을 벌컥 열고 차에서 내렸다. 엄숙한 결단의 표정이었다.

"번호는 맞네." 크리스티안손이 말했다. "FZK011. 차는 맞아."

"아니면 뭘 예상했는데?"

"음⋯⋯."

"서둘러." 크바스트모가 말했다.

크리스티안손은 한숨을 쉬며 내렸다. 어깨띠를 바로 한 뒤,

마지못해 크바스트모를 따라 보도를 건넜다.

크바스트모는 단호하게 출입구를 통과하고, 계단을 한 층 올라서, 반쯤 열린 문으로 들어갔다.

그들이 들어간 곳은 대기실처럼 보이는 방이었다. 정면에 불투명 유리문이 있었다. 그 뒤에서 누군가 숨죽여 말하고 있었다.

크바스트모는 일방적인 공모의 눈길을 크리스티안손에게 던진 뒤, 손잡이를 잡고 문을 홱 열어서 안으로 들어갔다.

크리스티안손은 문가에 서 있었다. 눈앞의 장면이 그를 망설이게 만들었다. 두 사람이 보였다. 한 명은 재규어 운전자로, 지금 그는 이상한 재질로 된 초록색 가운을 입고 있었다. 그리고 중년 여성이 있었다. 여자도 희한한 복장이었다. 꼭 간호사 혹은 수녀처럼 보였다. 여자는 비닐장갑 한 쌍을 들고 있었고, 남자는 거기에 손을 끼울 생각인 듯했다.

남자도 크바스트모를 보았다. 크바스트모는 총집에 얹었던 오른손을 가슴 주머니로 가져가서 수첩과 펜을 꺼냈다.

"자, 이게 무슨 일이지?" 크바스트모가 호통쳤다.

정신이 딴 데 있는 듯한 남자는 두 경찰관 쪽으로 살짝 놀란 시선을 던졌다. 그리고 두 손을 투명한 비닐장갑에 끼웠다.

"도와줘서 고맙습니다." 남자가 말했다.

그러고는 등을 돌리고 걸어가기 시작했다.

크바스트모는 얼굴이 새빨개졌다.

"말장난하지 마." 크바스트모가 우렁차게 말했다. "이름이 뭐야? 그리고 면허증 내놔. 우리는 할 일을 하는 것뿐이야. 내 파트너도 보증할걸. 안 그래, 칼레?"

"동료는 할 일을 하는 것뿐입니다." 크리스티안손은 불안스레 주춤거리면서 웅얼거렸다.

남자는 두 사람에 대한 흥미를 잃은 듯했다. 여자가 막 그의 얼굴에 마스크를 씌워준 참이었다. 남자가 커다란 쌍여닫이문 쪽으로 한 걸음 내디뎠을 때, 크바스트모가 그의 팔을 잡았다.

"헛짓거리는 그만해. 아니면, 우리와 함께 서로 가겠나?"

초록색 가운을 입은 남자가 몸을 돌려 어리둥절한 눈으로 크바스트모를 보았다. 그리고 그를 한 대 쳤다.

빠르고 강력한, 멋진 한 방이었다. 주먹은 크바스트모의 턱에 정통으로 맞았고, 크바스트모는 둔중한 소리를 내며 엉덩방아를 찧었다. 수첩과 펜이 손에서 떨어졌고, 시선이 전보다 더 멍해졌다.

크리스티안손은 근육 하나 움직이지 않았다. 그저 한마디 내뱉었을 뿐이었다.

"하느님 맙소사."

남자와 여자는 방을 떠났다. 둘의 등 뒤에서 육중한 문이 닫혔다. 열쇠가 딸각 돌아갔다.

크바스트모는 계속 앉아 있었다. 꼭 요뉘 비드와의 시합에서 녹다운 당했을 때의 하뤼 페르손 같았다.

"하느님 맙소사." 크리스티안손이 또 말했다.

일 분쯤 지나자 크바스트모는 어느 정도 회복하는 듯했다. 하지만 불확실하고 겉으로 잘 확인되지 않는 회복이었다. 그는 잠시 엉금엉금 기다가 힘겹게 비틀거리면서 일어섰다.

"저 새끼는 대가를 단단히 치를 거야." 크바스트모가 혼미한 정신으로 말했다. "경찰관 폭행으로."

크바스트모가 턱을 감싸고 아픈 개처럼 낑낑거렸다. 말하니까 아픈 모양이었다.

"칼레." 크바스트모가 들릴락 말락 하게 말했다. "말을 못 하겠어."

이렇게 기쁠 수가 있나, 크리스티안손은 생각했다.

그러나 다음 순간 더럭 우울해졌다.

이제 그들은 다시 곤란해질 것이다.

왜 늘 이렇게 복잡한 일이 생기지? 크리스티안손은 우울하게 생각했다. 자신은 늘 아무 짓도 하지 않는데.

그는 크바스트모의 어깨에 팔을 둘러 부축했다.

"가자." 크리스티안손이 웅얼거렸다.

"응." 크바스트모가 말했다. "가서 보고서를 쓸 거야. 저놈은 이 일로 한 달을 살게 될 거야. 최소한. 아니, 석 달 하고 고통과 피해에 대한 보상금까지 물게 될 거야."

크바스트모의 목소리는 입에 아몬드 페이스트를 잔뜩 머금고 말하는 것처럼 들렸다.

26.

군발드 라르손은 격분했다. 최근 몇 년간 이렇게 화난 적이
언제였던지 기억나지 않을 정도였다. 그는 큼직한 털북숭이 손
으로 책상을 쿵 치고 조용히 하라고 말했다.

윗선은 작년에 마침내 군발드 라르손을 경감으로 승진시켰
다. 자동 승진 체계 때문에 달리 선택지가 없었다. 그를 더 위로
쫓아내거나 아예 쫓아내거나 둘 중 하나였다.

새 직위도 군발드 라르손을 변하게 하지는 못했다. 오직 사
십팔 년이라는 세월만이 차츰 그에게 흔적을 남기고 있었다. 그
동안 키가 더 자라진 않았지만 이제 백 킬로그램이 넘었고, 반
듯하게 빗어 넘긴 금발 머리카락이 관자놀이 부분에서 뒤로 물
러나기 시작했다. 그래도 그는 어느 때보다 강했다. 적어도 스

스로는 그렇게 느꼈다. 그리고 만약 몸싸움을 벌인다면, 무시무시한 상대가 될 수 있었다.

말싸움 상대로도 그는 쉬운 사람이 아니었다.

"그렇게 우물거리고 서 있지 마." 그가 크바스트모에게 말했다. "말할 줄 모르나?"

"간신히 할 수 있습니다." 크바스트모가 아까보다 훨씬 또렷한 목소리로 말했다.

군발드 라르손이 크리스티안손을 보았다.

"우리가 십 년 동안 이런 상황에서 이렇게 자주 만나다니 희한하군. 자네가 이 도시에 득시글거리는 얼간이 경찰관들 중에서도 가장 심각한 얼간이라서 그런 건가?"

"모르겠습니다." 크리스티안손이 슬프게 대답했다.

두 경찰관은 문가에 차려 자세로 서 있었다. 크리스티안손은 이 상황이 낯설지 않았지만, 이런 상황이 처음인 크바스트모는 좀더 기분 나쁘게 받아들이는 듯했다.

"정확히 무슨 일이 있었는지 말해보겠나?"

군발드 라르손이 제 딴에는 온화하고 이해심 있는 말투라고 생각하는 목소리로 물었다.

"어……."

크리스티안손은 이렇게 말하고 애원하듯이 크바스트모를 보

있다. 하지만 크바스트모는 이런 상황에서는 과묵했다.

"평소처럼 에싱엘레덴을 순찰하는 중이었습니다." 크리스티안손이 부드럽게 말을 꺼냈다. "그런데 갑자기 그 사람…… 신사분이 빨간색 재규어를 몰고 우리를 지나쳐서 달려갔습니다."

"과속이었습니다." 크바스트모가 말했다.

"그래서 자네들은 어떻게 했나?"

"그 차를 따라갔습니다." 크리스티안손이 말했다.

"그의 반응은 어땠나?"

"우리에게 손을 흔들었습니다." 크리스티안손이 대답했다. "그리고 속도를 내며 멀어졌습니다."

크리스티안손의 표정이 어찌나 소심한지 군발드 라르손은 갑자기 자신이 몇 살 더 늙고 몇 킬로그램 더 는 것처럼 느껴졌다. 그는 한숨을 쉬고 말했다.

"그래서 추격전을 벌였나?"

"경찰 살해자인 줄 알았습니다." 크바스트모가 말했다.

"그가 금발이던가? 제 나이보다 어려 보이는 열아홉 살 남자아이 같던가?"

크바스트모는 대답하지 않았다.

"사실은 이랬지." 군발드 라르손이 말했다. "그 사람은 57세의 의학 교수였어. 아주 긴급하고 어려운 쌍둥이 제왕절개 수술을 하려고 가는 중이었어. 제왕절개가 뭔지는 아나?"

크리스티안손이 끄덕였다. 그와 아내에게도 자식이 있었다.

"그래도 너무 빨리 달렸습니다." 크바스트모가 고집스럽게 말했다.

"천치 같으니." 군발드 라르손이 말했다.

"경찰관 모욕입니다." 크바스트모가 말했다.

크리스티안손이 찌푸렸다. "상사가 말할 때는 아니야."

"게다가 이 교수는 십 분 전에 경찰에 연락해서 에스코트를 부탁했어." 군발드 라르손이 말했다. "그래서 자네들이 자기를 도와주러 왔다고 생각했지. 자네들은 십 분 전에 뭘 하고 있었나?"

"커피를 마시면서 잠시 쉬었습니다." 크리스티안손이 침울하게 말했다. "차에 없었기 때문에 무전을 못 들었습니다."

"그렇군." 군발드 라르손은 체념한 듯했다. "그래서 병원까지 그를 추격해서 수술실에 못 들어가게 막으려고 했군. 게다가 뻔뻔하게도 그를 경찰관 폭행으로 보고까지 하셨어. 만약 내가 그 상황이었다면 나는 자네를 죽였을 거야."

"저는 보고하지 않았습니다." 크리스티안손이 웅얼거렸다.

"국가경찰청장이 말하기를……."

크바스트모가 거창하게 입을 열었지만 군발드 라르손이 대

경찰 살해자

뜸 말을 자르고 호통쳤다.

"그 말을 꺼내기만 해봐, 당장 창밖으로 내던져줄 테니까."

"그건 동료에게 신의 있는 태도가 아닙니다." 크바스트모가 말했다.

군발드 라르손이 우뚝 일어섰다. 그리고 칼 12세처럼 팔을 쭉 뻗었다. 다만 그가 가리킨 것은 러시아가 아니라 문이었다.

"나가!" 그가 우레처럼 외쳤다. "그리고 그 망할 보고서를 당장 철회해."

한 시간 뒤, 군발드 라르손에게 전화가 걸려 왔다. 그의 새파란 눈동자를 분노로 경직시키는 전화였다.

"말름일세. 자네가 자기네 순찰조에게 신의 있는 태도를 보이지 않았다고 서장이 내게 불만을 표현했어. 언짢아하던걸. 자네, 내 밑에서 일하는 한 성미를 다스려야 할 거야. 뒤치다꺼리를 내가 다 하잖나."

"뭐라고요?" 군발드 라르손이 말했다.

그가 할 수 있는 말이 그것뿐이었다.

"그건 그렇고, 우리가 미솜마르크란센에서 경찰 살해자를 포위했어." 말름이 태평하게 말했다. "린드베리라는 범죄자와 함께. 자네와 콜베리도 시간이 있으면 나와봐. 우리는 곧 움직일 거야. 내가 여기 남부 경찰서에서 직접 작전을 지휘할 거라네."

군발드 라르손은 전화를 탕 끊고 서둘러 옆방으로 갔다. 옆방에서는 콜베리와 에이나르 뢴이 오목을 두고 있었다.

뢴은 빨간 코와 라플란드 말투로 유명한 또 다른 형사였다. 뢴도 강력반 경력이 길었기에, 말름의 특별 지휘대에 차출되었다.

"일어나." 군발드 라르손이 말했다. "무법자가 직접 전화했어. 미솜마르크란센에서 론니에 카스페르손과 림판을 포위했대."

"무법자?" 뢴이었다.

"그래, 말름 말이야. 자, 가보자고. 내 차를 타고 가지."

"딱한 꼬마 같으니." 콜베리가 말했다. "하지만 나는 림판과 청산할 빚이 있지."

론니에 카스페르손은 마간과 함께 미솜마르크란센으로 갔을 때 제 발로 덫에 들어간 셈이었다. 하지만 그 사실을 알 도리는 없었다.

마간의 새 남자 친구는 다름 아닌 림판 린드베리였고, 그 집은 밤낮으로 감시당하고 있었다.

잠복근무는 무기력하고 의욕 없는 사복 경관들이 맡고 있었다. 그들은 림판의 무례함과 뻔뻔함을 익히 아는 터라 건물로부터 멀리 떨어진 곳에 자리 잡았고, 더군다나 그런 일에 필요한 경험이 부족했다.

그래도 림판은 그들이 있다는 걸 감지하고 있었고, 그래서 론니에 카스페르손을 보고는 고개를 저었다.

"여기는 네가 있기에 좋은 곳이 아냐, 카스페르."

하지만 론니에 카스페르손은 달리 갈 곳이 없었다. 그리고 림판은 악당이어도 착한 악당이었기에, 그 점을 바로 증명해 보였다.

"그래도 여기 있어, 카스페르. 내가 끝내주는 은신처를 알고 있으니까 경찰이 잡으러 오면 그리 가면 돼. 그리고 그렇게 머리카락을 잘랐으니 아무도 널 알아보지 못할 거야."

"그럴까요?"

론니에 카스페르손은 낙담했고, 겁먹었고, 이제 완벽하게 불안정해졌다. 이전까지는, 사회보장국 심리학자의 말에 따르면 그냥 약간 소외감을 느끼는 정도였다.

"자, 자." 림판이 말했다. "너무 낙담하지 마. 그래서 네가 경찰을 쐈다 이거지. 나는 불쑥 튀어나온 웬 여자를 쐈어. 우리처럼 좋은 사람들에게도 그런 일이 생길 수 있는 거야."

"하지만 나는 아무도 안 쐈어요."

"경찰에게는 아무 차이가 없으니까 걱정해봐야 소용없어. 그리고 아까 말했듯이 아무도 너를 알아보지 못할 거야."

림판은 경찰에게 수없이 쫓겨본 몸이었고, 그래서 지금도 경찰이 자신을 지켜보고 있을 가능성이 있음을 알았지만, 의도적인 침착함과 과장에 가까운 유머 감각으로 상황을 받아들였다.

"놈들이 벌써 이 집을 수색했어." 림판이 말했다. "두 번이나. 그러니까 당분간은 다시 오지 않을 거야. 유일한 문제는 이제 마간이 너까지 부양해야 한다는 거야. 그러잖아도 나를 먹여 살리고 있는데."

"에이." 마간이 말했다. "자기가 실업수당이랑 복지수당을 받잖아. 그걸로 될 거야. 물론 블로드푸딩이랑 스파게티 같은 걸로 때워야 하겠지만."

"내가 쇠데르퇴른의 오두막으로 무사히 탈출하기만 하면, 그때는 푸아그라 파테랑 샴페인을 즐길 수 있을 거야." 림판이 말했다. "믿어도 돼. 그리고 곧 그렇게 될 거야. 그때는 너도 함께야, 카스페르."

림판이 카스페르의 어깨에 팔을 두르고 꽉 끌어안아 격려해주었다. 림판은 카스페르보다 스무 살 이상 연상이었다. 카스페르는 금세 림판을 아버지 같은 존재, 혹은 이해심 있는 어른으로 우러르게 되었다. 론니에 카스페르손의 삶에는 그런 어른이 많지 않았다. 그의 부모는 석기시대 사람들 같았다. 교외의 멋진 집에서 살며 차고에 할부로 산 차를 넣어두고 매일 죽도록 지루해하며 컬러TV를 보고 앉은 부모는 그저 딱할 뿐이었다. 그들은 돈 생각, 그리고 아들이 어쩌다 이렇게 엇나가게 되었을까 하는 생각 외에는 아무것도 생각하지 않았다.

자신들은 아들에게 해줄 것을 다 해주었는데 말이다.

이 문제는 그들의 끊임없는 언쟁거리였다.

부모가 가끔 정치 이야기를 할 때도 있었다. 그들은 굳센 사민당 지지자였고, 혼합경제의 이점을 몇 시간씩 설파할 수 있었다. 그들에게는 선거 결과가 미진했던 점과 요즘 젊은이들이 이렇게 좋아진 세상에 감사할 줄 모른다는 점 외에 모든 게 완벽했다.

부모는 자신들부터가 완고한 물질주의에게 배신당했다는 사실을 깡그리 잊은 듯했다. 그리고 아들 세대의 많은 젊은이가 원치 않은 실업으로 고통받는다는 점, 뭐든 삶의 희망이나 의미가 될 만한 것을 간절히 바란다는 점을 모르는 듯했다.

카스페르에게 이 사회는 추상적이고 적대적인 것이었으며, 이 사회를 이끄는 우쭐대는 바보들은 자신과 또래들을 그저 존재한다는 사실만으로 미워하는 것 같았다.

림판은 이 모든 일을 겪고도 자살하지 않고 버텨낸 어른이었다. 그런 림판도 이 사회를 한 줌의 부유한 가문들과 역시 한 줌의 부패하고 무능한 정치인들이 쥐락펴락한다는 것을 잘 알았다. 그런 자들은 이 나라에서는 모두가 평등하고, 모든 것이 좋고 앞으로 더 나아지리라는 거짓말을 끝없이 반복하기만 했다.

세상에는 평범하고 정직한 노동을 최고로 훌륭하고 행복한 것으로 여기는 나라들도 있는 듯했지만, 여기서는 그런 말을 삼 년에 몇 주씩, 즉 선거 기간에만 들을 수 있었다. 그마저도 위선적이고 고상 떠는 용어로 이야기되었고, 그 속은 거짓과 배신으로 가득했다.

론니에 카스페르손은 멍청하지 않았다. 그는 자신이 삶을 제대로 살아볼 기회를 잡기도 전에 삶으로부터 배신당했다고 생각했다. 또한 자신이 순진하게 처신할 때가 많다는 걸 알았으며, 크리스테르 같은 친구들이나 가장 최근에는 림판에게 의지하는 것도 그런 행동임을 알았다. 그는 늘 자신보다 의지가 강한 사람들에게 휩쓸리는 타입이었다.

카스페르는 아주 어릴 때부터 뭔가 잘못되었다. 어쩌면 부모와의 간극 때문이었을지도 모른다. 그가 나름대로는 부모를 좋아했는데도 말이다. 어쩌면 학교 때문이었을지도 모른다. 미완의 교육개혁은 첫 시행 순간부터 변질되기 시작하여 일부는 과거로 돌아갔고 다른 일부는 더 새롭고 이해 불가능한 무언가로 바뀌었다. 가령 신수학이라고 불리는 수학 교육이 그랬다. 그 수업을 들으면 카스페르는 자신이 멍청하고 진작 글렀다는 기분이 들었고, 그래서 더 공부할 의욕이 사라졌다.

초등학교 마지막 학년에 그는 시간을 내어 사전을 들춰보았다. 표지에 적힌 대로 말하자면 "스웨덴 학술원 공식 스웨덴어 사전"이었다. 사전은 616쪽이나 되었다. 우라지게 두꺼운 책이었다.

그는 '우라질'을 찾아보았다. 흔히 쓰는 단어였다. 실려 있지 않았다. 반면 '행동 원인', '평등 선언', '법적 근거'는 실려 있었다. '이해 충돌'과 '부적격'도 실려 있었다.* 설명: 법률 용어. 누군가의 권리 등에 반하는 것.

그는 이해할 수 없었다.

좀더 밑에는 '유테'가 나와 있었다. 설명: 옛 표현. 유틀란드 사람.

카스페르는 '유틀란드 사람'은 이해했지만, '부적격'은 이해할 수 없었다.

하지만 오래지 않아 그는 그 단어의 뜻을 알게 되었다. 그가 처음 법정에 선 때였다. 검사가 그에게 유리한 증언을 할 예정이던 여자아이를 가리켜 '부적격'이라고 말했는데, 이유는 그

---

* 단어들은 차례로 'jävla', 'jävsanledning', 'jävsförklaring', 'jävsgrund', 'jäv', 'jävighet'으로, 모두 'jäv'로 시작하니 사전에 줄지어 등재되어 있었을 것이다.

애가 그와 잤기 때문이라고 했다. 여자아이는 증언할 수 없었다. 그는 유죄를 받았다.

씨발.

다음에 다시 그 사전을 보았을 때, 그는 이 단어를 찾아보았다. 스웨덴에서 흔히 쓰이는 단어였다. 하지만 실려 있지 않았다.

그는 더 찾아보았다. '똥'과 '오줌'은 사람들이 욕으로도 행동으로도 많이 쓰는 단어들이었다.

하지만 스웨덴 학술원은 대중의 낮은 수준에 영합하지 않았다. 그 단어들은 실려 있지 않았다.

그는 마지막으로 세 단어를 찾아보았다.

'좆', '보지', 그리고 '똥구멍'이었다.

하지만 이것들은 학술원 사전의 눈에 들기에는 너무 생소한 인체 부위인 모양이었다. 이 단어들도 실려 있지 않았다.

사전을 감방 선반에 도로 올려두기 전에, 카스페르는 발행 연도를 확인해보았다.

1973년이었다.

론니에 카스페르손은 가만히 있는 게 늘 힘들었다. 참을성 있게 뭔가를 기다리는 게 늘 어려웠다. 이제 돌아보니, 그가 부모 집을 떠난 것도 그 집의 수동적 분위기 때문인 듯했다.

카스페르는 거울에 자신을 비춰보았고, 자신이 다른 수많은 젊은이들과 똑같이 보인다는 걸 깨달았다.

마간과 림판의 말이 옳을 것 같았다. 아무도 그를 알아보지 못할 것이다.

그래서 금요일에 외출을 했다. 지하철로 시내에 가서 여느 때 다니던 장소들을 거닐었다. 훔레고르덴 같은 곳은 피했다. 그곳은 경찰이 주기적으로, 보통 재미로 단속하는 곳이었다. 그는 공원 벤치에 앉아 있거나 곧 체포될 누군가와 이야기하다가 무심코, 정말 우연히 경찰에게 붙잡히기는 싫었다.

그는 토요일과 일요일에도 몇 시간씩 외출했다. 신문마다 자기 사진이 실렸다는 것, 경찰이 부모 집을 찾아갔다는 것, 경찰이 그가 자주 다니던 클럽과 무단 거주지를 단속했다는 것을 그도 알았다. 자신이 현재 최악의 공공의 적으로 묘사된다는 것도 알았다. 간단히 말해 그는 경찰 살해자였다. 수단과 방법을 가리지 않고 무력화해야 마땅한 인간이었다.

카스페르의 잘못은 주도성이 부족하다는 것, 또 앞날에 대한 일말의 계획 없이 행동한다는 것이었다. 자신도 이런 흠을 인지했으나 어떻게 할 수가 없었다. 가끔 그는 자신이 왜 이런 사람이 되었을까, 왜 자기 또래 중에는 이런 사람이 많을까 하는 문제를 고민해보았다.

어쩌면 그것은 그에게 너무나 부조리해 보이는 사회체제 탓일 수도 있었다. 아니면 나이 든 세대 탓일 수도 있었다. 그들은 밑 빠진 독에 물 붓기처럼 물질적 생활을 계획하고 또 계획했다. 세금 고지서를 비롯하여 관료들이 퍼붓는 각종 이해 불가의 문서들을 놓고 머리를 쥐어뜯었다. 밤에는 어떻게 하면 적자를 내지 않을까 고민하고 상승하는 실업률을 두려워하느라 잠 못 이루다가 낮이 되면 각성제를 삼키고 일하러 갔고, 저녁에는 가만히 앉아서 TV라도 보기 위해서 더 많은 안정제를 삼켰으며, 이윽고 악몽으로 점철된 몇 시간의 휴식을 취할 때가 오면 수면제를 삼켰다.

림판은 카스페르보다는 차분한 성격이었다. 하지만 림판도 이제 타의로 조용히 지낸 지 꽤 되었기에 슬슬 좀이 쑤셨다.

일요일 밤에 세 사람이 함께 TV를 볼 때, 림판이 확실하게 말을 꺼냈다.

"만약 짭새들이 너를 찾아내서 잡아가려고 하면 그때는 나랑 여기를 뜨자. 우리 둘이. 내가 써먹으려고 마련해둔 계획이 있는데 둘이면 더 쉬울 거야."

"숲속 오두막이요?"

"그래."

마간은 잠자코 있었지만 속으로는 이렇게 생각했다. 얘들아, 경찰이 금방 너희를 붙잡을 거란다, 그러면 이 재미도 이번에는 끝이겠지.

월요일, 드디어 누군가 카스페르를 알아보았다.

그를 알아본 사람은 나이가 지긋한 사복 형사로, 사실은 이곳에서 잠복근무하는 경찰관이 땡땡이를 치지 않는지 확인하려고 들른 것뿐이었다.

형사의 이름은 프레드리크 멜란데르였다. 그는 오래전부터 마르틴 베크의 신뢰할 만한 동료로 함께 일해왔으나, 몇 년 전에 절도수사과로 옮겼다. 절도수사과는 스톡홀름 경찰 내에서 최고로 암울한 부서 중 하나였다. 절도, 강도, 빈집털이 발생 건수는 가속적으로 치솟았고, 경찰이 그 추세를 따라잡을 가망은 전혀 없었다. 하지만 멜란데르는 신경쇠약이나 우울증과는 거리가 멀고 초연한 남자였다. 또한 그는 경찰을 통틀어 가장 뛰어난 기억력을 지녔는데, 그 기억력은 어떤 컴퓨터보다 가치 있었다.

멜란데르는 미솜마르크란센에서 문제의 건물 근처에 차를 세우자마자 론니에 카스페르손을 목격했다. 카스페르손은 정처 없는 오후 산책을 마치고 집으로 가는 중이었다. 멜란데르는 그를 따라가서, 그가 림판과 여자 친구가 사는 집으로 들어가는 것을 확인했다.

하지만 멜란데르가 현재 잠복근무를 서는 경찰관을 발견하는 데는 시간이 좀 걸렸다. 보 사크리손이라고 무능하기로 이름 난 친구였는데, 결국 멜란데르는 건너건너 거리에 차를 세워두고 잠든 그를 찾아냈다.

사크리손은 카스페르와 림판이 코끼리떼를 몰고 행진하며 나오더라도 알아차리지 못할 인물이었다. 멜란데르가 아는 한 사크리손은 어떤 일도 제대로 해낸 적이 없었다. 한편 모든 상황을 오판하는 특이한 능력으로 말미암아 큰 어려움을 초래한 적은 가끔 있었다.

멜란데르는 이제 다소 민감한 곤경에 처했다. 그의 오랜 경험과 건전한 판단력에 따르면, 이 상황에서 취해야 할 합리적 행동은 하나였다. 사크리손을 데리고, 물론 수갑을 채우고 간다면 더 좋겠지만, 건물로 들어가서 카스페르와 림판을 직접 체포하는 것이었다. 그러기 위해서 필요한 준비물은 볼펜과 종이뿐이었고, 그것들은 멜란데르가 늘 지니고 다녔다.

한편 멜란데르는 론니에 카스페르손을 목격한 경찰관이 취할 조치에 대해서 엄격한 지시가 내려져 있다는 것을 알았다. 그때는 즉각 말름 국장에게 보고하도록 되어 있었고, 그러면 말름이 문제를 넘겨받아서 체포 작전을 시행할 거라고 했다.

그래서 멜란데르는 사크리손의 차에 달린 무전으로 자신이 본 것을 보고하고 그 문제에서 손을 뗐다. 그러고는 평온하게 자기 차로 돌아가서 양고기 양배추 수프 점심이 기다리는 집으로 갔다.

그리하여 경찰이 움직이기 시작했다.

말름의 전술지휘부는 이런 만일의 사태에 대비한 계획을 꼼꼼히 세워두었다. 필요 인원은 오십 명으로 계산되었고, 그 절반은 헬멧과 플렉시글라스 바이저와 자동화기와 방탄조끼를 갖추었다. 이들은 일곱 대의 밴에 나누어 급파될 것이고, 거기에 특수 훈련을 받은 경찰견 두 마리, 최루가스 전문가 네 명, 그리고 범인들이 의외의 방법으로 대응할 때에 대비하여 잠수부도 한 명 동원되었다. 추가로 헬리콥터 한 대가 즉시 이륙할 준비를 갖추고 있었다. 헬리콥터의 임무가 무엇인지는 말름이 밝히지 않았다. 그의 비밀 무기인지도 몰랐다.

스티그 말름은 헬리콥터를 몹시 좋아했다. 그래서 지금 경찰에는 헬리콥터가 무려 열두 대 있었고, 윗선이 조직하는 작전에서는 늘 빠지지 않고 등장했다.

전술지휘부는 또 관찰 및 감시 전문가도 네 명 동원했다. 이들은 현장에 즉시 파견되어 본 인력이 당도할 때까지 망보는 일을 맡았다.

카스페르와 림판이 부엌에서 월귤 잼과 우유를 곁들여 오트밀을 먹고 있는데, 마간이 허둥지둥 들어왔다.

"무슨 일이 있나 봐." 마간이 말했다. "밖에 대형 밴이 두 대서 있어. 경찰이 가장한 것 같아."

림판이 얼른 창가로 가서 내다보았다.

"맞네. 경찰이야."

경찰관 한 명은 전화선 수리 기사 복장을 하고서 샛노란 전화 회사 밴의 운전석에 앉아 있었다. 다른 한 명은 흰 가운을 입고 낡아빠진 구급차를 탔다. 두 대 다 제 위치에서 꼼짝 않고 서 있었다.

"나가자." 림판이 말했다. "뒤를 봐줄 거지, 마간?"

마간은 끄덕이면서도 이의를 제기했다.

"림판, 자기는 안 가도 돼. 저 사람들이 찾는 건 카스페르지, 자기가 아니야."

"그럴 수도 있지." 림판이 말했다. "하지만 나도 하고한 날 놈들에게 쫓기는 데 진력이 났어. 가자, 카스페르."

림판은 마간을 껴안고 콧등에 입 맞추었다.

"위험한 짓 하지 마." 림판이 말했다. "자기가 다치는 걸 바라지 않아. 절대 저항하지 마."

빵칼을 제외한다면 집 안에는 무기를 닮은 물건이 하나도 없었다.

다락으로 올라간 림판과 카스페르는 천장 문을 열고 건물 뒤편 지붕으로 올라간 뒤, 기어서 옆 건물로 이동했다. 그렇게 건물 다섯 채를 지나서 또 다른 천장 문으로 내려간 뒤에 부엌 출입문으로 빠져나왔다. 거기서 담장을 두어 개 넘으니 림판이 도주용 차량을 세워둔 길이 나왔다.

그것은 가짜 번호판을 단 오래된 검은색 택시였다. 림판은 택시 기사로 제대로 가장하기 위해서 기사 모자와 재킷까지 준비해두었다.

그들이 다른 길로 나가서 남쪽으로 향할 때 뒤쪽 멀리서 사이렌이 시끄럽게 울리기 시작했다.

경찰의 대대적인 작전은 첫 단추부터 잘못 꿰었다.

경찰은 카스페르와 림판이 그 구역을 벗어나고도 십오 분이 지난 후에야 일대에 차단령을 내렸다.

말름은 지휘 차량으로 현장에 도착하자마자 그만 특수 경찰견을 치었다.

개는 뒷다리를 크게 다쳤는지 땅에 주저앉아 낑낑거렸다. 말름은 차에서 내려 다친 동료의 머리를 쓰다듬는 것으로 그날의 작전을 개시했다. 미국의 경찰국장이 이렇게 행동하는 걸 영화나 TV에서 본 모양이었다. 분명 대중에게 호감을 줄 만한 몸짓이었기에, 말름은 현장에 사진기자가 있는지 둘러보았다. 하지만 없었다. 차라리 잘된 것이, 다음 순간 개는 말름의 손을 물었

다. 개는 국가경찰위원회 국장과 범죄자를 구별하지 못하는 듯
했다.

"잘했어, 그림." 경찰견 핸들러가 말했다. 그는 그 동물에게
애착이 강한 것 같았다. "착하지." 핸들러가 쐐기를 박듯이 덧
붙였다.

말름은 깜짝 놀라서 핸들러를 본 뒤 피가 흐르는 오른손에 손
수건을 감았다.

"붕대를 가져와." 말름은 곁에 선 부하에게 말했다. "그리고
작전을 계획대로 진행하도록."

계획은 좀 복잡했다. 우선, 총 든 경찰관들이 건물로 들어가
서 옆집 사람들을 지하로 대피시킬 예정이었다. 그다음 사격수
들이 문제의 집 창을 박살 내고, 깨진 창으로 최루탄을 던져 넣
을 예정이었다.

범인들이 즉각 항복하지 않으면 방독면을 쓴 경찰관 다섯 명
이 집으로 들이닥칠 계획이었다. 그 뒤를 경찰견 두 마리와 핸
들러 두 명이 따르게 되어 있었다. 아니, 이제는 한 마리와 한
명이 될 것 같았다. 여기까지 완료되면 경찰관이 창문에서 이상
무 신호를 보내게 되어 있었다. 그러면 말름이 간부 둘을 거느
리고 안으로 들어갈 것이다. 그동안 헬리콥터는 상공을 날면서
범인들이 건물을 떠날 시도를 하지 못하도록 블록 전체를 감시

경찰 살해자

할 예정이었다.

계획은 순조롭게 진행되었다. 겁에 질린 이웃들은 지하로 내려갔고, 창문이 박살 났다. 유일한 실수는 최루가스 전문가들이 최루탄을 하나만 던져 넣는 데 성공했는데 하필 그 하나가 불발탄이라는 점이었다.

부엌에서 설거지를 하다가 창문이 깨지는 소리를 들은 마간은 겁이 난 나머지 현관으로 나가서 경찰에 자수하기로 결심했다.

하지만 그러기 전에 경찰이 들이닥쳤다.

경찰이 이렇게 쉽게 들이닥칠 수 있었던 것은 마간이 집 안 기물이 손상되지 않았으면 하는 바람에서 문을 잠그지 않은 덕분이었다.

마간이 막 현관으로 나갔을 때 중무장한 경찰관 다섯 명과 개가 덮쳐들었다.

개는 동료에게 닥친 재난 때문에 기분이 상한 게 분명했다.

개가 즉각 달려들어 여자를 뒤로 자빠뜨렸다. 그리고 왼쪽 허벅지 안쪽을 물었다.

"아이구, 이 개는 여자의 어디를 물어야 하는지 잘 아네." 경찰관 한 명이 웃으며 말했다.

카스페르와 림판이 빠져나갔다는 사실은 한눈에 알 수 있었다. 그래서 그들은 개가 거의 같은 부위를 한 번 더 물도록 내버려두었다.

"적어도 구급차는 쓸모가 있겠네." 유머 감각을 가진 경찰관이 다시 말했다.

군발드 라르손과 콜베리는 작전이 개시될 무렵에 도착했으므로, 도움이 되기에도 방해가 되기에도 너무 늦었다.

그래서 그들은 차에 앉아서 사태를 지켜보았다.

그들은 개가 차에 치이고 말름이 물리고 붕대를 감는 것을 보았다. 구급차가 건물로 다가가는 것도, 마간이 실려 나오는 것도 보았다.

둘 다 말이 없었다. 콜베리는 슬프게 고개를 저었다.

사태가 일단락된 듯하자 그들은 차에서 내려 스티그 말름에게 다가갔다.

"아무도 없나 보죠." 군발드 라르손이 말했다.

"여자만 있었어."

"여자는 어떻게 다쳤습니까?" 콜베리가 물었다.

말름이 붕대 감은 손을 흘끗 내려다보았다.

"개가 문 것 같아." 말름의 대답이었다.

말름은 옷을 아주 잘 입고, 쉰이 가까운 나이에도 정력적인 남자였다. 언제든 호감 가는 미소를 지을 줄 알았다. 그가 경찰임을 모르는 사람들은, 엄밀히 말해서 그는 정말 경찰이 아니었지만, 그를 영화감독이나 성공한 사업가로 착각하고는 했다. 그가 잘생긴 손으로 곱슬머리를 쓸며 말했다.

"론니에 카스페르손과 린드베리. 이제 추적할 무법자가 둘이 됐어. 둘 다 총을 사용할 태세인 게 분명하고."

"확실합니까?" 콜베리가 물었다.

말름은 질문을 무시했다.

"다음에는 인원을 더 투입해야겠어." 말름이 말했다. "인력을 두 배로 하고, 더 빨리 동원하고. 그 외에는 계획이 훌륭했어. 딱 내가 예상한 대로였어."

"하." 군발드 라르손이었다. "망할 계획안을 나도 읽어봤습니다. 내가 볼 때 그 계획은 바보짓이나 다름없었어요. 림판처럼 닳고 닳은 범죄자가 가장을 한 채 전화 회사 밴과 낡은 구급차에 숨은 경찰관들을 못 알아볼 거라고 생각하다니, 바봅니까?"

"나는 자네의 단어 선택이 늘 불만이야." 말름이 역정을 냈다.

"그러시겠죠. 나는 진심을 말하니까. 대체 어디서 이 동원령 아이디어를 주워들었습니까? 여기는 브라이텐펠트 전투장이 아니에요. 차라리 나와 렌나르트를 보냈다면 벌써 카스페르와 림판을 잡았을 겁니다."

말름이 한숨을 쉬었다.

"청장이 뭐라고 할지 모르겠군."

"망할 놈의 개를 데리고 가요." 군발드 라르손이었다. "혼자 상대하는 게 두렵다면 말입니다. 개가 그 사람 불알을 물지도 모르죠. 볼만하겠군요."

"라르손, 자네는 저속하군." 말름이 말했다. "그건 내 스타일이 아니야."

"그럼 뭐가 당신 스타일입니까? 특수 훈련받은 동물을 차로 치는 것?"

"동원 전략은 좋은 아이디어야." 말름이 다시 머리카락을 쓸었다. "수적 우위만이 적을 궤멸시킬 수 있다."

"바다로 나갈 생각입니까?" 군발드 라르손이 물었다.

"전혀." 말름이 대답했다. "나는 뱃멀미가 심해."

"그 표현을 누가 만들었는지 압니까?"

"아니."

"넬슨이에요. 트래펄가 광장 기둥에 서 있는 양반."

"그가 옳았어." 말름이 말했다. "그리고 그 말은 육지에서도 마찬가지로 진실이야."

"글쎄요. 일단 그는 경찰관이 아니었고요."

"우리는 그 원칙을 믿네." 말름이 말했다.

"보아하니 그런 것 같군요."

한순간 말름은 거의 인간다워 보였다.

경찰 살해자

"청장이 뭐라고 할지 모르겠군." 말름이 또 말했다.

"그가 썩 기뻐하진 않겠죠. 똥줄 좀 타겠군요."

"그런 말 하지 말게." 말름이 침울하게 말했다. "청장의 호통을 듣는 건 나라고."

"다음번에는 놈들을 잡을 수 있을 겁니다."

"아마도." 말름은 비관적이었다.

콜베리는 말이 없었다. 그는 딴생각에 빠져 있었다.

"무슨 생각하나, 렌나르트?" 군발드 라르손이 물었다.

"카스페르. 자꾸 걱정이 돼. 그 애는 지금 쫓기는 동물 같은 기분일 거야. 겁먹었을걸. 심각한 범죄가 되는 짓은 하지 않았을 텐데 말이야."

"그건 모르는 일이지, 안 그래?"

"직감이라는 게 있잖아."

"으." 말름이었다. "나는 이만 위원회로 돌아가야겠어. 그럼."

말름은 작전 차량을 타고 사라졌다.

말름이 떠나기 전에 마지막으로 남긴 말이 있었다.

"아무것도 새어 나가지 않도록 단단히 단속해. 절대 아무것도 새어 나가서는 안 돼."

콜베리는 뚱하게 어깨를 으쓱했다.

"국장이 되는 것도 알고 보면 그렇게 재밌는 일은 아닐 거야."

두 사람은 한동안 말없이 서 있었다.

"기분이 어때, 렌나르트?"

"나빠. 하지만 덕분에 뭔가 깨달은 것 같아. 어쩌면. 아무튼, 우리 동료라는 자들이 어떤 인간인지."

"엿 같은 직업이지." 군발드 라르손이 말했다.

27.

화요일 아침, 렌나르트 콜베리는 일찍 일어났다. 가운을 걸치고, 면도를 하고, 부엌에서 커피를 끓였다. 오늘만큼은 아이들보다 먼저 일어났다. 보딜과 요아킴의 방에서는 아무 소리도 나지 않았다. 군도 아직 잠들어 있었다. 아내는 콜베리 때문에 지난밤을 반쯤 새웠고, 잠든 지 한 시간밖에 되지 않았다.

어제 미솜마르크란센에서의 불발된 작전 후 귀가하여 침대에 누웠을 때, 콜베리는 좀처럼 잠이 오지 않았다. 콜베리는 두 손을 뒤통수에 끼고 캄캄한 천장을 응시하며 생각했다. 옆에 누운 군의 고른 숨소리가 들렸고, 이따금 근처 지하철역에서 열차가 시끄럽게 들어왔다가 다시 천천히 떠나는 소리가 들렸다. 그는 지난 일 년간 많은 밤을 이렇게 누워서 같은 문제를 고민했다. 하지만 이날 밤에는 이제 더는 안 되겠다는 생각이 확실히 들었다.

새벽 3시, 콜베리는 부엌으로 가서 맥주 한 병과 샌드위치를 먹었다. 곧 군이 사뿐사뿐 따라 나왔다. 부부는 침실로 돌아갔고, 그는 아내에게 자신의 결정을 말했다. 군은 별로 놀라지 않았다. 그들은 전에도 이 문제를 여러 차례 의논했고, 그때마다 군은 진심으로 열렬히 그의 계획을 지지했다. 콜베리는 스코네에서 돌아온 뒤로 줄곧 침울하고 뒤숭숭한 상태였으므로, 군은 그가 곧 결정을 내리리라 짐작하고 있었다.

두 사람은 두어 시간 이야기를 나눈 뒤 사랑을 나누었고, 잠시 후 군은 그의 품에서 잠들었다.

보딜과 요아킴이 깨자 콜베리는 아이들에게 아침을 차려주었다. 아이들이 다 먹은 뒤에는 도로 방으로 데려가서 군을 깨우지 말라고 일렀다. 아이들이 말을 들으리라고 기대하는 건 아니었다. 아이들은 군의 말만 들었다. 그래도 그는 아이들이 군을 잠시라도 더 평온히 놔두기를 바랐다.

끈적끈적한 두 입맞춤을 받은 뒤, 그는 차를 몰고 출근했다.

그는 복도를 걸어서 자기 방으로 가다가 마르틴 베크의 빈 사무실을 지나쳤다. 그러자 전에도 여러 차례 했던 생각이 떠올랐다. 자신이 정말로 그리워할 일은 마르틴과 함께 일하는 것뿐이리라는 생각이었다.

콜베리는 의자 등받이에 재킷을 걸고 자리에 앉아서 타자기를 앞으로 가져왔다. 종이를 끼우고 타이핑하기 시작했다.

스톡홀름, 1973년 11월 27일

국가경찰위원회 귀하

사직서

콜베리는 손으로 턱을 받치고 창을 응시했다. 이 시각에 늘 그렇듯이 도로는 차로 붐볐다. 세 차선을 가득 메운 차들이 도심으로 굴러가고 있었다. 그는 끝없이 이어지는 듯한 반짝반짝한 자동차의 행렬을 물끄러미 보았다. 세상에 스웨덴처럼 사람들이 차에 법석을 부리는 나라는 또 없을 것 같았다. 사람들은 늘 차를 닦고 광을 냈으며, 페인트가 살짝 긁히거나 차체가 약간 파이는 일을 재앙으로 여겨서 당장 수리소에 끌고 갔다. 차는 중요한 지위의 상징이었고, 이웃들에게 발맞추기 위해서 쓸데없이 차를 바꾸고 여력을 넘어서 돈을 쓰는 사람들이 많았다.

문득 콜베리에게 어떤 생각이 떠올랐다. 그는 타자기의 종이를 뽑아서 갈기갈기 찢은 뒤 쓰레기통에 버렸다. 꾸물꾸물 재킷을 입고 서둘러 승강기로 갔다. 자신의 차, 즉 스코네의 진흙이 묻은 칠 년 된 낡은 차가 서 있는 층수를 눌렀다가 마음을 바꾸어 1층에서 내렸다.

미솜마르크란센은 멀지 않았다. 콜베리가 어제의 소동을 사무실에서 창으로 지켜볼 수도 있었을 정도였다.

그가 찾는 것은 마간의 집이 있는 블록 뒤편 주차장에 세워져 있었다. 베이지색 볼보. 스카케와 카트리네홀름의 주유소 주인이 말한 것과는 다른 번호의 차였다. 하지만 이 번호판은 직접 조립해 붙이기 쉬운 구식 번호판이었고, 콜베리는 이 차가 틀림없다고 확신했다. 그는 번호를 적은 뒤 남부 경찰서로 돌아왔다.

다시 책상에 앉은 그는 타자기를 치우고 전화기를 당겼다.

차량등록과는 즉시 답을 주었다. 그 번호는 존재하지 않는 번호이고 과거에도 없던 번호라고 했다. 알파벳 부분이 AB이니 스톡홀름 시 차량이라는 뜻이지만, 뒤의 숫자는 등록과가 아직 발부하지 않은 숫자라고 했다. 앞으로도 그 숫자는 발부될 일이 없는 것이, 이제 스톡홀름의 차량들은 모두 새로운 전국적 체계에 따라 번호를 받기 때문이었다.

"고맙습니다." 콜베리는 말했다.

그는 볼보 번호판이 가짜라는 사실을 이토록 빠르고 확실하게 확인받은 게 약간 놀라웠다. 원래 그는 컴퓨터를 그다지 믿지 않았다.

성공에 고무된 그는 다시 수화기를 들고 말뫼 경찰서로 걸어서 벤뉘 스카케를 찾았다.

"스카케 경위입니다." 자신감 있는 목소리가 대답했다.

스카케는 새로 단 지 얼마 되지 않은 직위에 자랑스러움을 감추지 못하는 분위기였다.

"안녕, 벤뉘." 콜베리가 말했다. "자네가 평소처럼 심심해하고 있을 것 같아서 임무를 하나 주려고 해."

"사실 보고서를 쓰던 중이었습니다만, 나중에 해도 됩니다. 뭔가요?"

스카케는 이제 덜 자신감 있는 목소리였다.

"벨링에서 도난당한 볼보, 그 차의 차량 식별 번호를 알려줄 수 있나? 지금?"

"물론입니다. 바로 알려드리죠. 잠시만요."

콜베리는 기다렸다. 스카케가 서랍을 여닫고, 종이를 부스럭거리고, 뭐라고 중얼거리는 소리를 내더니 마침내 전화로 돌아왔다.

"찾았습니다. 불러드릴까요?"

"맙소사." 콜베리가 말했다. "아니면 내가 왜 물었겠어?"

콜베리는 스카케가 불러주는 숫자를 받아썼다.

"앞으로 한 시간 더 사무실에 있을 건가?"

"네. 보고서를 끝내야 합니다. 아마 오전 내내 걸릴 겁니다. 왜요?"

"다시 걸게." 콜베리가 말했다. "자네에게 할 말이 더 있는데, 지금은 시간이 없어. 그럼."

콜베리는 전화를 끊지 않고 후크만 눌렀다가 신호가 돌아오자 다른 번호로 걸었다.

오늘 아침은 모두가 제자리에서 빠릿빠릿하게 일하는 듯했다. 국립과학수사연구소 책임자는 벨이 한 번 울리자 전화를 받았다.

"국립과학수사연구소 옐름입니다."

"콜베리입니다. 안녕하세요."

"네. 이번에는 또 뭘 원합니까?"

옐름은 체념한 목소리였다. 마치 콜베리가 시도 때도 없이 전화를 걸어서 자기 인생을 비참하게 만든다고 말하는 듯한 분위기였다. 콜베리의 기억으로는 몇 주 만에 거는 전화였다. 하지만 오스카르 옐름은 형사들이 자신에게 늘 불가능한 숙제를 떠안기면서 고마워하기는커녕 당연하게 여긴다고 생각하는 염세주의자였다. 옐름은 거의 늘 주어지는 숙제를 풀어냈고, 깐깐하고 집요하고 창의적인 전문가로 정평이 났지만, 남들은 그 사실을 몰라주는 것 같았다. 다들 충분히 감사를 표하지 않았고, 그가 감식과 기술적 조사의 세부 사항에 관하여 쓸데없이 상세하고 보통 사람에게는 어렵기만 한 설명을 늘어놓을 때 잠자코 들어주지도 않았다.

콜베리는 옐름을 어떻게 다뤄야 하는지 잘 알았다. 부드러운 설득과 아부였다. 하지만 콜베리는 살살 꾀는 데 필요한 인내심이 없었고, 아부는 성미에 맞지 않았다.

"차에 관한 일입니다." 콜베리가 말했다.

"그렇군요." 옐름이 한숨을 쉬었다. "어떤 상태입니까? 박살 난 차? 소각된 차? 물에 잠긴 차?"

"그중 아무것도 아니에요. 완벽하게 정상이고 지금 미솜마르크란센에 세워져 있습니다."

"내가 그 차를 어떻게 해주기를 바랍니까?"

"베이지색 볼보예요. 내가 주소와 차 번호, 차량 식별 번호를 알려드리죠. 펜 있습니까?"

"네, 펜 있죠." 옐름이 성마르게 대꾸했다. "종이도 있습니다. 그래서요?"

콜베리는 정보를 불러주고 옐름이 다 받아쓰기를 기다렸다가 말했다.

"직원 하나를 거기로 보내서 이 숫자가 일치하는지 확인해주겠습니까? 엔진에 찍힌 차량 식별 번호가 이것과 일치하는지 말입니다. 일치하면 그 차를 솔나로 끌고 가라고 하세요. 일치하지 않으면 바로 내게 전화하라고 하세요."

옐름은 잠시 대꾸가 없었다. 이윽고 입을 열었을 때는 짜증 난 목소리였다.

"당신이 직접 가서 보면 안 됩니까? 아니면 사람을 보내든지? 지금 불러준 주소는 당신 사무실에서 길 건너편이잖아요. 만약에 맞는 차가 아니라면 우리 직원이 솔나에서 거기까지 갔다가 허탕을 친단 말입니다. 우리는 할 일이 어마어마하게 많아요……."

콜베리가 옐름의 장광설을 끊었다.

"첫째, 나는 그 차가 내가 찾는 차가 맞는다고 거의 확신합니다. 둘째, 나는 보낼 사람이 없어요. 셋째, 어차피 그 차를 감식반이 조사해야 할 테니까 당신네 일입니다."

콜베리는 한숨 돌리고 온화하게 말을 이었다.

"게다가 당신네는 이런 일을 어떻게 다뤄야 하는지 알잖습니까. 우리는 온 데 지문을 남기고 중요한 증거를 망가뜨려서 일만 그르칠걸요. 처음부터 당신네가 맡는 편이 모두에게 좋습니다. 당신들이 전문가니까요."

콜베리가 생각해도 자신의 말은 꾸민 것 같고 진정성이 없

경찰 살해자

었다.

"그래요, 뭐, 그렇다면 우리가 사람을 보내는 편이 낫겠군요." 옐름이 말했다. "정확히 뭘 확인하고 싶습니까? 특별히 시행해야 하는 검사가 있어요?"

"일단 실험실로 끌고 가서 잠시 거기 두세요." 콜베리가 말했다. "나중에 마르틴이 전화해서 요청 사항을 말할 겁니다."

"알겠습니다." 옐름이 말했다. "바로 사람을 보내죠. 놀고 있는 사람이 아무도 없지만. 맙소사, 차를 어디다 둬야 할지. 조사할 차가 다섯 대나 와 있단 말입니다. 실험실에는 온갖 쓰레기 같은 물건들이 분석해달라고 기다리고 있고. 어제 우리가 뭘 받았는지 압니까?"

"아뇨." 콜베리는 맥없이 말했다.

"소금물에 든 청어 두 통이 왔어요. 어떤 인간이 생선 배를 갈라서 비닐봉지에 든 모르핀을 쑤셔 넣고는 일일이 다시 꿰맸어요. 밤새 청어 절인 물에 팔뚝까지 담그고 있으면 몸에서 어떤 냄새가 나는지 압니까?"

"아뇨, 모르겠지만 상상은 할 수 있군요." 콜베리는 깔깔 웃었다. "생선은 다 어떡합니까? 내가 양파 소스를 곁들인 청어 튀김 조리법을 끝내주는 걸로 알려드릴 수 있는데."

"그래요, 참 우습네요." 옐름은 마음이 상한 목소리였다. "우리가 다 웃긴데 참고 일하는 거 같죠."

옐름이 전화를 탕 끊었다. 콜베리는 수화기를 내려놓으면서
도 낄낄거렸다.

청어 튀김 생각에 배가 고팠다. 방금 아침을 먹고 왔는데도.

콜베리는 눈앞의 메모지에 꼬불꼬불 낙서하면서 다음에 걸
전화를 생각했다. 그리고 다시 수화기를 들었다.

"스카케 경위입니다."

"안녕, 또 나야. 보고서는 마쳤나?"

"아직입니다. 말씀하실 게 있다던 건 뭔가요?"

"벨링에서 카스페르손이 훔친 볼보 말이야." 콜베리가 말
했다. "그 차 절도 신고서를 갖고 있어?"

"여기 서랍에 있습니다." 스카케가 말했다. "잠시만요."

스카케는 이번에는 수화기를 내려놓지 않고 삼십 초 만에 찾
아냈다.

"네, 여기 있습니다."

"좋아." 콜베리가 말했다. "차주 이름이 뭐지?"

벤뉘 스카케가 대답하기까지 콜베리에게는 영겁의 시간이
흐르는 듯 느껴졌다.

"카이 에베르트 순스트룀."

그럼 그렇지, 콜베리는 생각했다.

경찰 살해자

콜베리는 전혀 놀라지 않았다. 다만 올바르게 추론해냈을 때 느끼는 짜릿한 만족감을 맛보았다. 그것은 아마 인간 본성에 그보다 더 깊게 뿌리내린 본능, 즉 목표물의 냄새를 맡고 살아난 사냥 본능이 꿈틀하는 것이기도 했다.

'이것은 우리 안의 붉은 여우의 흔적, 그리고 우리 안의 토끼의 흔적.' 콜베리는 이렇게 생각했다. 에켈뢰프의 시였지. 나중에 시간이 나면 전문을 떠올려봐야겠어. 멋진 시야.

"렌나르트 경감보님?"

"그래, 들었어. 카이 에베르트 순스트룀. 그런데 도난 신고한 건 그가 아니라고 했지?"

"네, 그의 아내가 했습니다. 아내 이름은 세실리아 순스트룀."

"벨링에의 그 집에 자네가 직접 갔었나?"

"네, 부부가 사는 곳이에요. 차는 차고에 있었고, 차고는 앞마당으로 열려 있습니다. 차고에 문이 없어서 카스페르가 길에서 차를 발견할 수 있었을 겁니다."

"거기 갔을 때 부부를 둘 다 만났어?" 콜베리가 물었다.

"네, 하지만 주로 부인과 이야기했습니다. 남편은 말이 없었고요."

"그는 어떻게 생겼던가?"

"오십 대이고요, 키는 170센티미터쯤. 야위었는데 원래 마른 체격이라기보다 어디 아픈 것 같았습니다. 금발인데 세기 시작했고요. 혹은 흰색에 가까워 보였습니다. 굵은 테 안경을 썼고요."

"뭐 하는 사람이라나?"

"제조업자랍니다."

"무슨 제조업?"

"모르겠습니다." 스카케가 말했다. "부인이 신고서를 작성할 때 직업란에 기재한 내용입니다."

"그가 왜 더 일찍 신고하지 않았는지 이유를 설명하던가?"

"아뇨. 하지만 부인 말로는, 월요일 아침에 신고하려고 하니까 남편이 차가 다시 나타날지도 모른다면서 잠시 두고 보자고 했답니다."

"또 다른 말은 기억나는 것 없어? 부부가 서로 대화를 나누기도 했나?"

"음, 주로 차 이야기였습니다. 제가 일요일 오전에 특이한 걸 보거나 들은 게 있느냐고 물었더니 둘 다 없다고 했고요. 저는 부인하고만 말한 셈이라서요. 부인이 안으로 들어오라고 해서 현관에 서서 이야기를 나눴습니다. 잠시 후 남편이 나와서, 자기가 아는 건 일요일 정오쯤 밖에 나가보니 차가 사라져 있었다는 사실뿐이라고 말하더군요."

콜베리는 메모지에 그은 낙서를 보았다. 그는 스코네 지도를 그리려고 하고 있었다. 벨링에, 안데르슬뢰브, 말뫼, 트렐레보리가 각각 점으로 찍혀 있었다.

"그의 공장이 어디 있는지 아나?" 콜베리가 벨링에와 안데르슬뢰브를 선으로 이으면서 물었다.

"트렐레보리에서 일한다는 것 같았습니다." 스카케가 확실하지 않은 듯 대답했다. "부인이 그렇게 말했던 것 같은데요."

콜베리는 안데르슬뢰브와 트렐레보리도 선으로 이었고, 그다음 트렐레보리와 벨링에를 이었다.

그림은 이제 역삼각형이 되었다. 트렐레보리가 꼭지점이고 그보다 북쪽에서 벨링에와 안데르슬뢰브를 잇는 선이 맞변을 이뤘다.

"잘했어, 벤뉘." 콜베리가 말했다. "훌륭해."

"그 차를 찾았습니까?" 스카케가 물었다. "도망쳤다는 소식을 들었는데요, 카스페르 말입니다."

"응, 도망쳤어." 콜베리가 담담히 대꾸했다. "하지만 차는 찾은 것 같군. 최근에 마르틴이랑 얘기한 적 있나?"

"아뇨." 스카케가 말했다. "좀 됐습니다. 하지만 아직 안데르슬뢰브에 계신다면서요, 그렇죠?"

"그래." 콜베리가 말했다. "내가 전화를 끊자마자 마르틴에게 전화를 걸어서 방금 내게 했던 말을 고스란히 다시 해줘. 카이 에베르트 순스트룀이라는 사람의 외모랑 그런 거. 그리고 마르틴한테 실험실의 옐름에게 전화해서 차를 갖고 왔느냐고 물어보라고 해. 지금 당장 전화해."

"알겠습니다." 스카케가 말했다. "순스트룀이라는 사람에게 무슨 일이 있습니까? 그가 무슨 짓을 했나요?"

"두고 보면 알겠지." 콜베리의 대답이었다. "자네는 그냥 마르틴에게 알려줘. 결정은 마르틴이 내릴 거야. 알았어? 그리고 자네는 보고서를 마치도록 해. 만약 무슨 일이 있으면, 나는 내 사무실에 있을 테니까 알려주고. 사실 나도 써야 할 보고서가 있거든. 마르틴에게 안부 전해줘. 안녕."

"알겠습니다."

콜베리는 전화를 더 걸지 않았다. 전화기를 옆으로 밀고, 뒤집힌 삼각형과 스코네의 구불구불한 윤곽선이 그려진 메모지도 치웠다.

타자기를 당겨서 종이를 끼웠다. 그리고 타이핑했다.

스톡홀름, 1973년 11월 27일
국가경찰위원회 귀하
사직서

28.

렌나르트 콜베리는 두 손가락으로 천천히 타이핑했다. 그는 그토록 오래 궁리해온 이 편지를 공식 문서로 간주해야 한다는 걸 알았지만, 너무 장황하게 쓰고 싶진 않았고 또한 최대한 비공식적인 문체로 쓰려고 노력했다.

오랫동안 신중하게 고민한 끝에, 저는 경찰을 떠나기로 결정했습니다. 제 사유는 개인적인 것입니다만 여기에 짧게 적어보려고 합니다. 우선, 제 결정이 정치적 행동은 아니라는 점을 서두에 분명히 밝힙니다. 많은 사람이 그렇게 보겠지만 말입니다. 지난 몇 년간 경찰 조직이 점점 더 정치화했다는 것, 경찰이 점점 더 자주 정치적 목적에 이용되었다는 것은 부인할 수 없는 사실입니다. 저는 개인적으로 경찰의 그런 활동으로부터 철저히 거리를 두려고 애썼습니다만, 한편으로는 상당한 경각심을 안고 그런 추세를 지켜보았습니다.

제가 경찰로 일한 스물일곱 해 동안, 경찰의 활동과 구조, 조직은 너무나 많이 변했습니다. 그래서 저는 이제 스스로 더이상 경찰관으로 적합한 사람이 못 된다고 생각합니다. 과거에는 적합했다고 가정한다면 말입니다. 무엇보다 저는 현재의 조직에 어떤 연대감도 느낄 수 없습니다. 따라서 제가 사직하는 것이 저에게도 경찰에게도 최선의 선택일 것입니다.

경찰관 개개인이 무장해야 하는가 말아야 하는가는 제가 각별히 중요하게 여겨온 문제입니다. 그동안 저는 보통 상황에서는 경찰관이 무장하지 말아야 한다는 견해를 고수했습니다. 이것은 사복 경찰뿐 아니라 정복 경찰에게도 해당되는 주장입니다.

제 생각에, 지난 십 년간 강력 범죄 발생률이 크게 높아진 것은 경찰관이 늘 총기를 소지하고 다닌 탓이 큽니다. 경찰이 나쁜 모범을 보일 때 강력 범죄 발생이 늘어난다는 것은 널리 알려진 사실이자 다른 나라들의 통계로 입증되는 사실입니다. 최근 몇 달의 사건을 볼 때, 폭력 면에서 상황은 갈수록 더 나빠질 것이 분명합니다. 스톡홀름을 비롯한 대도시들이 특히 그렇습니다.

경찰학교는 심리 교육을 너무 등한시하고 있습니다. 그 결과, 경찰관들에게는 이 직업을 잘 해내기 위해서 필요한 가장 중요한 자질이 결여되어 있습니다.

그럼에도 불구하고 우리가 경찰 심리학자들, 즉 까다로운 상황에 파견되어 범죄자를 설득하려고 애쓰는 사람들을 두고 있다는 사실은 우리의 패배를 시인하는 것으로 보일 뿐입니다. 심리학은 폭력을 감추는 데 쓰일 수 없기 때문입니다. 제 생각에 이 사실은 심리학이라는 과학의 가장 단순하고 명백한 교리 중 하나입니다.

이와 관련하여, 저는 오랫동안 총을 소지하지 않았다는 사실을 밝혀둡니다. 이것이 규정 위반에 해당하는 경우도 있었지만, 그래도 저는 총을 소지하지 않는 것이 임무 수행에 방해가 된다는 생각은 한 번도 하지 못했습니다. 거꾸로 억지로 총을 소지하는 것이 임무 수행을 저해했을 수도 있고, 사고를 초래했을 수도 있고, 경찰 외 시민들과의 접촉을 더 어렵게 만들었을 수도 있습니다.

요컨대, 저는 더이상 경찰관으로 일할 수 없습니다. 모든 사회는 그 사회에게 걸맞은 경찰을 갖기 마련인지도 모르겠습니다만, 이것은 제가 말하려는 주제가 아닙니다. 적어도 지금 이 자리에서는 아닙니다.

제 결정은 기정사실에 직면하여 내려진 것입니다. 처음 경찰에 합류했을 때, 저는 이 직업이 이런 방향으로 이런 변화를 겪을 것이라고는 상상하지 못했습니다.

스물일곱 해를 복무한 지금, 저는 이 직업이 너무나 부끄러워서
양심상 더는 수행할 수 없는 상태에 처했습니다.

콜베리는 종이를 약간 끌어 올리고서 쓴 것을 읽어보았다.
일단 쓰기 시작하니 한없이 쓸 수 있을 듯한 기분이었다.
하지만 이것으로 충분했다.

콜베리는 한 문장을 추가했다.

이에 저는 이 사직서가 신속하게 수리되기를 요청합니다.
스텐 렌나르트 콜베리

콜베리는 종이를 접어서 무늬 없는 갈색의 공식 봉투에 넣
었다.
주소를 썼다.
외부로 내보내는 서류를 담는 바구니에 편지를 던져 넣었다.
그다음 자리에서 일어나서 방을 둘러보았다.
방을 나가서 등 뒤로 문을 닫고 떠났다.
집으로.

29.

스톡홀름 근교, 달라뢰 근처 하닝에 숲속의 오두막은 훌륭한 은신처였다. 워낙 외따로 있어서 우연히 찾아들 사람은 있을 수 없었고, 만반의 준비가 갖춰져 있어 림판 린드베리가 환상을 품지 않는다는 것을 증명했다. 음식과 음료, 무기와 탄약, 연료와 옷, 담배와 낡은 잡지가 있었다. 한마디로 긴 은둔에 필요한 모든 것이 있었다. 아주 심하지만 않다면, 포위 공격도 어느 정도는 견뎌낼 만했다. 물론 그런 일은 없기를 바라지만.

경찰이 미솜마르크란센의 집에 들이닥쳤을 때, 카스페르와 림판은 아주 쉽게 탈출했다. 그러나 이 오두막은 그들의 마지막 의지처였다.

만약 여기에 경찰이 들이닥친다면 그들에게는 크게 두 가지 선택지뿐이었다. 투항하느냐 싸우느냐였다.

세 번째 선택지, 즉 다시 한번 탈출한다는 것은 고려할 가치도 없었다. 왜냐하면 그때는 둘 다 맨몸으로 숲으로 도망쳐야 하기 때문이었다. 빠르게 다가오는 겨울은 세 번째 전망을 더욱 마땅찮게 만들었다. 귀중한 장물을 남겨두고 가야 하기에 더 그랬다.

림판은 범죄계에서 대단한 거물은 못 되었고, 그의 계획이란 더없이 단순한 수준이었다. 그는 귀중품과 현금을 오두막 안팎에 묻어두었다. 이제 바라는 것은 경찰의 수배가 좀 잠잠해져서 스톡홀름으로 돌아가는 것이었다. 그렇게만 되면 장물을 금세 현금으로 바꾸고 가짜 서류를 구입해서 해외로 뜰 수 있었다.

론니에 카스페르손은 아무 계획이 없었다. 그는 그저 자신이 저지르지 않은 죄 때문에 경찰이 갖은 수단을 동원하여 자신을 쫓는다는 걸 알 뿐이었다. 하지만 림판에게 붙어 있는 한 적어도 혼자는 아니었다. 림판은 낙천적이고 단순한 사람이었다. 그가 탈출 가능성이 높다고 말하는 것은 스스로 진심으로 믿기에 하는 말이었고, 카스페르는 림판을 믿었다. 린드베리가 진작에 오두막으로 도망치지 않은 것은 혼자 있기 싫어서였다.

이제 두 사람이 되었으니 모든 것이 좀더 흥겨웠다.

카스페르에게 정말 심각한 문제는 하나였다. 림판이 늘 붙잡

경찰 살해자

힌다는 점이었다. 하지만 두 사람은 언제가 되었든 바람의 방향은 바뀌기 마련이고 자신들에게는 약간의 운이 필요할 뿐이라고 생각했다. 지난 몇 년 동안, 상습 범죄자가 크게 한탕 한 뒤 돈과 말짱한 몸을 가지고 이 나라를 떠나 서구 문명 어딘가에서 종적을 감추는 일이 심심찮게 있었다.

오두막은 이점이 많았다. 오두막은 사방이 트인 공터 한가운데에 있었다. 딴채는 둘뿐이었다. 옥외 변소와 림판의 차를 숨겨둔 허름한 헛간이었다.

오두막 자체는 상태가 좋았다. 평범한 스웨덴 소농의 집 구조로 전면에 창이 세 개, 뒤에 하나, 양옆에 하나씩 있었다. 거실이 있었고, 거실에서 들어가는 부엌과 침실이 있었다. 오두막으로 난 길은 하나뿐으로, 길은 앞마당까지 일직선으로 들어와서 집 중앙 작은 포치까지 이어졌다.

첫날 림판은 무기를 세심하게 점검했다. 군용 기관단총 두 정, 제조사와 구경이 다양한 자동 권총 세 정이 있었다. 기관단총용 탄약 두 상자를 포함하여 탄약도 충분했다.

"요즘 경찰의 행태를 봐선 말이야." 림판이 말했다. "만에 하나 경찰이 우리를 찾아내서 여기를 포위하면 우리가 할 일은 딱 하나야."

"뭔데요?"

"총을 쏴서 탈출하는 거지. 그러다가 경찰을 한둘 맞히더라도 우리 상황에는 차이가 없어. 놈들은 집에 불을 지르지 않는 한 우리를 잡기 어려울 거야. 만약 놈들이 최루가스를 쓴다면, 트렁크에 있는 방독면을 쓰면 돼."

"나는 이게 어떻게 작동하는지도 몰라요." 카스페르가 기관단총을 집으면서 말했다.

"십 분이면 배울 수 있어." 림판이 말했다.

림판의 말이 옳았다. 십 분 속성 과정으로 충분했다. 그들은 이튿날 아침에 무기를 모두 시험해보고 만족스러운 결과를 얻었다. 워낙 외진 곳이라 소리를 걱정할 필요도 없었다.

"이제 기다리는 일만 남았네." 림판이 말했다. "만약 놈들이 오면 따뜻하게 맞이해주자고. 하지만 올 것 같지 않아. 크리스마스는 어디에서 축하할까? 카나리아 제도? 아니면 아프리카?"

론니에 카스페르손은 크리스마스까지는 생각해보지 못했다. 지금도 생각하지 않았다. 크리스마스는 아직 몇 주 뒤였다. 그는 대신 사람을 쏘는 게 어떤 기분일지 생각해보았다. 피에 굶주린 경찰관 중 한 놈에게 총알을 몇 방 쏴주는 건 크게 어렵지도 이상하지도 않을 것 같았다.

그가 일제 단속이나 시가전에서 봤던 경찰은 인간으로, 심지어 특정한 개인으로도 보이지 않는 존재였다.

두 사람은 계속 라디오를 들었다. 하지만 새로운 소식은 별로 없었다. 경찰 살해자 추적은 정력적으로 계속되고 있다고 했다. 이제 그가 스톡홀름에 있다는 사실이 확인되었으며, 전술지휘부는 체포가 임박한 것으로 본다고 했다.

그들이 덜미를 잡힌 것은 전혀 예상치 못한 요인 때문이었다.

마간이었다.

만약 마간이 다치지 않았다면, 그들에게 마간은 위험 요소가 아닐 터였다. 마간은 입을 굳게 다물 줄 아는 의리 있는 친구였다.

하지만 지금 마간은 부상을 입고 남부 병원에 입원해 있었다.

개가 문 상처는 생명을 위협하는 수준은 아니었으나 의사들의 표현을 빌리자면 보기에 좋지 않았다.

의사들은 수술을 했고, 수술 직후 마간은 고열에 시달려서 섬망에 빠졌다.

섬망 상태에서 마간은 많은 말을 했다. 마간은 자신이 어디 있는지 알지 못했고, 다만 자신이 아는 누군가 혹은 관심을 갖고 보살펴주는 누군가에게 말하고 있다고 느꼈다.

그리고 마간의 머리맡에는 정말로 누군가가 녹음기를 들고 앉아 있었다.

에이나르 뢴이었다.

뢴은 질문하지 않았다. 그저 마간이 주절거리는 말을 묵묵히 듣고 녹음했다.

뢴은 중요한 정보를 얻었다는 사실을 즉시 깨달았지만 그 정보를 어떻게 해야 하는지는 판단이 즉시 서지 않았다.

몇 분쯤 고민하던 그는 전화를 찾아서 군발드 라르손에게 걸었다.

"네, 라르손입니다. 무슨 일이야?"

뢴은 군발드 라르손이 쿵스홀름스가탄 경찰 본부의 사무실에 혼자 있지 않는다는 사실을 바로 알아차렸다. 말투가 너무 퉁명스럽고 짜증스러웠다.

"어, 여기 아가씨가 섬망에 빠졌거든. 그래서 방금 내게 림판과 카스페르가 어디 숨어 있는지 말해줬어. 달라뢰 쪽에 있는 오두막이래."

"세부 사항도 아나?"

"응, 거기까지 가는 길을 자세히 알려줬어. 나한테 지도를 보여주면 위치를 짚을 수 있을 것 같아."

군발드 라르손은 한참 말이 없었다.

"아주 복잡하고 기술적인 결정이군." 군발드 라르손이 마침내 암호처럼 말했다. "자네 총 있나?"

"아니."

경찰 살해자

또 침묵.

"말름에게 말해야 하지 않을까?" 뢴이 물었다.

"물론 그래야지." 군발드 라르손이 대답했다. "당연히."

그러고는 그가 낮게 덧붙였다.

"하지만 내 차가 현관에 나타나는 걸 볼 때까지 기다려. 그때 해. 최대한 빨리."

"알았어."

뢴은 거대한 병원 로비로 내려가서 공중전화 옆에 자리 잡고 섰다.

불과 십 분 뒤에 군발드 라르손의 차가 병원 입구에 나타났다. 뢴은 당장 다시 쿵스홀름스가탄으로 전화를 걸어, 잠시 기다린 끝에 말름과 연결되었다. 뢴은 마간의 말을 고스란히 보고했다.

"훌륭해." 말름이 말했다. "자네는 다시 자리로 복귀하도록."

뢴은 곧장 현관을 걸어 나가서 군발드 라르손에게 갔다. 군발드 라르손이 몸을 숙여서 차 문을 열어주었다.

"수납함에 지도랑 총이 있어." 군발드 라르손이 말했다.

뢴은 잠시 망설였으나 총을 허리춤에 꽂았다. 그리고 지도를 살폈다.

"음, 그 집은 여기에 있어." 뢴이 말했다.

군발드 라르손은 도로망을 살펴본 뒤에 시계를 보았다.

"우리는 한 시간 앞서 있어." 군발드 라르손이 말했다. "한 시간 뒤에는 말름이 이른바 주력 부대를 끌고 나타날 거야. 바로 이런 상황에 대비한 부대. 인원이 백 명에, 헬리콥터가 두 대, 개가 열 마리야. 말름이 거대한 장갑판도 스무 개나 징발해 뒀어. 거의 학살이 될 거야."

"그 친구들이 싸우려고 들까?"

"그럴걸. 린드베리는 잃을 게 없고, 카스페르는 추적 때문에 정신이 반쯤 나가 있을 거야."

"그렇겠지." 뢴이 총을 만지작거리면서 중얼거렸다.

뢴은 폭력 애호가가 아니었다.

"나는 린드베리야 어떻게 되든 상관 안 해." 군발드 라르손이 말했다. "그놈은 전업 범죄자이고 얼마 전엔 사람을 죽였어. 내가 걱정하는 건 남자애야. 그 애는 아직 아무도 쏘지 않고 다치게 하지도 않았어. 하지만 말름이 제 방식대로 밀어붙인다면 그 애가 사살되거나 경찰을 두어 명 죽이거나 둘 중 하나일 거야. 그러니까 우리가 먼저 도착해서 신속하게 행동해야 해."

신속하게 행동하는 것은 군발드 라르손의 장기였다.

그들은 남쪽으로 차를 몰았다. 한덴을 통과하여 최근 개발된 우중충한 고층 아파트 단지 지구인 반드하겐을 지났다.

십 분 뒤에 그들은 분기점에 도달했고, 그로부터 다시 십 분 뒤에 그 집을 발견했다. 군발드 라르손은 오두막으로부터 약 오십 미터 떨어진 곳에서 길 정중앙에 차를 세웠다.

그리고 잠시 상황을 살폈다.

"어렵겠지만 괜찮아." 군발드 라르손이 말했다. "우리는 차에서 내려서 집으로 걸어갈 거야. 도로 왼쪽으로 붙어서. 만약 총알이 날아오면 저기 저 변소 뒤에 숨을 거야. 나는 바로 이동해서 놈들을 뒤에서 덮치도록 해볼게. 자네는 몸을 숨긴 채로 포치 왼편 지붕이나 처마를 겨냥해서 천천히 총을 쏴."

"나는 총을 정말 못 쓰는데." 뢴이 웅얼거렸다.

"집은 맞힐 수 있겠지?"

"응. 그러면 좋겠네."

"그리고 에이나르."

"응."

"위험을 감수하진 마. 일이 틀어지면 계속 숨어서 침입 부대가 도착하기를 기다려."

오두막 안에 있던 림판과 카스페르는 차가 다가오는 것을 눈으로 보기 전에 소리로 먼저 알았다. 두 사람은 이제 창가에 서서 밖을 내다보고 있었다.

"웃긴 차네." 림판이 말했다. "저런 차는 생전 처음 보는데."

"어쩌면 드라이브를 나왔다가 길을 잃은 걸지도 몰라요." 카스페르가 말했다.

"불가능한 일은 아니지." 림판이 무뚝뚝하게 말했다.

림판은 기관단총 한 정을 들고, 카스페르에게도 다른 하나를 건넸다.

뢴과 군발드 라르손은 차에서 내려 집으로 걸어가기 시작했다.

림판이 쌍안경으로 그들을 살폈다.

"경찰이야." 림판이 한숨을 지었다. "둘 다 아는 얼굴이야. 스톡홀름 강력반 형사들. 하지만 우리에게 유리한 시합이야."

림판이 팔꿈치로 창문 가운데 유리를 박살 낸 뒤 총을 겨냥하고 쏘기 시작했다.

뢴과 군발드 라르손은 창이 깨지는 소리를 듣자마자 사태를 이해했다. 그들은 얼른 옆으로 붙어 달려서 변소 뒤로 몸을 던졌다.

그 사격은 어차피 아무도 맞히지 못했을 터였다. 림판은 무기를 그렇게 멀리서 쓰는 데 익숙하지 않았고, 너무 높게 조준했다. 그래도 그는 기분이 좋은 듯했다.

"놈들이 내가 원하는 곳에 들어갔군." 림판이 말했다. "카스페르, 너는 그냥 뒤를 엄호하면 돼."

군발드 라르손은 변소 뒤에 몇 초도 머물지 않았다. 즉시 낮은 블랙베리 덤불에 몸을 숨기고 기어서 이동하기 시작했다.

뢴은 변소의 돌 기반 뒤에서 충분히 안전했다. 그는 총과 한쪽 눈만 내밀어 지붕에 두 발을 쏘았다. 즉각 답이 돌아왔다. 아까보다 더 길고 더 정확한 응사였다. 뢴의 얼굴로 돌멩이가 후드득 쏟아졌다.

뢴은 다시 쏘았다. 집을 맞히지 못한 것 같았지만 크게 상관은 없었다.

군발드 라르손은 오두막에 도착했다. 그는 뒷벽을 따라 민첩하게 기어서 모서리를 돌고 옆면 창 밑에서 멈췄다. 무릎으로 몸을 일으키고, 벨트에 클립으로 찬 스미스 앤드 웨슨 38 마스터를 꺼냈다. 몸을 좀더 세우고 사격 자세를 취한 뒤, 안을 살짝 보았다. 빈 부엌이었다. 삼 미터 앞에 빼꼼 열린 문이 있었다. 카스페르와 림판은 그 문 너머 방에 있는 듯했다.

군발드 라르손은 뢴이 다시 총을 쏘기를 기다렸다. 삼십 초후에 뢴이 두 발을 쏘는 소리가 들렸다.

응사는 즉각 터졌고, 탄창이 빈 것을 알리는 찰각 소리와 함께 끝났다.

군발드 라르손은 두 발로 선 뒤에 팔로 얼굴을 가려 보호한 자세로 창문에 몸을 던졌다.

소나기처럼 쏟아지는 유리와 나무 조각과 함께 바닥에 착지

한 그는 몸을 한 번 굴려서 벌떡 일어선 뒤, 발로 문을 박차고 옆방으로 뛰어들었다.

린드베리는 창에서 한 발 물러나서 구부정히 탄창을 갈고 있었다. 론니에 카스페르손은 기관단총을 든 채 림판 뒤 구석 쪽에 서 있었다.

"쏴, 젠장, 카스페르." 림판이 외쳤다. "둘밖에 안 돼. 쏴!"

"이만하면 됐어, 린드베리." 군발드 라르손이 말했다.

그는 한 발 앞으로 내딛고 왼손을 들어 림판의 목 바로 옆 쇄골을 주먹으로 강타했다.

린드베리는 무기를 떨어뜨리고 자루처럼 풀썩 쓰러졌다.

군발드 라르손은 론니에 카스페르손을 보았다. 카스페르손은 기관단총을 스르르 떨어뜨리고 두 손으로 얼굴을 가렸다.

"옳지." 군발드 라르손이 혼잣말처럼 말했다. "그래야지."

그리고 그는 앞문을 열었다.

"이제 나와도 돼, 에이나르." 그가 소리쳤다.

뢴이 오두막으로 들어왔다.

"이 인간은 수갑을 채우는 게 낫겠지." 군발드 라르손이 림판을 발로 가리키면서 말했다.

그러고는 론니에 카스페르손을 보았다.

"너는 수갑 없어도 되지?"

론니에 카스페르손은 고개를 끄덕였다. 여전히 손으로 얼굴을 가린 채였다.

십오 분 뒤 그들은 포로들을 뒷좌석에 태우고 차를 돌려 나가려고 오두막 앞까지 몰고 왔다. 린드베리는 주먹으로 맞은 것으로부터 회복했고, 심지어 평소의 쾌활함도 어느 정도 되찾았다.

그때 웬 운동복 차림의 남자가 마당으로 뛰어 들어왔다. 손에 나침반을 든 남자는 어리벙벙한 얼굴로 차를 봤다가 집을 봤다가 다시 차를 봤다.

"맙소사." 림판이 말했다. "오리엔티어링을 하는 사람처럼 가장한 경찰이라니. 하지만 왜 지도는 없고 나침반만 들었지?"

림판이 깔깔 웃었다.

군발드 라르손이 차창을 내렸다.

"이봐, 거기."

운동복을 입은 남자가 차로 다가왔다.

"양방향 무전기 갖고 있나?"

"네, 있습니다."

"그러면 말름에게 작전을 취소해도 된다고 알려. 여기 와서 집을 수색할 사람만 있으면 된다고 말해."

남자는 한참 무전기를 더듬거렸다.

"말름 국장의 지휘 본부로 와서 포로들을 인계하시랍니다.

외스테르하닝에의 두 번째 e에서 동쪽으로 이천 미터 지점입니다."*

"그렇게 하지." 군발드 라르손이 말하고 창을 올렸다.

부하들에게 둘러싸인 말름은 아주 기뻐했다.

"멋지게 해냈어, 라르손." 말름이 말했다. "인정하지 않을 수 없군. 그런데 왜 카스페르손에게는 수갑을 안 채웠나?"

"그는 채울 필요 없습니다."

"말도 안 돼. 어서 채우게."

"수갑 없습니다." 군발드 라르손은 말했다.

그리고 그와 뢴은 차를 몰아 떠났다.

"남자애가 좋은 변호사를 구하면 좋겠어." 군발드 라르손이 한참 후에 말했다.

뢴은 대답하지 않았다. 대신 주제를 바꿨다.

"군발드." 뢴이 말했다. "자네 재킷이 찢어졌어. 완전히 터졌어."

"그래. 빌어먹을." 군발드 라르손이 울적하게 말했다.

---

* 지도와 나침반만 가지고 어떤 지형에서 정해진 지점을 빠르게 찾아가는 활동인 오리엔티어링 방식으로 위치를 말한 것이다.

경찰 살해자

30.

마르틴 베크가 벤뉘 스카케에게서 전화를 받자, 나머지는 일사천리로 진행되었다.

솔나의 실험실에서 베이지색 볼보를 대상으로 예비 조사를 한 옐름은 트렁크에서 흰 면직물을 발견했다고 알려 왔다. 거기에도 현장에서 발견된 걸레에 묻었던 것과 같은 종류의 니켈 부스러기가 묻어 있다고 했다.

그날 오후, 경찰은 카이 순스트룀의 공장을 수색했다. 기계 부품과 정밀 도구를 만드는 공장이었다. 니켈은 그런 제품 중 몇 종에 쓰이는 필수 재료였고, 부지에서 같은 금속 분자가 흔하게 발견되었다. 게다가 순스트룀이 여느 때 차를 세워둔다는 공장 한구석에 니켈 부스러기가 묻은 흰 면직물 한 상자가 놓여 있었다.

필적 감정 결과, 시그브리트 모르드의 협탁에서 발견된 쪽지 두 장은 예상대로 순스트룀이 쓴 것으로 확인되었다.

경찰은 그의 책상에서 방 하나짜리 집의 집세를 보내는 데 사용된 것과 같은 종류의 봉투를 한 묶음 발견했다. "집세, S. 엔손"이라는 글자를 타이핑하는 데 사용된 타자기가 책상 뒤 선반에 놓여 있었다.

헬싱보리 과학수사연구원이 밀회 장소로 쓰였던 집을 정밀 감식하여, 다른 여러 단서와 더불어 지문을 확보했다.

그로써 카이 에베르트 순스트룀을 시그브리트 모르드 살인과 연결 짓는 증거가 확실히 마련되었다고 할 수 있었다.

공장은 트렐레보리에 있었다. 하지만 세실리아 순스트룀이 물려받은 공장이었고, 아직도 그 아버지 이름으로 되어 있었다. 근면한 트렐레보리 경찰이 카이 순스트룀을 찾아내지 못한 것이 그렇게 설명되었다. 엄밀히 말해서 그는 공장 책임자로 아내에게 고용되어 있었다.

화요일 오후에 경찰이 공장을 수색할 때, 순스트룀은 자리에 없었다. 점심 식사 후 몸이 나빠져서 택시로 귀가했다고 했다.

마르틴 베크는 순스트룀이 정말 아픈지, 아니면 모종의 전조를 느꼈는지 궁금했다. 공장 수색이 결정되었다는 소식이 순스트뢰의 귀에 들어가기 전에 몬손은 벨링에로 사람을 둘 파견하여 그의 집을 신중하게 감시하도록 지시했다.

감식반이 증거를 채취하고 분석하고 비교하여 체포 영장을 발부받기에 충분한 자료를 모았을 때는 이미 저녁이었다.

마르틴 베크와 벤뉘 스카케는 새 고속도로를 달려서 8시 직전에 벨링에에 도착했다. 그들은 우선 두 사복 경관을 찾아보았다. 경찰관들은 주변의 이목을 끌지 않고도 순스트룀의 집을 잘 볼 수 있는 샛길에 차를 세워두고 있었다.

"그는 아직 집에 있습니다." 경찰관 한 명이 차로 다가온 마르틴 베크에게 말했다.

"부인은 5시쯤 나가서 장을 봐 왔습니다." 다른 경찰관이 말했다. "이후에는 집을 나간 사람이 없습니다. 아이들은 한 시간 전에 귀가했습니다."

순스트룀 부부에게는 각각 열두 살, 열네 살인 두 딸이 있었다.

"좋습니다." 마르틴 베크가 말했다. "당분간 여기서 기다리세요."

그는 스카케에게 돌아갔다.

"대문 앞에 차를 세우고 차에서 기다려." 마르틴 베크가 말했다. "나 혼자 들어갈게. 하지만 대비하고 있어. 그가 어떻게 반응할지 모르니까."

스카케는 집 정면에 차를 세웠다. 마르틴 베크는 커다란 철
제 대문을 통과해 들어갔다. 도로에서 현관까지 이어진 자갈길
양쪽에 장미가 심어져 있었고, 현관 앞에는 반으로 쪼개져서 반
원형 계단이 된 맷돌이 놓여 있었다. 그는 초인종을 눌렀다. 거
대한 참나무 문 너머에서 벨이 두 번 울리는 소리가 희미하게
들렸다.

문을 연 여자는 마르틴 베크만큼 키가 컸다. 여자는 날씬했
다. 아니, 야위었다. 몹시 창백한 피부 밑에 살이라고는 전혀 없
는 것처럼 앙상했다. 날렵한 콧날은 약간 굽고 광대뼈는 높고
얼굴에 연갈색 주근깨가 있었다. 굵은 밤색 고수머리에 흰머리
가 섞여 있었다. 마르틴 베크가 보기에 여자는 화장을 전혀 하
지 않은 듯했다. 입술은 얇고 창백했고, 입가에 뭔가 씁쓸한 분
위기가 있었다. 도톰한 눈꺼풀 밑의 녹회색 눈이 아름다웠다.
여자가 아치형 눈썹을 치켜올리며 무슨 일이냐는 얼굴로 마르
틴 베크를 보았다.

"저는 베크 경감이라고 합니다. 순스트룀 씨를 뵈러 왔습니
다."

"남편은 몸이 안 좋아서 쉬고 있어요. 무슨 일이신가요?"

"이런 시각에 방해해서 죄송합니다만, 안타깝게도 꼭 필요한
일입니다. 그리고 상당히 급합니다. 그러니 남편께서 많이 아픈

게 아니라면…….”

"공장 일인가요?"

"아뇨, 직접적으로는 아닙니다."

마르틴 베크는 늘 이 상황이 싫었다. 그는 이 여자에 대해서 아는 바가 없었다. 어쩌면 여자가 아주 행복하지는 않을 수도 있지만, 그래도 아마 조용하고 평범한 가정을 꾸리고 있을 것이다. 그런데 잠시 후 여자는 자기 남편이 정부를 살해했다는 사실을 알게 될 터였다.

살인을 저지르는 이들에게 가족이 없으면 좋으련만, 마르틴 베크는 비합리적인 생각을 했다.

"남편께 드릴 질문이 있습니다. 그러니까…….”

"내일까지 기다릴 수 없을 만큼 중요한 일인가요?" 여자가 물었다.

"네, 그렇게 중요한 일입니다."

여자가 문을 마저 열자 마르틴 베크는 현관으로 들어섰다.

"잠시 기다리세요. 남편에게 알리겠습니다."

여자가 계단으로 위층에 올라갔다. 여자는 자세가 아주 곧았다.

현관 오른편 방들 중 하나에서 TV 소리가 들렸다. 마르틴 베크는 기다렸다.

오 분 가까이 지났을 때 카이 순스트룀이 나타났다. 그는 진청색 플란넬 바지와 같은 색 스웨터를 입고 있었다. 스웨터 밑에 받쳐 입은 셔츠도 파란색이었고, 목까지 단추가 잠겨 있었다. 아내가 그를 따라 내려왔다. 이제 부부가 나란히 선 것을 보니, 부인이 남편보다 머리 하나만큼 키가 더 컸다.

"가서 애들하고 있어, 시쉬." 카이 순스트룀이 말했다.

여자는 약간 불안하게 살피는 눈으로 남편을 보았지만, 그래도 계단 옆 문을 열었다. TV 소리가 커졌다. 여자가 들어가서 문을 닫았다.

카이 순스트룀은 폴케 벵트손과 스카케가 묘사한 인상착의에 들어맞았다. 하지만 마르틴 베크의 눈에 먼저 띈 것은 남자의 입가와 눈가에 어린 피로감과 체념이었다. 벵트손이 연초에 목격했을 때는 햇볕에 그을린 상태였겠지만, 지금 남자의 피부는 노르께한 회색인데다 축 처졌다. 남자는 지쳐 보였다. 하지만 손가락이 길고 굵은 손은 아직 가무잡잡하고 큼직했다.

"네." 남자가 말했다. "무슨 일입니까?"

마르틴 베크는 안경에 가린 눈에서 두려움을 보았다. 남자도 그것만은 숨길 수 없었다.

"무슨 일인지 아실 텐데요." 마르틴 베크가 말했다.

남자가 고개를 저었다. 그러나 남자의 이마와 인중에 작게

경찰 살해자

땀방울이 맺혔다.

"시그브리트 모르드." 마르틴 베크가 말했다.

카이 순스트룀은 현관 쪽으로 몇 걸음 걸어가서 마르틴 베크에게 등을 돌리고 섰다.

"밖에 나가서 말해도 되겠습니까? 신선한 공기를 쐬어야 할 것 같습니다."

"좋습니다." 마르틴 베크는 이렇게 말하고 카이 순스트룀이 양가죽 코트를 입기를 기다렸다.

두 사람은 현관 계단으로 내려섰다. 카이 순스트룀은 주머니에 손을 넣은 채 대문 쪽으로 천천히 걸어갔다. 자갈길을 반쯤 갔을 때 그가 멈춰 서서 하늘을 보았다. 별이 나와 있었다. 그는 말이 없었다. 마르틴 베크는 그의 옆에 가서 섰다.

"우리는 당신이 여자를 죽였다는 증거를 갖고 있습니다. 그리고 트렐레보리에 있는 집도 봤습니다. 지금 내 주머니에 체포 영장이 있습니다."

카이 순스트룀은 꼼짝 않고 서 있었다.

한참 후에 그가 말했다. "증거? 어떻게 증거가 있습니까?"

"다른 것도 있지만, 우선 당신이 쓴 것으로 확인된 걸레를 발견했습니다. 왜 죽였습니까?"

"그래야 했습니다."

남자의 목소리가 이상했다. 긴장되어 있었다.

"괜찮습니까?" 마르틴 베크가 물었다.

"아뇨."

"우리와 함께 말뫼로 가서 이야기하는 편이 낫겠습니까?"

"아내가……."

남자의 목에서 끅끅 소리가 새어 나오며 말이 중단되었다. 남자가 심장을 부여잡고 비틀거리다가 쓰러져서 장미 덤불에 고개를 처박았다.

마르틴 베크는 멍하니 남자를 보았다.

벤뉘 스카케가 대문으로 달려 들어와서 남자를 뒤집어 눕혔다.

"심근경색이에요." 스카케가 말했다. "전에 본 적 있습니다. 구급차를 부르겠습니다."

스카케는 차로 달려갔고, 곧 무전으로 뭐라고 말하는 소리가 들렸다.

그때, 남자의 아내가 딸들을 뒤에 매달고 마당으로 뛰쳐나왔다. 여자는 창문으로 내다보고 있었던 것 같았다. 여자가 마르틴 베크를 밀치고 의식 없는 남편 곁에 무릎을 꿇은 뒤 아이들에게 집으로 들어가라고 말했다. 아이들은 시키는 대로 했지만 문가에 서서 불안하고 영문 모르는 표정으로 마당의 부모와 두 낯선 남자를 지켜보았다.

구급차는 칠 분 뒤에 왔다.

벤뉘 스카케는 말뫼 종합병원까지 구급차를 바짝 뒤따라 달렸다. 구급차가 응급실 문 앞에 섰을 때, 스카케의 차는 몇 미터 뒤에 있었다.

마르틴 베크는 차에 앉아서 구급차 직원들이 서둘러 들것을 나르는 모습을 지켜보았다. 순스트룀 부인이 뒤따라 들어갔고, 그들 뒤에서 문이 쾅 닫혔다.

"들어가실 겁니까?" 스카케가 물었다.

"응." 마르틴 베크가 대답했다. "하지만 서두를 건 없어. 의사들이 그에게 제세동기를 쓰고 마사지를 하고 호흡기를 달겠지. 만약 그가 버텨낸다면 상당히 빠르게 회복할 거야. 하지만 그렇지 않으면……."

마르틴 베크는 잠자코 닫힌 문을 응시했다. 한참 뒤, 구급차 직원들이 들것을 밀고 나와서 그것을 다시 차에 싣고 뒷문을 닫았다. 그리고 앞좌석에 올라타서 떠났다.

마르틴 베크는 몸을 죽 폈다.

"들어가서 어떻게 되고 있나 봐야겠군."

"저는 함께 들어갈까요, 아니면 여기서 기다릴까요?" 스카케가 물었다.

마르틴 베크는 차 문을 열고 나갔다. 몸을 숙여서 스카케에게 말했다.

"그가 정신을 차리면 의사가 면담을 허락할 수도 있어. 그렇다면 녹음기가 있으면 좋겠어."

스카케는 시동을 걸었다.

"바로 가서 가져오겠습니다."

마르틴 베크는 끄덕였고 스카케는 차를 몰고 떠났다.

카이 순스트룀은 집중 치료실에 있었다. 대기실 문 유리를 통해서 그의 부인이 보였다. 여자는 문에 등을 돌리고 창가에 서 있었다. 아주 곧은 자세로 가만히.

마르틴 베크는 복도에서 기다렸다. 잠시 후, 나막신이 달그락거리는 소리와 함께 흰 가운에 청바지를 입은 여자가 그를 향해 걸어왔다. 여자는 그가 미처 말 붙일 겨를도 없이 몸을 돌려서 어느 문으로 사라졌다. 그는 문으로 다가갔다. '당직 의사실'이라고 적혀 있었다. 그는 노크한 뒤 대답을 기다리지 않고 문을 열었다.

여자는 책상 옆에 서서 무더기로 쌓인 환자 기록을 뒤지고 있었다. 찾던 기록을 발견하고는 그 안에 뭐라고 써 넣고 클립보드에 끼워서 뒤쪽 선반에 얹었다. 그러고서야 용건을 묻는 눈으로 마르틴 베크를 보았다. 그는 신분증을 보이고 용건을 말했다.

"지금은 아무것도 말씀드릴 수 없습니다." 여자가 말했다.

"방금 심장마사지를 했어요. 하지만 원하신다면 여기서 기다려
도 됩니다."

여자는 젊었다. 생기 있는 갈색 눈에, 짙은 금발을 등에 땋아
내렸다.

"제가 상황을 알려드리죠." 여자가 이렇게 말하고 서둘러 방
을 나갔다.

마르틴 베크는 선반으로 가서 거기 놓인 환자 기록을 읽어보
았다. 카이 순스트룀의 것은 아니었다.

한쪽 벽에 TV처럼 생긴 작은 기기가 있었는데, 그 속에서 밝
은 초록색 점이 화면을 왼쪽에서 오른쪽으로 가로질러 지나갔
다. 점은 화면 중간쯤 갔을 때 짧고 높게 삑 소리를 내면서 튀어
올랐다. 초록색 점은 연속된 곡선을 그렸고, 삑 소리는 규칙적
으로 단조롭게 반복되었다. 누군가의 심장이 정상적으로 뛰고
있었다. 카이 순스트룀의 심전도계는 아닐 것 같았다.

아무 일 없이 십오 분이 흘렀다. 밖에 스카케의 차가 들어오
는 것이 보였다. 마르틴 베크는 나가서 녹음기를 받고 스카케에
게 집에 가라고 말했다. 스카케는 남고 싶은 듯이 약간 실망한
얼굴을 했지만, 마르틴 베크는 정말로 스카케를 잡아둘 필요가
없었다.

10시 반, 땋은 머리의 여자가 돌아왔다. 여자가 당직 의사인

모양이었다.

순스트룀은 고비를 넘기고 의식을 되찾았으며 현 상황을 고려할 때 상태가 좋은 편이라고 했다. 그가 아내와 몇 분 이야기를 나누었고, 아내는 병원을 떠났다고 했다. 그는 지금 자고 있으며 깨울 수 없다고 했다.

"내일 다시 오셔서 상황을 보죠." 의사가 말했다.

마르틴 베크는 사정을 설명했다. 결국 의사는 카이 순스트룀이 깨는 대로 면담하도록 해주겠다고 마지못해 허락했다. 의사는 검사실을 보여주면서 그곳에서 기다려도 된다고 했다.

검사실에는 초록색 비닐이 덮인 간이침대, 등받이 없는 의자, 닳고 닳은 종교 잡지 세 권이 꽂힌 잡지꽂이가 있었다. 마르틴 베크는 녹음기를 의자에 얹고 자신은 침대에 누워서 천장을 응시했다.

그는 카이 순스트룀과 그 아내를 생각했다. 부인은 강인한 여성이라는 인상이었다. 심리적으로 강인한. 아니면 그것은 그저 실용적 태도이거나 감정적 과묵함에 지나지 않을지도 모른다. 그는 또 폴케 벵트손을 생각했다. 하지만 오래 생각하지는 않았다. 그다음에는 레아를 생각했다. 그리고 잠이 들었다.

의사가 그를 깨운 때는 새벽 5시 30분이었다. 여자의 갈색 눈도 아까처럼 생기 있어 보이지는 않았다.

"지금 깼습니다." 의사가 말했다. "하지만 가급적 짧게 해주세요."

카이 순스트룀은 문 쪽을 보며 누워 있었다. 흰 가운과 흰 바지를 입은 젊은 남자가 침대 발치 의자에 앉아서 손톱을 물어뜯고 있다가 마르틴 베크가 들어서자 일어났다.

"저는 가서 커피를 가져오겠습니다." 남자가 말했다. "가시기 전에 버저를 눌러주세요."

침대 머리맡 선반에 당직실에서 본 것과 같은 기기가 놓여 있었다. 색이 다른 가는 선 세 줄이 기기에서 나와서 카이 순스트룀의 가슴에 테이프로 붙여둔 전극에 이어져 있었다. 초록색 점이 심전도를 기록하고 있었지만 삑 소리가 희미했다.

"좀 어떻습니까?" 마르틴 베크가 물었다.

카이 순스트룀은 침대 시트를 움켜쥐었다.

"괜찮습니다." 그가 말했다. "모르겠습니다. 무슨 일이 있었는지 기억이 안 납니다."

그는 안경을 쓰지 않고 있었는데, 안경이 없으니 얼굴이 더 젊고 부드러워 보였다.

"나를 기억합니까?" 마르틴 베크가 물었다.

"당신과 함께 밖으로 나간 것까지는 기억납니다. 그다음은 모르겠습니다."

마르틴 베크는 침대 밑의 낮은 의자를 꺼내어 녹음기를 그 위에 얹고 마이크는 시트 가장자리에 고정시켰다. 그리고 발치의 의자를 당겨 와서 앉았다.

"우리가 무슨 이야기를 나누고 있었는지 기억합니까?" 마르틴 베크가 물었다.

카이 순스트룀이 끄덕였다.

"시그브리트 모르드." 마르틴 베크가 말했다. "왜 죽였습니까?"

침대에 누운 남자는 잠시 눈을 감고 있다가 떴다.

"나는 아픕니다. 이 이야기를 하고 싶지 않습니다."

"어떻게 알게 됐습니까?"

"우리가 어떻게 만났느냐는 뜻입니까?"

"네. 말하세요."

"그 여자가 일했던 페이스트리 가게에서 만났습니다. 가끔 거기에 커피를 마시러 갔습니다."

"그게 언제였습니까?"

"삼사 년 전."

"그래서? 그다음에는?"

"어느 날 시내에서 여자를 보고 차를 태워줄까 물었습니다. 그 여자는 자기 차가 정비소에 있다면서 돔메의 집까지 태워달

경찰 살해자

라더군요. 집까지 태워줬습니다. 나중에 여자가 그러는데, 정비소 이야기는 지어낸 거였답니다. 나를 알고 싶어서. 그래서 차를 트렐레보리에 놔두고 다음 날은 버스를 타고 출근했답니다."

"집까지 태워줬을 때 집 안에도 들어갔습니까?" 마르틴 베크가 물었다.

"네. 그리고 같이 잤습니다. 그걸 알고 싶은 거겠죠."

카이 순스트룀이 잠시 마르틴 베크를 보다가 고개를 창으로 돌렸다.

"계속 여자의 집에서 만났습니까?"

"몇 번은. 하지만 너무 위험했습니다. 나는 기혼자이고, 그 여자는 이혼하긴 했지만 워낙 뒷말이 많으니까요. 특히 그런 동네에서는. 그래서 내가 트렐레보리에서 만날 때 쓸 장소를 빌렸습니다."

"여자를 사랑했습니까?"

카이 순스트룀이 콧방귀를 뀌었다.

"사랑? 아뇨. 하지만 나를 흥분시키기는 했습니다. 그 여자와 자고 싶었습니다. 아내는 이제 그런 일에는 흥미가 없습니다. 예전에도 없었지만. 나는 뭐랄까, 정부를 둘 권리가 있다고 생각했습니다. 하지만 아내가 이 사실을 알면 미쳐버리겠죠. 당장 이혼을 요구할 겁니다."

"시그브리트 모르드는 당신을 사랑했습니까?"

"그랬던 것 같습니다. 처음에는 그 여자도 나처럼 같이 잘 사람을 원하는 줄 알았지만 시간이 지나니까 우리가 같이 살아야한다는 둥 떠들기 시작했습니다."

"언제부터 그런 이야기를 하던가요?"

"올봄부터요. 그전에는 다 좋았습니다. 일주일에 한 번 그 집에서 만났죠. 그런데 갑자기 우리가 결혼해야 한다는 둥, 아이를 갖고 싶다는 둥 말하기 시작했습니다. 내가 이미 결혼했고아이도 있다는 사실은 안중에 없는 것 같았죠. 내가 이혼만 하면 된다고 말하더군요."

"당신은 그러고 싶지 않았습니까?"

"절대로요, 맙소사. 우선 우리는 꽤 잘 살고 있단 말입니다. 아내하고 나하고 아이들하고. 둘째로, 그랬다가는 금전적으로 재앙이었을 겁니다. 우리가 사는 집은 아내 소유이고, 공장도아내 소유입니다. 운영은 내가 하지만. 이혼하면 나는 무일푼에직장도 잃을 겁니다. 나는 쉰두 살입니다. 그동안 공장을 위해서 개처럼 일했어요. 내가 자기를 위해서 그 모든 걸 버릴 거라고 생각하다니, 시그브리트는 미쳤습니다. 자기도 돈을 바란 거면서."

말하다 보니 남자의 뺨에 혈색이 약간 돌아왔고 눈도 더는 지쳐 보이지 않았다.

"게다가 안 그래도 그 여자가 싫증 나기 시작했습니다. 작년 겨울부터 어떻게 하면 좋게 떼어낼 수 있을까 고민하기 시작했죠."

그렇게 해서 고른 방법이 딱히 좋은 방법은 아니었지만 말입니다, 하고 마르틴 베크는 생각했다.

"어떻게 됐습니까? 여자가 너무 귀찮게 굴었습니까?"

"나를 협박하기 시작했습니다." 순스트룀이 말했다. "아내에게 다 말해버릴 거라고 했습니다. 그래서 내가 직접 이혼 이야기를 꺼내겠다고 약속해야 했습니다. 물론 그럴 마음은 추호도 없었지만. 어떻게 해야 할지 알 수 없었습니다. 밤에도 잠을 못 자고……."

남자가 말을 멈추고 팔로 눈을 가렸다.

"부인에게 말할 순 없었습니까……."

"아뇨, 그건 생각도 할 수 없었습니다. 아내는 그런 일을 절대 용납하지도 용서하지도 않았을 겁니다. 그런 일에 엄청나게 원칙적이고, 도덕적으로 엄격한 사람이에요. 남들의 말에 대단히 신경 쓰고, 겉모습을 잘 유지하려고 애쓰죠. 아뇨, 방법은 오직…… 다른 출구는 없었습니다."

잠시 침묵이 흐른 뒤 마르틴 베크가 말했다.

"하지만 당신은 결국 출구를 찾아냈지요. 그다지 좋은 방법은 아니었지만."

"걱정이 돼서 미칠 것 같았습니다. 결국 절박해졌지요. 나는 그저 그 여자의 징징거림과 협박을 듣고 싶지 않았을 뿐입니다. 네, 다른 방법도 무수히 생각해봤습니다. 그러다가 그 여자 옆집에 정신이상자가 산다는 걸 떠올리고, 성범죄 살인처럼 보이게 만들면 모두가 그 사람 짓으로 여길 거라고 생각했습니다."

남자가 아주 잠시 마르틴 베크를 보았다. 남자의 목소리는 거의 의기양양했다.

"당신도 그렇게 생각했지요? 아닙니까?"

"당신이 저지른 짓으로 무고한 사람이 처벌받을 게 걱정되지 않았습니까?"

"그는 무고하지 않습니다. 이미 사람을 하나 죽였잖아요. 애초에 그런 사람을 풀어주면 안 되죠. 아뇨, 그건 걱정하지 않았습니다."

"그래서 어떻게 했습니까?"

"그 여자가 버스를 기다릴 때 다가가서 차에 태웠습니다. 차를 정비소에 맡겼다는 걸 알고 있었으니까요. 그리고 미리 봐둔 장소로 데려갔습니다. 그 여자는 우리가 섹스할 거라고 생각했어요. 여름에 가끔 야외에서 하곤 했으니까."

남자가 갑자기 마르틴 베크를 응시했고, 그 눈동자가 굳어졌다. 얼굴 전체가 달라졌다. 입이 벌어졌고, 입술이 팽팽해져서 이가 드러났고, 목에서 꾸르륵 소리가 났다. 남자가 왼손을 들었다. 마르틴 베크는 그 손목을 쥐고서 일어났다. 그러자 남자의 손이 뒤틀리듯이 마르틴 베크의 손을 움켜잡았고, 눈이 번쩍 커지더니 마르틴 베크의 얼굴이 있던 지점에 고정되었다. 마르틴 베크가 고개를 들어보니 화면의 초록색 점이 천천히 일직선을 그리고 있었다. 기기에서 삑 소리가 희미하고 일정하게 났다.

남자의 손에서 힘이 빠지는 게 느껴졌다. 마르틴 베크는 그 손을 시트에 놓고 버저를 누른 뒤 복도로 달려 나갔다.

일 분 만에 흰 가운을 입은 의료진이 방을 메웠다. 문이 닫히기 전에 마르틴 베크가 마지막으로 본 것은 의료진이 탁자 상판처럼 생긴 것을 축 늘어진 남자의 몸 밑으로 밀어 넣는 장면이었다.

마르틴 베크는 문밖에서 기다렸다. 한참 뒤에 문이 열리고 누군가 그에게 녹음기를 건네주었다.

마르틴 베크는 뭐라 말하려고 입을 열었지만 흰 가운의 남자가 고개를 흔들며 말했다.

"이번에는 못 살릴 것 같습니다."

문이 다시 닫혔다. 마르틴 베크는 녹음기를 들고 덩그러니 서 있었다. 곧 마이크 줄을 감아서 녹음기를 주머니에 넣었다.

체포 영장도 주머니 안에 있었다. 깔끔하게 타이핑하여 착착 접은 그 종이를 그는 아직 사용하지 못했다.

앞으로도 사용할 일은 없을 터였다. 사십오 분 뒤, 대기실에 있는 그에게 의사가 와서 카이 순스트룀을 살리지 못했다고 알려주었다. 두 번째로 발생한 혈전이 심장으로 들어가서 심장을 멎게 했다고 말했다.

마르틴 베크는 다비드할스토리 광장의 경찰서로 가서 페르 몬손에게 테이프를 건네고 사건 종결 지침을 남겼다.

그다음 택시를 타고 안데르슬뢰브로 갔다.

짙은 은회색 안개가 들판을 덮고 있었다. 가시거리가 몇 미터에 불과했다. 옆을 보아도 갓길과 도랑, 누르죽죽하게 마른 풀뿐이고 간간이 물웅덩이가 보였다. 만약 그가 맑은 날에 이 풍경을 본 적이 없었다면, 안개 속에 무엇이 감춰져 있는지 추측하지 못했을 터였다. 하지만 그는 이 들판을 보았고, 그것이 어떤 모습인지 알았다. 비행기에서 내려다본 것처럼 평평하고 단조로운 풍경이 아니었다. 사탕무와 건초밭이 있고, 헐벗은 버드나무가 줄지어 선 초원이 있고, 작고 흰 교회들이 있고, 거대한 느릅나무와 너도밤나무에 둘러싸인 농장들이 있으며, 부드럽게 곡선을 그리는 땅이었다.

그는 또 맑은 날에 들판 위의 하늘을 보았다. 그것은 바다에

경찰 살해자

서 본 하늘 정도에나 비교할 수 있을 만큼 높고 넓은 하늘이었다. 가끔 구름이 날아가면서 환하게 열린 지면을 달려가는 그림자를 던질 때도 있었다. 하지만 지금은 안개가 길 양옆을 벽처럼 막고 있었다. 회색 안개를 뚫고 달리는 여정은 마치 끝없이 이어질 듯 비현실적이었다.

택시가 돔메로 가는 샛길을 지나쳤다. 하지만 언덕 위 집들은 보이지 않았다.

뇌이드는 사무실 책상에 앉아서 차를 마시면서 스텐실로 인쇄한 공지문을 넘겨 보고 있었다. 팀뮈는 책상 밑에서 뇌이드의 발을 깔고 엎드려 있었다. 마르틴 베크가 손님용 의자에 풀썩 꺼져 앉자 팀뮈가 여느 때처럼 진심 어린 환영을 해주었다. 마르틴 베크는 개를 밀어내고 얼굴을 닦았다. 뇌이드가 종이 꾸러미를 밀어두고 그를 보았다.

"피곤합니까?" 뇌이드가 물었다.

"네."

"차?"

"네, 고맙습니다."

뇌이드가 나가서 도자기 머그를 가지고 돌아왔다. 그리고 포트에 든 차를 머그에 따라주었다.

"이제 집에 갑니까?" 뇌이드가 물었다.

마르틴 베크는 끄덕였다.

"두 시간 뒤에 출발하는 비행기입니다. 이 안개 통에 뜰 수 있을지 모르겠지만."

"한 시간 뒤에 전화해서 물어보죠. 안개가 걷힐 수도 있습니다. 여관 방 아직 안 뺐습니까?"

"네. 곧장 여기로 왔습니다."

"그러면 가서 좀 주무세요. 출발할 때가 되면 깨우겠습니다."

마르틴 베크는 끄덕였다. 정말 몹시 피곤했다.

그는 몇 안 되는 물건을 꾸리고 침대에 누워서 거의 바로 잠들었다. 잠들기 직전에 레아에게 전화해야 하는데 하는 생각이 들었다.

그가 깬 것은 헤르고트 뇌이드가 문을 두드리고 들어와서였다. 시계를 보니 세 시간이 넘게 잤기에 놀랐다.

"안개가 걷히고 있어요." 뇌이드가 말했다. "사십오 분 뒤에 이륙할 수 있을 것 같다는군요. 쓸데없이 깨우고 싶지 않았습니다. 하지만 이제 가야 합니다."

차를 타고 스투루프 공항으로 가는 길에 뇌이드가 말했다.

"폴케가 돌아왔습니다. 삼십 분 전에 내가 돔메에 가봤는데, 열심히 닭장을 수리하고 있더군요."

"시그브리트 모르드의 집은 어떻게 될까요? 친척이 없다고 했지요?"

"네. 아마 경매로 나오겠죠. 이리로 이사 올 생각은 아니겠죠?" 뇌이드가 마르틴 베크를 보며 웃었다. "살인수사과를 데리고 오는 건 안 됩니다."

해가 안개를 뚫고 나오기 시작했다. 공항 측은 비행기가 곧 뜰 거라고 확인해주었다. 마르틴 베크는 짐을 부친 뒤 뇌이드와 함께 차로 돌아갔다. 뒷좌석으로 몸을 숙여서 팀뮈의 귀 뒤를 긁어주었다. 그다음 뇌이드의 어깨를 두드렸다.

"고맙습니다, 전부 다."

"또 오세요." 뇌이드가 말했다. "비공식적으로 말입니다. 이 구역에서 더이상의 살인은 내가 용납하지 않을 테니까요. 휴가에 내려오시든가요."

"어쩌면요." 마르틴 베크가 말했다. "안녕히 계세요."

뇌이드가 차에 올랐다.

"꿩 사냥을 갑시다." 뇌이드가 이렇게 말하고 윙크했다.

마르틴 베크는 빨간 차가 떠나는 모습을 서서 지켜보았다. 그러고는 공항 건물로 들어가서 레아 닐센에게 전화했다.

"두 시간 뒤에 집에 도착할 거예요." 그가 말했다.

"내가 자기 집에 가 있을게요." 레아가 말했다. "그리고 저녁을 차릴게요. 먹고 싶겠죠?"

"물론이죠."

"내가 새로운 걸 발명했어요. 스튜 같은 거예요. 가는 길에 와인도 사 갈게요."

"좋아요. 보고 싶어요."

"나도 보고 싶어요. 얼른 와요."

잠시 후에 그는 하늘에 있었다.

비행기가 크게 방향을 틀었다. 햇살을 받은 스코네의 들판이 발밑에 펼쳐졌다. 멀리 남쪽으로 파랗게 반짝거리는 바다가 보였다. 이내 비행기가 구름층을 뚫고 올라 북쪽으로 향하면서 그 경치가 사라졌다.

그는 집으로 가고 있었다.

집에는 그를 기다리는 사람이 있었다.

김명남

KAIST 화학과를 졸업하고 서울대 환경대학원에서 환경 정책을 공부했다. 인터넷 서점 알라딘 편
집팀장을 지냈고, 지금은 전문 번역가로 활동하고 있다. 옮긴 책으로는 『문학은 어떻게 내 삶을 구
했는가』, 『우리 본성의 선한 천사』, 『블러디 머더—추리 소설에서 범죄 소설로의 역사』, 『우리는 언
제나 죽는다』, 『소름』, '마르틴 베크' 시리즈 등이 있다.

경찰 살해자 — 마르틴 베크 시리즈 9

1판 1쇄 2023년 3월 31일
1판 2쇄 2024년 10월 16일

지은이 마이 셰발 · 페르 발뢰
옮긴이 김명남

책임편집 김유진 ┃ **편집** 임지호 이송
표지디자인 이경란 ┃ **본문조판** 이원경 ┃ **저작권** 박지영 형소진 최은진 오서영
마케팅 정민호 서지화 한민아 이민경 왕지경 정경주 김수인 김혜원 김하연 김예진
브랜딩 함유지 함근아 박민재 김희숙 이송이 박다솔 조다현 정승민 배진성
제작 강신은 김동욱 이순호 ┃ **제작처** 한영문화사

펴낸곳 (주)문학동네 ┃ **펴낸이** 김소영
출판등록 1993년 10월 22일 제2003-000045호

주소 10881 경기도 파주시 회동길 210
문의 031-955-2637(편집) 031-955-2696(마케팅) 031-955-8855(팩스)
전자우편 elixir@munhak.com ┃ **홈페이지** www.elmys.co.kr
인스타그램 @elixir_mystery ┃ **X(트위터)** @elixir_mystery

ISBN 978-89-546-9127-7 04850
        978-89-546-4440-2 (세트)

엘릭시르는 출판그룹 문학동네의 장르문학 브랜드입니다.

잘못된 책은 구입하신 서점에서 교환해드립니다.
기타 교환 문의: 031-955-2661, 3580